# 三つの嶺



JirO
nittA

新田次郎

P+D
BOOKS
小学館

目次

# 1

ドロミテ（イタリアの東北部の山岳地帯）の空は澄んでいた。

緑がかった青空は、やはりこの地がイタリア気候の支配下にあるということの証明のように、よく晴れていて、ここしばらくは一滴の雨もなかったし、当分、降りそうもないような乾いた表情をしていた。鳥羽省造《とばしょうぞう》は足を止めた。

この空の色は、ドロミテ山群以外では見られないものだと、さっきオーロンザ小屋を出るとき、小屋の管理人が言ったことの裏付けのために、ヨーロッパアルプスのあちこちの山の空の色を記憶の中から引張り出して見たが、スイスのベルナーオーバーランド山群も、オーバーエンガディン山群も、ヴァリス山群も、フランスのモンブラン山塊においても、このような緑がかった空を見たことはなかった。一般にヨーロッパアルプスの空の色は、あくまでも青く、氷河を越えて、岩壁に近づくと、青というよりもむしろ黒く見えて来るのである。

（すると、このドロミテの山群はヨーロッパアルプスにありながら、ヨーロッパアルプスとは別個な存在なのだろうか）

鳥羽省造はそんなことを思いながら、とにかく、この神秘的なドロミテの空の色に対して、なんとかひとこと言って見たくなって、彼の数歩先を歩いていく、ガイドのフェデリコ・ルイジイネに、

「すばらしい空の色じゃあないか」

と話しかけた。

フェデリコ・ルイジイネは、ふりかえって鳥羽省造の指さす大空に眼を投げていたが、

「今日は地中海のように青い。まったく、地中海が空にひろがったようだ」

フェデリコ・ルイジイネは地中海（マル・メディテラネオ）というところに力をこめて言いながら、彼の右肩にかけている、赤いザイルの束を左肩に移した。赤いザイルが位置を変えるときに、それが、緑がかった青空の一角をかすめた炎のように見えた。

「地中海の色か、なるほど」

鳥羽はひとりで頷《うなず》いた。たしかに地中海の色はこんな色をしていた。海の色にくらべて見るならば、日本の近海にもこういう海の色がある。小笠原島付近の海の色もこのようだし、沖縄諸島を取り巻く海も緑がかった色をしていた。だが、それらの海の色とこの空の色とは、やはりどこかが違っている。多分それは見上げる感覚と見おろす感覚との相違ではなかろうか。

「ドロミテの空が地中海の色でおおわれたときには気をつけねばならない」

フェデリコがひとりごとのように言った。

「天気が急変するっていう意味かね」

鳥羽は空にやっていた眼をドライチンネ（三つの尖峰という意味。ドロミテ山群の中で代表的な岩峰。三つの尖峰のうち中央岩峰が高さ三、〇〇三メートル）に投げた。ドライチンネは朝日を受けて赤く輝いていた。鳥羽はこれから登攀《とうはん》しようとしている、中央岩峰の大岩壁にしばらく眼を止めてから、

「フェデリコ、なにか天気が変りそうな前兆でも見えるのか」

と言った。

「旦那《シニオーレ》、天気予報では当分天気がつづくと言っています」

「では、みどりがかったあの空の色をことさら嵐に結びつけなくてもいいだろう」

鳥羽省造はフェデリコ・ルイジイネをたしなめて置いて、このイタリア人ガイドは、ドロミテ一の岩壁、ドライチンネに登攀するのに、もったいをつけるために地中海の海の色などを引張り出したのかもしれないと思った。

「この地方の天気予報は当るかね」

「いや、はずれることもあります。はずれたとなったら、それはひどいもんでさぁ」

フェデリコはおさえつけるような視線を投げてから、くるっと前を向いて歩き出した。

白い砂の道だった。ドロミテ地方は、俗にドロマイトと言われる石灰岩の岩山だから、その山々が崩壊して、おし出されて来る砂はすべて白かった。歩くと、ざっくざっくと乾いた音が

した。
谷から吹き上げて来る風の中に草のにおいがした。ずっと下の方が牧地になっており、谷の底の方は白い河原をはさんで、黒い森がひろがっていた。鳥羽省造はフェデリコの後を従《つ》いて歩きながら、今日のフェデリコは、これまでのフェデリコとどことなく違うなと思った。鳥羽省造はオーロンザ小屋に来てからもう一週間になっていた。その間、毎日、フェデリコを連れて、近くの岩壁の登攀をやっていた。毎朝、いまごろの時刻にこの白い道を通り、夕陽がモンテ・クリスターロにかくれようとするころには、この道を通って小屋へ帰っていった。

フェデリコがいままでのフェデリコと違っているなと鳥羽が感じたのは、その歩速でも言葉遣いでもなかった。フェデリコのうしろ姿が、いままでになく淋しげに見えたからである。天気はいいし、二人とも健康状態がいい。空の色が、いままでになく緑が勝って見えたからといって、さし当って、それが嵐に結びつく兆候でもなさそうだった。それなのにフェデリコはなぜ……。

鳥羽はいくらか肩をおとして、うつ向き加減になって前を歩いていくフェデリコのイタリア人としてはやや小柄な身体に眼をやった。

白い道がドライチンネの岩壁の南側の裾を捲くようについていた。道はやがて、岩壁の東側に出て、そこで急に左折して岩峰の北側に回りこむのだ。

「ちょっとばかり時間をいただけませんかね、旦那」

フェデリコは、路傍の無人教会の前に立止まって鳥羽に言った。

「ここに眠っている山友達のピエトロにちょっと挨拶をしていきたいのです」

フェデリコは無人教会の入口の十字架の扉をおしながら言った。

無人教会の扉をおして中に入ると、二十人ほど掛けられる椅子があって、正面にマリアの像があった。教会の明り取りの窓からさしこんで来る光が、マリアのふくよかな頰を照らしていた。マリアの像の前には蠟燭《ろうそく》立てがあり、傍に小さな箱が置いてあった。

フェデリコは、蠟燭の一本をその箱の中から取り出して火をつけてマリアの像にささげた。蠟燭立てのそばに誰が供えたか、黄色い野草の花がしおれたままになっていた。

フェデリコがマリアの像の前にひざまずくのを見て、鳥羽は、教会の壁に刻みこんである文字を読んだ。


嵐とともに天国に召されし、三人の勇敢なる男たちは死せるにあらず、永遠の世界に生きることの証拠《しるし》をドライチンネの岩壁にとどめたるなり。

鳥羽省造はその次に書いてある三人の名を読んだ。その中に、さっきフェデリコが、友人だと言ったピエトロ・コルトーザの名前が刻みこんであった。死んだのは三年前であった。教会の壁にはその他にも、ドライチンネで死んだ多くの若者たちの名が刻みこまれてあった。

「ピエトロ・コルトーザは嵐にやられたのかね」

鳥羽はお祈りがすんだフェデリコに訊いた。

「嵐さ、それも突然やって来た嵐なんだ。どうしようもなかったのだ。いい奴だったよ、ピエトロは。ピエトロはおれたちの村で一番上手な歌い手だった」

「それで……」

「それだけさ。ピエトロは死んで、女房と子供が後に残った。もっとも、彼女は縁があって二人の子供をつれて再婚したがね」

フェデリコは教会を出ると、もう一度空を仰いで、

「どうもいやな空の色だな」

とつぶやいた。そのいい方が気になったから、鳥羽はややきつい言葉で言った。

「気になるようなら、今日の登攀は止めてもいいんだぜ。ドライチンネの中央岩峰の北壁に、どうしても今日取りつかなくたっていいのだ。おれの休暇はまだ残っている。なあフェデリコ、気が向かないのなら、今日のところは、ドライチンネのうち一番登りやすい小チンネ（クライネチンネ）をやってもいいんだよ」

「クライネチンネをもう一度やるんですって。冗談いっちゃあいけませんよ、旦那、私は案内人だ。一昨日登った山へ、お客をもう一度つれて行って案内料を稼ごうなんてけちな根性は持ち合わせていませんよ」

フェデリコはいささか憤然として言った。

「だが、気になるのだろう天気のことが」

「それは気になりますよ、旦那、ピエトロが嵐にやられて死んだ日が今日と同じ七月十三日、しかも、その日は今日のように地中海を逆さにしたような空の色でしたからね」

「よそう。ガイドが恐れているようではとても中央岩峰の北壁はむずかしい」

「恐れている？　ドロミテ一のガイドと言われているこのフェデリコ・ルイジイネが山を恐れているんだって。ふざけちゃあいけませんよ、旦那、みそこなって貰っちゃこまりますぜ」

フェデリコは鳥羽省造を睨《にら》みつけた。

ふたりはドライチンネの北側に回りこむ岐路まで来たところで一服した。双眼鏡で三つの岩峰の北壁を探して見ると、クライネチンネに二つのパーティーが取りつこうとしているのと、西チンネに一組のパーティーが取りついている他には、登攀者の姿はなかった。中央岩峰の北壁は一段と高く聳《そび》え立っていて、そこに寄りつく者はいないようであった。

鳥羽は、この時刻にドライチンネの北側から三つの岩峰を一つの画面におさめた写真がまだ撮ってなかったから、ドライチンネと対照的に、あたかもドライチンネを撮影するための足場のように、手頃な高度を持っている丸い岩山の中腹まで登ることにした。写真を撮って帰るまで三十分と見積った。

「写真を撮って来るから、きみは先に行って登攀の準備をして置いてくれないか」

フェデリコにそう言ってから、鳥羽はドライチンネと反対側の山へ登っていった。

ドライチンネの北面にはまだ陽は当っていなかった。おそらく太陽が天頂に達してもその北壁の全面が陽の下に輝くことはあるまいと思われるほどに、その岩壁は切り立った岩壁であり、特に中央岩峰北壁の下部はしゃくれ返って、終日陽のさしかけることのないような翳《かげ》を作っていた。

鳥羽は何枚かの写真を撮った。三つの岩峰がそれぞれ独立峰として肩を並べている様子は、岩峰の三つ子とでもいったふうな感じであった。

クライネチンネはその半面を朝日に赤く輝かせながら聳えており、クライネチンネと中央岩峰、中央岩峰と西チンネの隙間には朝日がさしこんで、ひとつひとつの岩峰を紅色に隈取《くまど》っていた。

三つの岩峰は飽くまでも三つの岩峰の集合体であることを示すようでありながら、三つの岩峰の台座となる岩盤は、やはり三つの岩峰の出生の秘密を握るかのように、ところどころに、特にあざやかな彫りの深い、水平の岩溝《いわみぞ》を走らせていた。

それは、風化と崩壊の限界に達したこのドロミテ山群の骨の頂であった。そこで生へつながる喜びを発見することはむずかしかった。美しいのは整然として死についている山の姿であった。

写真を撮り終ってから鳥羽は、

(いったい、この俺は、この死の相貌をしたドライチンネのどこがよくてやって来たのだろうか)

と考えた。この山には絶望のみあって、どこにも建設的なものは認められなかった。これは地球のしかばねの先端なのだ。そう考えてもいいのだ。そこにあるものは、六百メートルの垂直の懸崖と、その上を吹く非情な風であった。

「じっさい、山に登ったことのない人が、あの北壁に登ろうというおれを見たらばかだというだろう」

彼はそう言いながら、双眼鏡を中央岩峰の北壁に当てた。フェデリコが、中央岩峰とクライネチンネとの隙間のガレ場に立っていた。落石があるらしく上方を見上げていたが、やがて向きをかえると、中央岩峰の北壁に向って、ひざまずいて十字を切った。

(なぜ祈るのだろう)

鳥羽の胸を不吉な風が吹き通った。

鳥羽省造はドライチンネの北側の細い道を歩いていた。左手には屹立《きつりつ》するドライチンネの壁を見ながら、右手には、巨岩巨石によって埋められた死の谷を見つめながら、ともすれば、死の谷へ引きずりこまれそうな気持になる、細い道をゆっくり歩いていた。

クライネチンネの岩壁の下を通るときに何度か立止って岩峰を見上げたけれど、そこにはただ冷やかな垂直の岩壁が見えるだけで、岩峰のいただきは見えなかった。

岩壁に近よってよく見ると、風化の極に達している岩は、全体的には赤味を帯びた白っぽい岩であり、ところどころに、岩の欠け落ちたあとを見ると、大理石でも見るように白いところがあるし、美しい赤のまだら模様が覗いているところもあった。表面を水が伝わり落ちて来るために、全体的に黒ずんで陰湿な岩相をしている岩があった。その下に出ると、黒ペンキで縞模様を描いたような岩があった。その黒い模様は岩に取りついた一種のこけであった。岩壁に触れると、思わず声が出るほどつめたかった。

クライネチンネから中央岩峰に移るところの隙間には、陽がさしこんでいて、さっき双眼鏡で覗いたときフェデリコが立っていたあたりに来ると、小さな落石が音を立てて落ちていた。クライネチンネと中央岩峰の両方から落ちて来たものが、二つの岩峰の境界に集って来るもののようであった。

鳥羽は足元に眼を配った。足元のしっかりしたところを選んで、すばやく通り過ぎなければならない。彼はかぶっているヘルメットの紐をしめ直してから、その落石の沢を走って越えた。中央岩峰の北壁の下に出てほっと一息ついていると、ヘルメットになにものかの軽い衝撃を感じた。小石でも当った感じだった。彼はそこに立っていることはけっして安全ではないと思った。場所を変えようとすると、足元に落ちる露の音を聞いた。彼のヘルメットに当ったのは露だったのだ。

高さ六百メートルの岩壁のいただきから露が落ちて来たのである。鳥羽は、そのとき、垂直岩壁の高さをしみじみと感じた。首が痛くなるほど見上げても岩峰のいただきは見えなかった。

「ここのところ十日も雨が降らなかったから岩はよくしまっていますよ」

フェデリコは中央岩峰の北壁正面登攀基点の岩を撫でながら鳥羽に言った。

正面登攀点は、しょっぱなから庇状岩壁《オーバーハング》になっていた。この庇状岩壁を乗り越えるところから、垂直の散歩路ははじまっていた。

左手をいっぱい延ばしたあたりに、もう大分以前に打ちこまれたと思われる、錆《さ》びた岩釘《ハーケン》があった。

フェデリコは左手をぐんと延ばして、その錆びた岩釘の隣りの岩の割れ目に彼が持って来たピカピカ光るハーケンを打ちこんだ。キーンキーンと岩に打ちこまれるハーケンの音が静かな空気をふるわせた。

「ハーケンの歌声には文句はないね」

フェデリコが言った。

ハーケンの歌声というのは、ハーケンを岩に打ち込むときにハーケンが鳴り響く音である。ごくせまい岩の割れ目にたたきこまれるハーケンの歌声と手応えによって、そのハーケンが確実に岩壁に喰いこんだかどうかを知ることができるのだ。フェデリコがハーケンの歌声は文句なしだと言ったのは、登攀の足掛りともなるべき、第一のハーケンによって、その日の岩壁の状態に見きわめをつけたことにもなる。

フェデリコは第一のハーケンを打ったが、すぐ登攀に取りかかろうとはしなかった。フェデリコは、鳥羽と二人で荷物を分け合った。フェデリコがトップであるから、彼は登攀用の七つ道具を身につけ、食料や装身具の入ったルックザックは鳥羽が背負った。

岩壁登攀用ルックザックに軽くいっぱいあった。重いというほどではなかった。鳥羽はルックザックのふれ止めのバンドをしめた。ルックザックは彼の背にぴたりとはりついた。

「さていいかな」

フェデリコは鳥羽にそういうと、彼自身がこういう場合の大事な見本を示す義務があるかのように、岩壁の下を這いずるように回っていったところの岩陰で放尿した。

「さて、これからしばらくの間は、お互いこの運命のザイルに結ばれたままだ」

（そうだ、切っても切れない仲になるのだ）

鳥羽は切っても切れない仲という日本語をうまいことイタリア語に直したいと思ったが、すぐその場にふさわしい言葉が見つからないので、黙ったまま、フェデリコに渡されたザイルの端を彼自身につけた。

準備は完了した。フェデリコは、胸のポケットから煙草の箱を出して、鳥羽にさし出し、彼自身も口にくわえた。

煙草を半分ほど吸ったところで、フェデリコが妙なことを訊いた。

「鳥羽さん《シニオール・トバ》、あなたは子供さんがありますか」

「ありますよ。十二歳の男の子が二人、日本にいますよ」

「十二歳の男の子が二人？」

フェデリコは理解できないような顔をしていたが、すぐ十二歳の子が二人という意味が双生児だということに気がつくと、それまでになくにこやかな笑顔になって、

「私にはマリアという女の子が一人います。十歳です。マリアが私のすべてです」

マリアの写真を見せましょうかといったフェデリコだったが、そう言いながら胸にやりかけた手を下におろして、

「マリアの写真は、つぎの岩棚《テラス》についたときにお目にかけましょう」

フェデリコはくるっと鳥羽に背を向けると両手のにぎりこぶしで、とんとん岩を叩きながら怒鳴った。

「さあ登るんだ」

岩壁登攀開始の叫び声であった。

フェデリコの両足の靴先が数センチメートルの岩の出張りにかかっていた。

フェデリコの左手は眼の高さにある岩の小さなこぶをつかんでいた。フェデリコは足のつま先と左手だけで、垂直の岩壁に張りついているのである。

フェデリコの右手が静かにおりていって、彼の帯革につりさげてあるハーケンの束の一つに触れた。ハーケンががちゃがちゃ鳴る音がしてすぐ、彼の右手はハーケンの一つをつかんで静

かに持ち上げて行って、口にくわえた。彼はそこで、身の安定を更によくするために、あいた右手で岩のでっぱりをつかんだ。彼の左手が動きだした。いままで岩をつかんでいた左手が、岩のこぶから離れて少しずつ延びていく。岩のおさえは、左手の腕にかかり、やがて左肱《ひじ》が手の平にかわって、がっちりと岩の頭をおさえると、その肱を支点にして左手が、彼の口の方に傾いていって彼の口唇にくわえていたハーケンを二本のゆびで取ると、ゆっくりと岩壁に持っていって、あるかなしかの岩壁の間隙《リス》にその先端を当てる。

フェデリコはそこで一息大きく深呼吸してから、今度は右手を岩から離して、腰に持っていって、帯革にぶらさげてある鉄環《カラビナ》の束から、カラビナの一つを取って口にくわえる。自由になった右手は首に吊り下げてあるハンマーの柄を握る。

軽い打撃がハーケンの頭に加えられる。その不安定な姿勢では思い切ってハンマーを振うことはできないのである。少しでもバランスをくずしたら岩壁から落ちねばならない。

ハーケンが岩の隙間に食いこんで行って、押えている必要がなくなると、左手は左肱で支えていたもとの場所にかえって、しっかり岩の出っぱりを握る。左手と両足の三点確保のやや安定した姿勢になったところで、彼は力をこめてハーケンの頭をハンマーで叩く。ハーケンの歌声がしばらくつづいて、もう如何なることでも、ハーケンが抜け落ちることのないようになってから、口にくわえていた鉄環をハーケンにひっかける。カラビナのバネがパチンとしまる音が、この呼吸もつまるような絶壁での仕事のひとつの区切りを示したようであった。

フェデリコはずっと下にいる鳥羽に向って、

「赤《ロート》！」

と怒鳴って、彼の腰から下に垂れ下っている、紅白二本のザイルのうち赤のザイルを右手で三度ほどたぐりよせて口にくわえ、充分のたるみができたところで、その赤ザイルを、今取りつけたばかりの岩釘の鉄環にひっかける。赤いザイルは、カラビナを通して、鳥羽とフェデリコを結んだのである。

「赤を引けっ！」

フェデリコの声が響く。鳥羽は赤いザイルを力いっぱい引張る。赤いザイルがぴんと張って、フェデリコの身体は岩壁の上方に向ってさらに高位差を稼ごうとするかのように登攀をつづけていった。

鳥羽省造には、岩壁におけるフェデリコの動作はほとんど見えない。鳥羽に見えるものは、垂直岩壁に張りついている、フェデリコの靴の底と、彼の腰から垂れ下っている紅白二本のザイルだけである。

しかし鳥羽には岩壁と戦っているフェデリコの姿が見えなくとも、フェデリコがいまなにをやっているのかはよく分っていた。岩壁登攀のトップは非常に苦しいのだ。そして、その直ぐ下にいるパートナーは、トップと気持を合わせてザイルを上手にさばかねばならないのである。

鳥羽は神経を張りつめていた。もし彼の上でアクシデントが起ったならば、どう処置するかを常に頭の中に置いていなければならなかった。静止している時間は精神的にはもっとも疲労する時間であった。

「ようし、登ってこい」

上からフェデリコの声が掛った。フェデリコが、彼の身体を岩壁に確保して置いて、鳥羽の登攀を見守っているのだ。

鳥羽は登攀を始めた。彼の上方には、天まで届くように真直ぐ延びている紅白二条のザイルがあるが、フェデリコの姿は庇状岩壁《オーバーハング》にかくれて見えなかった。おそらく、フェデリコは、そのオーバーハングの上にある岩棚にいるに違いない。

岩壁の上部にいるフェデリコと鳥羽とはザイルでつながれている。そのザイルに頼ってはいけないが、どうしても乗り越えられないときは、上から、引張り上げてもらうことも可能なのだ。

鳥羽は、行きづまると、上にいるフェデリコに助言を求めた。フェデリコは、それに対して適切な助言を与えた。

「そこは右に逃げたらいいだろう。ステップの順序を間違えないように……そのオーバーハングを越えたところに、やや赤味がかった岩がある。その岩には気をつけろ、そういう顔つきをした岩はもろいぞ」

岩は総体的にはしっかりしていたが、ところどころに豆腐大ぐらいな大きさの穴をぼこっとあけているところがあった。マッチ大ぐらいに欠損した壁面などは恰好な手懸りではあったが、そういうところに、手を掛けると、ぽこんと岩が抜け落ちることがあった。フェデリコが、もろい岩と言ったのはそういう岩のことであった。

せまい足場に立ってパートナーの動きに神経をとがらせているよりも、登攀している間の方が、肉体的にはつらかったが、気持は壮快だった。

鳥羽は大きなオーバーハングを越えたところで、ひといき入れた。オーバーハングの上に空があった。登り始めたときには、みどりの勝った色をしていた空だが、いつの間にか白濁していた。地中海の空の色がいつの間にか無くなったのだ。

白濁した空の中に青みを見出そうと空を見回しながら、鳥羽は、岩壁の下の無人教会で、フェデリコが話した、突然やって来た嵐に襲われて死んだピエトロ・コルトーザのことを思い出した。

フェデリコも空の色が白濁して来たことに気がついているようだったが、鳥羽がゆびさした空の一角にちょっと視線を投げただけで、天気についてはまるで無関心のような態度を示していた。フェデリコは、空の変化よりも、当面の問題として、この猫の額のように狭い岩棚で昼食を取ってから、その日の終着点までの登攀のことが心配のようであった。とても頂上まで行きつくことはできないから、どこかで仮泊《ビバーク》しなければならない。どこかでと言っても、長々と身体を横たえて寝られるような場所はなかった。

フェデリコの頭にその日のビバークの場所として浮び上ったのは、この岩壁をさらに百メートルほども登ったところにある回廊状の窪みであった。そこは北壁中央よりずっと東側に寄ったところから始まって北東稜に達し、更に東面岩壁に達するものであった。

フェデリコは、その場所を懐中ノートに図解して示した。垂直岩壁の途中にいたのでは、その場所が距離的には近くとも、見ることはできなかった。

「分ったよフェデリコ」

鳥羽は言った。身体の調子もいいし、岩の状態もいい。なにも心配になるようなことはないが、ただひとつ、天気のことが気になった。

「なあフェデリコ、おれたちは十日間も雲を見なかったじゃあないか」

「だからどうしたっていうんです。雲がそんなに珍しいのかね、日本の山には雲が出ないのかね」

「雲が珍しいんじゃあない。あの地中海のようにみどりがかった空が白く濁ったのは雲が出たからなんだ。白いのは、ずっと高いところに、雲があるということだぜ、フェデリコ、そうは思わないかね」

「そんな当り前のことをなぜ訊くんです。白い雲が出たから、山をおりようっていうんですか。それならそれだっていいんですよ。私は旦那に雇われた案内人だ、旦那のお声次第でどうにでもなる——」

「おいおいフェデリコ、なにをいうんだ。きみは案内人であり、山の天気にくわしい。だから、この変り様を異常かどうかと聞いているのだ」

「異常《アノルマール》?」

フェデリコは一瞬きっとなったようだがすぐ、

「このあたりの天気は南から変わって来るのだ。ところが、われわれはドライチンネの北壁にいて、南の空がぜんぜん見えない。天気が異常かどうかも、分らない。ただ案内人として一こと言わせて貰いたいのは、こういうときは案内人を信用してつまらない心配をせずに従いて来て貰いたい」

フェデリコは再び岩壁に取りついた。フェデリコは、延ばせるだけ身体を延ばして、両手の、それぞれ三本のゆびのひとふしが、岩にかかると、唇から唸るような声を発して、彼自身の身体を岩壁の上にずり上げていった。

白濁した空は夕刻になってもそのままだった。彼等は予定した岩棚で第一夜を迎え、夜が明けるとともにまた岩壁に挑んでいった。

天気が変わったことがはっきり分るようになったのは三日目の午後の四時を過ぎたころだった。空は厚い雲におおわれた。岩壁の途中から下界に眼をやると、このドライチンネに登る前に、鳥羽が写真を撮りに登った山の中腹でドライチンネ中央岩峰北壁登攀の遠望をきめこんでいた三十人ばかりが、いっせいに山をおりていくのが見えた。女たちが首に巻いているスカーフが風になびいているし、地面には白いほこりが立っていた。

黒い雲が空をおおい南のかなり強い風が吹き出したから、彼等は入場料不要のドロミテ第一の見世物観賞をあきらめて小屋へ逃げ帰ったのである。

南風が吹き出したのだが、北壁にいるふたりには、その風はさほど影響を与えなかった。だが風が無いというわけではなかった。岩峰にぶっつかった風は、流線を乱しながら、岩峰から遠ざかっていった。岩峰の陰の部分、すなわち、彼等が登攀しつつある北壁には、風陰ができた。そこに気流の渦ができた。彼等は、右から左から、背中から、或いは上から、足もとから突風性の風を受けた。

それほど強い風ではなかったが、非常に細心なバランス登攀をしている二人にとっては邪魔な風だった。

フェデリコの動きが速くなった。

フェデリコは天気の急変を知って、嵐が来ない前に、安全なところに逃げこもうと必死になっていた。安全といっても、垂直な岩壁には、二人が逃げこめるような洞窟があるわけではなかった。フェデリコが目ざしているところは、五十メートルほど上にある非常にせまい回廊性の岩場に到着することであった。

時々フェデリコが掛けて来る声がせっぱつまったように聞えた。

雨になるのはもうしばらく待ってくれ。鳥羽は祈りたいような気持だった。雨になったら、動きがとれなくなる。石灰岩系統のこの岩は、乾いているときにはぴしゃりぴしゃりと登山靴の急所が決まるけれど、ひとたび雨に濡れると、砥石《といし》の表面を登るような危険な状態になるのだ。

鳥羽はこめかみのあたりに痛みを覚えた。心臓が早鐘のように打つのを感じた。彼はただ登ることを考えた。とにかく、身を確保できるところまで達しなければ、こんなところにいてはたいへんなことになる。

鳥羽が、最後の庇状岩壁を乗り越えたと同時に雨になった。

そこは、どうやらふたりが岩壁を背にして腰かけられるだけの平面があった。ふたりは、着られるだけの物を身につけ、雨具を着た。二人の身体は、彼等の背後の岩壁に打ちこんだ数本のハーケンとザイルによって確保された。

雨が激しくなった。夏だというのに、みぞれのように冷たい雨だった。

「もう三十分遅れたらやられたぜ、運がいいんだな、旦那は」

「なにが運がいいものか、ドライチンネで嵐の招待を受けるとは思ってもいなかったよ」

鳥羽は、それから訪れて来る夜のことを思うと背筋に寒いものを感じた。

岩壁を流れ落ちて来る雨水が滝のように二人にかかった。彼等は雨具を着ていたが雨具の上をひっきりなしに流れ去っていく雨水のために、体温が奪われていった。雨具を着て、強風のなかに立ったのと同じ結果だった。雨具といっても完全に密閉されたものではないから、雨水は隙間を見つけては身体の中に流れこんだ。

鳥羽は雨の中でビバークした経験はあったが、垂直岩壁の途中で、両足を風が吹くままにぶらぶらさせながらビバークした経験はなかった。なんとしても、足がだるくて重くてしようがなかった。宙にぶらぶらしている足を岩の上に上げたいのだが、その余地はなかった。雨水が靴の中に入り、その重みで、靴がすっぽり抜けてしまうのではないかと思うようなことがある。彼はときどき靴を手元に引き上げては慰撫してやった。

とても眠れるような状態ではなかった。夜が更けると、嵐ははげしくなり、岩峰と岩峰との間を吹き抜ける風の音が、衣《きぬ》を引き裂くように聞えた。

風は時々息をつくことがあった。一瞬静かになったと思うと、次の瞬間、大砲でも打つような音がした。

雨水の次に、嫌なものは落石であった。風雨に打たれて剝脱した岩石が、全く無警告に岩壁を落下して来た。二人の頭を飛びこえて、すぐ下の岩のでっぱりに当って、まるで爆弾でも落ちたような大きな音を立てることがあった。気を静めて聞くと、嵐の音の中に、多くの落石の音が続いていた。

ここで落石に当ったら死ぬしかないと鳥羽は思った。のがれることは不可能なのだ。小さい落石はひっきりなしに、彼等のヘルメットを襲った。肩にも当るし、膝にも当った。靴がもぎ取られたかと思うほど痛い目に合わされたこともあった。

「この嵐は一晩でおさまるだろうね」

鳥羽は、明日はいい天気になるというフェデリコの答えを期待しながら、フェデリコの耳元で言った。

「いや、この嵐は二日はつづくだろう。二日間頑張れば、天気がよくなるが、岩がしっかりするまで、更に一日は動けない」

「すると、三日間、ここにこうしていろというのか」

「あきらめるのだな旦那、どうにもならないときには、おれは、娘のマリアのことを考えているのだ。マリアの生れたときから今までのことをアルバムを見るように思い出していると、不思議に嵐は気にならなくなるものだ」

「奥さんのことは考えないのかね」

「妻は三年前に死んだ。おれは死んだ妻のことは、なるべく考えないことにしているのだ、考えてもどうにもならないからな。マリアは先が長い、マリアには輝かしい将来がある」

雨の降り方が激しくなった。雨水が滝のように流れ落ちて来る。

鳥羽は眠ろうとした。少しでも眠って置かないと明日の行動にさしつかえる。そう思って眼をつぶるけれど、眠れなかった。食糧は二日分の他に非常食を少々持っているだけである。もし嵐が数日間続いて、その間中、岩壁にはりついていたらどうなるだろうか。食糧のことも心配だが、この寒さはどうにもしようがない。いまのところはまだいいとして、フェデリコがいうように風が北に変わって吹きまくられたら、たまったものではない。ヨーロッパアルプスでは、夏山の岩壁で疲労凍死したということはそう珍しくはないのだ。

鳥羽は東京にいる家族のことを思った。妻と二人の男の子はいまごろどうしているだろうか。鳥羽がイタリアのミラノにある日本商社の支店に勤務するようになったのは三年前であった。イタリアの生活に馴れてから家族を呼ぶことにして単身赴任して来たのだが、さて、家族全部をイタリアに呼び寄せるということになると、子供たちの学校のことがまず気になって、愚図ついている間にもう三年経ってしまったのである。

しかし、鳥羽にとって家族が居ないことはある面では気楽だった。日本と違って、ヨーロッパでは夏の休暇を取るのは当り前のことになっているから、なんとか仕事をやり繰りして好きな登山ができるのも、ヨーロッパにいる役得だと思っていた。

ミラノの支店には鳥羽のほかに支店長と、今年日本から来たばかりの青年のほか、イタリア人が二人いた。

夏になると日本からやって来る客が多い。商談よりも、東京の本社からの紹介状を持って見物にやって来る日本人たちの案内が大きな仕事であった。鳥羽は支店長と相談して七月早々バカンスを取り、八月には、支店長にかわって事務所に残ることになっていた。

(まさか、支店長も、いまおれがこんな目に会っているとは想像もしていないだろう)

鳥羽は、北宮支店長の日本人ばなれした顔を思い浮べていた。北宮紫郎は戦前からミラノにいた日本人であった。もう長いことここにいるから、言葉はもとより、顔つきまでイタリア人のようであった。イタリア人には髪の黒い人が多いから、北宮紫郎のように、面長で、眼が大きく、鼻が高いと、イタリア人だと名乗っても不思議には思われなかった。その北宮支店長が、

「鳥羽君、岩登りもいいが、もう、そろそろ年齢《とし》のことを考えた方がいいのではないかな」

と言ったことを思い出した。

そのときはそれほど気にはならなかったが、今になって見ると、三十七歳という年齢がこの北壁登攀にはさしさわりになっていたのではないかと思われた。気持は若いつもりでも、身体はもう四十歳に近いのだ。二十五、六の時だったら、もう一時間はやくこの場所へ着くことができたであろう。

(だが、おれはいま遭難したというわけではない。ただビバークしているだけのことだ)

風が強くなったようだ。顔に吹きつける雨滴が痛い。

鳥羽は懐中電灯の光をフェデリコの方に向けた。フェデリコは背を丸くして頭を垂れて眠っていた。

岩壁を伝わって流れ落ちる雨水を浴びながら、眠ることのできるフェデリコの大胆不敵さには、さすがの鳥羽も驚いた。

懐中電灯の光の中に、岩壁を流れ落ちる滝を認めながら鳥羽は、なぜ、フェデリコのところ

にばかり、あのように雨水の滝が落ちるのかと疑問に思って、光をもっと広い範囲に当てて見た。

二人が腰をおろしているところは垂直の岩壁に生じたごくわずかなへこみであり、へこみの上には当然のように岩の庇《ひさし》が覗いていた。鳥羽の頭上の庇とフェデリコの頭上のそれとを比較すると、フェデリコの頭上の庇はほとんどないも同然であった。しかも、フェデリコが背にしている岩の上方には、縦の溝があったから、岩壁の雨水がその溝の下にいるフェデリコに降りそそぐのは当然のことであった。

鳥羽の頭上の岩の庇はそう大きなものではなかったが、雨水の大部分は庇を通り越し、流れ落ちて来る石の大部分は庇から空間にほうり出されていた。

フェデリコは、そこに座を決めるとき、安全な位置を鳥羽に与え、危険なところを自ら選んだことは明らかだった。鳥羽はふたりの座の周囲に光を当てた。そこには、二人の座を移す余地はなかった。

鳥羽は電灯を消した。

隣りにいるフェデリコのことが心配だった。もし、寝ている間に、大きな落石があったらどうしよう。しかし、そう考えたところでどうにもなるものではなかった。いまできることは眠ることだった。それ以外にはなにもすることがなかった。

夜半を過ぎると嵐はいよいよ激しくなった。風の向きも変わって来たようだった。それまでは南風であったが、どうやら風は西の方に回りだしたようであった。突風性の横なぐりの風が側面から、襲うようになった。

嵐の音と、岩壁を流れ落ちる滝の音と、そして寒さで鳥羽は眠ることができなかった。

鳥羽はひっきりなしに身を動かしていた。隣りにフェデリコがいるのに、たったひとりで嵐の岩壁に置きざりにされたように淋しかった。

「おいフェデリコ」

鳥羽はたまらなくなって呼びかけた。

眠っているのを起すのは悪いけれど、そうしなければいられない気持だった。

「なにかあったのかね旦那」

フェデリコが眼を覚して、怒鳴るような声で言った。

「風が西に回り出したのだ、これは晴れる前兆だろうか」

「なんだって？」

フェデリコはよく聞えぬらしく、頭をずっと鳥羽の方へ近づけて来た。フェデリコのヘルメットと鳥羽のヘルメットがカチンと触れた。

鳥羽が大音響を頭上に聞いたのはその時であった。鳥羽は本能的に頭をひっこめた。

やられたと鳥羽は思った。落石が自分の頭上に落ちたのだと思った。たしかにそれらしい幾つかのこまかな衝撃は感じたが、それは彼を打ち倒すものでも、苦痛を与えるものでもなかった。

鳥羽は我にかえった。

「フェデリコ！」

フェデリコがやられたのだと思った。鳥羽は懐中電灯をつけた。フェデリコは、岩壁の下を覗き込むようにしていた。懐中電灯を彼のヘルメットに当てた。大きな、くぼみの底に穴があいていた。

落石を頭に受けて、フェデリコは前につんのめったのだ。彼の身体が岩壁の下に落ちなかったのは、万一の場合を考慮して、岩壁に彼の身体をしっかり確保してあったからだった。

「フェデリコ、どうしたフェデリコ」

鳥羽がやらなければならないことは両手を延ばして、フェデリコの身体を元の位置に直すことであった。フェデリコの身体はぐにゃりとしていて生きているらしい手答えがなかった。頭上の一撃で、失神しているようでもあった。

鳥羽はフェデリコの背を岩にもたせかけるようにして、彼の顔に光を当てた。フェデリコの口のあたりを鮮血が流れていた。鳥羽はフェデリコのヘルメットを脱がせた。後頭部が割れて血が吹き出していた。

一瞬の出来ごとだった。一瞬の間に、フェデリコの命は奪われたのであった。

（フェデリコをあのまま寝かして置いてやったら、たとえあの落石があっても、石は彼の肩のあたりをかすめて下へ落ちていったろう。眠っているフェデリコが起きて、おれの方に身体を寄せたときに、落石が彼の頭に落下したのだ）

フェデリコを死にいたらしめた責任は鳥羽自身にあるように思われた。

鳥羽は時間の経過とともにつめたくなっていくフェデリコと自分の身体とを、ザイルで固く結びつけて、夜の明けるのを待った。

フェデリコは流血の中に死んでいるのだが、鳥羽にはまだ生きているように思われた。朝とともに息を吹きかえすように思われてならなかった。死に対する悲しみも恐怖も不思議に起らなかった。鳥羽は、隣りにいるフェデリコを守ることに懸命だった。懐中電灯はつけなかった。フェデリコの死に顔を見るのがいやだったからである。

風は明け方近くなると北に変り、ひどくつめたい風になった。雨は止んだ。霧が岩峰の周囲を取り巻いているので、視界はきかなかった。

風が強いから霧の去来は激しかった。

鳥羽はその朝フェデリコの死に顔を見た。一晩の雨で血は洗い清められて、綺麗な顔をしていた。

「フェデリコ、許してくれ」

鳥羽は、ときどきフェデリコに語りかけた。十時を過ぎてから霧に隙間が出来た。青空が霧の間から顔を出した。そうなっても、鳥羽は死の岩壁にじっとしていた。

鳥羽の頰を流れる涙に太陽の光が当ったのは十二時を過ぎてからであった。

ドライチンネの中央岩峰の北壁の上部にいる二人の登攀者になにか異常が起きたことを発見したのは、霧が晴れて間もなくドライチンネの中央岩峰北壁と、岩石の谷をへだてて立つ、山の中腹に集った見物人たちであった。

彼等は手に手に双眼鏡を持っていた。ドライチンネの中央岩峰北壁に登った二人の登攀者がどうなったかを知りたいために、そこに集った者ばかりであった。

彼等は、口々に、

「一人が怪我をした」

「いや一人は死んでいる」

と騒ぎ出した。双眼鏡の底に、動く鳥羽の姿と動かないフェデリコの姿を見て、彼等は騒ぎ出したのである。

「いや一人は眠っているのだ」

という人もあった。

「天気は恢復《かいふく》したのに、なぜ、あんなところで昼寝をしていなければならないのだ」

と反問されると、眠っていると言った人も、なるほどと首を傾《かし》げて、再び双眼鏡に眼をやった。

いくらか山のことを知っている二人の青年が、双眼鏡で仔細に現状を見て、フェデリコの姿勢から遭難と判定した。一人は、オーロンザの小屋に知らせに走り、一人は落石の多い、ドライチンネの北壁の裾をクライネチンネの方から回りこんで、中央岩峰の北壁の下に来て、鳥羽に向ってしきりに手を振った。

鳥羽はその時を待っていた。彼は、サブザックの中に、たまたま落ちて来て、彼の背のところで止った小石と、既にそのときまでに遭難の状況を書いて置いた紙片を入れて、袋の口をしっかり縛って、岩壁の下に投げ落した。サブザックは一度も岩壁には触れずに垂直に下に落ちていって、そこに待っている青年の手に拾われた。

青年は、袋の中の紙片を手早く読むと、岩壁にいる鳥羽に手を上げた。了解したという合図であった。

フェデリコの遭難は下界に知らされたのだ。オーロンザの小屋では今夜中に遺体引きおろし隊を編成して、明朝はやく行動を開始するに違いない。おそらく一般尾根を頂上まで登って、東北稜をおりて来るだろうと鳥羽は考えていた。

鳥羽は、それまで、そこにじっと待つべきかどうかを考えた。待つとすれば、フェデリコの死体ともう一夜を共にしなければならなかった。人情としてはそうしてやりたかったが、雨が止んで半日も経っているから岩はもう乾いている。むしろこのチャンスを利用して安全地帯まで逃げこむべきではなかろうか。逃げるとすれば、彼のいるせまいバンド状の岩の回廊を東面岩壁に逃げこむしか手はないだろう。それは、彼が本で読んでいた知識であった。

「よし、そうしよう。少くともここより、安全な場所に移るべきだ」

鳥羽はフェデリコの方へちらっと眼をやった。フェデリコの遺体が動いたように感じたからであった。

鳥羽はフェデリコの遺体が完全に確保されているかどうかをもう一度たしかめてから、フェデリコと結んでいるザイルを切った。一度、ザイルを組んだ以上死ぬまでザイルを切らないのが山男の心情なのだが、落石という思いもよらぬ事故のために死んだフェデリコとは、どうしても、この場でザイルを切らねばならなかった。

鳥羽は一人になった。一人でこの北壁から逃げねばならなかった。彼はフェデリコの遺体に向って眼をつぶって祈りをささげてから、横断の第一歩を踏み出した。

鳥羽は東北稜まで少くとも三本のハーケンを打たねばならないだろうと思った。これからはなにもかもすべてが一人の責任になるのだ。

鳥羽は第一番目のハーケンを打った。〝歌声〟はよかった。そのハーケンに自分の身体を確保してから、次の足場へ移動すればよいのである。

ハーケンを打つ手ごたえが次第に重くなって来てやがて行きづまった。

「旦那……」

と呼ぶフェデリコの声が聞えた。空耳《そらみみ》だと思ったが、鳥羽にはそれが気になった。死んだフェデリコがそんなことを言う筈がない。気の迷いだ。鳥羽は次の足場に左足を大きく延ばそうとした。

「シニォーレ」

前よりもはっきりと、自分を呼ぶフェデリコの声が聞えた。気の迷いだとうち消しても、いまフェデリコが叫んだシニォーレという声は耳の底に残っていた。

シニォーレと呼び掛けて、それから、なにか言おうとする。フェデリコのいつもの癖のとおりだった。

(シニォーレ、そうしてはいけません)

そんなふうにフェデリコがいうときに使う呼び掛けに似ていた。

鳥羽は動くのをやめて、あたりを見回した。いつの間にか岩壁は再び霧の中に包まれていた。霧というよりも山雲におおわれたのだった。それもかなり濃い。

鳥羽はそのときふとフェデリコが前に言ったことを思い出した。

(ドライチンネという山は、天気がいいとなると、ずっと晴天つづきだし、雨癖がつくと毎日のように、午後おそくなって夕立が来る)

ひょっとすると、霧が濃くなって来たのはその雨癖のせいかもしれない。そうすると、今動き出すと、安全な場所に行きつかないうちに雨にやられることになる。

(知らない岩壁ではけっして無理をしてはならない)

フェデリコの言葉を思い出すと、それ以上動くことはできなかった。霧はいよいよ濃くなっていくようであった。

鳥羽は、しばらく模様を見るためにもとの岩場に戻って腰をおろした。雨が降るにしても降らないにしても、もう一晩はここに止って明日の朝早々に行動を開始しようと思った。

間もなく雨になった。

(こうなったらあせってはいけないのだ)

フェデリコの遺体をおさめた棺《ひつぎ》は七人の山案内人《ガイド》たちの持つザイルに支えられて静かに墓の底におろされていった。棺が墓穴の側面に触れると、ざらざらと乾いた灰色の土が落ちた。

墓穴は非常に深かった。棺はなぜ、そんなに深いところに埋めねばならないのか、と思うようなところに安置された。一番年長者のガイドが、持っていたザイルの端を墓の底に投げて、胸のところで訣別の十字を切った。次々とガイドたちが手にしていたザイルを墓の底に投げた。投げられたザイルの端が棺に当って発する音は山友達へのフェデリコの挨拶のように聞えた。

墓の上から覗くと、紅白のザイルは、フェデリコの棺の上に入り乱れて重なっていた。そのザイルはフェデリコの持物であった。それを適当の長さに切って、棺をつり下げるのに使ったのである。

フェデリコが持っていた山道具がつぎつぎと墓の中に投げこまれていった。

フェデリコが使っていたハーケンもカラビナも、ガイド仲間が手分けしてひとつずつ墓の中に投げこんでいった。

フェデリコの登山靴が投げこまれ、最後に落石でへこんだヘルメットが棺の上に落された。

「フェデリコはいい奴だった」

ガイドの一人が言った。

「ほんとうにフェデリコはいい奴だった」

ガイドたちは口々に言いながら、墓から離れていった。ガイドたちが行ってしまうと、すぐ墓守が、墓の穴を埋めにかかった。墓守はかなりの年齢であったが、手伝いの男はまだ若くて力があった。二人が向き合って、墓穴に向って土を落し出すと、見ている間に、棺はかくされていった。

すべては終った。こんもりと高い盛り土のずっと下にフェデリコは永遠の眠りについた。

その土饅頭《どまんじゆう》の前に、四人が残っていた。

フェデリコの娘のマリア、フェデリコの弟のアルベルト、オーロンザ小屋の管理人のアントニオ・テルニ、そして鳥羽省造であった。

「さあ、マリア、花を供えなさい」

アントニオが言った。

マリアは言われるままに胸に抱いていた花束を父の墓の前にささげた。黒い喪服を着たマリアの顔には表情がなかった。悲しみを通りこして、ただ呆然と大人たちのいうとおりに従っている顔だった。

アントニオ・テルニが、フェデリコの愛用のピッケルを墓の前に横たえながら言った。

「フェデリコ、近いうちに立派な石碑を建ててやるからな」

アントニオは涙をふいた。

「シニョール・トバ、話はいつつけて貰えるんだね」

それまで黙っていたフェデリコの弟のアルベルトが鳥羽に言った。酒のにおいがぷんとした。

「アルベルト、お墓の前でそんなことをいうもんじゃあない。鳥羽さんは紳士だ。それに立派なアルピニストだ。ちゃんと君の話を聞いてくれるさ。とにかく、平服に着かえてからホテルへ行くんだな」

アントニオはアルベルトをたしなめて置いて鳥羽に、

「石碑にきざみこむ文句だが、なにかいい言葉があったら聞かせてくれませんか。フェデリコも、パートナーのあなたの言葉をもっとも喜んでくれるでしょう。なあに、たいした名文句でなくてもいいさ、このカンディデ村の墓地の碑にふさわしい文句ならなんでもいい。ね、鳥羽さん、この墓は、五世紀前にこの村ができたときからここにあるのです。どっちを見ても、ドロミテの美しい山ばっかりが聳えている、この台地に花に埋もれて眠るフェデリコになにかひとこと語りかけてやる言葉を考えてくださいませんか」

鳥羽は周囲の山々に眼をやった。赤味を帯びたドロミテの奇峰が並んでいたが、この村から二十キロしか離れていないドライチンネの三つの岩峰が、ポレラの峰にかくれて見えないのが残念だった。カンディデ村はそれらの山と山の間の狭い谷に出来た村なのだが、教会だけは、きわ立って立派であり、教会にとなり合わせている村の墓地も手入れが行き届いていた。どの墓にも草は一本もなく、色とりどりの花が咲き乱れていた。

「私はフェデリコにすまないという気でいっぱいです。そして、フェデリコがあんなに愛していたマリアをひとりぼっちにしてしまったことに責任を感じています。もし、碑文を作れと言われるなら――フェデリコなぜひとりで先に――私は、そう書くでしょう。二人でザイルを組んで山へ登って、フェデリコだけが死んで私が生き残ったことは、私にとって耐えられないほど悲しいことなのです」

「フェデリコなぜひとりで先に……いい文句じゃあないですか、それをいただきましょう。それを碑に刻みましょう」

そしてアントニオは、フェデリコなぜひとりで先に……と繰り返した。

啜《すす》り泣きが聞えた。

マリアが泣き出したのである。フェデリコの遺体がこの村についたときも、葬式のときも、そして、いま、父の棺が深い土の中に埋もれたときも、ほとんど感動のない顔で立ち尽していたマリアが初めて涙を見せたのであった。

「マリア、許しておくれ、あなたのお父さんを不幸な目にあわせたこの私を許しておくれ」

鳥羽はマリアの小さな肩に手を置いて言った。だが、喪服を着た十歳の少女は、鳥羽の手をそのままにして啜り泣きをつづけた。

「マリアのことは、かまわないでくれ、ここに立派な叔父さんがついているからな」

アルベルトが胸を叩いて言った。

「ほんとうに立派な叔父さんだよ、兄貴の葬式だというのに朝から酔っぱらっているんだからね」

アントニオが吐き出すように言った。

ホテルといっても、避暑客が数組泊っているだけの静かな宿である。そのホテルの一階の食堂の隅に陣取ったアルベルトは坐ると同時にラム酒を注文して、かなり急ピッチで飲んでいた。つけが鳥羽に回ることを承知の上のようであった。マリアは白いブラウスにチェックのスカートを穿《は》いていた。胸につけている黒の喪章が、マリアのこの日から始まるほんとうの悲しみを象徴しているようであった。

「兄貴が死んだのは、シニョール・トバの責任である以上、兄貴の遺児マリアの養育費を出すのは当り前じゃあないか、こんな簡単なことがなぜ分らないのだね」

アルベルトはもうかなり酔っていた。もつれる舌でさっきから繰り返すことは、このことだけだった。

「フェデリコは山案内人だ。落石にやられたのは運が悪かったのだ。マリアの養育費を鳥羽さんに要求するなどということは筋道が通らない。ばかなことをいうものではない」

アントニオはいささか面倒になったらしく、きつい言葉でたしなめた。

「養育費が出せないというなら、一時的の見舞金を出したらどうなんだ。フェデリコは死んで、マリアは孤児になったのだぜ」

マリアという名が出ると、マリアは悲しそうな眼で、酔っぱらいの叔父のアルベルトの方を見た。十歳の少女にも、アルベルトが不当な要求をしていることがはっきり分っているようだった。

「おい、日本人、なんとか言わねえのか」

「その点は、考えさせていただきます」

「ほほう、いくらか出すというのだな、話が分るじゃあないか。では、その金額を相談しようじゃあないか」

アルベルトの声は次第に高くなっていった。まだ夕食には早い時間だが、食堂にお茶を飲みに来ている客が二組ほどいた。

「アルベルト、静かにしないか、ここにいるのはおれたちばかりではないのだぞ」

アントニオがたしなめてもアルベルトは、鼻でせせら笑って、それからもさんざ、悪態をつ

いた上で、

「その話がつかない間は、おれは何遍でもこのホテルに来るし、けっして貴様をこの村から出しはしねえからな」

と言い置いて、彼と行くのをいやがるマリアをつれてホテルを出て行った。

「困った奴ですよ。ああいう男はどこの村にも一人や二人はいるものでしてね、酒を飲まないときはまことにおとなしい男なんですが、飲むとああなるんです。つまり、自分の弱い気を酒でごまかすんです。それにあの家には食べざかりの子供が六人もいるんです。とてもマリアを引き取る余裕はない」

「しかしマリアは結局あのアルベルトの家へ引き取られるのでしょう」

「身寄りというと、あの男しかないから、このままにしておけば、アルベルトのところへ行くということになるでしょうが、ガイド仲間は、なんとか別な方法を考えようっていっているのです」

「別な方法？　いったいそれはなんです」

鳥羽は思わず乗り出した。

フェデリコは生前弟のアルベルトの面倒を見てやっていた。アルベルトが酔っぱらってなにかやらかすと、その尻ぬぐいをフェデリコがやった。アルベルトはそれをいいことにして、飲んだくれているので、フェデリコはとうとう腹を立てて、このごろは全然見てやらなくなっていた。アルベルトはフェデリコの腹違いの弟であった。

「アルベルトにはマリアを養育する生活の余裕もないし、あんな飲んだくれに任せることもできない。マリアを誰か適当な人のところに預けようではないかという話が出ているのです。フェデリコは多くの山男に愛されていましたから、彼の死を知らせたら、マリアの引き取り手は必ず出て来ると思うんです。なにイタリアでなくてもいいんです。ドイツでもフランスでも、マリアにちゃんとした教育をさせてくれるところなら何処でもいいのです。マリアは利口な子ですから、どこの国へ行っても、すぐ従いて行けるようになると思います。もしそういう人が見つからなかった場合は、マリアの育英資金を募集して、この村でマリアを見てやることになるのですが、マリアをこの村に置くかぎりは、あの飲んだくれのアルベルトが浄財に眼をつけて、マリアを引き取ろうというに違いないのです。そこが問題なんです」

アントニオはそれだけ話すと、

「山でガイドが死ぬと、こういうことは必ず起るんです。だが、いままでたいていの場合は、後始末はうまく行っています。山の好きな人達には、善人が多いからでしょうね」

アントニオはたばこに火をつけた。

鳥羽はマリアのことをずっと考えつづけていた。マリアを孤児にしたのは自分のせいである。もしマリアを誰かが引き取って育てるのだとすれば、それは自分でなければならないような気がした。

「マリアはそれを承知するだろうか」

「他人に引き取られることを、かね？」

「そうです、赤の他人にね」

「少くとも、あの飲んだくれの叔父一家にいるよりは増しだと思うでしょうね」

「アルベルトの奥さんはどんな人ですか」

「アルベルトをあんな飲んだくれにしたのはあいつの女房の責任さ、シシリー島から流れこんで来た女でね——」

それ以上は言わなかった。

「マリアの六人の従兄弟《いとこ》たちは」

「六人とも学校では注意人物というわけさ……」

しかし、と鳥羽は口の中で言った。

「葬式のときのマリアの喪服もきちんとしていたし、さっき着て来た服も清潔だった。白いブラウスの胸につけた黒い蝶の喪章なぞ、こまかいところに心が配られていたではないですか」

鳥羽はなんとかして、マリアの親戚に有利な点を見出そうとした。

「マリアは、今のところ私の妻が面倒を見てやっているのです。フェデリコが山へ行くときには、マリアを私の妻に預けて行くことになっていたのです」

ああ、と鳥羽は溜息をついた。これではマリアの身寄りは無いと同じではないか。

アントニオ・テルニの家は村の中心よりやや山に寄った方にあった。木造の二階建てで窓が多く、二階の窓には、鉢植えの花が並んでいた。

「夏の間は二階を間貸ししているのです」

とアントニオは説明した。そう言えば、この辺の家は、家の建て方が、夏場の滞在客をあてにしているようであった。庭の西洋スグリが房になって垂れ下っていた。

「私は夏の間はオーロンザ小屋の管理人として山で働き、冬はこの近くのスキー場の先生として働いています。家にいるより山にいる方の時間が多いのですよ」

アントニオはもともとガイドであったが、五十を越してすぐガイドを止めて、オーロンザ小屋の管理人になったのである。この地方の山案内人組合の組合長もやっていた。

アントニオには五人の子供があった。五人のうち三人は学校を出て、それぞれ働いていた。長女は結婚して別居していた。この辺はどこの家にも子供が多いのだ。

「ところで鳥羽さん、あなたの話というのは」

アントニオは自分ばかりがベラベラしゃべっているのに気がつくと、あらためて、鳥羽の訪問の目的を訊いた。

「これは仮定の話ですが、もし私がマリアを日本へつれて行って、私の子供たちと一緒に勉強させたいと申し出たら、許していただけるでしょうか」

「マリアを日本へ？」

「そうです、東京です」

アントニオは、すぐには返事をせず、しばらく考えていたが、

「あなたが仮定という言葉を用いましたから、私もこれは私だけの考えだと仮定して、お話しすることにしましょう。アルベルトが嫌だと言わないかぎり、おそらく反対する者はないでしょうね」

「アルベルトはやはり……」

「金の蔓《つる》を無くすという意味でね……あれでも、マリアにとって唯一人の親戚ですからね」

「駄目でしょうか」

「いいえ、駄目ではありません。彼に、フェデリコの墓守代として幾許《いくばく》かの金をやれば、彼は承知するでしょう。しかし、鳥羽さん、マリアを日本につれていくことが、マリアの本当の幸福になるでしょうか、遠い日本へつれていくことは……」

「それは後になって見なければ分らないことです。つれていくとすれば、私は、自分の子をさし置いても、マリアを立派に育ててやるつもりです。マリアを幸福にできるかどうかは、マリアの親になる者の心懸け次第だと思います」

「よく分りました。鳥羽さん、心に止めて置きましょう。もしそういうことになったら私はあなたの味方になりましょう」

アントニオは窓の外に眼をやって、

「ちょうどいい、マリアが帰って来たようだ。マリアの意志を聞いて見ましょうか」

マリアがアントニオの末娘と手をつないで坂を登って来た。

鳥羽はマリアを呼ぼうとするアントニオを手で制して、

「マリアにこの話をするのはしばらく待って下さい。マリアに限らず、私の方の状況が固まるまでは黙っていて欲しいのです。マリアを日本につれていくには、色々と問題があります。第一に私が東京本社に帰ること、第二に私の妻の了解を得ること、そして、一番問題なのはマリアの日本に永住する手続です」

「分りました。あなたはすべてに慎重な方です。あなたの用心深くて忍耐強いのは、既にドライチンネの中央岩峰の北壁で証明されていますからね」

「皮肉ですか、アントニオさん」

「どういたしまして、私はあなたのことを讃めているのですよ。ドライチンネの中央岩峰の北壁で、パートナーが落石でやられたとなると、たいていの者なら、精神的ショックで、半分気が狂ったようになるのが普通です。そういうときがもっとも危険なんです。動いてはいけないときに動いたり、とてもひとりでは動けないところを動いたりするのです。またパートナーの死を見て、恐怖のために、口も利けなくなり、一歩も動けない者もいるんです」

ところが、あなたはすべてについて非の打ちどころがなかったとアントニオは言った。

「あなたは岩がよく乾くまでじっとしていた。また雨が降り出しそうになると、すぐもとの岩棚に引きかえして、ビバークした。そして、翌日、完全に天気が回復するのを待って、独力で、東壁に逃れ、救助隊と合流した。そして、あなたが岩壁に打ちこんで置いたハーケンのおかげでフェデリコの遺体引きおろしは比較的楽に行われたのです」

鳥羽はなんにも言わなかった。あの時の行動がアントニオのいうとおり完全だったかどうかは、更に多くの登山家が、あの事故について分析して結論を出すだろうと思った。

鳥羽は警察官に根掘り葉掘り聞かれたときのことをふと思い出して、いやな気持になった。

(もう一度訊くが、その瞬間フェデリコは声を出したかね)

(いいえ、落石がフェデリコのヘルメットに当る音は聞きましたが、フェデリコの声は聞きませんでした)

(落石がヘルメットに当る音だということがよく分りましたね、真暗闇だというのに)

「どうしました鳥羽さん、急にだまって。マリアのことはいますぐどうこうという結論をつけるのは無理でしょうから、私の胸の中に、そのときが来るまで、しまって置きましょう」

アントニオはそういうと、窓の方に立っていって、

「マリア、ここへいらっしゃい、シニョール・トバが来ているから」

西洋スグリのところにいたマリアは、はっとしたように眼を窓の方に投げた。マリアと鳥羽省造の眼が合った。

アントニオに呼ばれて部屋に入って来たマリアは両手に西洋スグリの房を載せたままで突っ立っていた。その西洋スグリは、半ば赤く色づいていた。鳥羽はその西洋スグリとほとんど同じものを長野県の彼の伯父の家で見たことがあった。その実を食べたこともあった。子供のころである。

「その実をひとふさ私にくれないかね」

鳥羽は、背をかがめるようにしてマリアに話しかけた。強いて作ろうとする笑顔が、かえってゆがんで、妙な顔にならないかと心配していた。マリアは黙っていた。いいとも悪いとも言わなかった。彼女のそばに寄って来る鳥羽をじっと見詰めながら微動だにしなかった。

(西洋人の子供の表情ではない、これは日本人の子供の表情だ)

鳥羽は、マリアの顔を見てそんなふうに思った。西洋人は子供のうちから表情を大きく動かす。鳥羽が親愛の情をほほえみに表わして近づこうとするのが分ったならば、にこやかに笑い返すのが当然である。また、もし、鳥羽の笑いかけに警戒すべきものを感じたならば、西洋人の子供は卒直に反発の色を浮べる筈であった。が、マリアは表情を動かさなかった。どっちつかずの無表情な、中間的な表情にかくれて、相手の心を探ろうとする、長い封建時代の間につちかわれた日本人的な、疑惑をこめたその眼《まな》ざしの中に、鳥羽はマリアとの遠い距離を感じた。

(なぜひとりで先に……という碑文を聞いて泣いたマリアが、今日はなぜあんなにつめたい顔をするのだろう)

いや、つめたい顔なら顔で、いいのである。マリアの顔はそうではない。無表情な顔というのは無視する顔であった。

「マリア、その一房を小父さんに上げなさい」

アントニオが、見かねるように口を挟むと、マリアは、黙って、両手に載っている西洋スグリをそのまま、鳥羽の前にさし出した。

「ありがとう、マリアちゃん」

鳥羽はその一房をつまみ取って、宝石でも見るような眼で眺めていた。日本の西洋スグリよりやや大粒であったが、赤味は日本のそれの方が勝っているように思われた。鳥羽はそのひとつぶを取って口に入れた。ちょっと薬のようなにおいのする、甘さと酸味が、子供のころ、伯父の家の庭で食べた西洋スグリの味と同じだった。

「日本にも、これと同じものがある。でも日本のものよりこの方がおいしい」

鳥羽は西洋スグリを、イタリア語で、なんというのか知らないから、ものという言葉を使ったのである。

マリアの表情が少し動いた。動いたように見えただけだった。マリアはまたもとの無表情な顔になって、鳥羽がスグリを食べるのをじっと見ていた。

「マリア、学校で日本という国のことを教わっただろう。言ってごらん、日本てどんな国だね」

アントニオがマリアに聞いた。

マリアは鳥羽に向けていた眼をアントニオに移すと、すぐ、両手に持っている西洋スグリのやり場を見つけ出したように、そっくり、それをアントニオの膝の上に移し置いて、

「日本という国のことはちょっぴりしか知らないわ」

といった。そう言っているマリアの顔はいかにも少女らしいはにかみと甘えとを見せていた。いくらかしもぶくれのした頰が桜色に輝いていた。金色の生毛《うぶげ》が光っている。

「ちょっぴりでもいいんだよ、マリア言ってごらん、日本はどんな国だね」

「日本は……」

そう言ったときマリアは、鳥羽の方をちらっと見た。その途端にマリアの顔から、笑いが消えた。

「日本は戦争の好きな国よ」

マリアははっきり言った。

アントニオは、その答え方が、一般的でなさすぎたし、彼の期待していたものとかなりかけはなれていたので、ひどく狼狽したようであった。

「戦争に強い国の間違いだろう」

アントニオは、よせばいいのに、そんなことを聞くと、マリアは、ちがうのよ、小父さんと、アントニオの腕にすがりながら、

「日本はドイツと同じように、戦争が好きな国だと先生が言っていたわ」

「鳥羽さん、どうもすみません、子供のいうことだから気にしないで下さい。今度この子の学校の先生に会ったら厳重に注意して置きますから」

アントニオは困った顔で言った。

「いや、いっこうにかまいませんよ。日本は東洋の野蛮国だなどと教えて貰うより、いくらか、ましでしょう」

鳥羽はそう言いながら、日本だって、小学校の先生の中にはイタリアっていう国は戦争はからっきし弱い国なんだと教える人もあるだろうと思っていた。

「私には、マリアちゃんと同じぐらいの男の子が二人いるのです。豊《ゆたか》と博《ひろし》という双子なのです」

「双子《ジエメーロ》？」

とマリアは言った。

「私の学校にも双子がいるわ、二人ともとてもよく似ているわ」

マリアはそう言ったがすぐ、鳥羽に対してものを言い過ぎたことに気がついたかのように、それからは容易に口をきこうとしなかった。

「マリアちゃん、小父さんは、明日の朝、ミラノへ帰ります。こんど、ここに来るときは日本の絵葉書をたくさん持って来てあげましょうね」

マリアはそれに頷いただけであった。それでも、鳥羽が、さよならを言うと、マリアは小さな声でさよならと言った。

「いそぐことはないさ。糸玉は大きいほど、解きほどくのに時間がかかる」

アントニオは戸口まで鳥羽を送り出して来て言った。

大西商事のミラノ支店長北宮紫郎は、鳥羽省造の話を一応聞き終ったところで言った。

「新聞を見て驚いたよ。第一報では、きみも、怪我をしているらしいなどと書いた新聞もあったからな。しかし、新聞は全体的に、日本人鳥羽省造に対しては好意的に扱ってくれた。死んだパートナーの遺体を守って岩壁に二昼夜、友人の死体と共に二昼夜の岩壁の苦闘、などという見出しが多かったようだ。だいたいイタリアの新聞は見出しが大げさすぎる。今回など特にひどかった。しばらく山の遭難がなかったから無理もない。此処にもおしかけて来たよ新聞記者が。とんだことで、大西商事ミラノ支店の名が世に出たものさ。この事件は、フランスの新聞にも、ドイツの新聞にも出たからね。現地へ出かけようというところへ君から直接連絡があって、ほっとしたよ。あの夜、君の電話を最初に受けたうちの家内は、ひどく驚いたらしい。君の亡霊が掛けてよこした電話だと思ったそうだ」

北宮はいかにもおかしそうに笑った。

「それにしても、これほど大きな事件が意外に簡単にけりがついてよかったね。ぼくはまた、少々まとまった金が要ると思っていたが、そっちの方も、たいしたことはなさそうじゃないか」

北宮はコップのコーヒーを一息に飲みほした。

「そうです、死体引きおろしに要した、四人のガイドの二日間の日当と、あとは葬儀の費用の一部を負担したぐらいのものです」

「それで万事済んだというのかね」

「いいえ、問題はこれからです」

「そうだろう、そんなに簡単にいく筈はないと思っていた。それであとどのくらい出せというのだね」

「金ですか」

「まさか、命を出すわけにはいかないだろう」

「支店長、山にはルールがあるんです。山案内人のフェデリコは、落石を頭に受けて死んだのです。彼が運が悪かったということで、私が、彼の遺族に損害賠償をしなければならないような責任はありません」

「だがいま君は、問題はこれからだと言った」

「それは道義的な責任のことです」

「分らないな、君のいうことは」

北宮紫郎は立上ると、自動コーヒー沸し器の栓をひねって二つの紙コップにコーヒーを満して持って来て、鳥羽の前に一つを置いた。

「聞こうじゃあないか」

「フェデリコはマリアという一人娘を残して死んだんです」

「そうか、気の毒にな」

北宮紫郎のイタリア人的な顔にはなんの感動も起らなかった。

「ぼくは、そのマリアを引き取ろうと思っているんです」

鳥羽は結論から先に言った。

北宮紫郎の眼鏡がぴかりと光った。

「だいぶ思いつめたようだな。とにかく、なぜそういうことになるのか話してくれないか。筋が通ることならば、ぼくも応援しよう」

北宮紫郎は商談に入るときのように鳥羽省造の眼を真直ぐ見たまま動かなかった。

鳥羽はドライチンネの中央岩峰北壁で起きた事件から、フェデリコの葬儀に至るまでの話をくわしくした。マリアを飲んだくれの叔父のアルベルトにまかして置くことはできない事情は特に強調した。

「なるほど、話はよく分った。そういう場合は、きみのいうとおり、父がわりになってマリアを育てようという人が現われないかぎり、マリアは幸福になれないだろう。君がそのつもりになるなら、マリアはきっと幸福になるだろう。君は日本へ帰ることをかねて希望していることだし、ぼくも、君は外国にいるより日本へ帰ったほうがいいと考えて、本社に君のかわりの人を要求している。その問題については、近日パリからやって来る大西専務とよく話して見たい。君が日本に帰ることになり、その時マリアを一緒に日本へつれていくことも、外交関係の事務手続が少々うるさいだけで、やってできないことはないだろう。ただ、ちょっと気になるのは、マリアが君の家族を含めて、すべての日本人の中に素直に溶けこんでいけるかどうかということだ。十歳といえばまんざらの幼児でもない。ちゃんと自分をわきまえることのできる年齢だ。日本につれて行ったはいいが、言葉も通じないし、風習も違うんで神経衰弱になってしまうことだって考えられる」

北宮紫郎は同意を求めるような眼を鳥羽に向けて、

「その御当人のマリアは、きみと日本へ行くと言っているのかね」

「いいえ、まだマリアには話しておりません、私の方が決ったら話そうと思っています」

「決ったらというと、君が東京の本社勤務になるということだな」

「それもあるし、妻の意向も聞いて見たいと思っています」

「鳥羽君、ひとことだけ君に言って置きたいことがある。おれはイタリア人を妻にして、このイタリアにもう二十数年間も住んでいる。だが、まだイタリア人というものがほんとうに分らない。妻も、やはり、日本人というものがほんとうには分っていないらしい」

「つまり人種の相違というものは、愛情よりもずっとずっと根本的なものだということでしょうか」

「若さとか、愛情とか、物質とかによって表面的には、人種間の溝は埋められているように見えていて、ある時、突然妻との間に、底が見えないほど深い溝があるのを見て驚くことがある。そんなときぼくは、なにか重大な誤りをしていたのではないかと考えることがある」

卓上の電話のベルが鳴った。

「とにかく、もうしばらく考えて見てから決めるんだな」

北宮紫郎は立上った。

「ミラノに来てドウーモの寺院を見ない人は、ミラノに来たということにはならないのだそうです」

鳥羽省造は肩を並べて歩いている大西商事の専務大西光明に、大小無数の白い尖塔が林立しているドウーモの寺院を指して言った。

両側に高い建物が立っているので、歩道は暗い。そのずっと先に白く輝くドウーモの寺院は、たしかにミラノの象徴と言われるだけあって美しい。

「ドウーモを見て帰らないとドウモならないというのかね」

大西光明は笑った。

「専務はなかなか洒落《しやれ》がお上手ですね。ところであのドゥーモの寺院は十四世紀の終りに、ギアン・ガレアッツォ・ヴィスコンティが建築を始めて、完成までに実に五世紀を費したと言われています。イタリア人はもとより、フランス、ドイツの建築家、芸術家がドゥーモの建設に参加しました」

「気の長い話だな」

「まったく、日本人には考えられないような話です。イタリアでは、気の長い人のことを、ミラノのドゥーモのようだというのだそうです」

二人はドゥーモの寺院の広場の方に廻ると、そこでしばらく、この世界最大のゴシック風寺院を眺めてから、中に入って、巨大な空洞の壁にきらめく、ステンドグラスの聖像を見てから、エレベーターで屋上に出た。

「建物のすべてを大理石で作り上げようとするのだから時間もかかったわけだ。それに、建物の隅々にまで名工の鑿《のみ》の跡を残そうという配慮はたいしたものだ」

「お気に入りましたか」

「いや、驚きはしたが気には入らないね。おれはだいたい歴史にはあまり興味がないんだ。歴史に興味を持つほど老いぼれてはいないつもりだ」

大西商事の専務の大西光明はハンカチを出して額の汗を拭った。三十を過ぎたのにまだ独身でいる大西の顔は若さが溢れていた。

「たいへんだな、きみも日本から客が来るたびに案内して同じことをべらべらしゃべらなければならないのだから」

「でも、ときには楽しいこともあります」

「どんなときだね、それは」

「お客様自身が、このドゥーモの寺院のどこかに美しさを発見して讃めて下さるときです」

「日本からいきなりここへやって来たら、たいていの人は驚くだろうが、他所《よそ》を廻って来た者はそれほど驚かないね。こういう形式の寺院はヨーロッパではどこへ行っても見られるからな。まあ美しいと言えば、この屋上から見た空だな。白い尖塔の下に立って見上げる、このイタリアの空の色はなかなかいい。日本ではめったに見られない色だ」

「美しいですね専務。しかしほんとうに美しい空は、ドロミテに行かねば見られません」

「ドロミテというと、きみが遭難したドライチンネのあるところだな」

大西光明は空にやっていた眼を鳥羽省造に向けた。

「専務はあの話をお聞きになりましたか」

「聞いたよ、パリでね。新聞にも出ていたじゃあないか。そして、ゆうべこのミラノに着いた夜、北宮支店長からくわしく聞いた。おそらく、今日、きみを案内役にしたのも、君自身で東京本社に帰りたい気持を卒直にこのおれに訴えろという北宮さんの老婆心だろうね」

「東京へ帰るのはだめでしょうか」

「北宮さんのそういう心遣いがいやだ」

「それでは私は——」

「きみのことは最終的には、東京に帰っておやじと相談して見るが、いまの気持は北宮さんと同じだ。きみは外国駐在員のタイプではない。多分に浪花節《なにわぶし》的だからね」

「頭が古いということでしょうか」

鳥羽は自嘲的につぶやくと、大西の顔から視線をそらせて、前の大理石の柱に刻みこまれた天使の像の向うに見える、ぽかりと一つ浮いている雲にちょっと眼を止めてから下を向いた。

「なにごとも合理主義で行こうとするヨーロッパ人の中で、義理人情をおし通そうというのは無理だよ、きみは日本人的すぎる。いまの眼つきがそうだ。ヨーロッパに一年以上いた日本人はこういうとき、視線をそらせたり、うつむいたりはしない」

鳥羽は、ずけずけとものをいう大西光明の顔をもう一度見直した。親の威光で大西商事の専務に収まった彼にとっては今度のヨーロッパ旅行は初めてである。日本を発ってからまだ二カ月とは経っていない。その彼に、そんな批判を受けるとは思わなかった。

「だがねえ、おれは、きみの考え方が間違っているとは思わないよ。もっともだと思っているんだ。おれがきみだったらやはり、そのマリアという少女を引き取ろうと言い出すだろうね」

大西光明はそう言って、屋上を歩き出した。

「いい気持だぜ、世界一の大寺院の屋上でこう胸を張って……」

大西光明は深呼吸でもしそうな恰好をしてから、

「そうそう空の色のことで思い出したが、きみが遭難する前の日は、空の色が地中海色になったそうだな、そういうことはしばしばあるのかね、そのドロミテの山では」

「一種の異常現象でしょうね。でも、ドロミテの空の色は一般にはみどりがかって見えるのです」

「みどりの空か、見たいものだね。ぼくは今度の旅行では都会を歩き過ぎたような気がする。たまには田舎へ行って見るのもいい――」

大西は言葉を切ると前を行く女の尻のあたりに眼を据えた。

「あの女の尻は日本人的だな」

大きな声でいきなりそんなことを言われたので鳥羽はあわてて周囲を見廻したが、そこにいる外国人観光客の中に日本語を解するものは一人もいないようだった。

外国人の観光団が通り過ぎた屋上に、尖塔の影が長く引いていた。日はずっと西に傾いていた。

「若い外国人の女のヒップは一般的には上っているのだが、ときどき日本人的にたれ下っている女がいる。ああいう女は西洋においては稀少価値というものだな」

「専務の眼のつけどころは違いますね」

「どう違うかな。ドウーモの寺院を観賞するのも観賞だが、女の尻を観賞するのもやはり観賞だ。ところで今度は、どこへ行く。サンタ・マリア・デレ・グラツィエ寺院にレオナルド・ダ・ヴィンチの最後の晩餐を見に行くことにするか」

「行先を御存知ですね、専務」

「専務はやめて貰いたいね、これからは大西と呼んでくれ」

「では大西さん、〝最後の晩餐〟を見に？」

「いや、よそう。さっきから言っているように、おれは過去のものにはあまり興味がない、もっと将来があるものを見せて貰いたいものだな」

大西は先に立ってエレベーターで下におりて広場に出ると、鳩の豆売りの女から二袋の豆を買って、景気よくばらまきながら、広場を横切ったところで立止って言った。

「うまいコーヒーを飲ませる店はないかね。おれは北宮さんのように、コーヒーならなんでもいいからがぶがぶ飲みたいというコーヒー飲みではないからね」

どうやら大西は、事務室に備えつけてあるコーヒーの自動沸し器を皮肉っているらしかったが、鳥羽は北宮支店長のコーヒー好きには触れずに、

「イタリア人はコーヒーが好きですね。第一次世界大戦のときも、第二次世界大戦のときも、兵隊の募集ポスターに、軍隊に入るとコーヒーが腹いっぱい飲めると書いてあったそうです」

鳥羽は回廊式の歩道にはみ出すように椅子テーブルを並べた店に坐ってコーヒーを注文した。坐るとすぐ大西は席を立った。トイレットにでもいったような気配だった。

「いかがですか、このコーヒーの味は」

しばらくして帰って来てすぐコーヒーに口をつけた大西に訊くと、

「けっこうですな、すべてけっこうですな」

大西は御機嫌な顔で大きく頷くと、

「今夜は、ひとつ君を招待しようかな」

といった。

「専務が私を招待する——それは困ります。私は支店長から、専務、いや大西さんを御案内するようにいいつけられて来たのですから」

鳥羽は、なぜ大西が急に招待するなどと言い出したのか不思議に思っていた。

「まあいい、ここのところはおれにまかしておけ。そのうち、おれの友人がやって来る。その友人が適当なところへ連れて行ってくれるだろう」

「友人ですって、専務、ミラノにお知り合いでも……」

「なにもそんなに驚くことはないだろう。ぼくの友人というのは女性なんだ」

「女性ですって?」

鳥羽は思わず声を上げた。

その店に間も無く来るという大西の友人の女性は小一時間経っても現われなかった。

「どうしたのでしょうね、いったい」

と、むしろ鳥羽の方がいらいらするのを横目で見ながら、大西光明は、

「きみはドライチンネの中央岩峰の北壁で丸二日間待ったというではないか。そのきみが一時間や二時間待つのがつらいのかね」

「岩壁で待ったのはちゃんと理由があったんです。目的もはっきりしていたのです」

すると大西は、おやッというような顔をして、

「おれには、目的はないというのかね、これは驚いた。ちゃんと目的はありますよ、それは間もなく分ることだがね」

大西はそんなことを言いながら、夕刻近くなって人通りが多くなった歩道の方にカメラを向けてシャッターを切っていた。いままで来た日本人とは違うなと鳥羽は思った。はじめて海外旅行をする日本人は落ちつきがない。特にひとりではじめて海外旅行に来た日本人は、なにか不安そうに、きょときょとした態度でいるのに、大西光明は、もう長いことヨーロッパに滞在の経験があるかのように落ちついて見えるのである。

「来たようだな」

大西はそういうと、カメラを左手に持ちかえぶらぶらと振った。するとどうだろう、まるで大西が魔法を使ったように、ひどく肉づきのいい若い女がつかつかと寄って来て、大西に、

「大西さん、今日は（ボンジョルノ、シニョール・オニシ）」

というと、大西の隣りの椅子に坐って、機関銃のようなはや口でしゃべり出したのである。

どうやら、パリにいる彼女の友人のことを訊いているらしいのだが、大西の方はいっこうそれが分らないらしく、はい（シー）とかお嬢さん（シニョリーナ）などを連発しているだけであったが、そのうちにリーザという女性の名が話の中に出て来ると大西は、

「リーザ、美しい、健康、パリ、公園……」

などというイタリア語ともフランス語ともつかない単語を並べながら、そのリーザから貰って来た紹介状を内ぶところから出してその女に渡した。

鳥羽は大西の前に坐った女が、所謂《いわゆる》コールガールであることを一目で見抜いたが、どうやらそのコールガールを大西がさっき席を立ったときにコールしたのだなと察すると、この大西光明という若い専務は、なんとまあ、図々しくて心臓が強いのだろうといまさらながらあきれかえった。

「この方はあなたのお友達？」

と女が鳥羽を指して聞いた。

「そうだ、私の友人、彼、欲する、女の友人、電話」

すると女は、

「そう、では私の友達を電話で呼ぶわ、ちょっと待っていてね」

と立上った。

「いったいどうするつもりなんです、大西さん」

「どうもこうもないさ、今宵《こよい》は愉快に過そうっていっているのだ。いいじゃあないか、きみも目下のところ独身ではないか」

大西は笑い出した。

「しかし驚きましたね、海外旅行がはじめてというのに」

鳥羽は、大西の度胸にまず敬意を表して置いて、こういうことが、言葉の通じない日本人にはきわめて危険であることを言おうとしたが、まずその前に、大西の手の内を訊いた。

「簡単さ、ああいう種類の女から女に紹介状を貰って歩いているだけのことさ。コペンハーゲンの女からロンドンの女へ、ロンドンの女からパリの女へ、そして、ミラノの女へとバトンタッチされて来たというまでのことさ」

「これはおそれ入りました。すると、こちらにいる日本人の手は誰も借りずに」

その鳥羽の質問に対して大西は、ちょっと渋い微笑を見せたが、急に重大な用件でも話し出すようにやや低いしっかりした声で、

「こういうことは他人に頼むものではない。他人に頼まなければできないような浮気なら、それをする資格はないのだ」

「まったく同感ですな専務……」

鳥羽はつけ加えようとしたがさしひかえた。東京の本社の紹介状を持って此処へやって来る日本人のうち二人に一人は、女をなんとかしろという話を持ちかける。そして、そういう屈辱

的な橋渡しをする仕事が鳥羽にはもっとも苦手であったのだ。

「偉いですな専務は、言葉の方はそれほど達者とは思われませんが」

皮肉ではなく卒直に彼の実行力を讃めたのである。

「別に偉いことはないさ。必要な単語を百語も覚えて置けば、たいていのことは通ずる。ドイツ語、フランス語、イタリア語、それぞれ百語ずつ覚えて、あとは辞書を持っておればいいのだ。それにこういうこととなると、作法は万国共通だからな。ところで今夜、きみもつき合ってくれるだろうな」

「夕食までは御一緒にお願いいたします」

「固い人だねきみは。不自由しないのかね」

「それは不自由です。だが、ほかにすることもありますので」

「山だろう。北宮さんから聞いたよ。無駄使いはいっさいせず、それを山に使うというきみの方針には、大いに共鳴できるな」

ははあ、山と女は同じだと言いかえようとするのだなと思って大西の顔を見ていると、

「ぼくだって無駄使いはいっさいしない。きみは山にかける、おれは事業に賭ける。事業に成功するかしないかの別れ道は、どれだけ人間の将来に対して勘が働くかということだと思うんだ。だから、事業の頂点に登るには、人間を知らねばならない。あらゆる人間を研究しなければならないのだ」

電話がすんだらしく女が帰って来た。

「この種類の女の方は別ですよ、これはぼくの趣味だ」

大西は日本語で言った。

二人のイタリア女は、よくもまあこう似たものを揃えたものだと思われるように肥っていた。飲むし、食べるし、よくしゃべるけれど、この種類の女に共通する暗さが、ほとんど見えないのは、大西光明という、全く天真爛漫《らんまん》にふるまっている旅行者のジェスチュアまじりの単語連発が、彼女たちを笑わせるからでもあった。

そのレストランは蔦《つた》のつるにおおわれている赤煉瓦の塀にかこまれていた。塀にかこまれていても、窮屈に感じないのは、塀がそう高くもないし、庭園の照明灯を受けて、蔦の蔓の間に見える赤煉瓦の色が、かえって蔦の緑を引き立て、涼しさを呼ぶからであった。

広い庭にいっぱい椅子テーブルが並んでいて、芝生の上を白い服を着たボーイが行ったり来たりしていた。

頭上に星が輝いていた。

鳥羽はなるべくしゃべらないようにしていた。そうした方が、大西がその場の中心の人物となるからであり、また、百ほどの単語を身振りをまじえて使いこなしながら、結構、女たちと笑い興じている見事な意志の疎通（コミュニケーション）の実例を見るのも楽しいことであった。

ヴァイオリンを携《さ》げた老人が美しい顔立ちの少年をつれて彼等のテーブルに来て鳥羽に一曲歌わせてくれないかと言った。

「大西さん、もし御希望の曲があったら一曲歌わせましょうか」

鳥羽が言った。

「一曲でも二曲でもいい、この場の空気に合ったものがあればやるがいい」

大西はそう言うと、彼の傍に来て立っている少年の顔を見上げた。

楽士の老人と少年とがなにか打合わせをして、少年がびっくりするような高い声でサンタルチアを歌い出した。おそらくこの店に来る日本人旅行者が多く注文する、この歌を歌えば、間違いがないと思ったのであろう。

歌が終ると大西は儀礼的に拍手しながら鳥羽に言った。

「もういい、美しい声だがこの場の空気には合わない」

鳥羽は、歌を歌わせたのが自分の失策のように恐縮した。だが大西はそれを別に気にしているのではなく、鳥羽から金を貰って次のテーブルに移って行く老楽士と少年の後姿に眼をやりながら、

「そろそろおれたちも、次のコースに移ろうではないか」

大西がこのレストランを出ようとする気配を示すと、女たちはすぐそれに応じた。二人の女がなにか小さな声で囁《ささや》き合った。

レストランを出ると大西はさっきからずっと彼につき添っている女をつれてタクシーに乗った。

「私たちは近くにしましょうか、いいホテルがあるのよ」

鳥羽は、寄り添って来て耳元でいう女の声を聞くと、反射的に身を固くして言った。

「ぼくには、君とおつき合いしている時間の余裕がないのだ」

鳥羽は女に幾許かの金を握らせた。乾いた夜風が二人の間を吹き通っていった。


その翌朝、鳥羽が出勤すると、応接室で大西光明が待っていて、

「どうだった、ゆうべは」

といきなり話しかけられて鳥羽はまごついた。どうだったというのは、レストランを出てからの首尾を訊いているのである。

「彼女とはあそこで別れてまっすぐ帰りました。どうもすみません」

「なにも謝ることはないさ、嫌なら嫌でいいんだよ。こっちの方は上出来だったよ。だいたいヨーロッパ人の女というのは、なにごとにつけても大げさでいけない。そのわざとらしさが鼻についていけないのだが、ゆうべの女はそういうところがない。ゆうべおそくなって夜霧が出たろう、あの夜霧のように、しっとりと寄ってくる」

「これはおそれ入りました、朝っぱらから」

鳥羽は大西光明のような男が、ほんとうの蕩児《とうじ》というのだろうと思った。日本にいてもこの調子で女漁《あさ》りばかりしているのではなかろうか。こういう男を専務に戴く社員として、少しばかり暗い気持になった。

「これは専務、はやばやと……」

北宮支店長は応接間に入って来て大西に一礼すると、テーブルの上に眼をやって、はねかえすように視線を鳥羽に投げた。コーヒーがないではないかという目つきであった。

鳥羽がコーヒーの自動沸し器から紙コップに三杯のコーヒーを汲んで応接間に戻ると、大西は上衣を脱いで窓のところに立っていた。その肩から背にかけてのたくましい線を見ながら、鳥羽は、大西がもし山をやるなら相当なものになるだろうと思った。

「では、きのうたのんで置いた調査事項について報告して貰おうか」

大西は窓に背をもたせかけて北宮支店長に言った。

「渉外関係の役所に電話を掛けて調べたところでは、マリアという少女を日本につれていくには、まず第一に確実な身許引受人があるかどうかということが問題になります。個人よりも団体の責任においてその少女を引き受け、その団体の中の個人が少女の保護者となって養育するというような方法——たとえば日本の山岳会がマリアの身許引き受けについてイタリアの山岳会を通して申込むといった形式が取られた方が、スムーズに行くだろうということでした」

鳥羽はなぜマリアのことに大西が乗り出して来たかを聞く前に、北宮支店長が、この問題について、かなり広範囲にわたって調べたらしい幾枚かのメモ用紙を前にして、ひどく真剣な顔をしてしゃべっているのが気になった。

「個人ではなく団体で交渉しろというならば、なにも山岳会をわずらわすことはない、大西商事でいい。大西商事がマリアの身許を引き受けると一札入れればいいだろう」

「大西商事がですか、うちの会社がなぜマリアを？」

北宮はかがめていた背を延ばして、眼鏡のつるを直した。

大西光明は北宮紫郎の疑問をはねかえすような勢いで言った。

「先をつづけなさい。マリアを日本につれて行くには、身許引受人がきまればあとはなんの障害もないというのか」

やや高圧的な言い方に北宮はちょっと驚いたようだったが、すぐ、落ちついた口調で先をつづけた。

「身許引受人が決ると同時に受入れ体制が、すべて納得できるように整備されねばなりません。マリアの保護者となる鳥羽家の内容、マリアを引き受ける学校の問題、それから、マリアの叔父の承諾書も必要になります。そういう書類が全部揃わないと、マリアの日本における長期滞在の許可は得られないでしょう」

「それらの書類は揃えればできることだろう」

「できます。手続だけの問題で根本的には不可能だということはなにもございません」

「それでは直ちに、その手続をはじめて貰おうか」

「専務、いったいこれはどういうことなのです。鳥羽君の気持は分りますが、個人的なことを会社が――」

するとと、大西は北宮の言葉をおさえつけるように、

「個人的なことではない、会社のためにやるのだ。今度のドライチンネの遭難事件は、ヨーロッパ各国の新聞に載った。大西商事の名が新聞に出たのはおそらくいままでになかったことだろう。今度はそれに追討ちをかけるのだ。大西商事が社員の鳥羽省造にかわって、山で死んだガイドの遺児マリアを引き取って日本で教育するのだと新聞に発表するのだ。ヨーロッパにはカソリック教徒が多い。この美談は、おそらく相当な反響を呼ぶだろう。戦後十年を過ぎた日本はこれからますます海外に商品を売り出さねばならない。そのためには、日本というもの、日本人というものを多くの人に知って貰わねばならない。それには今回の事件は絶好な材料ではないか」

大西光明は窓から離れると応接間の中をぐるぐると歩き出した。

「いいかね、北宮支店長、このニュースをあらゆる手段を用いて、報道機関に売りこむのだ。おそらく売り込もうとしていることを彼等が察知すれば、新聞には載せないだろうから、そこをうまくやるのだ。イタリア山岳会へいってこの話をするのもいい、日本の新聞記者に話して、そっちからニュースを流すのもいい、この前の遭難事件を報道した新聞社に行って、あの時の

新聞があったらできるだけたくさん欲しいというのもいい。なぜそんなに欲しいと訊かれたら、マリアを日本につれていく手続に必要だというのだ。まだほかにも手はあるだろう……」

大西は言葉を切った。

「専務、おそれ入りました。私の頭はイタリアぼけしたのでしょうか、とても、そこまでは思いつきませんでした」

「イタリアぼけではなく、コーヒーぼけではないかね。まあいいさ、分ってくれればそれでいいのだ」

大西はそういって腕時計に眼をやった。

窓を背にしていた大西光明が窓から離れたとき、彼の顔はなにか重大な決意をしたかのように引きしまっていた。

「鳥羽君、ミラノからそのカンディデという村へ行くにはどのくらいかかるかね」

「直線距離ですと、三百キロあまりですが、山の間を通っていきますので、列車だと半日以上はたっぷりかかります。自動車で行くとしても……」

と、応接間に張ってある地図の方に眼をやると、

「いや、列車にしよう。乗って見たいのだ」

大西ははっきり言った。

「専務はまさか？」

「行くんだよ、カンディデ村へ。鳥羽君も一緒についていって貰いたい」

鳥羽は心配そうな顔をした。

大西専務の行動はあまりに唐突過ぎるように思われたからである。

「ついでに、そのドライチンネという山にお目にかかって来たいのだが、お目にかかるだけならこの服装でもいいだろうな」

「それでもかまいませんが」

鳥羽は北宮支店長の方を見た。どうしたものでしょうという顔だった。

「専務、カンディデ村へ行く目的について、お聞かせ願えないでしょうか。そちらにお着きになるまでにできるだけの手筈を整えて置きたいと思います」

ようやく、北宮支店長はその取引が、大西商事にとって損にはならないという見積りを立てたようであった。

「目的は、マリアの叔父のアルベルトという飲んだくれの叔父に面会して内諾を得ることだ。おそらく、そういう男だから、金のことを言い出すだろう。価値の高い商品でも売るような顔をしてふんぞり返るかもしれない。しかし、マリアを日本へつれていくには、アルベルトをなんとかして納得させねばなるまい。大西商事の専務が日本から、マリア引き取りの交渉にわざわざやって来たと言えば、当然村では評判になる。新聞は黙って見過すことはないだろう」

大西は自信あり気に言った。

「承知いたしました。ではこちらでは、その村のガイド組合長であり、オーロンザ小屋の管理人でもあるアントニオ・テルニ氏に連絡を取って置きましょう。カンディデ村の村長にも電話をかけて置きましょう。カンディデの教会の神父にも連絡して置いた方がいいでしょう。専務が人類愛に燃えた熱烈なキリスト教徒であるということもつけ加えて置きましょうか」

北宮紫郎はこの新しい仕事に急に興味を覚えたような口ぶりで、あれこれと大西に対して助言を与えた。

「人類愛に燃える男か。なるほど、おれはたしかに人間は好きだよ、特に女は好きだね」

大西はそう言って笑いながら、眼は窓の外の方を見て、なにか考えていた。鳥羽省造は事務室へ行って列車の時間表を繰りながら、あわただしく移り変ろうとする人生をマリアは知っているだろうかと考えた。こういう状態でマリアを日本へつれていくことが、マリアの幸福になるだろうか。

列車はドロミテに向って走っていた。牧草地があったり、広いとうもろこし畑があったり、白い花を咲かせた馬鈴薯畑があった。

六人乗りのコンパートメントには大西と鳥羽の他に二人の女が乗っていた。一人の女は彼等より後から乗車して来たので鳥羽の左隣りに腰かけた。一番廊下に近い席である。鳥羽の右隣りの窓側の席には大西が坐り、彼等の前の三人用の座席を独占して、のうのうと寝そべっている豚のような女にときどき視線を投げていた。

車内はひどく暑かった。前に寝そべっている女の体臭で呼吸もつまりそうだった。窓を開けたぐらいではどうしようもなかった。

前に寝た女は寝たふりをしているが眠ってはいなかった。寝苦しいので、身体の位置をしょっちゅう変えていた。女が腕を上げるたびに、脇の下から天使の羽根のように長い赤毛が見えた。

女はやがて寝ているのに厭きたのか、起き上って大西に話しかけた。大西は、彼女の話しかけに応じて、例の単語と単語間をジェスチャーでつないでいく奇妙な会話を始めた。

女はシシリー島出身だった。

女が、その根気のいる会話が面倒になって寝そべってしまうと、大西は鳥羽の耳に口を寄せていった。

「たしかマリアの叔父のアルベルトの女房がシシリー島出身だと言ったな」

「そうです。そのように聞いて来ました」

「だらしのない女というものは、他人が見てそう思うだけで、案外、その女の亭主野郎はその女のだらしのないところに参っているものだ。世にいう嬶《かかあ》天下には賢婦人はいない。嬶天下といわれる家の女房は、だいたいそこに寝ている牝豚のようにセックスの化け物のような感じの女が多い」

大西は前の女から顔をそむけてしばらく外を見ていたが、なにか思いついたらしく鳥羽の方に向きをかえて、

「アルベルトよりアルベルトの女房を説き伏せる方が手っ取り早いとなると、仕事はずっと簡単になるぞ。おれはそういうときのために、安物の真珠の首飾りを用意して来た」

鳥羽は、そういう手段にはあまり賛成できなかった。マリアはすべて綺麗な形で日本につれて行きたかった。

「いいかね、これからの交渉では、おれは日本語しかしゃべらないぞ。いちいちきみに通訳をして貰うつもりだ。なにも心配することはないさ、この年の暮までにはマリアはきっと日本へつれて帰れるさ。おれはあと二週間もすれば日本に帰る。暮までに受け入れ体制を完備して、きみとマリアの羽田到着を待っているよ」

そう言われると、鳥羽にはそれがほんとうのことのように思われる。夢のような話だが、そうなれば、死んだフェデリコも喜んでくれるだろうと思った。

## 2

マリアはもうすぐ飛行機が東京空港に着くのだと鳥羽省造に言われたが、大きくひとつ頷いただけで、窓から夜の海を見詰めていた。灯火で飾られた船が幾艘も海の上に浮んでいた。飛行機はその上を飛んでいる。日が暮れたばかりであるから、海の色と夜の色とはまだひとつになっていなかった。

飛行機が大きく揺れた。海の上に浮いていた船の灯火が消えて、美しい灯の町が見えた。飛行機が大きく向きをかえたので、港につづく町の灯が見えたのである。

「ミラノの灯のようだわ」

マリアは灯に向ってつぶやいた。ミラノには海がない。従って港があるわけがない。が、彼女は、そこに、ミラノの上空から見たミラノの町の灯を思い出したのである。ミラノを出発したのは、丁度いまごろの時刻だった。マリアは生れて初めて乗った飛行機の窓からミラノの灯を見て、それにお別れを言ったのだ。そのミラノの夜景と彼女の旅の終末のこの夜景とがなぜ類似しているかを考えようとするほどマリアは大人ではなかった。だが、マリアはその夜景がミラノの灯のようだと思ったとき、彼女の母国のイタリアとの距離を思った。

「さあ、東京だよ、マリア」

鳥羽省造が大きな声で言った。

「シー（はい）」

マリアは、とうとう東京へ来たのだと思った。こんなに早くヨーロッパ大陸から日本という国へ来てしまったことが嘘のようで仕方がなかった。ほんとうにあっという間のできごとだった。夢のようなことだった。

マリアは眼を窓の外へやった。飛行機が、海の上に浮んでいる船のマストの灯のすぐ上を滑るように飛んでいた。怖いなと思ったとき、海は消えて、眼の下に大地が見えた。飛行機の車輪が大地に触れる音がした。飛行機は着陸したのだ。

灯がどんどん近づいて来る。

「ここが東京だよマリア、空港には、新しく、マリアの母になる女《ひと》や兄さんたちが待っているだろう」

省造はマリアの耳元で囁いた。

マリアは省造がなにか冗談でも言ったのかという顔で彼の顔を見たが、それが冗談ではないことを知ると、たいへん困ったような顔をした。マリアの母はとっくに死んでいた。兄弟はなかった。飛行機が東京空港に着く間際に、新しい母とか、新しい兄とかいう言葉を聞いたのは彼女には或る種の衝撃だった。省造の日本人的な表現——母のように又は兄のように、マリアを世話してくれる人たちというかわりに、新しい母、新しい兄と言ったことは、この十歳の少女には理解できなかった。

だが、マリアは、淋しい顔や悲しい顔は見せまいと思った。これから、そういうことがうんとたくさんあるだろうが、それを我慢しなければならないのだとマリアは思った。

飛行機が止ってタラップがおろされた。

「さあマリア、外套《ソプラビト》を着ようね、外は寒いだろうから」

省造が言った。

マリアは飛行機をおりるとき寒いなと思った。マリアは日本へ来るまでに、鳥羽省造から日本の絵葉書や本を貰って、日本はサクラの花がいつでも咲いているような常夏《とこなつ》の国だと思っていた。サクラとフジヤマと美しいキモノを着た娘さんたちの国だと思っていた。この概念は彼女が絵葉書から得ただけの知識ではなく、学校の先生から習ったものでもあった。彼女の小学校の先生が、日本は南洋に位置する国で、文化度は高いが、好戦的な人間が住んでいるように誤って教えたからであった。好戦的な人間が住んでいるという先入観がマリアの頭の中で南方に住む未開の人種を想像させ、それが日本人と結びついたのであった。だから、マリアはイタリアを出発するとき、オーバーを用意するように省造に言われて、なぜ常夏の国へ行くのにオーバーが要るのかと思ったくらいであった。

つめたい風はタラップの下から吹き上げて来る。数人の、省造とよく似た日本人がタラップを降りていくマリアを待っていた。カメラのフラッシュが輝いた。一つ、二つ、三つ、……彼女はタラップの途中で佇立《ちょりつ》した。マリアはカメラの閃光は好きではなかった。あの日、カンディデの村へ新聞記者とカメラマンが押しかけて来たときから彼女は、カメラと新聞記者に取り囲まれた。カメラの前に、鳥羽省造と立たされたり、大西商事の専務の大西光明と並んで立たせられたりした。

「マリアちゃん、日本へ行くのが嬉しいと思いますか」

「日本へ行ったらなにをしたいと思いますか」

新聞記者たちは、そんなことをつぎつぎと聞いたが、彼女はどう答えていいか分らなかった。彼女はただ、はいと答えることしかできなかった。

翌日の新聞に、写真と彼女の言葉が出ていた。

「私は日本へ行って勉強して来ます。イタリアを離れるのは淋しいが、悲しいとは思いません」

マリアはその新聞記事を拾い読みしたが、なんの感動も起らなかった。大人たちが勝手に騒いでいるのだなと思った。彼女は、大人たちに囲まれている間中、ずっと、父のフェデリコのお墓の花を新しいものに取り替えてやらねばならないなと思っていた。新聞に彼女のことが大きく出たその日から、マリアの日本行きのことは決ったようなものだった。マリアは大人たちのいうなりになって、ここまで来てしまったのである。

「私は新聞はきらいよ」

マリアはふりかえって省造に言った。省造は大きく頷いて、マリアの手を取った。こがらしが音を立てて吹いていた。日本は寒いところだとマリアは思った。

新聞記者たちとインタビューする部屋は、寒くはなかったがひどく殺風景だった。

新聞記者たちは鳥羽省造を通じてマリアにいろいろと質問した。

「日本が好きですか」

「日本でなにを勉強したいと思いますか」

「イタリアを遠く離れて淋しくはありませんか」

などと、イタリアの新聞記者が訊いたと同じようなことをマリアに訊いた。最後に新聞記者の一人が、

「マリアちゃん、日本の土をはじめて踏んだ印象は？」

マリアはその質問を発した新聞記者の眼をしっかりとらえて言った。

「日本はたいへん寒いと思います」

それが日本語に訳されると記者たちはどっと笑った。

カンディデ村でマリアと会ったことのある大西商事の専務大西光明もマリアを迎えに来ていた。

「手続の方は、もっと面倒になるかと思ったが、意外と簡単だったね」

大西は省造に言った。意外に簡単だと言っても、あれから半年近くも経って、ようやくパスポートがおりたのである。

「マリアちゃん、たいへん、苦しい、飛行機、旅、日本」

大西は、彼一流の単語羅列式会話術でマリアに話しかけた。その大西のイタリア語の単語を並べるだけの話しかけでも、マリアにとっては、イタリア語を話す人が、鳥羽省造以外にいたことでうれしかった。

「飛行機の旅は苦しくはありませんでした」

マリアは大西に答えた。マリアの顔にほんの僅かではあるが、微笑が浮んだがすぐ消えた。

鳥羽省造の妻のあさは、ずっと前から、記者会見室にあてられた特別応接室の片隅に、家族たちと共に、立っていた。

あさは、夫の省造に手をひかれて飛行機からおりて来るマリアを一目見たとき、可愛らしい少女だと思った。白いオーバーが、マリアの白い顔と黒い髪を引き立てていた。

「あら、マリアちゃんの髪は黒いわ」

と思わず言ってしまったほど、マリア・ルイジイネが黒い髪をしていることを意外に思った。ヨーロッパ人はみんな金髪だと思いこんでいたあさにとって、その発見は、マリアとの接近の糸口でもあった。

新聞記者が帰ってしまって、やがて会社の人たちと、鳥羽家の家族だけになったころを見計って、あさは、彼女の傍に立ったまま、珍しいものでも見るような眼つきでマリアを凝視している豊と博の二人の男の子に言った。

「さあ、お父様とマリアちゃんに挨拶するんですよ」

あさは二人の男の子を左右にひかえて、前に出て行って、まず、彼女の夫の省造に、お帰りなさい、長い間御苦労様でしたと言った。豊と博は、ちょっとはにかんだような顔で、父に向ってぺこりと頭をさげた。

「マリアちゃん、この女は私の妻のあさ、そして、こちらが兄の豊、こっちが弟の博」

省造は三人をマリアに紹介した。

マリアはあさに向って、低い声だが、しっかりと挨拶した。

「初めてお目にかかります、私はマリアと申します、よろしく、といっているのだ」

省造が通訳した。

「まあそうですか、それはそれはごていねいに……」

あさが、マリアに向ってそう言って、またお辞儀をしたので、まわりから笑いが起った。

マリアはなぜ笑いが起ったのかはっきりは分らなかったが、その笑いが、彼女を中心とした好意的なものであろうと思っていた。

マリアは豊と博の兄弟に向って、やはり、初めまして、私はマリアです、の挨拶をやった。

こんなばか丁寧な挨拶を子供がやるのを聞いたことはなかったけれど、日本という異国にやって来たのだし、相手がこれから世話になる家族たちだから、彼女が知っていた言葉のうち最高のものを使ったのだった。そうしなければならないとマリア自身が考えたのである。省造は、彼女の言葉をそのまま、彼の息子たちに通訳した。

「マリアちゃん、ぼくら兄弟はよく似ているから間違っちゃあだめだよ。ぼくの此処を見てごらん、ほら、小さな疵《きず》があるだろう。小さなとき、ころんで怪我をしたのだ。この疵のあるほうが弟の博さ」

弟の博が右の眉毛の上の小さな疵跡をゆびで示しながらマリアに言った。

省造がそれを簡単に通訳すると、マリアは省造に、

「この人たち双子ではなかったの」

と訊いた。ヨーロッパでは双子には兄と弟の区別はつけずに、名前だけで呼んでいた。同時に生れたのに、一方が兄で一方が弟だというのは、理窟から言ってもおかしな話である。だが、マリアは、そういう疑問を持って聞いたのではなく、双子の兄弟がいると省造が言っていたのは、双子のようによく似た兄弟がいるといったのを聞き違えたのではないかと思って、それを確かめたのである。

「いや、双子だよ。日本では双子でも、兄と弟、又は姉と妹とはっきり区別をつける習慣になっているのだよ。ヨーロッパとは違うのだ。一緒に生れても、こちらの豊の方が兄で、こちら

の博の方が弟なのだ」

その説明でマリアはどうにか納得したようだった。マリアは、お揃いのネービーブルーの毛糸のセーターを着ている豊と博に交互に眼を投げながら、ほんとうによく似ているなと思った。

「いくつ違うんだね、きみのところとマリアちゃんは」

大西光明が言った。

「うちの子供たちが十二歳、マリアが十歳、二つ違いですが背丈は同じぐらいですね」

省造はそういいながら、マリアを双子兄弟の真中に立たせて見た。

「そのまま、そのまま……」

まだ残っていた新聞社のカメラマンがその三人を写真に収めた。マリアを中心にした双子兄弟の身長はほとんど同じぐらいであった。

マリアは自動車の窓外に見る東京の町を驚きの眼で見ていた。彼女はそれまでイタリア北部ドロミテ地方のカンディデ村から一歩も外へ出たことはなかった。日本へ行くことにきまって、初めて彼女は村を出て、ミラノの町まで来て、その町の大きいのに驚いた。そして、飛行機でローマに来て見て、更に大きな町がそこにあるのに驚いた。母国のイタリアから離れようとしているマリアのために、省造は彼女をつれてローマ見物をした。

東京はそのローマよりも大きな都会であると、省造に聞いてはいたが、車窓から見る光の海の限りない連続には、彼女は驚嘆した。そして彼女は、こういう大きな都会に住むことにいささかながら不安を覚えたのである。本能的なものでもあった。

自動車は新宿に向って走り、青梅街道に抜けるとやや自動車の量は減ったようだったが、家並は尽きようとはしなかった。

自動車が青梅街道から左折した。その辺まで来ると、自動車は少くなり、静かになった。自動車が止った。

マリアはそこで、生れて初めての経験、靴を脱いで家へ上るという、非常におかしなことをしなければならなかった。

彼女は靴を脱ぎながら、異様な匂いを嗅いだ。いやな匂いというものではなかったが、いい匂いでもなかった。とにかく彼女がいままで嗅いだことのない異様な匂いであった。マリアはそれが、日本の匂い、日本人の匂いであろうと思った。

マリアは赤いスリッパを履かされて、応接間に通された。そこにピアノがあった。飾り棚に、金色に輝く壺が置いてあった。

そこでマリアはまた新しい家族に紹介された。この家の別棟に住む、鳥羽重造とはなの老人夫婦、それに鳥羽省造の妹で未亡人の北村律子とその娘の恵美である。

鳥羽省造に、私の父と母ですと老人を紹介されたとき、マリアは、羽田空港でやったと同じような挨拶をした。だが、老人夫婦は微笑一つ洩らさず、頷いただけだったし、北村律子とその娘の恵美はまるで敵でも迎えるような怖い顔でマリアを見詰めていた。恵美はマリアと同じ十歳であった。

老人夫婦と北村母娘が応接間を出て行ったとき、マリアは、あの人たちは、自分をこの日本へ呼ぶことに反対だったのだなと思った。幼な心にもそう感じられたのである。

マリアはカンディデの村を思った。あの石ころの坂道の村で、遊びたわむれていた友人たちの顔が思い浮んだ。マリアの長い睫毛《まつげ》がこまかくまたたいた。

「気にすることあないよ、マリアちゃん。あれで、あのおじいちゃんなかなかいい人なんだぜ、そのうち分るさ」

豊が言うと、博も同じように顔を並べて、

「そうだよ、あのお婆ちゃんだって、こっそりお小遣いをくれるんだよ」

マリアには双子のいうことは分らなかったが、自分がなぐさめられているのだということだけはよく分った。

(泣いてはいけない)

マリアはそう思ったが、いまにも涙が出そうだった。

「そうそうお父さん、マリアちゃんに家の中を見せてあげないといけないわ。これからずっと此処にいて貰うひとですものね」

あさが言った。

「ついでにおれも見せて貰おうか。しばらく居なかったから、家の中もいろいろと変ったろう」

鳥羽省造はそんな冗談を言った。その家は省造の父が将官時代に建てた家であって、省造の父重造の性格を示すように、なにもかも頑丈に造られていた。階下に四部屋、二階に三部屋という比較的大きな家で、庭が広く、母屋《おもや》と廊下伝いに別棟があった。別棟と言っても三部屋と台所があって、此処に老人夫婦と北村母娘が住んでいた。

省造が帰るまでは、あさと二人の兄弟は階下にいて、二階の三間のうち二間は、学生に間貸ししていたが、省造がイタリアから帰って来るので、二階はあけて貰って、二階の三間のうち二間にそれぞれ、豊と博が入り、もう一つの省造の書斎を片づけてマリアの居室に当てることにしてあった。ベッドは持ちこんであったが、書棚の本は全部階下に移すことができずにそのままになっていた。

博と豊は、自分たちがマリアを案内してやるつもりらしく、しきりにいろいろと説明してやるのだが、多くはマリアに分らなかった。二階の書斎を改造したマリアの部屋は一番最後に開けられた。その部屋だけはドアーがついていた。

「マリアさん、これあなたのお部屋よ」

あさがそういっただけで、マリアはその部屋が自分の部屋であることがわかったようであった。ベッドはいつでも使えるように、真新しい毛布と、花の模様の蒲団《ふとん》が用意されていたし、ベッドの枕元には寝ながら本が読めるようにスタンドがあった。窓側には両袖がついたぴかぴかするような机が置いてあり、その上にカーネーションを生けこんだ壺が置いてあった。

「洋服ダンスもあるのよ、ほら」

あさは窓と反対側に置いてある洋服ダンスを開いて見せた。そこに、マリアのために用意された洋服が掛けてあった。

「これらの調度品は大西専務の贈り物よ。あの専務さんは若いけれど、なかなかこまかいところに気がつくのね」

あさが省造に説明した。

「わあ、すごいや」

博と豊がマリアのベッドに腰をおろして、そのスプリングをためすかのように、はね上って見せた。その二人の笑い声に誘われたようにマリアが近づくと、二人はマリアのために席を明けた。

マリアは彼女のベッドに腰をおろして、はじめて微笑した。

「そうそう、マリアちゃんをお風呂に入れてあげましょうね」

そう言ってから、あさは困ったような顔で省造を見た。

「西洋のお風呂と日本のお風呂とはちょっと違うけれど、教えてやれば分るさ、マリアはもう十歳だ、お前が手真似で教えてやれば分る」

あさは省造にそう言われても、なんだか心配そうな顔をしていたが、お風呂に入って来るように省造に言われると素直に頷いて立上ったマリアをつれて風呂場へおりていった。

あさは、マリアのために着がえを籠に入れて持って来て、お風呂から上ったら、これを着るように手真似で教えた。

マリアには日本のお風呂ははじめてだから、ひどく珍しそうであった。あさは、お風呂のふたを取って、湯加減を見てから、踏み台をそろえて、それに足を掛けて、中へ入るように身ぶりで教えた。

「中に入ったらここまでお湯につかって沈むのよ、よくあたたまらないと風邪をひくわよ、東京へ来て、すぐ風邪を引いちゃあこまるものね」

あさが、タイルの上でしゃがみこんで、首のあたりで、手を水平にして見せると、マリアはそれがおかしいのか笑った。あさは、マリアが自分のいうことを理解してくれたから得意になって、今度は湯を手桶で汲み出して、洗面器に入れて、その湯を使って身体を洗う真似をして見せた。マリアは、

「シー　カピースコ（はい　わかります）」

と二、三度つづけて答えた。あさの丁寧な教え方で、マリアは、日本の風呂の使い方をほとんど理解したようだった。

「ではマリアちゃん、ごゆっくりどうぞ」

あさは風呂場を出た。それでも心配だからしばらく風呂場の外に立って物音を聞いていたが、

マリアが着物を脱いで、お湯を使い出す音を聞いて台所の方へ引き上げた。

「お兄さんはたいへんな厄介者をつれて来たものね」

あさが来るのを待っていて律子がいった。律子は、新しく家族となるマリアを混えて、鳥羽省造の帰朝のお祝いの家庭晩餐会の手伝いをしていた。

台所と隣接したダイニングルームのテーブルの上には夕食の用意がほぼ整っていた。

「でもあのマリアちゃん可愛い子よ。私が、お風呂の入り方を教えると、シー カピースコっていうのよ、なんのことでしょうね」

「どうだっていいじゃないの嫂《ねえ》さん、そんなこと」

「それが、どうでもいいってわけにはいかないのよ、なにか持って来てくれっていうのかしら」

そしてあさは、バスタオルを置いて来てやらなかったことに気づいた。

「バスタオルのことかもしれないわ」

あさはそう言って、お風呂場へ行こうとしていると、奥で省造の呼ぶ声がした。あさは、旅行かばんの中身のことで省造と話してなかなか帰って来なかった。

「あの子、もうお風呂から上るころじゃあないかしら」

律子はバスタオルを持って風呂場に行った。律子は、マリアがもう上ったような気配だったので、風呂場の戸をノックしてから中へ入った。

律子の驚く声が聞えた。

あさは風呂場の方で律子の叫び声を聞いたとき、マリアの身によからぬことが起ったのではないかと思った。あさはすぐ風呂場へ走った。

豊と博が母のあとを追おうとしたのを省造はきつい声で呼びとめた。

「マリアは女の子だ、女の子が裸になっているところへ男の子が行ってはならぬ」

豊と博はびっくりしたような顔で父を見ていたが、省造のきびしい眼に圧倒されると、二人揃って恥しそうに下を向いたが、すぐまた顔を上げて、それでも不安そうな眼を風呂場の方へ投げていた。

あさが風呂場へ行って見ると、マリアは裸でタイルの上に立っていた。律子はそのマリアに持って来たバスタオルを掛けてやろうともせず、濛々《もうもう》と湯気の立つ風呂の中へ頭を突込んでいた。風呂の湯は三分の二ほど外へ流れ出していた。

あさは、すべてを了解した。マリアはお風呂を出るとき、栓を抜いたのである。西洋風呂では、一人入るごとに湯を入れ替えるということを聞いていたあさは、マリアに、そのことについて、日本風呂と西洋風呂の違いを教えてやらなかったのだ。

あさは、律子の手から、バスタオルを引ったくるようにして取ると、マリアの身体に掛けてやった。

「この子、ばかじゃあないかしら、お風呂の栓を抜くなんて。ごらんなさい嫂さん、ほとんどからっぽよ。あとで入るひとのことを考えないのかしら」

律子はマリアに憎々しげな眼を向けながら言った。

「律子さん、あなたは向うへ行っていてよ」

あさは、律子にそういうと、マリアの身体をバスタオルで拭きながら、

「マリアちゃん、いいのよ、あなたが悪いのではないのよ。私があなたに教えるのを忘れたのがいけなかったのよ」

ふん、と鼻でせせら笑うようにして、風呂場の硝子戸をしめて出ていく律子を背にしながらあさは、本気でマリアに謝っていた。

マリアは律子の叫び声と、そのあとの荒々しい挙動で、自分がたいへん大きな過失をしたのだと思っていた。その過失を律子はせめているのだと思った。マリアは涙をためていた。

「マリアちゃん、イタリアと日本とは習慣が違うのよ。あなたが悪いのではないわ」

あさは同じことを繰りかえしながら、マリアの身体を拭いてやった。美しい白い肌に、生毛が輝いていた。なんときれいな肌をした少女だろうと思った。父を失い、飲んだくれの叔父にたよるすべもなく、日本までやって来たこの孤独な少女を、日本についたその晩に、ちょっとしたことでつまずかせて、悲しませたことをあさは悔いた。

「さあマリアちゃん、着物を着ましょうね」

あさは、タオルの端でマリアの涙を拭いてやった。

その夜の鳥羽家の晩餐は、鳥羽省造が三年ぶりで日本へ帰って来たというのに、なんとなく冷たかった。新しく鳥羽家の家族になったマリアの存在が、団欒《だんらん》の調子を狂わせたと言えばそれまでだが、マリアのことであさと律子が感情的な対立を示したことが、冷たい空気をかもし出した原因であることは誰でも知っていた。

マリアが風呂の栓を抜いたことを、律子は愚行だとこの席で披露し、それに対してあさが弁護したことから、その夜の空気はへんにつめたいものになった。

マリアはいつまでもめそめそしてはいなかった。

豊と博の間に坐らされたマリアは、ひっきりなしに話しかけて来る陽気な双子の兄弟と、すぐ打ちとけて、お互いに通じない言葉で話し合いながら、けっこう意志は通じ合っているようであった。

豊と博は、マリアにおすしの食べ方を教えたり、箸《はし》の持ち方を教えたりしていた。そうではない、こう持つのだと、左、右から豊と博の手が出るので、マリアはどっちのいうことを聞いていいのか迷っているようであった。マリアが誤って箸を取り落すと、豊と博が口を揃えて笑った。マリアも笑った。

博のとなりに坐っている恵美は、ときどき子供の仲間に加わろうとするのだけれど、兄弟がマリアのことだけに夢中になって恵美の方はふり向きもしないので、御馳走を食べてしまうと、席を立って、テレビの前にひとりで坐った。

「やはり子供は子供だねえ」

とはながマリアの方を見ながら言った。

「でも、日本の子供とはどこかが違うわ」

律子がいうのを押えるように、

「子供にかぎらず、人間は長い眼で見てやらねば分らぬものだ」

と鳥羽重造が懐疑的なことばを吐いて席を立った。

省造の歓迎晩餐会はあっけなく終った。

「問題ね、マリアちゃんは」

省造とふたりだけになったときあさが言った。

「おやじもおふくろも、律子だって、いまに気にしなくなるさ。そうなるためには、マリアを一日もはやく家の子にすることだな」

「私はマリアちゃん好きよ、男の子しかなかった私に可愛い女の子が授かったと思って喜んでいるわ。でも、これからが心配だわ。お風呂のことひとつだって、あれでしょう、これから学校へ行くようになったらどうなるかしら」

あさは溜息をついた。

「おいおい、お前はマリアのことばっかり言っているじゃあないか。おれたちは三年も別居していたのだぜ、もう少しなんとか……」

だが、あさは、夫がなにを要求しているか分り切って居ながらも、マリアの話題から離れようとはしなかった。
「マリアちゃん、ひとりで泣いていないかしら」
ベッドに俯伏《うつぶ》せになって泣きじゃくっているマリアの姿があさには見えるようだった。

外国へ行く日本人にとって一番問題になるのは子供の教育である。日本人でありながら日本の教育が受けられぬ悩みである。止むなく、外国人の学校へ入学させるのだが、言葉に馴れるまでは、きわめて悲しい目にあわねばならないのである。そして、ようやく外国語に馴れて、その国の子供たちと同等な勉強ができるようになって日本に帰ると、今度は日本語ができないという理由で、そういう子供たちだけを預って教育する、私立学校の特別学級に入れられて、どうやら日本語理解度が日本人の子供並になったところで、やっと日本人の子供たちと同じ教育が受けられるようになるのである。鳥羽省造は、子供たちにそういう苦しみを与えるのが厭だから、不自由を覚悟で、単身赴任していたのである。その省造が、マリアを連れて日本に帰ることによって、彼がもっとも恐れていた学校の問題に悩まされるとはまったく皮肉なことである。

省造はマリアを特別学級には入れなかった。省造ではなく妻のあさがそうしなかったのである。あさは、マリアを引き取る問題が起ると、すぐ豊と博が通っている近くの公立小学校へ相談に行った。

その小学校の校長は、以前に日本語を全然話せない二世の子を預った経験を持っていた。

「もし学年を落すことを承知でしたら、特別学級のある遠くの学校へやらずに、家庭と連絡が充分に取れるこの小学校へ入れた方がいいと思います。その子には、はじめはつらいけれど、結局は、早く日本語に馴れることになります。ただこの場合、奥さんには、ぜひその子の家庭教師になって、学校と連絡を取りながらその子の勉強を見てやっていただきたいのです。子供は順応性が強いから、十歳ぐらいでしたら、二年たてば日本語に馴れるでしょう。つまり二年間の余裕を見て、十歳だと普通四年生に編入するところを二年生の学級に入れて勉強させるのです」

あさは、その校長の意見を取り入れて、豊と博の通っている公立の小学校へマリアを入学させる手続を取ったのである。

その日、マリアは子供たちが背負うようなランドセルを背負って、小学校へ行った。マリアは十歳であったが、日本人の平均よりは背丈が大きく、二つ年上の豊と博と同じぐらい——つまり六年生並みの体格であった。そんな大きな子が二年生と並んで机に坐ったのだから、まったく奇妙な存在になった。子供たちは、彼等の教室に突然やって来た外国人の子供に興味を持った。最初は警戒して、近づかなかったが、二日、三日と経つと、話し掛けるようになり、間もなく一緒に遊ぶようになった。マリアにとっては、二年生の子供たちの遊びは幼稚すぎた。

だが、彼等と遊んでいるうち、彼等の名前をおぼえ、そして言葉を少しずつ覚えていった。

「おい、これ、なによ」

マリアが小学校に通いだしてから三日目の夜、食卓に並べられた小魚を指して、マリアが言った。

あさは一瞬眼を見張った。そして、うれしそうな顔でいった。

「これ、つくだによ」

マリアの担任教諭の島村芳雄は大学を卒業してそう何年も経ってはいなかったが、教育熱心で学究的な男であった。彼はマリアの日本語に対する慣熟《かんじゆく》速度を上げるためにどうしたらいいかということを、彼独自でいろいろと研究していた。

(マリアにより早く日本語を覚えさせるためには、より多く日本人の子供と接触させることである)

島村はマリアに日本人の子供等と遊ぶ機会をより多く与えた。授業中でも、マリアを一人にさせず、常に誰かと席を並べて置いた。

マリアが学校に行くようになってから、あさは急に多忙になった。島村と打ち合わせて、どうしても覚えさせねばならない基礎的な文字の読み方、書き方を教えなければならなかったし、島村がマリアのために特別に出してくれる宿題を見てやらねばならなかった。

マリアは鉛筆をしっかりにぎって、

「ワタクシノ　ナマエハ　マリア　ルイジイネ　デス」

などと書いた。

「上手に書けましたわ、マリアちゃん。うちの豊や博よりも上手だわ」

などと讃めてやるとマリアは嬉しそうに笑った。

心配されていた、言語の不通による劣等感から気鬱《きうつ》症になるようなふうはなかった。学校には豊と博と三人で出て行くし、帰りには、二年生の誰かれと連れ立って帰って来た。

「今のところは心配されるようなところは見えません。マリアは珍しいという存在理由から、ちやほやされていますから」

マリアのことで鳥羽家に連絡に来た島村芳雄があさに言った。

「では、珍しくなくなると、つまり、ちやほやされなくなると、マリアはどうにかなるのでしょうか」

あさは心配そうに訊いた。

「そういう意味ではありません。子供たちは、誰もが、自分が中心になりたいのです、ちやほやされたいのです。そうされなくなったとき、その子供はなんらかの形で抵抗します。そういう一般的な現象を言っているのです」

では、その抵抗ってなんだろうと、あさは考えるのだが、予想することはできなかった。

「マリアになにか変った様子が現われたのでしょうか」

「やはりマリアは孤独を自覚しています。教室の中でも、放心したような顔をしているときがときどきあります。ぼくは、そういうときには、きっとマリアは、イタリアのドロミテの山々の思い出に浸っているのではないかと思っているのです」

「どうしたらいいのでしょうか」

あさはあわれみを乞うような声を出した。

「愛情です。彼女に、いまもっとも必要なのは愛情ではないでしょうか。見掛けだけの愛情ではなく、肉親としての愛情のようなものが、あの子の年齢には必要です」

島村芳雄はそれだけいうと、深々と頭を下げて鳥羽家を出て行った。

正月休みが来た。鳥羽家の庭の枯芝は子供たちのかっこうの遊び場になった。去年の正月は豊たち兄弟の友達が来て、犬ころのようにじゃれ合って遊んだが、今年の正月は豊たち兄弟の友達の他にマリアの友達の女の子が幾人もやって来て、羽子《はね》つきをやった。

「なんだ、ちびばっかりじゃあないか」

などといいながら豊たちも羽子つきの仲間に加わった。豊たちの従妹の恵美も一緒になって遊んだ。

その正月はうららかな小春日和が続いた。

鳥羽省造は久しぶりの休日を楽しむように、日当りのいい縁側に坐って子供たちの遊ぶのを眺めていた。

子供たちの遊びは最初は雑然としていたが、そのうちになんとなく、大きな子供たちと、小さな子供たちの二つのグループに分れた。豊と博がバドミントンの道具を持ち出すと、グループははっきりと二分された。大きな子はバドミントンに集り、小さな子は羽子つきの方に集った。

マリアは初めっからバドミントンの方に興味を持っていたようであった。その遊びは、彼女がカンディデ村にいたころやったことがあった。

マリアはバドミントンが上手というほどではなかったが、身体が大きいから、結構豊や博たちと一緒に遊ぶことができた。いつの間にか、マリアはバドミントンのグループに加わり、恵美の方は羽子つきの方に残った。

恵美もマリアと同じ年齢であるから、小学校二年生たちと一緒に遊ぶより、従兄たちや、その友人たちと一緒になってバドミントンをやりたかった。恵美は、しばしばそのチャンスを狙っていたが、積極的にそのグループに入れてくれとも言えず、うらやましそうな顔でマリアの方を眺めていた。恵美は、そのうち羽子つきのグループからもはずされた。

「どう見ても、遊びの中心はマリアだな」

省造は、そこにちょっと顔を出したあさに言った。

「そうねえ、いいのよそれで。マリアはつねに遊びの中心にいた方がいいのよ。しばらくはそうしていた方があの子にはいいことなのよ」

あさはそう言いのこして、台所の方へ消えた。

省造は、あさがなぜそんなへんなことを言ったのかと首をひねったが深くは考えず、どうやらマリアが鳥羽家の一員になってくれたことを喜んでいた。

「これで、死んだフェデリコにも顔が立つというものだ」

省造は、ドライチンネの北壁で死んだフェデリコの顔を思い出しながら、やっぱり、マリアを日本につれて来てよかったなと思った。

庭でやっていたバドミントンが一時休止になった。子供たちが輪になった。豊と博が激しい勢いで口論を始めた。

「ようし、それなら、ジャンケンで勝った方がマリアちゃんを取ることにしよう」

豊が言った。

マリアはびっくりした顔で双子の兄弟の顔を眺めていた。

省造は腰を上げようとした。いったいあの子たちはマリアをどうしようというのだろうか。

豊と博はジャンケンをした。博が勝った。博は飛び上って喜ぶと、マリアの手を取って、彼のそばへ引きよせた。どうやら組を作ってバドミントンのトーナメント試合でもやるつもりのようであった。

組は豊組と博組と、兄弟の同級生の吉田組の三組になった。三組の組合わせがはっきりすると、そこに今までとは違った真剣味がただよった。

省造はひとりで頷きながら微笑した。あれでは博の組が最下位になるだろうと思った。なぜならば、マリアと組んだからである。マリアは身体は大きいが彼等より二つ年下である。バドミントンも決して上手ではない。

（その上手でないマリアを豊と博がなぜ味方にしようとしたのだろうか）

省造は、そんなことを考えて、すぐ、あれは、豊と博の、弱い者の味方になってやろうという見栄っぱりの気持だろうと解釈した。

豊と博は非常に優秀な少年であった。クラスは違っていたが、それぞれクラス第一の成績であった。成績がいいし、運動もよくできるから、二人ともクラスの指導的地位にいた。

「弱いマリアと組んでも、ちゃんと勝って見せる気でいるんだあいつらは」

省造は、縁側にミカンを運んで来たあさに言った。

「なんのこと」

「いや、たいしたことではない。豊と博がバドミントンの組合わせのことで口論したが、結局ジャンケンに勝って博とマリアが組んだんだ。つまり、あいつ等はマリアと組んでもバドミントンには勝てることを、ほかの連中に見せようとしたのだ。見栄坊なんだ、あいつらは」

しかし、あさは夫の言葉にすぐついては行かずに、いま始まろうとしている、博組と吉田組の勝負に眼をやったままでじっと考えこんでいた。

勝負が始まった。始めっから、博組の方が不利であった。マリアが弱いのだ。吉田組は弱いところを衝き、博は必死になってマリアをかばおうとしていた。

「このごろあの子たちは少しへんだわ」

あさがつぶやくように言った。

「なにがへんなのだ。どこがいったいへんだというのだ」

「豊と博は双子でしょう。でも、豊の方が兄、博の方が弟と子供のときから、はっきり決まっていて、なにごとにも豊の方に優先権を与えてたし、博の方もそれを認めていたでしょう。その博が、なぜ、豊とマリアを取り合ったのでしょうか。博は兄の豊に、なぜマリアを譲ろうとしなかったのでしょう」

「おおげさだよ」

省造は笑いながらあさに言ったが、あさの顔があまりにもきつく引きしまっているので、途中で笑いを引っこめた。

庭でマリアが悲鳴を上げた。バード（バドミントンの羽根）を受けそこなったのである。

マリアは吉田組の打ちこんで来たバードを受けそこなって倒れた。うしろに飛んでいくそのバードを博はおよび腰で受け止めて空高く打ち返した。

「マリアはやく」

博は叫んだ。マリアにはやく起き上って、体勢を整えろと叫んだのである。マリアは起き上ってネットの傍に立った。博も立直ると、吉田組の強烈な打ちこみに備えて、コートの後部中央に構えた。どっちからでも打ちこんで来いといった姿勢だった。

吉田組の打ったバードがネットすれすれに越えた。マリアのラケットが、ひょいと出た。バードはそれに当って、はじき返されて、ぽとりと吉田組のコートに落ちた。

拍手が起った。

「なかなかやるじゃあないか」

省造はあさに言った。博のことを言ったのか、マリアのことを言ったのか、その試合を総称したのか、省造自身でもよく分らなかった。とにかく子供たちの健康な遊びが、すがすがしく見えて楽しかった。

「ごらんなさい、豊の顔を。豊はマリアのファインプレーに夢中で手をたたいているのよ」

「兄妹みたようなものだから、それでいいじゃあないのか」

「いいのよ、それで。でも、妹ができたことによって、兄弟の序列が崩れるのが困るのよ。今までの豊だったら、この場合弟の博のために拍手を送るわ」

「妙なことを心配するのだな、お前は」

「妙なことではありません。豊と博は普通の兄弟と違った、双子の兄弟なんですよ。私たちは、いままで、あの子たちを双子らしくない双子に育て上げようと努力して来たのよ」

「おれは別にそんなつもりはなかった」

「あなたは、日本に長いこといなかったから、そんなことが言えるのよ。あの子たちは一卵性双生児よ。全く同様な遺伝要素を持って生れたあの子たちを、私は同一な性格を持った二人の人間には育て上げたくはないのよ。生れたときは一卵性双生児的な性格を持っていたとしても、しつけ方によって、それぞれ、個性の違った人間にすることが親の務めだと思っているのよ」

あさは、激しい口調で言った。

「だから、それでいいじゃあないか。マリアを、あの兄弟で取りっこをしたのは、それぞれの個性がはっきりしている証拠なんだ」

省造は、あさのこだわり方が少々面倒だと思った。

「分ってはいないのね、あなたは。あの子たちがマリアに強い関心を持つということは、マリアに関してだけは、双子の性格を丸出しにしているということになるのよ」

あさはそれで言葉を切った。

離れ（別棟）の木戸を開けて、義妹の北村律子が現われたからである。律子は怖い顔をして庭の方を睨んでいる。律子のうしろに恵美が立っていた。

しばらくの間律子は庭の中央で行われているバドミントンの試合を、にがにがしい顔で見ていたが、博組が吉田組に勝って、吉田組にかわって、豊組がコートに入ったのを見計って、恵美の手を引張って出て来て、豊と博の顔を見ながら言った。

「あなたがた恵美をどうして仲間に入れてくれないの。ごらんなさい、恵美は、誰も遊んでくれないと言って泣いて帰って来たのよ」

「だって恵美ちゃん、入れてくれって言わないもの。それに恵美ちゃん、ぼくらとバドミントンできるかな」

博が言った。

「なんですって博さん、もういっぺん言ってごらんなさい。恵美は十歳よ。マリアちゃんと同じ十歳よ。なぜ同じ年のマリアちゃんを入れて、恵美ちゃんを入れてやらないのよ」

律子が博につめよると、豊は、すぐ博のところに来て、

「博、お前黙っていろ」

と弟の博を、いかにも兄らしく制して置いて、

「おばさんすみません。全部で七人でしょう。だから二人ずつ組むと誰かひとり余ってしまうというわけなんです。この試合が終ったら、一人ずつ交替で休んで、そのかわり恵美ちゃんを入れることにしますから」

豊は見事な解決案を出したのだが、律子は、それに不承知らしく、はげしく首を振って言った。

「マリアちゃんとうちの恵美と交替したらどうなの。マリアちゃんはさっきから、ずっとやっているでしょう、しばらく休んだ方がいいわ」

律子が鋭い眼でマリアを睨むと、マリアはその視線を俯き加減になって逃げながら、なにか

たいへん悪いことでもしたように、恵美のところへ行くと、

「ごめんなさいね」

と言ってラケットを恵美に渡した。

マリアには、律子が何を言ったか、おおよそは分るようになっていた。マリアはラケットを恵美に渡すと、その場に彼女がいることが悪いことだと判断したように、枯れ芝の上を縁側の方へすごすごと引き上げて行った。

「ひどいことをいうひとね、律子さんって」

あさは省造に聞えるように言ったが、その問題には自らは飛びこまずに、縁側からおりると、そこへやって来たマリアのそばにしゃがみこんで言った。

「マリアちゃん、おみかん好きだったでしょう。ここでおみかん食べているといいわ」

あさは、マリアの赤と緑のチェックのスカートについたごみを取ってやった。

「はい」

とマリアは言った。そして、縁側に坐って蜜柑を一つ手にしたが、皮をむこうとはせず、庭の方を黙って見ていた。そのマリアの横顔に、もうそろそろ傾き出した冬の日が、暗い翳《かげ》を浮き出していた。

恵美を加えたバドミントンはしばらくは続いたが、恵美と組んだ博の組が出ると必ず負けることに決ってしまうと、博は戦う意志をなくした。

「メンバーチェンジをしようじゃあないか」

博が言い出した。博の申出の腹が読めているから、豊も、彼の友人たちも余り乗気ではなかった。

「バドミントンなんて面白くないや、サッカーをやろうじゃあないか」

豊が言った。

芝生の上でサッカーが始まると、それまで庭の隅で羽子つきをやっていた子供たちは帰ってしまい、恵美はまた取残されてしまった。

「恵美ちゃん、いらっしゃい」

とあさが呼ぶと、恵美は縁側に来て蜜柑に手を出すけれど、すすんで、マリアと話そうとはしない。恵美は特別にマリアを意識してそういう態度を取るのではなく、恵美という子は万事が積極性に乏しく、なにかというと母の律子に援助を求めようとするのである。律子の過保護のせいでもあった。

「マリアちゃん、どうしておみかん食べないの」

とあさに言われて、マリアは蜜柑の皮をむいたけれど、いつものように、おいしいわとか、うまいな、などと、おぼえたばかりの日本語を濫発《らんぱつ》することもなく、静かに食べていた。横坐りしている足が痛そうである。足は投げ出していいのだと教えても、日本の女性は坐るときには膝を折るものだと、思いこんだらしく、強いてその習慣に馴れようとするマリアの心境が、あさには、いたいたしく思えてならなかった。

マリアがいつもと違って元気がないなと、あさが気がついたのは、その夜の夕食のときであった。自由に箸を使えるようになったマリアなのに、彼女は赤い箸を下に置いて、なにか考えこんでいるふうであった。ほとんど食事には手をつけなかった。

「どうしたんだい、マリア」

豊が言った。豊も、博も、このごろは、マリアちゃんとは呼ばず、マリアと呼び捨てにしている。マリアもまた、ユタカ、ヒロシと呼び捨てにしていた。そうしろと省造が教えたのではなく、いつの間にかそうなったのである。

「おなか、すいて、ない」

マリアは答えた。顔色がなんとなく青かった。

「熱でもあるんじゃあないこと」

あさは椅子から立上ってマリアの額に手を当てた。火のような熱さであった。

「たいへんな熱よ、マリアちゃん。風邪を引いたのよ、きっと」

あさは、マリアを二階の部屋につれていって、パジャマに着かえさせて休ませた。体温計で検温すると、三十八度八分であった。

「マリアちゃん、風邪よ。暖かくして、じっとして休んでいればやがて熱は下るわ」

あさは、下から毛布をもう一枚持って来てマリアにかけてやった。

「眠るのよ、さあ、マリアちゃん」

そう言っても、マリアの熱のために潤《うる》んだ眼を見ていると、そのままひとりにして置くのは可哀そうな気がした。

マリアはインフルエンザにかかったのである。予防注射をしてなかったことと、マリアにとっては、異国のインフルエンザの病原菌に犯されたのだから、その症状は重かった。

「日本人が外国へ行ってインフルエンザにかかると重態におちいると言われているが、この子も、それと同じように、アジアのインフルエンザには弱いのかもしれない」

省造は心配そうな顔で言った。

「入院させましょうか、あなた」

あさは、よく眠っているマリアの顔を見おろして言った。

「医者はなんと言った」

「入院させるほどのことはないだろうと言っていましたわ。なにかあれば、すぐ来て下さるってことよ。でも心配なのよわたし」

それは、マリアが預った子であり、遠い国からやって来た孤児であるという同情心から出発した単なる心配ではなく、日本に来てまだ一カ月とちょっとしか経っていないマリアが、あさにとってはただの預った異国の子に思われなくなって来たからである。あさはその感情の変化が自分ながら不思議に思えてならない。女の子を持ったことのないあさのところに女の子が来たから可愛いというようなものではなく、マリアがなにかふと淋しそうな眼をしていると、力いっぱい抱きしめて、なぐさめてやりたいような気持が心の底から湧き上って来るのである。

あさは、自分の気持の変化にいささか狼狽した。なぜそうなったのか分らなかった。そしてもっと分らないのはマリアの気持であった。マリアは素直なよい子であったが、多少神経質なところがあった。知らない国の知らない家族の中へ入ったのだから、神経質でない子でも、神経質になるのは当り前のことであった。神経質になるのは、それだけ感受性が豊かで、鳥羽家に気を使っていることであった。

マリアが少女らしくふるまうのは豊と博と三人でいるときだった。この陽気な双子の兄弟の中に入ってしまうと、マリアはなにもかも忘れたように、はしゃぎ廻るのだが、あさや省造の前に出ると、眼に見えない殻をかぶったように固くなるのである。それがあさには、不満であり、もし、強いて、そのマリアを抱擁してやろうとすれば、いままで見たこともないような激しさで、マリアはあさをおしのけるのではないかと思うのである。

「この部屋にマリアをひとりで置くのは可哀そうだわ。下の部屋へつれていこうかしら」

あさは省造に言った。

「下につれていっても同じことだ。ばかなことを……」

「なにがばかなのよ?」

あさが、夫の省造の言葉に反発したときに、彼女の気持は決っていた。

マリアはよく眠っていた。階下に移すとすれば、このままそっと運んでいくしかなかった。そうすることはたいへんだし、もし途中で眼を覚すことになればマリアに気の毒でもあった。

「マリアが眼を覚すまで、私はここで待ってやるわ。マリアが眼を覚したら、いつでも移れるように下の部屋に蒲団を敷いて置きましょう」

あさはひとりごとを言って部屋を出て行った。

省造は、マリアの額に置いた濡れ手拭を取った。手拭は熱くなっていた。彼は、その濡れ手拭の温度を、そのままマリアの体温のように感じた。マリアの熱が、濡れ手拭を通して、彼になにやら訴えているような気がしてならなかった。苦しい、悲しい、淋しい、故郷のイタリアへ帰りたい、……それらのマリアの感情が一緒になって、熱という形態で省造に迫って来るように思われてならなかった。

(このマリアを、こんなつらい目に会わせるのは、結局、マリアの父のフェデリコをドライチンネの北壁で死なせたからなのだ)

省造は、洗面器の水につけて、しぼった手拭をマリアの額に置いた。

(あの嵐の夜に、あの落石の降る北壁の岩棚の上で、おれは、フェデリコに呼びかけたのだ。たいして用はなかった。淋しかったから呼びかけたのだ。そのときフェデリコは眠っていたが、おれの呼びかけで眼を覚して、こっちへ身を寄せかけて来た。その彼の頭を落石が割ったのだ。もしあのとき、おれが黙ってさえいたら、落石は宙に落ちて行ったにちがいない。マリアをこ

んな目にあわせないで済んだのだ）

省造は、嵐の夜の、不幸な瞬間についての詳細な発表はしてなかった。フェデリコは嵐の夜、落石に当って死んだという事実だけに止めていた。細かいことを話したところで、どうにもならぬことであったが、その細かいことを誰にも話してないということが、彼の心の中で秘密という重苦しいものになって沈んだ。時折ふと、そのことが浮び上ると、明らかに彼は罪の意識を持っている自分を感ずるのであった。

（罪ほろぼしのためにマリアを日本へつれて来たのではない。これは山男の友情なのだ）

彼は強いてそう考えようとした。

マリアの口が動いた。なにか言ったようだが、言葉にはならなかった。

「マリアの病気悪いの？」

ひかえ目な二人の声が重なり合って聞えた。いつの間に入って来たのか、豊と博が心配そうな顔で立っていた。

「うん、お母さんはマリアを階下《した》へつれて行こうと言っているのだ。そうした方が、看病するのに都合がいいからな」

省造は低い声で言った。

「そうだ、それがいい、マリアだってお母さんの傍にいた方がいいに決っている」

豊はマリアの寝顔を見おろしていった。

「眠っている間に、そっと運んで行ってやろうぜ、兄さん」

博はマリアの足の方に廻った。

息子たちが、いますぐ運んでいこうというのは善は急げの気持なのだろうが、運んでいく途中で、マリアが眼を覚したらという不安が省造にはあった。

「お父さん、頭を持ってよ、ぼくらが足の方を持つから」

豊がいった。兄弟は、なぜ躊躇《ちゆうちよ》しているのだというふうな眼で省造を見た。

「さあお父さん……」

と豊と博が同時に言った。

この双子の兄弟は、気持が合うと、二人で同時に同じことを言った。はいとかいいえとかいう簡単なことばではなく、かなり複雑な言葉でもほとんど同時に言うことがあった。彼等が同じことを考え、同じことを言おうとしている、きわめて密着した精神状態にあるときだった。

省造は息子たちにさいそくされたように、マリアの身体を毛布でよく包んだ。

「いまつれていくの」

そう言って入って来たあさは、マリアの足元の方にいる兄弟の姿を見ると、急にきつい声で、

「あなた方は、そんなことをしないでもいいから、このお蒲団と枕を持って行って頂戴、ついでに洗面器や、水さしもね」

あさは兄弟たちに別な用を言いつけると、彼等をおしのけるようにしてマリアの足もとのほ

うに廻った。彼女の眼の中には、息子たちに対するかなりはっきりした非難の色が浮んでいた。マリアの身体に接近しすぎたことに対して示した、叱責であったが、兄弟たちには、母の気の廻しようはそれほどにも通じなかった。彼等は母よりも、自分たちふたりで力を合わせた方が安全に運べるのにといった顔つきで、マリアを母に譲ると、すぐ、母に命ぜられた仕事に取りかかった。

マリアは自分の身体が抱き上げられたとき、ちょっと眼を開いて、頭の方にいる省造の顔と、足のほうにいるあさの顔を見た。どこかへ運ばれていくのだなと思った。

(きっと遠いところだわ)

彼女はそう考えていた。日本よりもっともっと遠いところと言ったらどこだろうか。マリアはその先を考えようとはしなかった。

(死ぬかもしれない)

彼女は頭の隅で、そう考えた。こんなに苦しいから死ぬのに違いない。マリアは四年前に死んだ母のことを思い出していた。母は苦しみながら死んだ。ベッドの上で、胸をかきむしるようにしていた母の姿が、マリアの頭の中にはっきり生きていた。

マリアは眼をつぶった。雲の上にいる気持だった。ゆらゆらと揺れながら雲の上をゆくのに、少しも気持はよくなかった。胸がしめつけられて、苦しかった。いまにも息がつまりそうだった。

「そっと、おろして頂戴……」

あさは省造に言った。

マリアの身体は蒲団の上に置かれた。

そのときマリアは一呼吸深く息ができた。胸から苦しみが去ったように感じた。マリアは眼を開いて、省造とあさに、お礼を言おうと思った。そうしなければならないと思ったが、口がきけなかった。

マリアはしきりに瞬《まばた》きした。眼でお礼をいうつもりだったが、やがて眼を閉じた。

あさはマリアのそばにつききりでいた。額に置いた濡れタオルを、氷のうにかえてからは、あさの仕事は、ときどきその位置を直してやったり、氷を入れかえることぐらいで、ほかにすることはなかった。

あさは、マリアの傍で、彼女を見守ってやっていればいいのだと思った。マリアはときどき、口元を動かしたり、眼をぴくぴくやった。そんなときあさは、なにかマリアに悪いことが起ったのではないかと思って、小さい声でマリアの名を呼んだ。

マリアの息遣いが、せわしげに、続いていた。その荒々しい呼吸が気のせいか、前よりも悪い状態になっているように感じたり、そうではない、前よりも落ちついたのだと考えたりした。

マリアの呼吸は同じ状態をつづけているのだが、彼女にはそのように思われたのである。

マリアは時々なにかわからないことをしゃべった。そんなことをしたあとで、自分自身の声で驚いたように眼を開けた。

マリアは、彼女の枕元に何時でも坐って、心配そうな顔でマリアの顔を覗きこんでいるあさの存在に眼を止めるが、すぐまた眠りこんだ。

「眠ればいいのよマリアちゃん」

あさはマリアに、そんな声援を送りながら、マリアの病状は悪くなっていくのではなく、良くなっていくのだと自分の心に言い聞かせていた。

二時をすぎ三時を過ぎるとあさは疲労を感じた。疲れたが、頭の中はさわやかだった。おそらく眠ろうとしても、眠れる状態ではないと思った。

四時過ぎたころ、省造が起きて来て、少し休むようにあさに言ったが、彼女はまるで意地でも張るようにそこを動かなかった。

明け方に近づくとマリアの寝息は静かになり、見ていても、マリアが熟睡状態になったことがよく分った。苦しそうではなかった。寒さが身にしみる。氷が張るような寒さだと思った。

あさは和服用のコートを羽織った。外を牛乳配達の通る音がした。

あさはマリアの看病で徹夜した。外が明るくなって来ると、電灯が暗くなっていくように感じられる。厭な気持だった。頭の芯が痛い。

マリアが動いた。寝返りを打とうとしたが、氷のうが邪魔なので、それを手で払いのけようとした。あさは氷のうを取り除いてやった。もうそれは必要ないのだろうと思った。あさはマリアの額に手をふれた。熱はずっとさがっていた。

マリアが眼を開いた。いままでのような、うつろな開け方ではなく、マリアはぱっちりと眼を開いた。

マリアはそこに坐っているあさの姿をはっきり見た。濃い靄《もや》の中を歩いていたような記憶の中にずっと坐りつづけていたあさの姿をマリアははっきりと見た。

「おばさん……」

とマリアは言った。

おばさんという、マリアの呼びかけはあさにとって意外であった。あさはマリアに、お母さんと呼んで貰いたかった。お母さんと呼んで貰いたいために、マリアの看病をしたのではなかったが、少くとも、マリアの枕元に坐っているときは母の気持でいたのに、おばさんという表現で呼ばれたので、あさは一瞬おどろいたような顔をした。

「気分はどうなのマリアちゃん、よくなってよかったね」

まだよくなったわけではないが、危険な状態はもう通りこしたのだとあさは思った。

「いいのよ」

とマリアは言った。力のない声だった。それをあさはよくなったのだという意味に取った。

マリアは、あさの顔をそれまでになくしみじみと見ているようだったが、

「アリガト　おばさん」

といった。マリアが感謝してそう言っていることはよく分るけれど、おばさんという呼び名に、あさはやはりこだわった。

鳥羽家では、双子の兄弟に、ママとか、パパとか呼ばせなかった。軍人上りの鳥羽重造がその呼び方を極度に嫌った。双子の兄弟たちには、子供のときからお父さん、お母さんと呼ばせた。口の廻らないころは、オトウ、オカアで通っていた。

マリアは、豊や博がお父さん、お母さんと呼んでいるのを聞いているのだから、兄弟たちに見習うならば、お母さんというべきであったが、お母さんとは言わずに、別棟に住んでいる恵美が言うおばさんという言葉を使ったのである。

あさは、マリアがなぜそのような呼名を使ったかを考える前に、それまでマリアは、省造やあさに対して、特に呼びかけの言葉を使っていなかったことを思い出した。

それは、省造やあさに対する遠慮であろうか、それとも、幼ないマリアの頭で考えた、音羽家におけるマリアの位置づけであろうか。

恵美のおばさんは、小母さんでも、オバさんでもなく伯母さんであったが、マリアのいうおばさんは、年輩の女性に対する一般的呼びかけの小母さんであろうか。そういう日本語のむずかしい使いわけをマリアは知っての上で言ったのであろうか。

あさは、しかし、マリアがおばさんと言ったからと言って、マリアを責めようとは思っていなかった。マリアの他人行儀を悲しく思うだけであった。

（おそらく、マリアは、あさは双子の兄弟たちだけのお母さんであって、マリアがお母さんというのは、僭称《せんしょう》することになると考えたのであろう）

あさはそのように結論した。

「お母さんと呼んでもいいのよマリアちゃん」

あさは、つとめてマリアに笑顔を見せた。マリアは頷いたが、お母さんと言える顔ではなかった。マリアはやがて眼をつぶった。長い睫《まつげ》がマリアの澄んだ眼にふたをすると、桃色の皮膚が滑らかに光って見える。

マリアの病いは間もなく癒《い》えるのだとあさは思った。

湯田中で列車をおりて、バスに乗りかえ、バスが丸池スキー場近くに来たとき、マリアは窓外に見える雪山に向って、

「雪《ネヴェ》、雪《ネヴェ》」

と叫んだ。その眼はいままでついぞ見たことのないように輝いていた。

イタリアの北部のドロミテ地方に生れたマリアは雪に親しんでいた。彼女の生れたカンディデの村の近くにもスキー場は幾つかあったし、オリンピック冬季大会が行われたコルチナダンペッツォも、彼女の村からそう遠いところではなかった。

マリアは雪を見たとき、故郷を思った。雪におおわれた志賀高原の景色と故郷の冬の景色と

はかなり違ってはいたが、雪そのものは、ドロミテの雪も志賀高原の雪も同じに見えた。

マリアがネヴェと叫ぶと、彼女と並んで坐っていた豊と博の兄弟も、雪だ雪だと騒いだ。ネヴェとイタリア語を使ったマリアもそれからはネヴェとは言わず、ユキ、ユキと言ってはしゃいでいた。

鳥羽省造は妻のあさと顔を見合わせて微笑した。連れて来てやってよかったなという顔であった。三月の末の学年末の休みと休日を兼ねて、一家で志賀高原の熊の湯にスキーに来ることができたのは大西商事の専務の大西光明の計らいであった。

大西光明が招待した客がたまたま、都合が悪くなったので、予約して置いた部屋を鳥羽家に提供してくれたのである。つい一週間前のことであった。

バスが熊の湯に近くなると、積雪は多くなり、バスを降りて、雪の中に立ってあたりを見ると、そこには当分春は来ないように思われた。

マリアは雪の中に降り立つと同時に雪を手にすくった。まぎれもなく雪であることを確かめると、その雪を団子にして、なるべく遠くに届くように投げた。マリアは故郷の村で、友だちと雪投げをやったことを思い出した。底意地の悪い従兄たちに雪つぶてでいじめられたこともなつかしかった。

彼等は荷物を宿に置くと、休むのも惜しそうに、旅館のすぐ裏手にあるスキー場に出掛けていった。

省造も、あさもスキーの経験があったが、戦後夫婦揃ってスキーを履くのは今日が初めてであった。二人は旅館で、靴もスキーも借りることにしてあったが、豊と博と、マリアのためには子供用の靴とスキーを買って来た。かなりの出費ではあったが、初めてのスキーに借り物は可哀そうだと思ったからである。もうすぐ豊と博は中学一年生になることだし、日常のことならたいてい分るようになったマリアの勉強ぶりに対しても、讃めてやりたい気持からでもあった。

マリアは自分でさっさとスキーを履くと、ストックを器用に使いながら雪の斜面に出て行った。子供ながら、滑ることには自信がありそうだった。

マリアは雪の中にいることが嬉しくてたまらないようであった。頰を真赤にし、眼を輝かせ、豊と博と大きな声で話し合いながら雪にまみれていた。

マリアはスキーが上手というほどではなかったが、スキーを履き馴れていることは誰が見ても分る程度には上手であり、特に、スキーを履いて斜面を登るのは得意のようであった。

熊の湯にはスキーリフトが二つある。熊の湯第一リフト（白樺スロープ）と熊の湯第二リフト（松尾根スロープ）である。鳥羽省造と妻のあさは、しばらくは、子供たちと一緒になって滑っていたが、雪に馴れて来ると、やはり誰でもするように、リフトを利用したくなった。省造は子供たちを誘った。豊と博はすぐ承知したが、マリアは首を振った。

「リフトに乗ってはいけないとお父さんが言ったから、私はリフトには乗らない」

マリアはそういう意味のことを日本語で言おうとするのだが、充分にそれが言えなくなると、省造に向ってイタリア語でその理由を説明した。

マリアの父のフェデリコは山案内人らしい頑固さがあって、スキーは滑ることよりも、スキーを履いて歩くことの方に意味があるのだとマリアに教えていた。スキーを履いて山を登ることが確実にできるようになれば、滑りおりることもできるようになる。スキーを履いて、どこでも、自由に歩き廻れるようになってからでないと、リフトを使ってはいけない。つまり、基礎が固まるまでは、リフトを使うべきでないというふうにマリアに教えたのである。

「マリア、お前の考えは正しい。ほんとうは、そうした方がいい。滑る練習をする前に、まず登る訓練をしなければならない」

省造は、リフトに乗りたがっている豊や博たちにもマリアの考えが正しいことを説明してやってから、

「豊と博もマリアと一緒にスキーを履いて山を登る練習をするのだな。滑ることよりも、足腰をきたえることが必要なんだ。そういう基礎から始まった方が、スキーの面白さをほんとうに理解できる早道なのだ」

省造はリフトを使うのをやめて、なるべく人の居ないようなゲレンデを利用して、子供たちに基礎的なスキー術を教えてやった。キックターンや、初歩の制動などについては、マリアは既に知っていた。スキーを初めて履いた豊と博にとっては、彼等より二つも年下のマリアが、

スキーにかけては彼等より勝れているのが、口惜しくてたまらないようであった。日が高く昇ると、暑さを感ずるほどであった。子供たちは、雪の中で、はしゃぎ廻っていた。その三人はまるで兄妹のようであった。

「あらっ、大西さんだわ」

あさが声を上げた。

大西光明は、一目で輸入品と思われる、しゃれたスキーウエアを身につけていた。セーターはファインゲージ（細番手）編みの茶色地の胸に二本の白の太線を廻し、スキーパンツは同じ茶色の細糸に白い縦線のコンビラインを編みこんだものであった。

それだけなら別に驚くことはなかったが、大西光明と並んで滑って来た女性が、茶色と赤との違いだけで、白の線や編み方は全く彼と同じスキーウエアを身にまとっていたのには、鳥羽夫婦もちょっとびっくりしたようであった。

「やってるね」

と大西光明はマリアの方を見ていった。

「マリアは、既にスキーの基礎ができていますから、ちょっと練習すれば直ぐ上手になりますよ。うちの子供たちとくらべて、ずっとうまいでしょう」

鳥羽省造が説明するのを大西光明は、うなずきながら聞いていたが、

「どう、いいじゃあないか？」

と連れの女に言った。

「そう。かえって、こういう自然のかたちの方がいいかも知れないわね」

女はそういうと、身をひるがえして、熊の湯の方へ滑りおりて行った。

「マリアちゃんの写真を撮ってやろうと思ってね」

大西は、びっくりしたような顔で立っている省造に言った。

「彼女はカメラのプロ？」

「さあ、どう見ようと、あなたの勝手だが、少くとも彼女は、カメラにかけては素人ではない」

どう見ても、あなたの勝手だと大西が言ったのは、大西と彼女が同じ部屋に泊っていることをどう見てもと言ったのだと省造は解釈していた。三十を過ぎて、独身を続けている大西が、いろいろの女性と交渉を持っていることを省造は知っているから、今度、大西が連れて来た女についても、詮索がましい言葉を使うのはさけていた。

「マリアの写真ができたら、おれはそれをイタリアのミラノ支店に送るつもりだ。ミラノの支店からヨーロッパの各地の新聞へマリアの近況として送るようにさせる。マリアの記事が写真と共に新聞のはしにでも載ったら、いまも尚、マリアに関心を持っている向うの人達は安心するだろう」

「それはいいお考えですが……」

省造はその先をぼかした。

「いい考えだが、大西商事の宣伝に使うのはどうかと思うと言いたいのだろうが、おれは、使うよ。マリアについては、今後も、大いに宣伝に使わせて貰う。宣伝ではない、イタリアとの友好だと考えて貰いたい」

下から、さっきの女が肩に大きなバッグを携げてやって来た。雪眼鏡《ゴーグル》が、彼女の顔を、部分的に隠しているけれど、鼻の高い、おそらく美人の部類に入る女に違いない。

「カズコが来たようだ」

大西が言った。

「カズコ、ひとつだけ言って置くけれど、マリアを主題としてりきまずに、双子の兄弟を主題として、そこにマリアを入れるようにしてくれ。ヨーロッパでは双生児は、祝福された存在として、貴重がられ、持てはやされている。だから、写真の価値判断から行くと、マリアがスキーをやっている写真ではなく、日本の双子の兄弟とマリアがスキーをやっているところが欲しいのだ」

大西光明が言った。

「注文はそれだけ?」

カズコが訊きかえした。

「それだけだ」

「では注文しなかったと同じだわ。主題を被写体に与えようとして、いいものが撮れたためしはないのよ。主題は被写体が創り出すべきものであって、カメラはそれを受止めるだけのことよ。私はカメラをかまえて、そのチャンスを待てばいいだけのこと。あなたの注文どおりのものができるかどうかは分りませんわ」

カズコはザックの中からカメラを出して、かまえながら言った。

「注文どおりの物ができないと買わないぞ」

「あなたの注文通りの物ができても、私が売らないかもしれないことよ」

「おい、カズコ……」

「だって、私はフリーの写真屋よ。大西商事に雇われた覚えはございませんから」

カズコの口も達者だったが、写真を撮り出すとその手付もあざやかだった。

初めのうちは、マリアや双子の兄弟は、カメラを意識していたが、そのうちカメラの方が気にならなくなって、それまでどおりに、スキーに興じ出したころを見計らって、カズコのカメラは盛んに音を立てた。

日があるうちは、滑っていると暑いぐらいだが、日が笠岳の向う側にかくれると、急に寒くなる。三月と言っても、まだ雪があるのだから、朝晩の気温の較差ははげしい。

熊の湯に引き上げた鳥羽一家は、着換えの着物を持って、そのまま湯へおりて行った。

あさは、マリアをつれて、女湯の扉をおした。日本に来た日にマリアが鳥羽家の風呂の栓を抜いたことで、彼女に恥しい思いをさせたことがある。マリアにはこういう形式の浴場は生れて初めての経験であるに違いない。入る前に、なにかひとことふたこと言ってやりたいのだが、適当なことばが見付からない。あさは、脱衣場のところに立ったとき、

「マリアさん、私のやるようにやればいいのよ、ね、私のやるとおりにすればいいの……」

マリアは頷いた。やるようにすればいいと言われたから、マリアはあさの方ばかり見た。あさが裸になると、マリアも裸になった。あさが、ビニールの袋に入っている、熊の湯と染めこんだタオルを出して、それで前をかくすと、マリアもまた、あさのやるとおりに、そのタオルで、前をかくした。

おかしさがこみ上げて来たが、あさは、笑ってはならないと我慢した。

濛々《もうもう》と煙る湯気の中に立ったマリアは一瞬たじろいだようだった。だが湯煙の中に動く、女ばかりの姿と話し声で、そこは女たちだけの浴室であることがわかると、不思議そうな顔をしてまわりを見廻した。

あさが、ポリエチレン製の湯桶に湯を汲んで、その中にひたした手拭を、しゃがんだまま、身体のあちこちに当てているのを見ていたマリアは、あさがひととおり終るのを待って、そのとおりにやった。

やるとおりにしろといったから、マリアはそのようにやっているのだが、なにもかもあさのやるとおりに真似られると、あさもなんだか恥しいような気持になる。

あさとマリアは湯舟につかった。

「いい湯だわ、ほんとうに」

あさがマリアにいうと、

「ほんとうにいい湯だわ」

と、あさとそっくりの言葉を逆に使うのである。

「この熊の湯は百二、三十年ほど前に、佐久間象山という人が発見したのだそうです。それまでは、怪我をした熊がときおりやって来て、この湯につかって疵《きず》を治していたんですって」

「クマのお湯だったの」

マリアは、その話がたいへん面白かったらしく、

「でも、この湯を人間に取られて、そのクマ、かわいそうだぞ」

と言った。マリアは、かなり日本語が上手になってはいたが、女の言葉と、男の言葉の使いわけが、まだできていなかった。そのへんが、日本語のむずかしさであった。

「あら、あの子日本語上手だわね」

隣りにいた、女子学生らしい二人づれがマリアの日本語を聞きつけて、あさに言った。

「日本に来てからどのくらいになるの、一年、二年?」

「やっと四カ月になるかならないかですわ」

あさは、マリアが日本語が上手だと言われたので、いささか得意げに言った。その女子学生

が突然英語でマリアに話しかけた。

「あなたの日本語はすばらしいわ、あなたは日本についてどのように考えていますか？」

ありふれた質問であって、それほど発音がよいというものではなかった。女子学生はただ英語を試して見たかったに過ぎなかったのである。

マリアは、それには答えなかったが、同じことを二度訊かれると、

「私は英語はわかりません、日本語でどうぞ」

とはっきり言った。それまでにも、マリアは、何回となく英語で話しかけられたことがある。中学生や、高校生などが多かったが、時には大人もいた。外国人はすべて英語を話すのだと思いこんでいる日本人が、マリアにはたいへんおかしなことに思えてならなかった。

「この子はイタリア語と日本語しか分らないのよ」

あさが女子学生に言った。

あさとマリアは壁に向って並んだ。うしろから見たら誰だって、親娘と見るだろうとあさは思った。ポリエチレンの桶に湯と水とを適当な温度に調整して入れて、あさはまず、マリアの背を流してやった。湯につかってでて来たマリアの肌は白桃のように輝いていた。白いという表現は当らなかった。白い肌というよりも、白に桃色をとかしこんだような鮮やかな色をしていた。

あさはマリアの首から肩、背、それから下半身と洗ってやりながら、マリアの身体つきが、

あさが生んだ豊や博たちと違っているのは、男の子と女の子の差だけではないと思った。マリアと同じ年の姪の恵美をお風呂に入れてやったことが、何度かあったが、その恵美ともはっきり違っていた。

それは——あさは、マリアの身体を洗う手を休めて、どこがいったい違うのだろうかと考えた。きめのこまやかさについてあさは、外人のきめは粗《あら》く日本人のきめはこまやかだという説は、子供については通用しないと思った。マリアの肌は非常に滑らかだった。透き通るように見える生毛と白い肌の色を除いては、日本人の子供の肌のこまやかさと同じであった。

(やはり、身体つきだわ)

あさはそう思った。肩の張ったあたりと、腰のくびれた具合と、お尻の形と、そして、足が長いところが、もう子供のうちから違っているのだと思った。

特にお尻のぷりぷりと丸く張っているあたりが、日本人の女の子と違っていた。あさは、そのマリアの丸いお尻をぽんぽんと軽く叩いてやりたかった。ほんとうに可愛いお尻だと思った。

一応、流してやってから、あさは、

「前の方は自分で洗うのよ」

とマリアに言ってやった。マリアは、はいと素直に返事をしたがすぐ立上ってあさのうしろに廻った。

「いいのよ、マリアさん」

とあさがいったが、マリアは、あさが私のやるとおりにしろといったことをやめようとはしなかった。

マリアは、あさの首から肩、背中と、あさがやったとおりに石鹸をつけた手拭でこすった。くすぐったい気持だった。豊も博も、恵美も、あさの背を流そうなどと言ったことはなかったし、して貰おうと思ったことはなかった。それをマリアがいまやっているのだと思うと、まことに、妙な気持であった。じっとして、マリアのするがままにまかせていると、あさは、母が娘に背を流して貰っている気持はこんなものではなかろうかと、思うのである。娘をひとり欲しい欲しいと思っていた、その娘が、いま彼女の背を一生懸命になって洗っているのだと思って見ると、ふと熱いものがこみ上げて来そうであった。

「なんてまあ美しい肌をしているのでしょう、女の私でもほれぼれするわ」

湯から上って脱衣場に出たとき、マリアの身体を見て心の底から感心したような声を掛けた女がいた。ぶしつけな言い方だったが、その女の顔にいつわりがないし、湯上りのマリアの身体があさ自身が見ても、ほんとうに綺麗だと感じていたから、その女の言葉が、それほど気にならなかった。

女はあさよりいくらか若く見えた。

「スキーもお上手だし、日本語もお上手ですこと、お知り会いの外人のお子様ですか」

こんなふうに、人の秘密に立入ったような訊き方をするのは日本人の悪い癖だとあさは思った。こんな訊き方はいい方で、まるでマリアの戸籍調べでもするような訊き方をされたこともあった。そういうとき、あさは答えなかった。曖昧《あいまい》な返事をして置いた。だが、湯上りのマリアを讃められたあさは、その女の、立入り過ぎた質問を、それほど非礼なものには思わなかった。

「マリアはうちの子です」

「あら、あなたの家のお子さんですか、まあ」

嘘をおっしゃいという顔で、あさとマリアを見較べていた女は、やがて、あさの言葉の中に、なにか深い事情があるとでも思ったらしく、

「でも……うらやましいわ、そんなすばらしい子をお子様に持つなんて」

女は、それがお世辞ではないという証拠をなんとかして見せたいのか、マリアに向って、私は二階の松の間にいるから、遊びにいらっしゃいなどと言った。

「双子の坊ちゃんと、このマリアさんとお子様は三人というわけね、いいわ」

どこかで、鳥羽一家がスキーをやっているのをこの女は見ていたのだ。マリアが眼につく上に双子の豊と博が眼につくのだ。あさは、そのような好奇心の眼で子供たちを見られることが嫌だった。あさは、その女と話すのがわずらわしくなった。

あさは、マリアとつれだって廊下に出た。冷気がほてった身体に触れた。

廊下を豊と博がこっちへ向って走って来た。兄弟は、マリアの両手をつかむと、

「マリア、おそいぞ、御飯食べる前にトランプやろうって約束したの忘れたの」

兄弟は口々にそういいながら、マリアを連れて走り去った。

「ほんとうに仲のいい兄妹だわ、あの子たち」

あさはそうつぶやいた。そして、そのあとですぐ、いまは、あのとおりの無邪気さで遊んでいても、豊と博が、高校生になり、大学生になったときに、マリアに対して、どういう感情を持つだろうかと思うと、ふと恐ろしいような気がした。さっき、お湯から出たとき、女の私でもほれぼれするような、美しい肌だと、見知らぬ女が言ったことばが思い出された。

「でもそれはずっとずっと先のことよ」

あさは廊下を急いだ。

## 3

「思い出していただけませんか、その豊君と博君の性格が大きく変ったという時期は、いつごろだったのでしょうか」

横山敦子の眼鏡が光った。

あさは、悪いことでもして訊問されているようで厭な気持だった。

「さあ、いつごろからだったでしょうか……」

あさは貰ったまま、そこに置いてある名刺に眼をやった。文京女子医科大学教授、医学博士、横山敦子――いかめしい肩書どおりに、女の顔もいかめしかった。瘠《や》せ男の二人や三人、はねとばしそうな体格をしていた。双生児の研究を長いことやっているという前置きがなかったら、とても、医学者と見える女ではなかった。自動車のセールスマンか、不動産屋の外交員と見られるようなタイプの女であった。あさは、その名刺をそこに置いとくのが悪いと思ったから、拾い上げて帯の間に挟んで、

「たしか、それは熊の湯へ行って帰って来たときではなかったかと思うんです」

「いつごろです」

「もう二年半も前ですわ、マリアが日本へ来て四カ月経つか経たないころ、家中で、志賀高原の熊の湯へスキーに行ったのです」

あさは、そのときのことを思い出しながら話し出した。

スキーから帰って来て、新学期が始まるとすぐ、マリアの担任教諭の島村芳雄が、マリアにスキーの思い出を、そのまま日本語で書いてごらんなさいといった。それは、マリアにとってたいへんなことであったが、島村は、日本語を覚えるには話すと同時に書かねばならないと思ったから、そのようにすすめたのである。

マリアは覚えたばかりの仮名文字の作文を書いた。豊と博がそのマリアを応援した。それまでも、豊と博は、マリアの勉強を、すすんで見てやろうとしていたが、多くの場合は、豊の方が、その家庭教師を引き受けた。そんなとき博は、にやにやしながら豊とマリアの勉強ぶりを見ているといったような光景が見られたのだが、熊の湯から帰って来てからは、博の方も、兄の豊におとらず、マリアの日本語の勉強について積極的な姿勢を示すようになったのである。

「マリアの作文のことで、二人は大喧嘩をしたのです。それまでは、喧嘩らしい喧嘩をしたことのない豊と博が喧嘩をしたのです」

あさが言った。

「喧嘩らしい喧嘩をしなかったというのは？」

「生れたときから、豊を兄、博を弟と決め、なにごとにも、豊の方を先にするようにしむけて来たから、いざというときには、弟の博の方が、何時も兄の豊に譲っていたのです」

「つまり、双生児共同体の中の上下関係は、自然発生的なものではなく、外界の意志によるものだったのですね」

「それが医学的にどういう意味のものか知りませんが、うちでは、豊が兄、博は弟と決めていて、それまではうまく行っていたのです」

あさはひややかに言った。

「たいへん結構だと思います。多くの場合双生児共同体から自我の発生するのは幼児期です。この時代になにかのきっかけで力の上下関係が確定的になる場合が多いのです。たとえば、或る日どちらかが、先におもちゃを取ってしまったというような事実があると、それから、いつも、そのおもちゃを先に取った子の方が主導権を取るようになるものですが、おたくの場合は、観念的に上下関係をはっきりさせていたのです。それが、二年半前に崩れたのですね。そしてそれからどうなったのでしょうか」

横山敦子は、ノートの新しい頁を繰った。

「それからも、マリアに関すること以外は、豊は兄としてふるまい、博は弟として行動するのですが、マリアに関することになると、博は豊と同等にしないと承知しないのです」

あさが答えた。

「具体的実例をどうぞ」

「例えば、あの子たちが中学の二年になった夏でした。いや、夏休みの前でした。マリアの帰りが、いつもより遅かったのです。私は豊を迎えにやろうとしたら、博が、ぼくも一緒に迎えに行くと言って、どうしても聞かないのです。なにも二人で行くことはないでしょうと言っても、行くというのです」

「ほう。面白いですね」

「なにが面白いのですか？」

「一卵性双生児は卵母細胞は一個なんです。従って受精する精子も一個です。普通ならば一個として生長すべき胚《はい》が、発達の過程で、二個体に分れたものなんです。だから遺伝因子はなにからなにまでそっくりなんです。身体はもとより、精神的なものまで同じなんです。ところが、この一卵性双生児が環境の変化によって、全然違った人間になることがあるのです。生れたばかりの双生児の一人を里子に出した場合、趣味も行動も別々な人間になったという例があります。私が双生児の研究をなぜするかというと、全く同一の遺伝因子を持った人間でも、環境の変化によって、変え得ることができる。つまり、環境即ち教育がいかに人間そのものを変え得るかということを研究しているのです」

横山敦子は、少々話が専門的になったことに気がついて、

「お宅の場合は兄と弟という、上、下関係の環境を与えることによって、兄と弟という二つの

人格が形成されつつあったところに、マリアという新しい環境が発生したことによって上、下関係が破壊され、そこにまた、新しい環境支配が生じようとしているのです」

「どういうことでしょうか」

「力関係の再検討と言ったらいいでしょうか、精神的な遺伝因子が同じ傾向を愛するという証左なのかも知れません」

横山敦子は、そこでノートを閉じて、立上った。

「もしお許しいただけたら、その二人のお子さん、豊君と博君の部屋を見せていただきたいのです。二人の性格がどの程度似ているかを調べたいのですが」

横山は、もしお許しいただけたらと、口では丁寧なことを言っているが、彼女の眼は、もう、二階の豊と博の部屋を半分は覗いてしまったような眼つきをしていた。

「お見せしても、よろしいですが、たいへん、よごれておりますので」

あさは逃げようとした。

「かまいません、中学三年生の男の子でしたら部屋をきちんとして置く方が珍しいでしょう」

横山敦子は応接間を出るとき、ピアノの方をちらっと見て、

「どなたか？」

と訊いた。

「マリアにピアノの家庭教師をつけているのです。ところが、いままで、ピアノなどに全然関

心を示さなかった豊と博が、やはりピアノを習いたいといい出したのです。それは、つい最近のことなんです」

それを聞くと、横山敦子は、またノートを開いて、なにか記入したあとで訊いた。

「そのマリアさんの音楽的センスは」

「家庭教師は、マリアには音楽的センスがあると言っておりました。学校の島村先生も同じことを言っていました。マリアは音楽と数学が得意なんです、日本語が不充分ですから、年齢の上では二年おくれて、いま五年生ですが、音楽と数学は、中学一年生の学力は充分持っています」

あさは、マリアの自慢話をしながら、なんだか、自分がマリアの母親であるかのような気持になっていた。

豊の部屋は、思ったよりも整理されていたが、机の上には乱雑に本が置いてあり、壁にはべたべたと、写真や、地図などが張りつけてあった。

博の部屋は、布団が敷きっぱなしになっていた。机の上は豊とほぼ同じであったし、壁に、なにやかやと張りつけたところも豊と同じだった。

あさと横山敦子は、二人の部屋を覗いただけで、中には入らなかった。

横山敦子は、ノートを開いてあさに言った。

「豊君の部屋の壁にも、博君の部屋の壁にも、外国の山の写真が張ってありましたわね、あれはどこの山の写真でしょうか」

「ああ、あれは、イタリアのドロミテにある、ドライチンネという山の写真ですわ。主人があちらへ行ったとき撮って来たものです」

「お二人とも山が好きなんですか」

「二人とも、まだ山歩きをする年齢《とし》ではありませんが、主人に似て山には興味を持っています。壁に張ったドライチンネは、マリアの父のフェデリコが亡くなった山なんです。マリアの部屋にもあの写真が置いてあります」

マリアの部屋も、お見せしましょうかと、あさが言った。

マリアの部屋はきちんと整理してあった。ベッドには、椿の模様を浮き出させた、ベッドカバーが掛けてあった。光線の具合で、彼女のベッドの上に椿の花が散っているように見えた。

机の上には、なにも置いてはなかった。使い古した本箱と、マリアのために買って来てやった新しい整理箱が並んでいた。

壁にはドライチンネの写真が張りつけてあり、その上には、額縁に入れられたフェデリコの写真が掲げられていた。

「あれがイタリア人の山案内人で、マリアの父だったフェデリコの写真です」

あさが説明するのを横山敦子は頷きながら聞いていたが、

「その写真を掲げたのは、マリアさんの意志ですか、それともあなたの」

「私の夫です。夫が、あのようにしてやったのですわ」

「それでマリアさんは、あの写真に向って、話しかけるとか、祈りをささげるとかいうようなことをしているのですか」

「さあ、この部屋の中のことは分りません。おそらく、特に、そういったようなことはしていないと思うんです。私の感じだけだけれど、このごろは、マリアはもうすっかりうちの子になっていますからね」

あさは、扉をしめながら、

「男の子の方はいいとして、このマリアの部屋には、鍵をつけてやろうと思っています」

「おいくつなんですマリアさんは」

「十三歳です。もうすぐあの子も大人になりますから」

そのときあさはなにかを前にして佇立したような顔をした。

マリアが大人になることは、あさにとっては、喜ぶべきことであると同時にそれだけ負担が重くなることであった。うまくやっていけるだろうか。あさの顔に不安のかげが走った。

「ちょっと先生にお聞きしたいことがあるのですが」

階段をおりたところであさが言った。

「私に分ることならなんでもどうぞ」

「マリアが年頃の娘になり、そのマリアに私の二人の息子が、普通以上の関心を持ったらどういうことになるでしょうか」

「つまり、マリアさんを、豊君と博君が同時に愛するようになった場合のことなんですね」

「そうなんです。そうなったときはどうしようかと、今から心配なんです。これが杞憂っていうものでしょうか」

「既にその傾向が始まっているとしたら、問題ですね。ヨーロッパでは、双生児の誕生が非常に歓迎されています。特に一卵性双生児は貴重な存在として、なにかにつけて、双生児であることが強調されます。ですから、いろいろと一卵性双生児について逸話も残されています。その中に、こんな例がありました」

二人は玄関に立っていた。

横山敦子は靴を履き、あさは下駄をつっかけたが、話が中途だったので、その足で、柴折戸《しおりど》を開けて庭に廻った。

鳥羽家の庭は三分の二が芝生、三分の一が花壇になっていた。花壇に、チューリップの花が咲いていた。

「ノルウエーにこんな話がありました。双生児の兄弟が同時に一人の娘を愛した。兄は、その恋を弟に譲るために、北海に身を投げて死んだ。ところが、同じ日に、弟もやはり、その恋を兄に譲ろうとして川に身を投げて死んでいたという話なんです。ありそうな話でしょう」

あさはいやな顔をした。なんて、不吉な話だろうと思った。

「双子の兄弟が一人の女を愛したが、結局は結婚できないことを知って、二人とも一生独身で過したという例がスエーデンにあります。この例は双子の研究によく使われていますが、これは、一卵性双生児の双子共同体の意識、つまり双子相互間の愛情の密着が顕著であった例です。恋愛よりも、双子間の愛情の方が強いという例です。この双子兄弟は九十五歳まで生き長らえました。死んだ日は、たった一日違いでした」

横山敦子は更に、そのような話をつづけそうだった。

「もう結構ですわ、そういうお話。それよりも、これから私は、どうしていったら一番いいかを教えていただきたいのです」

あさは、横山敦子に拝むような眼をして訊いた。

「豊君と博君が、マリアさんに関心を示す問題については、それをことさら意識しないで、豊、博、マリアの三人が、他人ではなく兄妹としての感情を互いに持ち合うように導いていったらどうかと思います。豊君と博君には、マリアは妹、マリアさんには、豊と博を兄と思わせるのです。ことあるごとに、そのように思いこませるのです。そうしていれば、おそらく恋愛関係は生じないと思います」

「具体的には」

「そうですね、マリアさんに、ユタカ兄さん、ヒロシ兄さんというふうに呼ばせたらいかがですか？　今まではどんなふうに」

横山敦子が、あさの顔を覗きこんだ。

「呼捨てなんです、マリア、ヒロシ、ユタカ」

あさは敦子の眼をさけるように下を向いた。

「外国ではそれでもいいかもしれません。でも日本の社会の中にいると、そうでない方がいいじゃあありませんか。マリアさんが、ユタカと呼び捨てにするよりユタカ兄さんと呼べば、他人が二人の関係を兄妹と見るようになり、そのうち、自分たちも、そんな気持になってしまうでしょう」

横山敦子はチューリップの花壇に、眼を移して、

「私はあの黒いチューリップというのが、大好きなんです。新潟のチューリップ公園で、あの黒いチューリップを見たときは、つい、興奮してしまって、大きな声で叫んだものです」

横山敦子は腕時計を見て、

「豊君と博君の学校はどちらでしょうか」

とあさに訊いた。

横山敦子は、中学校の校門で立止って、カバンの中からノートを出して、悠々となにかを記入してから中に入っていった。

横山敦子の肩書はこの中学校でも有効であった。彼女は三十分後には鳥羽豊のクラス担任教

論と会っていた。彼女は、双生児の研究がいかに重要な研究であるかを力説した後で、

「結局、双生児の研究は、教育の秘密を解く鍵のようなものです。子供たちに教育という環境をいかなる形で与えるかによって、その子供の将来が決るのです」

「それで……」

鳥羽豊の担任教諭の持田克彦は横山敦子の話があまり長すぎるので、用件をうながした。

「鳥羽豊君の、一年、二年、そして今学期の成績表を見せていただきたいのです」

「それだけですか」

「それから豊君の性格について、あなたが知っているかぎりのことを教えていただきたいのです」

「分りました。ちょっとお待ち下さい」

持田克彦は、彼女を教員室の片隅に待たせたままで、あちこちのテーブルをいそがしそうに廻っていた。持田が動くたびに、教諭たちの眼が横山敦子の方に、ちらっちらっと動く。横山敦子は、それらの視線を受けながら、ノートを出して、鳥羽あさに聞いて記録した事項に眼を通していた。

「一年から三年までの鳥羽豊と、そしてこれは弟の鳥羽博の成績表の写しです。鳥羽博の分も当然必要と思いましたから、写して参りました」

横山敦子はびっくりしたような顔で、持田克彦の顔を見た。先廻りされたな、という顔であ

った。

「これは御丁寧におそれ入ります」

横山敦子は、その成績表を取ろうとした。

「ちょっとお待ち下さい。その成績表を受取る前に、この紙に署名捺印していただきたいのですが」

横山敦子はびっくりしたような顔で、その紙片を取り上げた。

誓約書

一、鳥羽豊、鳥羽博の両名に関する資料を発表するときは、必ず当校の許可を得ること、
一、鳥羽豊、鳥羽博の両名に関する資料を発表するときは、A君、B君のごとき仮名を用いること、
一、右の他、鳥羽豊、鳥羽博のプライバシーに関することを発表する場合は、必ず当校の許可を得ること、

誓約書の宛名はこの中学校の校長名になっていた。

「なんですか、いったいこれは。私は研究者ですよ。研究のためにこの学校へ来たのですよ。失礼ではありませんか、こんなもの」

横山敦子は憤然とした。

「こんなものとは御挨拶ですね、それではどうぞ、このまま御引取り下さい。当校は、いかな

る研究であろうが、児童を犠牲にしたくはないのです」

持田克彦は成績表を持って立上ろうとした。

横山敦子は、持田克彦の態度が、ただのおどかしではないことに気がついたようだった。彼女は、しばらくは、いうべき言葉を探していたようだったが、

「その誓約書に署名捺印すればいいのですね」

とぶっきら棒に言った。

「そうです。よく読んで見てからにして下さい。ただハンコを押せばいいというものではありません。私はその誓約書の写しを、お宅の大学へも送りますし、念のために、日本双生児研究所長と、双生児研究グループにも送って置きます」

持田克彦が、日本双生児研究所長と双生児研究グループという名前を出したので、横山敦子は眼を見張った。

「あなたも、双生児の研究をなさっているのですか」

持田克彦に訊いた。

「いいえ、そういう研究をしてはいませんが、研究結果については関心を持って読ませていただいております。双生児の研究をしておられる学者の名前も知っています」

横山敦子は、その言葉の中に、持田の皮肉を感じた。双生児の研究をしている学者の名は知っているが、その中に横山敦子という名前はなかったと言っているように思われた。

「あなたが双生児の研究をなさるのは結構ですが、鳥羽豊と鳥羽博をモルモット的材料にされるのは承知できないのです。たとえ学問のためだと言え、彼等の成績、性格等を、匿名にもせず発表されたら、それこそプライバシーの侵害と言うものです。私は子供たちを守ってやらねばならない立場にいますから、こう言っているのです」

「よく分りました。二人の名前は、いっさい外に出さないように致します」

横山敦子は誓約書をよく読んで署名してからハンドバッグから印鑑を出して、捺印した。

「ふたりとも成績はいいんですね」

横山敦子は成績表を見較べながら言った。ほとんどが4か5という成績であった。

「小学一年から、ふたりとも、ずっとトップにいます。どの科目もよくできます。二人には不得意なものが全くないようですな」

「成績の上では、全くの相似関係にあると言ってもいいようですね。ところで、性格の方ですが」

横山敦子が、そう言いかけると、持田克彦が手を上げた。博の担任教諭の松崎敏夫が、持田と打合わせてあったらしく、傍に来て坐った。

「鳥羽豊の性格は明るくて、社交的で、それでいて、中々こまかいところによく気がつく、緻密なところがあり、雄弁であり、勇敢であり、義侠心がつよく、女の子に人気があって……」

持田克彦は、そこで言葉を切って松崎敏夫の方を見て、と訊いた。

「ほかになにかあったかな?」

「だいたい、そう言ったところだろうな、豊君と博君は教室は違っていても、全く同じように振舞っていますよ。昔の言葉で言えば親分というところかな」

松崎はそういうと持田と顔を見合わせて笑った。

横山敦子は構内を出た。

誓約書を取られたことが、彼女の心の中に、不快感の塊として残っていた。彼女自身、反省すべきことは認めながら、この中学校の、二人の教諭にやりこめられたという或る種の憤懣《ふんまん》は捨て去ることができなかった。いままで彼女は双生児の研究のため、幾つかの学校を訪問したが、今日のようなことはなかった。むしろ慇懃《いんぎん》すぎるほどの扱いだっただけに、彼女がこの学校で受けたものは、彼女の研究のあり方自体に大きな示唆を与えた。

横山敦子は、校門を出てから運動場について廻った。運動場の周囲にはコンクリートの塀があるので、中はよく見ることができなかったが、生徒たちの声だけはよく聞えた。

コンクリートの塀の角を曲ろうとしたとき、彼女は危うくつまずこうとした。塀の一部が取りこわされて、建築材料が運びこまれていた。

彼女はその塀の切れ目から運動場になに気なく眼をやった。いくつかのグループが、勝手放題のことをして遊んでいたが、その中に、足で球を追っているグループが幾つかあった。サッカーの流行が中学校にも入って来たのである。

一つの球を運ぶ者、それを奪おうとする者との間に、人の渦ができた。

一人の少年が、人垣を見事に切り抜けて、すぐそこまで球を運んで来た。中学三年生にしては背丈も大きく、立派な体格をしていた。太い眉と大きな眼に特徴があった。

少年が足で運んで来た球は建築材料の中に入った。少年は球を拾って、手に持った。その時であった。その少年と全く同じ顔かたちをした第二の少年が、ボールを蹴とばしながらそこへやって来た。

二人は顔を合わせると、なにか親しげに話して直ぐ別れた。

横山敦子は、その二人の少年が、豊と博であることを疑わなかった。

「立派な少年だわ」

その少年の行く先がどうなるか見たいと思った。本当の意味の双生児の研究は、一組の双生児が生れてから死ぬまでを追わねばならないということは常識になっていた。欧米では、そのような勝れた研究がいくつもあった。彼女にとっては、豊と博は魅力ある研究材料に思えてならなかった。

「あの少年たちはやがて高等学校、そして大学……」

そのとき、横山敦子は、マリアという少女に会いたいと思った。この双子兄弟を研究するためには、マリアをも研究しなければならないのだ。なぜかそのように感じた。

彼女は、あさから聞いた、マリアが通学している小学校の方へ足を向けて行った。そこからそう遠いところではなかった。いそぐと汗が出た。

彼女は歩きながら、マリアの学校を訪問する理由を考えていた。

横山敦子は小学校の受付で、

「マリアさんの担任の先生に……」

と言いかけただけで、そこにいた事務員は、上目遣いに敦子を見ながら、

「島村先生ですね、ちょっと」

といいかけると、受付の硝子戸をさっと開けて、子供たちと話しながら校門を出ようとしている男に「島村先生、御面会ですよ」と呼びかけた。

横山敦子は、マリアさんとひとこといっただけで、受付の人に通じたのだから、この小学校でのマリアの存在はみんなに注目されているのだなと思った。敦子は島村に遠くから目礼した。

「ちょっとマリアさんのことで、お話ししたいことがあるのです」

横山敦子は、自分でも、丁寧過ぎると思うくらいに、意識して腰を低くした。さっき、中学校で、痛い目にあわされたから、彼女はいささか反省していたのである。

島村芳雄は、彼女の名刺を見ると、二、三度、頷いてから、校舎の方へ歩き出した。

子供たちの集団の幾つかにすれ違った。その中に、一段とやかましくしゃべり立てながら帰っていく少女の群があった。その中にマリアがいた。十人ほどの少女の中で一段と背が高く、

しかも日本人と違った顔つきをしていたからすぐ敦子の眼に止った。

(可愛らしい子だこと)

敦子はマリアを見たときそう思った。マリアは黒い長い髪をしていた。その髪の色が、日本の少女たちの髪の色と釣り合いが取れていた。色白で、眼が大きく、鼻筋が通っていた。欧米人に共通する、けんのある顔を想像させるものはどこにもなかった。それは多分、マリアの頬が、東洋人の特徴であるふくらみを持っていたこともあったが、やはり、日本に来て、二年半という年月が、マリアの表情を日本人らしくしてしまったように思われた。欧米人は、大人でも子供でも、視線を鋭角に動かす癖があるが、マリアはそのような動かし方はしなかったし、誇張した身振り動作もしなかった。

「なに言ってんの、そんなこと、はじめっからどうでもいいことなのよ」

マリアが大きな声で言った。

敦子は驚いた。マリアの言葉はもう完全に日本人の子供の言葉であった。

マリアは中学二、三年の背丈をしていた。チェックの模様のスカートに白いブラウスを着ているマリアは、そこに群をなしている少女たちの中の女王であった。

「もうマリアは日本の子供です。イタリア人だという意識は急速に遠のいて行って、今では、日本に関することをなんでも知ろうとしています。勉学心が強く、すべてに理性的です。めそめそするような子ではありませんな」

島村芳雄は敦子と向い合って坐ったとき、まずマリアの性格のおおよそを言ったあとで、

「おそらく、このことは、鳥羽家の家庭環境にあるのだと思います」

とつけ足した。

教員室にはまだ数名の教諭が残っていた。開け放された窓から、校庭で遊んでいる子供たちの声が入って来る。

「私が調べたいのは、鳥羽家の双子の兄弟に対してのマリアさんの影響力なんです。双生児の研究には、その環境調査が一番たいせつなのですから」

横山敦子は、ここで、双生児論を一席ぶちたいところだったが、前の中学校のこともあるので、島村の前では、言葉少なく、なるべく低姿勢に自分を置きながら、用件を話した。

「つまり、あなたはマリアの側から、豊君と博君を調べたいとおっしゃるのですね」

島村は黙ってそこを離れると、一冊の本を持って来て横山敦子の前に置いた。謄写版刷りの作文集であった。

「うちのクラスで作った作文集です。この中に、マリアが書いたものがありますからお読み下さい」

文集は、「こうま」と題してあった。その中にマリアの文があった。

ルイジイネ・マリア

わたしの名前　塁字根　麻理亜

わたしの名前は、マリア・ルイジイネです。日本のようにみょうじを先にすれば、ルイジイネ・マリアとなります。わたしの家の豊君は、ルイジイネ・マリアとかなで書くよりも、かん字で書いたほうがいいといって、塁地根麻理亜という名前をつけてくれました。ずいぶん、むずかしい字ですが、豊君はじ書で調べたのです。すると、博君も負けずに、類字根麻理亜とつけてくれました。豊君も博君も、自分がつけた名前のほうがいいといって、なかなかゆずりません。わたしは困ってしまいました。豊君も博君も、いつもたいへん仲よしなのに、このときばかりは、いつまでたっても、にらみ合ったままでした。わたしは豊君と博君のつけてくれた名前を並べて書いて見ました。違っているのは、塁地と類字であとは同じですから、塁地と類字からひとつずつ字を取って、塁字根麻理亜としたらどうかといいました。それで二人はやっと仲直りができました。わたしは、塁字根麻理亜という日本の名前がたいへん好きです。すこしばかり長いけれど、なんどか読みかえすうちに、ほんとうにいい名前だなと思うようになりました。わたしは豊君と博君に非常に感謝しています。

読み終って、横山敦子は、感嘆のためいきをついた。

「マリアさんはもうすっかり日本の子供さんですね。これだけの作文が書けるのでしたら、どこへ出しても恥しくないわ」

敦子は、その文集をいただけないものかと島村にたのんで、手に入れると、

「日頃仲のよい豊君と博君が、マリアさんのことになると喧嘩をするというのは、やっぱり気になることですね」

と言った。

敦子は、この双子兄弟に環境変化を与える、もっとも強力な存在はマリアだと確信した。


大西商事の専務、大西光明は、この春移転したばかりの高層ビルの八階にある事務所の専務室で、久しぶりにミラノからやって来た大西商事ミラノ支店長の北宮紫郎と対談していた。

「何年ぶりかな、日本へ来たのは」

「六年ぶりになります」

「変ったろう東京は」

「まるで外国に来たようです」

「まだまだ変る。限りなく変るぞ日本は」

大西光明は窓の外をゆびさして言った。そこから見おろした東京の景色は、北宮紫郎がいうとおり、全く外国の町を空から見るのと同じだった。

「日本の変化に比較してヨーロッパの変化は緩慢ですな」

「かんまん？」

「ゆるやかという意味です」

「なんだ日本語か、おれはまた、イタリア語かと思っていた。ヨーロッパの緩慢な変化に対して日本の急激な変化を、あなたはどのように見て取ったかね。卒直に表現して欲しいな。女は第一印象によって、その価値が決るというが、おれは、その第一印象というものを、非常に大事にしているのだ。或る意味では、第一印象によって商売の方向が決ると言ってもいい」

「びっくりしました。むしろ、おそろしいというような感じを受けました」

北宮紫郎は、外国人がやるように、首をまげたり、両手を動かしたりしながら、その驚きを表現した。

「おそろしいような変り方か。なるほど、そのとおりだ。日本はまさに、氷河の上に、高層ビルを築くような発展をしている。今のうちはいいが、もし、地球の温度が全体的に上昇すれば氷河は溶解して、この繁栄は一朝の夢と消える」

「崩壊の危険をはらんだ繁栄というわけですか」

北宮は、なるほどと言ったように相槌を打った。

「だからと言ってね北宮君、わが社は、氷河の温度ばかり測定しているようなことはしないぞ。基礎が氷河だと分っていても、そこに建てるべき必要があればやはり建てねばなるまい」

「専務の話は日本のことを言っているようで、実は今度支店を設けようという、東欧諸国のことのようでもありますね」

「日本の氷河と東欧の氷河は、思想的にも物理的にも違うのだ。おそらく東欧の氷河は叩いても響かないだろう。測定する前に建ててしまったらどうかな、君の意見はどうだ」

話が、東欧諸国に支店を設けるかどうかになって来ると、北宮紫郎は、そばに置いてある、資料の入ったバッグの方へ手を延ばそうとした。北宮が東京本社に来た目的の一つはこのことであった。

「いいんだそれは。明日十時からの重役会の折に、説明して貰おう。今日は久しぶりに日本へ来たのだから、大いに君を歓迎しなければならない。まず、君の希望を訊こう。なにか、これを見たい、これを食べたいというものがあるかね」

大西光明は北宮紫郎の顔に浮んだものを探し出そうとするようであった。

ドアを叩く音がした。

鳥羽省造が入って来て、北宮紫郎に挨拶した。丁度大阪へ出張中だったので、羽田まで迎えに出られなくて失礼しましたと言った。

鳥羽が来ると、話は急にミラノへ飛んだ。ミラノの支店に勤務している社員のことがつぎつぎと話に出た。北宮紫郎の妻の話も出た。

「そうそう、北宮君の奥さんはイタリア人だったね」

大西光明は、そのときになって気がついたような顔をして、

「北宮君が、ミラノから離れたがらないのは、奥さんがあちらの方だということもあるんだね。

わが社は、そのおかげでずいぶん助かっている。この鳥羽君のように三年そこそこで、日本へ舞い戻ってしまうと、あとがたいへんだからな」

鳥羽は自分のことを言われたので頭を下げた。

「そうそう、鳥羽君のことで思い出したが、あの、鳥羽君のところのマリアの叔父さんで、飲んだくれのなんとかいうのがいたな」

「アルベルトでしょう」

「そうだ。その後、アルベルトはなんとか言って来たかね」

「日本のスキー場で鳥羽家の双子の兄弟と楽しくスキーをやっているマリアの写真が、向うの新聞に載ったとき、アルベルトが、オーロンザ小屋の管理人のアントニオ・テルニのところへマリアを引き取りたいと言いに行ったそうですよ。引き取るつもりなんか毛頭ないが、なにかごねると酒手《さかて》が貰えると思ったのでしょうね」

北宮は鳥羽に言った。

「フェデリコ・ルイジイネの墓は、変りがないでしょうか」

鳥羽省造は、フェデリコなぜひとりで先に、という碑文を書いたフェデリコの墓のことを思い出した。飲んだくれのアルベルトに、フェデリコの墓の掃除料として、毎年決った金が、ミラノ支店から払われているにもかかわらずもし墓が荒れ果てていたらどうしようかと思った。

「あちらのお墓は、教会が管理しています。多くの場合墓地全体が綺麗になっています。アルベルトが掃除をしてもしなくても同じことだと思います」

北宮紫郎はそれ以上は墓のことには触れたくはない顔だった。

「北宮君、さっきの話はどうしたんです。これから食事に出掛けるのだが、あなたはいったい、なにを望みますか」

「食べたいものと言えば、そばとすしでしょうね、向うにいる日本人なら誰でもそういうでしょう」

「よろしい。そばとすしにしよう。まず客が望むものを御馳走してから、その次はこちらにまかせていただきましょう」

大西専務は、インターホンに向って、自動車の用意をするように言ったあとで、鳥羽省造に、「きみも同行して貰いましょう。北宮君に、ミラノの夜と、東京の夜のどちらがいいかを、比較して貰わないといけないからね」

北宮紫郎は、そばを食べた。すしも食べた。それまでは、北宮紫郎の要求どおりであったが、それからは大西光明のなすがままにまかせねばならなかった。

築地の料亭で、もう腹いっぱいで、なにも食べられないのに、一度は出されたものに箸をつけ、酒盃を交わすといった、いかにも日本的なスケジュールがすすめられていき、久しぶりに見る芸者の日本髪姿とその悠長な日本舞踊を、遠い過去を見るような眼で眺めていると、耳元で大西が言った。

「どうです北宮君、日本の女もまたいいでしょう。日本に来たら、日本の女を充分に経験してお帰りなさい。それがほんとうの里帰りというものですよ」

「日本の女性はいつ見てもいいですな。その日本の女性と結婚しなかった私もどうかしているが、未だに結婚しない専務は、いったいどういうわけなんです」

北宮は話を大西の方へ持っていった。

「おれか、おれは女が好きなんだ。好きで好きでたまらないから、ひとりの女に決めかねているのだ。これぞと思う女が発見されるまではまず結婚しないな。つまりおれという人間は、生涯、女が好きでありながら、女に惚れられない男かもしれない。しかし、おれはあきらめないぞ、世界的視野に立って、おれは女を探すつもりだ」

大西は、ひととおり、彼の女性論をぶってから、北宮の耳元で、

「こういうところを退屈に感じませんか。私は、このお座敷の遊びを理解しようと、ずいぶん努力したが、結局は、着物を着て、下駄を履き、畳の上で仕事をし、畳の上で生活するという、一時代前の生活様式に徹底しないかぎり、お座敷の遊びは身につかないように思えてならない」

北宮はそれに同感した。たまに見る、その雰囲気はよかったが、二度、三度とこういうところに来たいとは思わなかった。

「場所を変えようか」

大西がそう言ったときには、彼は立上っていた。

「このごろの日本のキャバレーはまた変りましたよ」

大西は北宮に自動車の中で、そのように説明した。

「どのように変ったのですか」

「ショウに、やたらと力を入れるようになった。ときには、かなり有名な芸能人が、ショウに顔を出すこともある、が、所詮はどのように趣向を変えても、手の内はいつかつまってしまう。眼先を変えた客寄せ戦術は、やがて、あきられてしまって、お客は、別なところを探す」

自動車は、やたらに、きらきらと照明のまばゆい、キャバレーの前に止った。

北宮は、光に飾られた水車が廻転するそれと同じものを戦前の銀座で見たことを思い出した。

(根本的には、夜の銀座は変ってはいないのだ)

と思うと、なにか、わびしさが、こみ上げて来る。その北宮の顔を鳥羽省造が不安そうな眼で眺めていた。

キャバレーの中は、人でいっぱいだった。どこにも三人が入る余地はないようだったが、大西光明の顔見知りのボーイがやって来ると、三人をちょっと待たせただけで、すぐ場所を取ってくれた。三人が長椅子に落ちつくと、男たちの左右をホステスが取りかこむ。

大西はちょいちょいこの店へ来ると見えて、女たちの、久しぶりねとか、あら、しばらくとかいう、きまりきった挨拶を適当に受け流しながら、両手を延ばして左右の女の肩を抱く。

北宮紫郎はそのキャバレーの暗さも、テーブルの上に運ばれて来て置かれたつまみものも、ビールの名前さえ、戦前とそっくりなのに驚いた。いったい三十年前にカフェーと呼んでいたものとこれとが、どこが違うのだろうか。戦前にも、この辺には大きなカフェーがあった。だいたい似たような顔の女が来て、隣りに坐って、いま大西とやり取りをしているような、およそつまらない話をしていたものである。客の顔も、そのころと全く同じに見える。自分の金を使う種族ではなく、交際費という名目で、自ら楽しむ社用族であろう。

「社用族って言葉はいつごろから使われ出したんですか。たしか戦前はなかった」

北宮は鳥羽に訊いた。

「戦後でしょうね。昭和二十五、六年ころからではないでしょうか」

北宮は頷いた。戦前も、こういうところへ出入りする者は社用族が大部分だったが、社用族という言葉はなかった。戦前と現在との違いは、そんなことぐらいのものであろうか。

電灯が暗くなって、フロアーに照明が集中され、音楽が鳴り出した。強烈な光を浴びて女が暗闇から踊り出して来た。女は、踊りながら一枚ずつ着物を剝いでいって、やがて、胸部を露出する。腰の蓑《みの》は取ったが、きらきら光る三角形が、女のそれをかくしている。

北宮紫郎は、そういう光景も見なれていた。ストリップをやるところは、イタリアにもフランスにも、ドイツにもある。およそ、歓楽街と名のつくところにはどこにもあるが、いま、眼の前で演じられているような貧弱な肉体をした踊子が出て来るところはめったにない。日本にだって、もっと美しい身体をした女がいてもいい。そういう女を出さずに、なぜあんな瘠せた女を踊らせるのだろうか。客の好みであろうか。北宮紫郎は、そのことを、鳥羽省造に訊こうとしたが、鳥羽が、熱心に舞台の方を見ているので話しかけることができなかった。踊子が、フロアーから客席の方へ滑って来る。それを照明が追う。

北宮は、まともに照明を浴せられたので、あわてて左手で、光をさけた。その前を白いものが通っていった。安っぽい、香水のにおいが北宮の鼻を衝いた。

「いや、どうも」

もうたくさんだと、言いたいところを、北宮はそういったのである。

ショウが終ると、客たちは、前と同じように、女を相手に、たわいない話を始める。

「ねえ、きみ、ぼくは長らく外国へ行っていて、日本のことを知らない。ひとつだけ教えて貰いたいことがある」

北宮は、彼の右隣りに坐っている女に話しかけた。

「良さそうな女《こ》が見つかったのね、その女《こ》の口説き方を教えろっていうんでしょう。呼びましょうか、その女《こ》をここへ、誰なの？」

「そうじゃあないんだ、こういうキャバレーでは、どのくらいの経費が、かかるか知りたいのだ。今ここで、われわれ三人が腰を上げたとして、どのくらい取られるのだ」

おや、へんな質問ね、と言ったふうな顔で、女は北宮の顔を見ていたが、ひどくぞんざいな

言葉で、

「ざっと、一人一万円っていうところでしょう」

すると三人で三万円、北宮はひどく驚いた。そして直ぐその金額を、イタリアのリラに換算した。それだけの多額な金が支払われて、いったい、自分たちは、このキャバレーでなんのサービスを受けたのだろうか。戦前の銀座のカフェーも安価ではなかった。しかし、北宮はちょっと坐って一人一万円という料金は、戦前と比較できないほど高額なものに思われた。北宮は、ぐるりと周囲を見廻した。客はぎっしり入っている。その一人一人が、一万円以上の消費をしているのである。そして、こういう店が、銀座には数え切れないほどあるのだ。

「どうも分らないな」

北宮はつぶやいた。

「ぼくが、あまりにも外国に滞在しすぎたせいかもしれないな」

北宮は鳥羽に言った。

「銀座が変ったということですか」

「そう、一口に言えば、そういうことかもしれませんね」

北宮は、日本の社用族という種族を改めて見直すべきだと思った。

全体が暗くなって、フロアーが明るくなった。ピアノが鳴り出した。どこかで聞いたことがある音楽だなと北宮は耳を澄ませた。その曲は昭和の初めごろに流行した歌謡曲であった。

かなりの年輩の女性がフロアーに立って、マイクに向った。

「おう、彼女は……」

北宮は思わず叫んだ。昭和の初めのころ歌謡界の花形として騒がれた蓮沼美華であった。

彼女は、北宮にとって、懐しい、過去の歌を二曲歌った。北宮は、夢中で、拍手した。ピアノだけの伴奏が効果的だった。かつて、北宮は、蓮沼のファンであった。彼女のレコードが出れば、必ず買ったものであった。

蓮沼美華は堂々たる体軀の持主だった。背が高くて胸が張り、とても六十歳を過ぎているとは思えなかった。化粧を濃くしているせいもあるが、四十そこそこと言っても、知らない人は本気にするだろう。音楽に情熱をたぎらせ、独身をつづけて来たからであろう。

北宮は、退場していく彼女に、立上って拍手を送った。

「ちょっと……」

大西光明が北宮の肩をつついて言った。

「蓮沼美華女史の古いファンの一人として、拍手だけではすまされないでしょう」

大西光明は、鳥羽に眼くばせすると、そこにいる女たちに、

「楽屋口から帰るぞ」

「楽屋口の方へ自動車を廻しておきましょうか」

「ものわかりがいいじゃあないか。あまりものわかりがよすぎて、男に苦労するのじゃあない

かな」

大西はホステスに冗談を言いながら、北宮に、蓮沼美華は、親父の代から知っていると言った。

三人はショウのあと、ダンスが始まっているフロアーを横切って、重い幕の向う側の廊下に出て楽屋のまえに立った。大西はもう何度か、そのドアーを叩いたことがあるらしく、馴れた手付でノックすると、神経質な顔の女が、ドアーの隙間から顔だけ出して、すぐ引込んだ。

「あなたの熱烈なファンの一人を連れて来ました。ミラノ支店長の北宮さんです」

大西は、北宮にさんをつけて、美華に紹介した。仕事の上では北宮君と呼んでいるのに、こういう場所へ来ると、やはり、年輩者は年輩者として立てようとする大西の、こまかい神経のつかい方に、敬意を表しながら、北宮は、蓮沼美華に深々と頭を下げた。

美華も、北宮に挨拶をかえしながら、ミラノから来たのかと聞いた。彼女はまだ、舞台のままの姿だった。長いドレスの裾が床をおおっていた。年に似合わず、立派な胸をしているのは、本格的に声楽を勉強して、それから歌謡曲に入って行った、彼女の過去の履歴を物語っているようであった。

北宮はたいへん恐縮したようだった。彼はミラノから久しぶりで東京へ来たこと、戦前に蓮沼美華の熱烈なファンであったこと、そして彼女がいまも、昔のままの美声であることなど並べ立てると、

「お世辞はもうたくさん……」

と、それでも、ちゃんと、微笑を浮べながら美華は言った。時折、ここに現われる、昔のファンのいうことが型どおりでありすぎて、その最後に言う、昔のままの美声だという讃めことばは、彼女には皮肉に取れた。彼女は自分を知っていた。美華は、大西光明に向って、あなたはまたいつものような客を連れて来ましたねととがめるような視線を送ってから、彼女のすぐ後にいる、さっき、彼女が歌ったとき、ピアノを弾いた女の方をふりかえった。帰ろうという身振りであった。女が一歩前に出て北宮に言った。

「あなたは、北宮紫郎さんではございませんか。私は戦争中、ミラノであなたに御厄介になった豊島ゆきです」

そう言われて、北宮はそのころのことを思い出した。そのころヨーロッパでは既に戦争が始まっていた。イタリアに声楽の勉強に来ていた豊島ゆきは、日本に帰る機会を失って困っていたとき、北宮は在留邦人の一人として、いろいろ手を尽してやったのである。

「結局はシベリア鉄道で、帰国されたのですね」

北宮は、豊島ゆきの変った姿を自分の変った姿の中に眺めていた。

「お知り合いだったのですか」

蓮沼美華が、ふたりに声をかけた。

「あのときはもう日本に帰れないかと思っていましたわ。北宮さんが奔走して下さらなかったら、どうなったか分りませんわ、ほんとうにあの節はいろいろとありがとうございました」

豊島ゆきは、北宮に何度か頭を下げた。

蓮沼美華は着がえて来るからと、みんなにことわって、姿を消したが、紫のシャネルスーツに着がえて出て来ると、

「このまま、お別れするのは、なんだか物足らないわね」

と大西に誘いをかけた。

「六本木に深夜営業をしているいい店があります。明るくて静かで感じがいい店です。そこにしましょう」

六本木のその店は、大西のいうとおりに、明るい店であった。壁という壁に、百人一首の絵がるたが張ってあった。長い髪をした娘と、坊主頭の絵がるたが対照的に張られていた。絵がるたがあって、字がるたがないのが、物足りないので探すと、天井はすべて字がるたで埋められていた。

「かるた屋っていうんです、ちょっと変った店でしょう」

大西はみんなに得意気に紹介した。飲みもの、食べ物の店で、バーではなかった。明るすぎて、いささかきまりが悪いほどであった。

北宮と豊島ゆきの間に、ミラノの昔話が出た。あの人はどうした。この人はこうなったと話していると、話は尽きないようであった。鳥羽もミラノの話にときどき加わった。大西も、十

日ばかりの滞在だったが、口を出した。蓮沼美華はミラノに行ったことはないが、ローマは知っていた。

話が、それからそれとはずんで行ったあとで、また、話が振り出しに戻って、豊島ゆきが、日本へ帰る手続で苦労していたころの話になると、大西が割りこんで、

「とにかく、そういう手続はむずかしいものですね。ぼくも、あのマリアを日本へ呼ぼうとしたときには、途中で、あきらめようかと思ったくらいですよ」

大西がマリアのことを話題に出したのがきっかけで、鳥羽は、蓮沼美華と豊島ゆきに、マリアのことを話さねばならなかった。

「山で死んだ友人の遺児を引き取って面倒を見ているなんて、近ごろ、感激させる話じゃあないの。それでそのマリアさんいまどうしているの」

美華が訊いた。訊き方が熱を帯びていた。

「日本の子供たちと同じように小学校で勉強しています。そのほかに、ピアノを習わせています。マリアは、ピアノより声楽の方をやった方がいいんじゃあないかとピアノの先生が言っているそうです」

「そのピアノの先生ってどなたですの?」

豊島ゆきが身体を乗り出すようにして訊いた。

店が混んで来たようである。バーがはねて、その帰りの客が来たのである。

「中学校の音楽の先生なんです」

そう、と豊島ゆきはなにか急に考えこんだ。

「鳥羽さん、さしでがましい言い方ですけれど、音楽教育は、初めが大事なんです。極端ない方をすれば、子供のころの教育がその人の一生をきめてしまうことだってあるのです。その先生が悪いっていうわけじゃあないけれど、一度豊島さんに見て貰ったらどうかしら」

豊島ゆきの名が出たので、豊島ゆきはなにか言おうとしたが、蓮沼美華はそれをおさえつけるように、

「豊島さんは、立派な声楽家よ。私と同じに、学校を出て、豊島さんは、声楽を勉強するためにイタリアへ行って、本格的な声楽家となり、私は歌謡曲の方へ入っていったというわけ。その二人が近ごろまた一緒になって、アルバイトに、時々キャバレーに現われる。歌わせたら、豊島さんの方がはるかに上手だが、豊島さんは、ああいうところでは昔っから歌わない……」

蓮沼美華は、彼女と豊島ゆきとの関係に深入りしすぎたことに気づくと、あわてて話を元に戻して、

「どうかしら、大西さん、マリアさんを豊島さんのところへ通わしたら。いまから、豊島さんにしこんで貰ったら、もしマリアさんに素質があるとすれば、見込みはあるわ」

美華は大西光明に言った。

「よかろう。そうきめよう。もともと、マリアを日本に呼んだのは、鳥羽君一人の意志だけで

はなく、ぼくの気持も動いたからだ。マリアの音楽の勉強に関する費用のいっさいは、ぼくが持つことにしよう」

だが、豊島ゆきはまだ黙っていた。よくよく考えて見ないと返事ができないという顔であった。

「どうなの、豊島さん」

蓮沼美華が、答えを催促すると、

「私には、教える自信がないのよ。いままでも、たくさんの子供さんたちが来たわ。みんなテレビの歌手を夢見て私のところへ来たのだが、三度来てそれでおしまいという子ばっかり。声楽を勉強するとなるとたいへんなことだわ、生やさしい考えではだめね」

豊島ゆきは、気乗りのしない顔でいった。

「豊島さん、ぼくからもお願いしますから、一度マリアに会って見ていただけませんか。ぼくが思うには、マリアは、いずれ成人したら、イタリアへ帰ることになるだろうと思います。そのときに、なにかひとつの特技を持っていなければ、なんのために日本で教育したかその意味がないことになる。音楽を身につけることができたら、これほどいいものはありません。音楽は世界中、どこへ行っても通用しますから」

北宮紫郎にそう言われると、豊島ゆきは、さすがに拒《こと》われなくなって、

「それでは、近いうちマリアさんにお会いしましょう」

と、鳥羽省造の顔を見て言った。

庭のチューリップが散ると、その隣りにカンナの花が咲いた。カンナの根に鳥羽重造が如露《じょうろ》で水をやっていた。

「でもそれは、大西専務さんの勝手が過ぎるというものじゃありませんか」

あさは、舅《しゅうと》の姿にやっていた眼を夫の省造に戻して言った。

「大西専務は好意でそう言っているのだし、北宮さんのいうのも、分らないことはない。マリアになにか特殊技術を持たせるということは……」

と言いかけるとあさは、分っています、あなたのいうことはと、かなり激しい声で、おさえて置いて、

「それはマリアがイタリアへ帰るということを前提とした話でしょう。私はマリアをイタリアへはやりません。マリアはこの家の子です。私の子ですから、大西さんがなんと言おうが、北宮さんがどう言おうが、マリアのことは、すべて私にまかせていただきます」

「だってお前……」

しかし、あさの声がだんだん高くなっていくので、鳥羽省造は、その声が、庭にいる父の重造に聞えはせぬかと心配していた。子供たちは学校へ行って、いなかった。

「だいたい、歌手なんて私は嫌いです。あなた、テレビで歌っている歌を聞いたことがあるで

しょう、あんな程度なら、誰だって歌えますわ。戦前の歌謡曲の歌手とくらべて見ると、月とすっぽんよ。それに、このあいだ、あなたが買っていらっした週刊誌の見出しに、一コネ、二カネ、三ダッコっていうことが載っていたわ」

「なんだそれは」

「女の子がテレビ歌手になるには、才能はいらぬ、コネがあるか、金があるか、その両方がなければ身体を張るしかないというようなことが書いてあったわ。そういう女《ひと》ばかりではないでしょうが、週刊誌にそんなことが載ったということはやはり、現在のテレビ歌手の一面を物語っているのだと思います」

困ったなという顔で省造はあさの顔を見ていたが、

「おいおい、早まってはいけない。マリアをテレビの歌い手にしようなどと誰も言ってはいないじゃあないか。豊島ゆきさんに、才能があるかないか見て貰って、もし、才能があれば、声楽の基礎を教えて貰って、できることなら、音楽大学へ入れてやりたい、そう言っているのだ」

しかし、あさは、しきりに首を振って、

「いいえ、あの大西専務はそんなふうには考えてはいないわ。あの人は、いまだって、マリアを大西商事の宣伝のために使おうと思っているのです。大西さんがマリアのために、お金を出そうというのは、その下心があるからですわ」

庭で、カンナに水をやっていた老人が、こっちを向いた。夫婦の口論が聞えたらしい。だが老人は来ようとしなかった。

「だから、教育費の方は、おことわりしたじゃあないか」

「当り前ですわ。とにかく、マリアのことは、私がきめます。マリアは私の子です。他人様《ひとさま》の自由にはさせません」

あさは顔を紅潮させていた。

カンナに水をやっていた鳥羽重造老人は、息子たち夫婦の論争に加わりたくないので、如露の水を汲みに、わざわざ離れまで行って、再び庭に戻ると、仰ぐように朝の太陽を見てから省造の方へ眼をやった。こんな時間なのに会社の方はいいのかというふうな仕草だった。

あさは、舅の、そのなんとはなしの動作で、議論が長つづきをしすぎたのを知ったようであった。

「あなた、会社に行かないといけないわ。マリアのことは専務さんにちゃんとおことわりして下さいね」

「わからないねお前という女は。専務は今日、マリアを迎えに来て、豊島女史のところへつれて行きたいと言っているのだ」

「だから、おことわりして下さいと……」

「ことわれぬ、人の好意をそうたやすく断ることができるかい」

鳥羽省造は、とうとう怒鳴った。

庭にいた鳥羽重造がこっちを見た。白い太い眉に朝日が当って光っていた。

省造は、あさをそのままにして、玄関の方へ行った。荒々しく格子戸を開けて、ぴしゃっと閉める音がした。

夫婦の論争はもの別れとなったのである。

カンナに水をやる朝の仕事を終えた鳥羽重造が、如露を、母屋の物置に返しに来たついでのように、あさに話しかけた。

「マリアのことでひとこといいたいが……」

無口の重造があさに話しかけたことなど、めったにないことなので、あさはたいへんびっくりした。話していいやら、悪いやらも、すぐには決めかねていると、重造は、

「もし、お前たちがマリアの教育について議論をしているのだとしたら、議論をする前にマリアの意志を訊いて見ることだ。マリアはもう十三だろう、そろそろ、大人の領域に足を踏みこむ年ごろだ。なにごとも親だけで勝手に決めてはならぬ」

老人はそういうと、あさの答えを待たずに、しゃんと背を延ばして、芝生の上を斜めに突切って、離れの方へ行った。

(親だけで勝手にきめてはならぬ……)

と舅の重造が言ったことは、省造およびあさとマリアの関係を親子と見ており、重造もマリ

アを孫として見ていることになる。あさは老人の言ったことを何度か反芻して見ながら、この際、やはり、マリアの意志を聞いて見てからにするのが一番よいと思った。

あさは、それから、午後のマリアの帰宅まで落ちつきのない時間を過した。

マリアは私の娘なのだとあさは、なんどかつぶやいていた。私の娘のマリアに、なぜ大西が干渉したがるのだろうか。大西ばかりではない、学校でも、なにかというとマリアのことが問題になる。マリアがイタリア人であるということが、珍しいからであろうか。日本人が、おせっかいな人種だからなのだろうか。

あさは、マリアをしとやかな日本人らしい娘に育てようと思っていた。そののぞみがかなえられないとしたら、いったいどうしたらいいだろうか。

あさは、マリアが帰って来るのを待っていて、いきなり言った。

「マリアさん、私のいうことを落着いてよく聞いて下さいね」

あさは、かばんを携げたままのマリアを応接間に引張りこんでソファーに坐らせると、まずそう言った。マリアは妙な顔をしていた。落着いて下さいと言っているあさ自身が、青い顔をしていたし、声もふるえているようだった。

「みんながマリアさんに声楽の勉強させようっていっているのよ」

「セイガク?」

「歌うことよ、あなたにしっかりした先生をつけて、声楽を勉強させようっていうのよ。だかられね、私は、もし、マリアさんが、それを望むなら、そうさせてやってもいいと言ってやったわ。どう、マリアさん」

「なんだか、突然で、よく分らないわ」

それがマリアの正直な気持だった。そこでもし、あさが、将来マリアがイタリアへ帰ることになったときのためになどといったら、やっと日本に馴れて来たマリアの気持をこわしてしまうことになる。が、あさは、舅の重造に言われたとおり、マリアに、声楽をやりたいかどうかの気持だけは訊かねばならないと思った。

「その先生に声楽を教わって、将来は音楽大学に入れてあげたいとうちの主人は言っているのよ、どう、マリアさん、歌うことが好きなの、歌う勉強をして見たいと思う?」

マリアは、あさの話をどう受取っていいかまだ迷っていた。マリアは大人になりかけていた。このごろはあさの気持を考えて、ものをいうような習慣がついていた。

「なんだい、どうかしたのかい」

豊が学校から帰って来て、母とマリアが応接室で話しこんでいるのを見て言った。

「ユタ兄さんは、わたしが声楽を勉強してもだめだと思うの」

マリアが、まじめな顔で訊ねるので、豊は、いい加減な答えもできずに、ちょっと考えていたが、

「マリアは、歌が上手だから、本格的に勉強したら、歌手になれるかもしれないぞ」

豊はそう言い残して、その場をはずした。マリアが声楽をやることに心から賛成している顔ではなかった。

「ヒロ兄さんが帰って来たら、同じように訊かねばならないわ。それよりも、おばさんは、どう思うの、わたしはおばさんの言うとおりにしていいのよ」

ユタカ、ヒロシと呼び捨てにせず豊兄さん博兄さんと呼んだらどうかというと、その時から、ユタ兄さん、ヒロ兄さんと呼んでいるマリアが、今も尚、お母さんとは言わずにおばさんというのが、あさには不満であった。お母さんと呼びなさいとひとこと言えば、マリアはおそらくお母さんというに違いないのだが、あさは、それが言えなかった。

「マリアさん、ほんとうは私……」

そう言いかけたときに博が学校から帰って来た。博は応接間に入ると、マリアの肩のあたりをちょっとおして、

「おい、マリアなにかあったのかい」

といった。外で自動車の警笛が鳴った。

あさは半ばあきらめた気持で自動車に乗った。大西光明が、いろいろ話しかけて来ても、うわっつらの返事しかしなかった。マリアのことでとやかく言って貰いたくないという気持が、あさの心の底にある以上、言葉がすいすいと出て来ないのである。

豊島ゆきの家は、中央線沿線で、鳥羽家からも国電を利用すれば、三十分ぐらいで行けそう

などころだった。かなり古い家で、長らく手入れがしてないらしく、庭の木が繁り合っていた。

自動車が止ると、犬がいっせいに吠え出した。二匹や三匹ではなさそうだった。

老婆が、三人を迎えて玄関わきの応接間に通した。

グレーのニットスーツを着た豊島ゆきが老婆と入れちがいに出て来て三人に挨拶した。豊島女史は三人を相手に音楽とは関係のないことをしばらくしゃべってから、

「それではどうぞマリアさん」

とマリアを奥の部屋へつれていった。

「この家は豊島さんのお父さんが建てた家だそうです。この庭つづきの土地がずっと豊島さんのものだったのですが、財産税を払うために売ってしまって、いまはこの家と、庭だけになったのだそうです」

大西光明はあさに説明した。

「よく御存知ですね、専務さんは」

「いや、これは蓮沼美華女史から聞いた話です」

「専務さんと蓮沼さんとは?」

「父が蓮沼さんのファンでしてね、子供のときから蓮沼さんとはずっと御交際願っていたというわけですよ」

奥からピアノの音が響いて来た。あさと大西は、話すのをやめて奥の方へ聞き耳を立てた。

待ちぼうけ　待ちぼうけ
　きのうくわとり　はたしごと

と、マリアが歌う声が聞えて来た。

あさは、そのマリアの歌声を聞きながら、豊島ゆきの前でテストを受けているマリアの姿を想像していた。固くなっていはしないだろうか、そう思うと、マリアの声が、いつになく、かたぐるしく聞えて来る。

（マリアさん、しっかりおやりなさい、わたしがここについているから）

あさは、そんな気になった自分がおかしかった。此処へ来るまでは、マリアに声楽を勉強させることは反対だったが、いまは違った気持だった。

マリアの声が聞えなくなり、しばらくして、またピアノの音が聞えて来た。

　とおりゃんせ　とおりゃんせ
ここはどこの　ほそみちじゃ

マリアの声が聞えて来た。伸び伸びと澄んで、よくとおる声だった。

歌が終ってしばらく経つと、豊島ゆきがマリアをつれて応接間に入って来た。あさはマリアの顔を見た。マリアはいつもと変りがなかった。豊島ゆきの表情は、この応接間を出て行ったときより、はるかに明るい顔をしていた。あさは豊島ゆきの顔を見詰めたまま息をこらしていた。胸の動悸が高まっていくのが自分ではっきり分った。

特急で松本まで来て、大糸線に乗りかえると、急に田舎へ来たという思いがする。五分毎に、一つずつ小さな駅に止っていくような感じの電車に、鳥羽家の者がずらりと並んで腰をおろすと、乗客の眼がさっと集る。好奇の眼は、マリアと双子の兄弟に集中され、そのマリアと周囲の者との関係がなんであるかを探ろうとする視線が交叉して、やがて、マリアが、豊や博たちと、日本語で話し出し、それが少しもおかしくないのが分ると、新しい驚きをかくしては置けずに、隣りの人と囁き合ったりする。だが、それも、小駅を二つ三つ四つと過ぎていくと、もう、東京から来たらしいこの一家のことには飽きて、今度は、安曇《あずみ》弁で、

「毎日暑いじゃねえかね、このぶんだと、今年も豊年ずら」

などと話し出すのである。

鳥羽家は、なかなかの大世帯である。鳥羽省造、あさ、豊、博、マリアの五人に、豊たちの従妹の恵美を加えて六人である。六人のうちで一番うるさいのは博、ついで豊、そのつぎがマリアで、一人おとなしいのは恵美である。

あんまり騒々しいと、あさが子供たちを叱る。

「うるさいわね、あなたたち。ごらんなさい恵美さんを」

恵美は、そう言われると、ちょっと気まり悪そうな顔をする。恵美は、おとなしいというよりも内気なのである。母一人子一人で育ったせいか、母の律子がいないと、急に積極性を失っ

てしまって、ぼんやりと車窓の外を見ているときが多い。

車窓の外を眺めているのは、恵美ばかりではなく、鳥羽省造も、身体をよじって、山の方へ向けた眼はなかなか戻そうとはしなかった。

信濃は第二の故郷であると、鳥羽は自負していた。省造は、学生時代に山岳部に籍を置いていて何度か信濃に来た。戦争中、省造の母と妹はこの地に疎開した。戦争が終ると、省造は、真っ先にこの地を訪れて、国破れて、山河ありという気持に浸ったものである。

「恵美ちゃん、あの山は有明山《ありあけ》っていうのだよ。ね、ほら、富士山に似ているあの山が有明山だよ」

「高い山だわねおじさん」

「そうだ、二、二六九メートルある」

それを聞いて、あさが窓をふりかえって、

「山の高さなんて、よく覚えていたものね」

「二(ふう)二(ふ)六(むつ)まじ九(く)と覚えていたのだ。そんなふうにしないと山の高さなんか、なかなか覚えられるものではない」

省造が説明してやると、それをマリアが聞きつけて、窓の方を見る。すると豊と博もまた、そろって窓に寄る。鳥羽家は揃って、窓から有明山に対面した。

「けむったい山ね」

マリアがいった。たしかに有明山は煙って見えていた。靄の中に影絵のように見えるのは、日が山の向うにあるからなのかもしれない。

「さて、次だよ、有明駅は」

省造が立上った。

有明駅には小林善兵衛が鳥羽家の人たちを待っていた。善兵衛と並んで、善兵衛の息子の善吉が立っていた。ふたりとも、麦藁帽《むぎわらぼう》をかぶっているのは、日ざしが暑いからであった。

省造は善兵衛に挨拶したあとで家人を紹介した。電車が行ってしまうと、プラットフォームには、彼等のほか誰もいなかった。

有明駅前から、善吉の運転するライトバンが鳥羽家の一行を乗せて走り出そうとしているところに、善兵衛と同年輩ぐらいの男がやって来た。鳥羽省造は男に向って声をかけた。

「ヤマさん、久しぶりだなあ」

ヤマさんが、鳥羽さんが来ると聞いて迎えに来たと言いながら自動車に乗りこむと、少々窮屈になった。

「鳥羽さんは、もう山はやめたのかね、もう長いこと、こっちへ見えねえが」

ヤマさんがいった。

「やめたわけではないが、外国へ行っていたり、日本へ帰って来ると会社が忙しかったり

……」

「だめだね、そんなことを言っていると、老いこんじまうぜ、人間歩かねえといけねえ、山を歩いていると、いつまで経っても、としは取らねえぜ」

ヤマさんは、膝を叩きながらおれは六十二歳だと言った。

「久しぶりで、ヤマさんに案内して貰うか。この子等にも、初めての日本アルプスだからヤマさんのようなベテランの案内人に従いて行って貰ったほうがいい」

省造は、子供たちを、山田初男に紹介したあとで、

「山田さんとは学生のときから知り合いだ。山田さんは有名なガイドだよ」

鳥羽がガイドと言ったとき、マリアは興味深そうな眼を上げて、山田の顔を見た。マリアは彼女の父、山案内人のフェデリコ・ルイジイネと、この日本のガイドとを比較していたのである。

「鳥羽さんが、小林さんの家に疎開していたのはどのくらいでしたか」

ヤマさんに言われて鳥羽は考えこんだ。

「足掛け三年は御厄介になったかな、ぼくは、母と妹たちがここへ疎開して間もなく応召したからな。終戦の年の九月に此処へ来たときには、母も妹もこの辺の畑で働いていた」

鳥羽は、まわりの桑畑に眼をやった。自動車は山へ向って走っていく。

「いそがしかったな、終戦、そして結婚、あのころは、山へ登るのが半分、買出しの目的が半分で、よくこの村へやって来たものだ」

自動車は小林家の前に止った。

「鳥羽さん一家が泊っていた隠居屋を明けて置きましたで、自由に使っておくれなして」

小林善兵衛が言った。

広い庭をかこむように、母屋と隠居屋がある。その独立した隠居屋に、鳥羽家は疎開していたのであった。

あさが、隠居屋の軒下に置いてある風呂桶を見て困ったような顔をした。このように、囲いがなくては、男の子や大人はいいとしても、女の子たちには困る。特にマリアのためには別になんとか考えてやらねばならない。

小林家の隠居屋は隠居屋と言ってもちゃんとした独立家屋になっていた。六畳二間に勝手がついていた。なんでも揃っていたがテレビがなかった。

その翌日から子供たちの日課が始まった。朝のうちは勉強、午後は、その辺を歩き廻って、夜はちょっと勉強して早寝をする。その勉強のスケジュールはあさが立てた。

省造は一週間の休暇を貰って来ていた。日本の会社も、外国にならって、夏期休暇を取るところが増えて来た。ヨーロッパのように一カ月はとても無理だが、一週間は交替で休んでくれといい出したのは、専務の大西光明であった。

省造は、その休暇を無駄にしたくなかった。一週間の間に、子供たちをつれて、北アルプスに入ろうと思っていた。だが、着いた翌日は朝から雨で、山どころではないし、その次の日を期待していると、会社から、電話ありたしという電報が来た。東京へ電話すると、ヨーロッパから大事な客が来ることになったから出社して手伝ってくれないかという大西専務のたのみであった。

省造は二晩泊っただけで東京へ帰らねばならなかった。

省造は出発する朝、子供たちのことを、ガイドの山田初男にたのんで行った。その日はすばらしい天気だった。

「はじめてのことだから、あまり無理はできねえ」

山田は、あさや、子供たちの前で、地図を開いて、山行計画のあらましと、準備について話したあとで、

「私のことは、あなたがたのお父さんが呼んでいたようにヤマさんと呼んでください。それからいよいよ山へ入ったら、おれのいうとおりにして貰わねえと困る。わがままを言っちゃあこまるで、いまのうちに、よっく、いっておく。いいずらね。いいずらね」

いいずらねと言って子供たちの顔を見廻すヤマさんの顔は、とても六十二歳には見えなかった。

翌朝、子供たち四人と山さんは一番のバスに乗って中房温泉に行った。三台のバスは登山者で満員だった。遠くから夜行で来た登山者が多かった。乗客の半ばは眠っていた。

中房温泉の手前でバスをおりたところで、ヤマさんは、子供たちの服装を点検した。白い運

動帽、白シャツにズボン、恵美とマリアはスラックス、四人とも運動靴を履き、小さなルックザックを一つずつ背負っていた。

「いいかね。このヤマさんが歩いて見せるでな。黙ってついて来るだぞ」

ヤマさんが、指導標のところを左に曲って、森の中の道へ踏みこんだ。ヤマさんのあとにマリア、恵美、豊、博とつづいた。

ヤマさんの歩き方は、遅かった。なぜあんなに、ゆっくり歩くのだろうと思われるほど、ゆっくり歩いていた。あとから来た登山者が、つぎつぎと彼等を追い抜いて行った。

「ヤマさん――」

博がうしろから声をかけた。

山田初男はなんだという顔でふりむくと、腰につけた手拭を抜いて顔の汗をふきながら、おそすぎて歩きにくいという博の言い分を聞いていたが、

「文句はいうなと言ったろう、おめえ様たちは黙ってついてくればいいのだ」

ヤマさんは、歩き方を少しも変えようとしなかったばかりか、わざとおそくなったように思われた。博ばかりでなく、豊も、恵美やマリアだって、その歩き方には不満だった。歩いているという感じではなく、いざって行くような感じだった。倦怠感が先に立ち、やがていらいらして来るのを、会話でまぎらそうとすると、

「黙って歩け」

とヤマさんは、うしろを向いて叱るのである。

「ちぇっ、面白くねえな」

と、博は小さな声でいった。ヤマさんはほんとのガイドかなあと、豊はふりかえって博にささやいた。

坂はかなり急であった。よく踏まれた道だったが、いたるところに木の根が出ていた。彼等はそういう道を歩いたことはなかった。道が蛇行していて、眼下に、中房温泉を見おろすところへ来ると、彼等は声を上げた。森の中に白い花を咲かせている木があったので、マリアが立止って見上げていると、前を行くヤマさんが、うしろに眼がついているように、

「ウツギという木だが、イタリアの山にもあるかね」

と歩きながらマリアに訊いた。マリアは、知らないと答えた。

そうは答えたものの、どこかで見たことがあるような木だというほのかな追憶に似たものが、彼女の足を止めた。中房温泉が見えなくなったころから、ぽつぽつ道ばたで休んでいる登山者に出会うようになった。その人たちは、ついさっき、お先にとか、ごめんとか言って、追い越して行った人たちだった。休んでいる人の数は、登るにつれて増加した。そして、一度一行に追い抜かれたその人たちは、二度と追いすがっては来なかった。

合戦の小屋の前のベンチにも、小屋の中にも登山者が溢《あふ》れていた。彼等は小屋で買った水を、がぶがぶ飲んでいた。そういう人たちは、しばらく歩くと、全身汗まびれになって、また水を

飲み、ついには道ばたに倒れこんでしまうのであった。

ヤマさんは、合戦の小屋でも休まなかった。豊が水を飲みたいと言ったが、がまんしろと言ったまま、ヤマさんのルックザックの中の水筒は出そうとしなかった。ヤマさんが、各自に水筒を持たせず、水筒はいっさいヤマさんのルックザックにまとめて入れたのは、みだりに水を飲ませまいとする配慮のようであった。

合戦の小屋を過ぎてから、落伍者は更に多くなった。

「お先にごめん」

博は、そんな生意気な口をきいた。そのときには、もう、彼等は、ヤマさん流の登り方が正しく、そのゆっくりだが休まない歩き方こそ、登山というものだと、分りかけていた。

「あれっ、あれは——」

マリアが叫んだ。

マリアが見たものは高山植物の群であった。彼等は樹林を登り切って、稜線近くに踏みこんだのである。森林の限界から、彼女は咲き乱れている花畑を見たのであった。背丈の低いダケカンバの肌の白さを越してずっと上に、岩稜が見えた。

そこから二十分も歩いて、五人は燕《つばくろ》山荘についた。稜線に立った彼等は、そこが北アルプスの最高の場所であるかのように声を上げた。

ヤマさんは、此処ではじめて休憩した。中房温泉を出てから三時間半であった。

「弁当を食べて、しばらく休んだら出発だ。歩きだしたら水は飲めねえから、飯を食うときよく飲んで置くことだな」

子供たちは、ヤマさんのいうことを聞いた。ヤマさんのいうとおりにしていたら、同じバスで来た誰よりもはやく稜線に出られたからであった。ヤマさんは、子供たちが、彼のいうことを聞くようになったのを見て、そこから見える山の名を彼等に教えた。

「さあ、ぼつぼつでかけるかな。山っちゅうものは、休んじゃあいけねえ、いつも歩いていなけりゃあいけねえものだ」

そこでヤマさんは、歩く順序をマリア、恵美、豊、博として、ヤマさんは最後尾に立った。五人は燕山荘から、大天井岳まで来て、大天井荘に泊ることにした。恵美の疲労が目立ったからである。

槍ヶ岳をはじめとして、穂高連峰がよく見えた。日が暮れるまでに時間が充分あったから、彼等は小屋のまわりを歩き回って、山気に触れた。恵美はあまり外には出ずに、小屋の中にいたが、豊と博とマリアは、穂高連峰が紫色に包まれ、その山の色と空の色とが、夜の色に合一するまで、岩の上に腰かけて眺めていた。

翌朝は、七時に大天井荘を出発して、牛首岳、赤岩岳、西岳小屋、ヒュッテ大槍を経て槍ヶ岳山荘に二時についた。この間は、豊と博に交替でトップをやらせた。最後尾のヤマさんが、ときどき、もっとゆっくり歩けとトップを叱った。

「トップは道を間違えないことと、パーティーのうちで一番足のおそい者に足を合わせて歩くことが大事なのだ」

ヤマさんはそう教えた。

槍ヶ岳山荘に荷物をあずけて、槍ヶ岳の穂に登ることになったが、恵美は疲れているからと言って遠慮した。

「今度こそおれのいうとおりにしないと、大怪我をするぞ」

ヤマさんは三人によく言い含めて槍ヶ岳の穂に向った。

豊も博もマリアも岩をこわがらなかった。ヤマさんのいうように、岩にへばりつかずに、身体を岩から離して、ひょいひょい登っていった。

「やはり蛙の子は蛙だわい」

ヤマさんは、つぶやいた。豊と博とマリアの三人には、登山家という共通な血が流れていることを言ったのである。

四人は槍ヶ岳の頂上に立った。

マリアを中に挾んで、豊、博の三人が頂の石の祠《ほこら》の前に並んだ。ヤマさんがカメラのシャッターをおした。槍ヶ岳の下を、白い雲が流れていた。

その夜槍ヶ岳山荘に一泊した五人は、翌朝は槍沢をおりて、横尾山荘、徳沢園、明神池、上高地と歩いて、そこからバスで松本へ出た。

松本で大糸線に乗りかえて有明についたときはもう夜になっていた。

あさは風呂を焚いて子供たちを待っていた。

小林善兵衛が、風呂のまわりに立て並べてくれた、かこいの板戸の釘に、あさは、借りて来た提灯《ちょうちん》をかけた。

まず、豊と博が入浴して、それから、恵美とマリアとを入浴させる段になって、恵美が、風呂に入るのは嫌だというので、あさは、恵美の気持を察して、恵美をひとりで先に入れてやった。恵美は長湯だった。三十分もひとりで入っていて上って来ると、気分が悪いと言って床に入った。湯当りしたのである。

そのつぎがマリアの番だ。

あさは、マリアにその風呂の入り方をよく教えてから、その場を去ろうとした。

「おばさん、いっちゃあいや」

とマリアが言った。

「だってマリアさん、そのお風呂はおばさんと入るほど大きくはないのよ」

あさとマリアは、鳥羽家のお風呂にずっと一緒に入っていた。ずっと前、熊の湯で一緒にお湯に入って以来そうであった。それが習慣になっているからマリアは、ひとりではいやだと言ったのではなく、板がこいだけした、そのお風呂に入っているのが、こわかったのである。誰かに見られてはいやだという羞恥心《しゅうち》でもあった。このごろ、マリアの身体つきが大人びて来たことを知っているあさは、そのうち、マリアは、あさとお風呂に入るのは嫌だというに違いないと思っていた。その時が、マリアが大人になる日だと、あさは、なにか恐ろしい日が来るような気持で待っていたのである。マリアの体毛はかなり目立っていた。あさは、マリアが女性としてのしるしが見える日の近いことを知っていた。

あさは、マリアのために、とうとう彼女が風呂から上るまで見張りをしてやらねばならなかった。

「山はすばらしかったわ。今でも、槍ヶ岳のことを思うと胸がどきどきするわ」

マリアは風呂から上るときあさに言った。いつもなら、あさの口真似をして、いいお風呂だったわ、などというマリアが、風呂から上るときに、山のことなどいうのはおかしかった。

提灯の光で見るマリアの眼は、きらきら輝いていた。あさは、はっとした。マリアがこれほどの感激を示したことがいままでなかったからであった。

その夜、子供たちが寝静まってから、あさはマリアの呼ぶ声で起された。マリアは便所の中からあさを呼んだのである。そのときマリアは初潮を見た。あさは、マリアにきわめてやさしい声で、そうしてたいへん厳粛な顔ですべてを教えてやった。

「これは女性が誰でも経験しなければならないことなのよ」

あさは真青な顔をしているマリアに言ってやった。遠くを流れる川の音が聞えていた。

# 4

「マリアさんが、あなたのことをお母さんと呼ぶようになったのは、いつごろからですか。それまでおばさんと言っていたマリアさんが、急にお母さんというようになったのには、なにか深いわけが――」

横山敦子は、例の大きなノートを開いて言った。

「三年ほど前ですわ、マリアが十三歳の夏のことでした。信濃の穂高町へ旅行に行っていたとき、マリアにしるしがあったのです。そのときからですわ、私のことをお母さんと呼ぶようになったのは」

「しるしと言いますと、女性としての初めてのしるしがあったということでしょうか」

横山敦子はそう確かめてから鉛筆を置いて、

「そのころから、豊君と博君のマリアさんを見る眼が変ったのですね」

「いいえ、なぜそんなことをおっしゃるのですか。私はそんなことをまだひとことも話してはおりません」

あさは、横山敦子にとがめるような眼を向けて、

「豊も博も、マリアのことになると、熱心になることは前と変りはありませんが、特に、マリアを見る眼が変ったなどと、そんな不良じみたこと……」

でもと、横山敦子はなにか言いわけらしいことを言おうとしたが、それを思い止って、

「私には子供はございませんが、思春期の子供の育て方は、たいへんむずかしいそうですね」

と話を横にそらしたが、あさは、横山敦子の話には、それ以上答えたくないというふうに、口を固く結んだ。

「双生児の研究のポイントは、やはりその子供たちの思春期にあるのです。思春期にある双生児は、或る種の環境の激変によって、それまでに考えられなかったようなことをすることがあります」

横山が、なにか意味ありげなことをいうので、あさは、不安になって、

「或る種の環境の変化と申しますと」

「例えば、恋愛です。大学受験ということも環境の大きな変化です。お宅の豊さんと博さんは高校三年生ですから、もうそれぞれの志望校はおきまりでしょうね」

「志望校も志望科目も決っています。豊は理学部、博は工学部を狙っているようです」

「それは将来の問題でしょう」

「勿論そうです。いまのところは、二人とも東都大学の理一を狙っています」

「マリアさんは、どうなんです。理工系統が好きなんですか。文科系統を望んでいますか。それとも芸術方面……」

「マリアは中学二年ですから、先のことは、まだ決めていませんわ。マリアは数学と英語がよくできますから、どっちにだって向くでしょうね」

「音楽は？　声楽の方はその後ずっと……」

横山敦子が声楽のことを聞き出すと、あさの顔に、さっきと同じような、警戒と不快とを混ぜ合わせたようなものが浮び上った。しつっこい女だねと、横山敦子を非難している顔にも見えた。

「声楽は週に二回、豊島ゆき先生のところに通わせています。そのほか、自宅でピアノを週に二回……」

「すると一週間に四日間をマリアさんの音楽教育に当てているということになるのですね。音楽家にでもなさるつもりなんですか」

「一週間に四日間ではなくて、四回ですわ。一回の勉強時間が一時間半か二時間です。音楽はつめこむわけにはいきませんし、マリアには学校の勉強もありますから」

あさは、横山敦子に訊問でも受けているようで不愉快だった。双生児の研究と言えば人聞きはいいが、このように根掘り葉掘り家の中のことを聞かれるのは、まことに迷惑なことであり、だいいち、この横山という女の医学博士と大学教授と、研究者という三つの肩書がやり切れないほど重く感じられたし、豊と博のことを研究するのに、その二人の環境を支配するもっとも大きな物が、マリアであるというふうにきめこんでいるのも、あさには納得できないことであった。

「こんなことをお訊きするのは失礼とは存じますが、豊君と博君の学校の成績はずっと変りがないでしょうか」

「変りはございません。あの子たちはいつでもクラスで一番ですから」

あさはそう言ったあとで、心の中で、実はこのごろ、豊と博の成績が、いままでのように断然トップという位置から、トップクラスという線に落ちて来たことを気にしていた。十月の終りの実力試験にそれが現われたのである。豊は高校三年生二六八名中二十三番、博は十五番であった。それでも豊はB組では四番、博はE組で三番であった。トップクラスにいることは間違いなかった。それまでは二人ともクラスではトップ、実力試験では十番以内にいたのに、なぜ急に下ったのか、あさはその理由を考えていた。

「いつもクラスで一番なんですか。それは、それは……」

横山は、あさの顔の中にふと浮んだ靄のような不安を見逃さなかった。

「いつもクラスで一番と言っても、ときには、二番になったり三番になったりすることはあります。人間ですから、そのときの身体の状態にもよりますからね」

横山はあさのその言いわけのなかに、なにかを発見したようであったが、あさの、豊と博に

ついてあまり語りたくないそぶりを感ずると、それ以上は質問をつづけずに、

「この次、お伺いするときは、おふたりとも大学生になっておられるでしょうね」

と言い残して席を立った。

庭の方で下駄の音がした。どっこいしょという声がしたと思うと、姑《しゅうとめ》のはなが、縁側に上ったようである。

「お客様だったの」

はなは真白な髪をしていた。髪が白く、顔がつややかに輝き、背はすらりとしていた。はなは、さっさと、あさの居間の方へ来て坐ると、手に持っていた郵便物をあさの前に置いた。

「ほら、また例の手紙が来ているよ」

はなは、デパートの特売案内や転居の挨拶などのなかに混っている一通の角封筒をひとさしゆびであさの方に突き出すようにした。

はなは別にすることがなかった。気むずかしやの元陸軍少将鳥羽重造の相手をしながら細々と暮しておればよかった。鳥羽重造の貰う恩給と家作から上る収入で二人が暮すには不自由はなかった。ただ、重造にしてもはなにしても暇を持て余していた。はなが母屋に郵便物を取りに来るのも暇だからなのである。

離れに同居している律子は、勤めに出ているし、恵美は学校である。重造と顔をつき合わせていて、いよいよやり切れなくなると、母屋の方へ、なにかの口実を求めて、ふらりとやって

来るのである。あさはその度に相手にならねばならないし、こういうときのために、上等の菓子も貯えて置かねばならなかった。勿論お茶は入れなければならなかった。

「あら、また来たのね」

あさは、眼を丸くしてはなに驚いて見せたが、その手紙には手を触れずに、ほんとうに困りものねえ、と言いながら台所に立っていって、ガスに火をつけた。湯を沸かすためであった。はなは昔者だから、熱湯を魔法瓶の中に入れて置いて、それでお茶を入れると機嫌が悪い。湯の温度が問題ではなくて、はなは、とにかく眼の前で、たぎり立っている湯でお茶を入れないといけないのである。あさはそれを承知していた。

「近ごろの子は、ラブレターなんてものを書くのをなんとも思っていないのだね。わたしたちの娘のころは、ラブレターを出したの貰ったのという噂が立ったら、それはそれは大騒動だったのにねえ」

はなは眼鏡を掛けて角封筒を取り上げて、

「鳥羽省造様方麻里亜様か。あれあれ、鳥の足が三本だし、省造の省の目が片目つぶれて日になっているよ。しかも、差出人の名は書いてない。こんな手紙を書く子の顔が見たいものだね、ほんとに……」

あさは、台所の方で、そうねえとか、ほんとにねえとかはなに相槌を打っていたが、やがてお茶の用意を整えて、はなの前に持って来て置いて言った。

「ただ書いて見たいんでしょうね。書いたら気が晴れるのよ。いままでも、同じ人の手紙が三回以上来たためしがないから」

「同じ学校の子でしょうね」

「多分、そうだと思います。マリアが中学二年だから、同級生か一年上の三年生あたりじゃあないかしら……」

「中学三年というと、十五、六じゃあないか、ませているねえ近ごろの子は。それにしても、マリアのところにラブレターが来るということは、それだけマリアが、男の子の眼に立つということだから気をつけないといけないね。十六というとマリアはまんざらの子供でもないしねえ」

はなは、もなかを二つに割って、その一つを口に入れた。

「ほんとですわお姑様《かあ》。マリアはこのごろ急に大きくなったし、きれいになったでしょう。いままでだって、たったひとりの外国人の子というので眼についていたのだから、これからのことが思いやられるわ」

あさは、膝の上に置いた角封筒を見詰めながら言った。

「マリアはそういう手紙が来ると、いちいち読んで返事を書くの、それともあなたに相談するの」

はなは、その角封筒の中のことがいかにも知りたくてたまらないように、角封筒とあさとの間に視線を往復させながら言った。

「はじめて手紙が来たときは、不思議そうな顔をして、自分の部屋へ持っていって読んで、すぐその手紙を私のところへ……顔色が変っていたわ」

「どんな内容だったの」

はなは前に乗り出すような訊き方をした。いやなお姑さん、といいたいところをあさは我慢した。女って、としを取ると、こんなふうに恥しらずになるものかなと思った。マリアのことが心配でその手紙の内容を聞こうとするのではなく、その手紙の内容そのものに興味を持つ顔なのだ。他人の秘密を覗きたがる、老人の悪い癖が表面に浮び出ていた。

「たいしたことは書いてありませんでした」

あさは逃げようとした。だが、はなはそうはさせず、

「それならなぜマリアが顔色を変えたの、おかしいじゃありませんか」

そう問いつめられると、あさは、その内容を話さねばならなかった。その手紙の中のことは、マリアとあさだけの秘密にして置きたかったのにと思うのだが、もうどうにもしようがなかった。

「愛しています。あなたをしっかり抱きしめていたい。口づけをしたい。あなたの愛のしるしを欲しい……こんなふうなことがいっぱい書いてありました」

「なんだか、その文句、テレビで歌う歌の文句みたようじゃあないかね」

「そうなんです。悲しいの、淋しいの、月にむせぶだの星が泣くのと、歌詞の文句をそのまま書いたような手紙なんです」

「いまの子供は、そんなラブレターしか、書けないのかねえ。それというのも、テレビがいけないんですよ。明けても暮れても、そんな歌ばかり歌っているからなんですね」

はなは、とんだところでテレビに当てつけて置いて、

「それで、結局はどうなんです。その手紙の目的は、マリアとデートしようっていうのかね」

「あらあらお姑《かあ》さま、デートなんて言葉、知っていらっしゃるの」

あさが笑いかけると、はなは真面目な顔をして、

「ばかにしないでおくれ、わたしだってね、デートが逢引という意味だということぐらい、ちゃんと知っていますから」

あさは、どうやら姑のはなの前をごまかしたが、はなが、それだけでは承知せずに、その先、その先と訊いて来られたらどうしようかと思った。

「それでデートの場所はどういうところを選んだのかね」

はなが言った。

「最初の手紙にそんなことは書いてありませんでした。返事をくれって書いてあるのよ。返事を書いて、校庭の北東の隅の桜の木の根元にビニールの袋に入れて埋めて置けって」

「まあ驚いた。誰なのその子は。どこの子なんでしょうね、そんなことをするのは」

「それは、お姑様《かあ》にも、お話しできませんわ。その子の母親にその手紙をお見せして、このことについては、誰にも話さない、そのかわり、二度とへんな手紙を、よこして貰っては困ると厳重に申し入れて、納得していただいたからです。それ以後、その子からは一度も手紙は参りません」

あさは、はっきり言った。嫁と姑の間の境界線は、明瞭にして置かねばならないと思ったからである。

「立派ねあなたは、親の私にも言わないのだから。そのことは、省造にも言ってはないでしょうね」

からんで来ると思ったとおりに、はなは夫の省造を持ち出して来た。

「主人には話して置きました。だって、マリアがお前たちの娘なら、マリアは私たちの娘ですもの」

「おや、そうですか、マリアがお前たちの娘なら、私の孫に当るわけですねえ。でも、あささん、私はあんな眼の玉の青い女の子なんか、孫だとは思っていませんからね。省造も省造だよ。いくら山で親しかった山案内人の娘だと言ったって、日本にまで連れて来て面倒見てやることもないのにね。まったく赤の他人をさ」

はなは、ぷいと立上った。誰がこんなところに居てやるものかと言ったふうな顔だった。はなが怒ると、そのつややかな顔はいよいよつややかに輝き、唇を突き出して、ぷりぷりして見せるところは豊や博の幼いときとそっくりである。

あさは内心おかしかった。はなは、マリアに非常な関心を持っていた。ときたまマリアを連れて外に出たりすると、これは私の孫ですと、相手かまわずに自慢げに話した。マリアが日本に来た当時はマリアに冷たい眼を向けていたはながら、このごろは、孫の恵美とマリアとを全く同じ眼で見るようになっていた。だから、はなは、マリアに干渉したいのである。立入ったことを聞きたいのに、それを拒まれたから、怒ったような顔を見せているだけである。あさは、姑の気持をよく知っているから、黙って縁側のところまで、はなを送り出して、

「マリアがね、おばあちゃんをモデルにして絵を描きたいと言っていましたよ」

とひとことというと、はなは、ちょっとくすぐったいような顔をして、

「ご機嫌取ったってだめですよ。私はもう、マリアのことには今後いっさい口を出しませんから」

はなは庭の芝生を蹴散らすような勢いで越えて行って、カンナの花の向うに消えた。

あさは、マリアあての角封筒を持って階段を登ると、マリアの部屋のドアーをノックした。マリアがいてもいなくても、あさはそうするように自ら習慣づけていた。マリアの部屋ばかりでなく息子たちの部屋に入るときもそうであった。夫の省造が、そういうことになるとひどくやかましかった。

マリアの部屋には鍵はかかっていなかった。鍵を渡してあるのだが、別にその必要はないから、その鍵はマリアの机の引き出しに入れてあった。あさは、マリアの机の上に角封筒を置い

た。こういう手紙がいままでに何通来ただろう。郵便として配達されて来るものもあったが、マリアのかばんの中に入っていたり、机の中に入れてあったこともある。マリアはその手紙を家に持って帰って、

「お母さん困ったわ」

と言ってあさに見せてから封を切って、多くはその場で読んであさに渡すのである。ほとんどが、ばかばかしい内容のものであった。ラブレターというようなものではなく、マリアをからかったものもあった。差出人の名前がはっきりしていて、内容が不真面目なものは、あさが、その男の子の母に会って、始末をつけるのだが、意外に真面目な手紙になると、さてどうしようかと首をひねることもあるし、相手が女の子であり、単に文通を求めるようなものだと、また考えてしまう。マリアも日本人の娘として教育しているのだから、手紙ぐらい書けねばならない。その練習相手に適当な女の子をペンフレンドにしてもいいと思うことがあった。だが、あさは、ああしろこうしろと、マリアに干渉したくはなかった。そういうことはマリア自身の判断にまかせるべきだと思った。

「お母さん、こういう手紙みんな焼き捨てるわ。いちいち返事を出していたらきりがないものね。相手が怒ったっていいわ。だって、こっちが手紙を下さいって頼んだのでもないものね」

マリアは意外にしっかりしていた。自分で自分の身を護る術を知っているのである。

マリアはその手紙のひとつを庭で焼こうとした。九月の半ばごろであった。

「なにが書いてあるか見せろ」

と博が言った。どうせ焼き捨てるのだから見せたっていいじゃあないかと兄の豊が言って、兄弟が、マリアの手から、その手紙を奪った。マリアが悲鳴を上げてあさを呼んだ。

「お前たちはなんてあさましい根性なんです。他人の手紙なんか読みたがるものではありません。手紙は個人の秘密よ。個人の秘密を覗く権利は誰にもないのよ」

あさは豊と博を激しく叱った。そのときはそれで済んだのだが、その日から数日たった日の午後、マリアが学校から帰って来て、二階へ上って、しばらく経つとおりて来て、あさに黙って渡した手紙を見て、あさは腰を抜かすほど驚いた。

「あのときは、眼の前が真暗になるほどだったわ」

あさはつぶやいた。博からマリアに出した手紙を持った自分の手が、ふるえていたのをはっきり覚えていた。

(マリア、ぼくは不安でならない。マリアがぼくの前からどこかへ消えて行ってしまいそうな気がする。そんな不安を感じさせるような原因はなにもないのだが、あの手紙を焼いた日の翌日の朝、まったく突然、マリアは居なくなってしまうのではないかと考えるようになった。マリア、杞憂《きゆう》って字、まだ知らないだろう。天が落ちて来ないかと心配するようなことを杞憂というのだ。ぼくは、この心配を杞憂だと思いたいのだが、このごろは、そのことが、気になって、勉強が手につかなくなった。マリアにはわからないだろうが、ほんとうなんだ。マリア、

そういうことはあり得ないと、はっきりと文字で示してくれないか。そうしてもらわないと今後も尚、この不安がつづくだろう）

あさは博の書いた手紙の文句をいまでもはっきり覚えている。いいから、お母さんに任しておきなさいとマリアに言ったものの、どうしてこの問題を処理していいやら迷った。できることなら省造に知らせないですませようと思っていると、その翌日に豊の書いた手紙がマリアの机の引き出しに入っていたのである。

豊の手紙には、マリアにはなにか心配ごとがあるように見える。それがなんであるか、ぼくにはうすうす分る。マリアの心が曇ればぼくもまた同じように憂うつになって勉強が手につかないと、書いてあった。

「あのときはほんとうに困ったわ。どうしていいか、ほんとうに真剣になって考えこんでしまったわ」

あさはそのときなぜ、あれほど深刻に考えたのだろう。息子たちがマリアに手紙を出したということは、マリアとの間にいままでと違った形の交際を求めようとしたのに違いない。それは、あさが以前からひそかにおそれていたことであった。しかも、博がマリアに手紙を出した翌日に、もうそのことに豊が気がついたということはおそろしいことだった。勘ではない、勘以上の、双生児としての宿命的相似がそうさせたのだと考えると、あさは、いよいよ悲しくなった。三日目にマリアがあさに言った。

「お母さん、考えることはないわ。私がお兄さんたちに言うわ。同じ兄弟が、家の中で手紙のやり取りなんか止めましょうって。いいでしょう。お母さん」

そうだ。そういう方法があった。そして、それがもっともいい方法だとあさが気がついたときには、マリアはもう二階の階段を駆け上っていたのだ。それから、しばらく経ってマリアの笑い声が聞えて来るまでは、あさはなにも手がつかずに茶の間に坐っていた。

「あれからもう二カ月は経った」

あさは庭に眼をやった。カンナは半ば枯れていた。

その日の夕刻、省造はいつになくはやく帰宅した。

「珍しいのね、どうしたの」

「たまにはやく帰って来ると、まるで、はやく帰ったのが悪いようにいう」

省造は、洋服を脱ぎながら言った。

「横山さんが来たのよ」

「双生児の研究をやっている女博士か」

「うるさいわ。しつっこくて、なんでも訊きたがるのよ、豊と博の成績のことまで訊くのよ、失礼だわ」

「いいじゃあないか。悪い成績じゃあないもの。自慢だろう、話すのが」

「さがったのよ、二人の成績が。十月の実力試験の結果、豊は二六八人中二十三番、博が十五番。来年の大学入試が心配だわ。やはり、あの影響かしら」

「なんだ、あの影響というのは」

和服に着かえた省造が、きつい眼であさに言った。

「なんでもないのよ」

あさは、豊と博がマリアに手紙を出したことを話してはいなかった。もうすんだことだから、できることなら言いたくなかった。

「なんでもない影響ってなんなんだ」

問いつめられるとそのことを言わねばならなかった。あさはかいつまんで話した。

「あのころは、男の子も女の子も、やたらに手紙を書きたいものなんだ。お前も経験があるだろう。ほっておけばいいのだ。成績の下ったのは、それが原因ではない。成績が、五番や十番落ちたって、気にすることはないさ。くよくよするな」

あさはほっとした。こんなことなら省造にもっとはやく言えばよかったと思った。

「それからマリアにまたラブレターが来たわ」

「それもほって置けばいい」

省造とあさは顔を見合わせて笑った。

食堂で、マリアの叫ぶ声がした。

「お母さん、お兄さんたちはいけないわ」

そらまたはじまった、とあさが食堂に出ると、豊と博が食卓の上のたくわんをゆびでつまみ上げて口に入れているところだった。

「なんてお行儀の悪いことをするの。来年は大学生だというのに」

あさがふたりを叱ると、

「だって、マリアが先に食べたもの」

博はけろりとした顔で嘘をいう。

「博兄さんの嘘つき」

マリアがテーブルを廻って博を追いかける。博は豊のかげにかくれる。いつもの通りだった。

「うまそうなたくわんだな、どれ」

省造がゆびでつまんで口に入れた。あさがそれを睨みつける。どっと笑いが起った。

「いただいたのよ、お隣りから。ただのたくわんづけではなくて、べったらづけよ」

あさが説明した。

「マリアが日本に来た当時はたくわんづけをいやがったね。そのマリアが真先にたくわんづけに手をつけるようになったとは……」

省造がマリアをからかった。

「お父さんの意地悪……」

マリアとあさは眼を見合わせてうなずきあった。鳥羽一家には、なんの屈託も、針でついたほどの憂いもなかった。

あさは、このままの姿がいつまでもつづいて欲しいと思いながら箸を取った。

十二月に入ると急に寒くなった。午後五時十五分前に律子は化粧室に行って顔を直した。つぎつぎと鏡を覗きこんでいくどの女の顔と比較しても、律子の顔には、精彩がなかった。色気のない、かさかさした顔だった。白く塗れば塗るほど、とがって見える顔だった。けっして男が振り向いてくれる顔ではない。

こんな顔になったのは私のせいではない。律子は鏡に向ってそう言った。夫に死に別れて、苦労して来たからこういう顔になったのだ。恵美という一人娘を抱えて、今後も尚働かねばならない自分が、みじめに思われた。律子は欧文タイピストである。彼女のほかに若いタイピストが幾人かいた。彼女たちのところには、笑顔とともに、仕事がやって来た。時によると、囁きとともに、仕事が持ちこまれることがあった。そういうとき、彼女たちは赤い顔をしたり、くすっと笑ったり、いやよ、ほかに約束があるものなどという女もいた。

律子のところには、笑顔を伴わない仕事が廻って来た。これをお願いします。あれはできましたかという事務的なことばだけしか、彼女にはかけられなかった。

律子はお茶汲みはしないでよかった。お茶汲みの当番があっても、律子は席を立たなかった。立つと、若い女たちに、わたしたちがやるからいいわと言われるからであった。私たち若い女の子がお茶を入れるほうがみんなに喜ばれるのよ、あなたのようなおばあさんはひっこんでいなさいというふうに聞えた。

律子はひっこんでいた。若い女の子に混ってお茶を汲んだところでなんのたしにもならなかった。なにをしたところで、あの女、はやく会社をやめないかと思っている人の気持は変らないだろう。

食事時《どき》になると、若い女の子たちは誘い合って、地下の食堂街におりていく。だが律子は彼女の机でひそやかに弁当箱を開かねばならない。広い部屋が、ごく短い時間だけ、がらんとする。そんなとき、部長や、課長に電話がかかって来ることがある。彼女は食べかけで、上役を探しに行かねばならないことだってある。

留守番の小母さんという渾名《あだな》が律子についていることを彼女は知っていた。

(なんとでもいうがいい。なんと言おうが、どんないやがらせをしようが、私はこの席から動かないから)

律子は、嚙みつくような顔でタイプをたたきつづけていた。その職場には、彼女の夫のかつての同僚が課長として坐っていた。

(あの能無し野郎が課長になるのだから、もし夫が生きていたら)

彼女は、ときどき眼鏡の奥からかみそりのような眼を課長の席に飛ばせていた。

律子は化粧室から五時五分前に彼女の部屋に戻ると机の上の整理を始めた。

五時ジャスト、律子はタイプライターにカバーを掛ける。

斜め向うの机の電話が鳴った。近くの女の子は、男の社員と立ち話中。律子は受話器を取り上げた。

「北村律子さん、いらっしゃいますか、御面会の方です」

受付嬢の声が聞えた。

帰り仕度をして会社を出て来る律子を、受付のところで横山敦子が待っていた。

「ほんとうにすみません、お帰りのところを……」

横山は彼女の名刺を律子に渡しながら言った。律子はその名刺がぼんやりとしか見えなかった。ハンドバッグから眼鏡を出すのは面倒だった。

「なんの御用ですか。私はいそぎますので」

律子は、横山敦子を生命保険の外交員ではないかと思った。そんな感じがした。

「鳥羽さんのお宅のことでちょっとお訊きしたいことがありまして」

秘密探偵社の調査員かしら、律子は思った。

律子は横山敦子の先に立って近くの喫茶店に入った。ここの勘定は払わないぞと自分に言いきかせながら、腰をおろして、ハンドバッグから眼鏡を取り出して名刺をあらためた。

「あ、あの、双子の研究をやっておられる先生でしたか」

律子はずっと前に、双子の研究家が鳥羽家を訪れたことを、あさから聞いて知っていた。

「そうです。実は鳥羽家の豊君と博君のことを調べているのです。双子共同体が環境の変化によってどう変っていくかが、私の研究テーマですが、私には、豊君、博君が秀才でもあるし、その環境が学問的に言ってかなり刺激的な要素を含んでおりますので、興味深く見守っているのです」

「刺激的な要素と申しますと？」

ウエイトレスが来て、二人の注文を聞いて去った。

「マリアさんの存在です。マリアさんが、豊君、博君に及ぼす影響を私は調べたいと思いまして……」

「嫂《あね》に訊けばいいでしょう」

「警戒されるとだめなんです。誰でも、家の中のことは言いたくないものです」

「私も鳥羽家の者ですわ」

「でもあなたは客観的な立場におられる方です。私は、鳥羽家の秘密を売り物にしようというのではありません。学問として研究しているのです。勿論本人たちの名はいっさい、表には出しません」

「なにを訊きたいのですか、あなたは」

「いままでトップにいた豊君と博君の成績が十月の実力試験のときに落ち、更に、この十一月末の実力試験の時には二六八人中豊君は五十三番、博君は三十八番に下ったのです。私は学校に行って調べて来たのですが、先生もこの原因については思い当ることはないと言っています」

「原因は家庭にあるとお考えなんですね。あなたは」

「そうです。家庭内でなにかがあったのです。それが反映して成績が下ったと考えるのが妥当だと思います」

「その原因がマリアだと言うのでしょう」

「マリアさん以外に、あの二人の秀才を動かす者はいまのところないように考えられますが」

ほっほっほと、律子は大きな声で笑い出した。

「まさか、マリアなんて子は、眼玉が青いだけで、なんの取り柄もない子ですよ。あんな子に……」

律子の眼に憎悪の感情が浮んでいた。

「豊と博の成績が落ちた原因は嫂の責任ですわ。それはもう誰が見てもはっきりしていることですわ。あなたは嫂にお会いになったでしょう、どうお感じになって」

律子は横山敦子の顔を見た。

「どうって、別に……」

讃めても、けなしてもいけないむずかしい立場になった横山敦子は、開いて置いた大学ノートに鉛筆をはさんで閉じた。

「ものの三十分も話したら、教養のない女だとお感じになったでしょう。教養がないくせに、なにかこう向う気ばかりが強い人です。虚栄のかたまり見たような女ですわ。マリアを引き取ったり、その子に声楽を勉強させたり、息子どもを、なにがなんでも東都大学に入れようとしたり……みんな嫂の見栄ですわ。子供と言っても、豊や博はもう高校三年です。肉体的には立派な大人です。その子たちに、明けても暮れても勉強勉強と言えば、あの子たちも反発を感じて、もう勉強なんかするもんかという気持にだってなりますわ」

横山敦子はうなずいてはいたが、心の中では、律子のいうのは嫂《あによめ》の悪口だけで、その中にはほとんど真実は発見されないと思った。横山敦子は、相手を選ぶのを間違えたと思った。敦子は、話題を変えた。

「マリアさんのことですけれど、日本人の子供たちと全く同じように話ができるし、作文も書けるそうですね」

中学校へ行って調べて来たことなど、おくびにも出さずに言った。

「当り前ですわ、日本に来て六年になるんですもの。マリアは私の娘の恵美と同じ年の十六ですから、普通なら高校一年生のところを、いま中学二年生なんです。それはねえ、日本に来たばかりは日本語というハンディキャップがあることを認めるけれど、六年も経ってまだ追いつけないってのは、もともと、マリアって子はあまり利口ではないからなんですわ」

また悪口かと横山敦子は思った。マリアの通っている中学校で調べたところによると、マリアの数学や英語の力は高校一年並であるが、依然として日本語で遅れていると説明された。中学校の先生が言ったマリアに対する総合批判は、

「マリアはすばらしい子です。頭脳もいいし、気立てもいい、どこにも暗い翳のない子です。鳥羽さんの家庭教育のおかげですね。学校が二年間遅れているのは、なにも気にすることはありません。日本にいるかぎりは日本語が基本になりますから、みっちり勉強しなければいけないと思います」

横山敦子は、その先生の言葉を思い浮べながら、さらに話題を変えた。

「マリアさんは美しいし、身体も大きいから男の子に眼をつけられるでしょうね」

「そう、ちょいちょいラブレターは来るようだし、だいたい外国人の子供って、あのぐらいの年ごろになると、男の子と交際することなんかなんとも思わないんじゃあないのですか。マリアの血の中にはそういうものがあるんだと思いますわ」

律子はハンドバッグの中から煙草を取り出した。

「というとマリアさんに具体的になにか」

「とにかくマリアって子は、男の子の中でちやほやされたいのですよ。学校でも家庭でも、自分が中心でないと承知しないっていうところがありますわ。ああいう不良じみた子を家に置くと、大学受験を控えて一番大事な時期にいる豊や博に悪い影響を与えることは事実ですわ」

「さっきあなたは、豊君と博君の成績の下った原因はあさ夫人にあるとおっしゃいましたが」

「嫂《あね》が第一、二番目にはマリアの存在ですわ。それはねえ、あなた、同じ家に、年ごろの若い男女がいれば、なんとなくおかしな感情を持つようになるのは当然です。兄妹同様に育てられていても、他から、マリアがちやほやされると、豊や博もなんとなくマリアのことが気にかかって来ることはあたり前です。それにもしマリアが……」

律子は声をおとした。それまでの一方的な悪口からはなれて、豊と博の叔母としての立場に立つと、律子の顔にはいままでになく真剣なものが見えて来る。

「マリアさんがどうかなさったのですか」

「これは私の想像ですが、豊と博が、マリアに、妹以上の感情を持ち始めたとし、それに対してマリアが、もし妹以上の好意を示したとすればたいへんなことだと思います」

「すると成績が落ちた原因がマリアさんにあると認めますか」

「いいえ、第一に嫂、第二にマリア……」

そして、突然、律子は、

「私は兄に忠告しなければならないわ。マリアを鳥羽家に置いては危険です」

律子は落着きを失くしたような眼を宙に投げていった。

「私はそれほど心配なさることはないと思います。もし豊君と博君の成績が、マリアさんを意識したことによって下ったとすれば、マリアさんをより強く意識すれば、前以上に上るようになるでしょう。そして、豊君と博君が大学に進学するようになれば、また考え方も変って来るでしょう」

律子はしばらく黙って考えていたが、

「先生、豊と博がマリアに特別な感情を持たないようにするにはどうしたらいいでしょうか」

「マリアさんを遠ざけるか、それができなければ、兄弟がマリアさんから自然に遠ざかる日を待つよりしようがないでしょう。子供のときはいざしらず、大人になると、近くに暮している異性の欠点というものは非常に拡大されて見えて来るものです」

「つまり、マリアの欠点を誇張すれば、豊や博は、あの子に興味を持たなくなるということでしょうか」

「いや、そうじゃあないんです――」

横山敦子がそう言ったときには律子は灰皿の下にはさんである伝票を持って立上って言った。

「わたし、約束の時間がありますので……」

律子は外へ出たとたん、五百円あまりの支出を嘆いた。喫茶店へ入るときには、たとえコーヒー一杯ずつ飲んだとしても、こっちが払う筋合いではないと思っていた。そういう気があったからケーキなんか注文したのである。自分で払うつもりならコーヒーだけ注文して置いたのに、それが、いざ横山敦子と別れる段になると、私が払います、いいえ、それではこまりますと、カウンターの前で見栄の張り合いになって、結局は律子が払ってしまったのである。そしていま律子はすっかり暗くなった街の中を、その五百円余りの消費がいかに無駄なことだったかを考えながら歩いているのである。

律子は時計を見た。六時である。娘の恵美と会うのは六時半、タクシーで行きたいが、無駄遣いをしたという気があるから、彼女は地下鉄に乗って、渋谷でおりて、バスに乗るのを止めて歩いた。

六時四十五分に彼女は、メトロポリタン音楽教室のネオンサインの下に出た。三階建ての小さなビルで、一階二階は貸ビル、三階にメトロポリタン音楽教室があった。

恵美は受付の隣りの待合室兼応接間のようなところに寒そうな顔をして待っていた。恵美と同じような年ごろの女の子が、二、三人いた。夜の部の生徒であろうか。

律子は恵美をつれて外に出ようとすると、受付のドアが開いて古館善助とぱったり顔があった。

「まあ先生しばらくでした」

律子が挨拶すると、お迎えですか大変ですねと古館は母子にほほえみかけながら、

「恵美さんの歌は、このごろたいへん上達しましたよ」

とお世辞を言った。律子はそのお世辞にすぐ乗って、

「どうですか、見込みがあるでしょうか」

と傍に寄って訊くと、古館もまた心得たもので、ちょっと周囲を見廻してから、

「教師たちとも相談したのですが、年を越したところで、優秀な子を数人選んで、ＡＫＫの新

人テストに推薦しようと思っています。ＡＫＫの新人テストに合格したら、もうタレントになったも同然ですからね」

古館は、薄ペラな、かさかさした唇を曲げて笑った。こういうことは、この音楽教室へ子供をつれてやって来るどのお母さんにも同じように言っているのである。

律子は上気したような顔で、

「まあそうですか。この子がそんなに、あら私、どうしましょう」

まるで、律子自身が、そのＡＫＫの新人テストに出ることになったように、身体をよじって、媚態とも嬌態ともつかぬ恰好を古館の前でして見せて、

「先生、もしおよろしかったら御夕食を御一緒に……」

と、心にもないお世辞をいうと、古館はそんなことにはもう馴れた物腰でことわりながら、

「この学校から、有名なタレントが三人も出ています。恵美さんもそのうち、きっと……」

そのタレントの名を言おうとしているところへ奥から人が呼びに来たので、ではまたと律子に挨拶して去って行った。

「ね、恵美、やっぱり来てよかったねえ。ＡＫＫの新人テストに出られるなんてすばらしいじゃあないの」

律子は奥の方へ眼をやった。三階は、二つに仕切ってある。音楽教室と言っても各部屋にピアノが一台ずつ置いてあるだけで、その仕切りの壁に防音装置がしてあるわけではない。時間

をきめて、この教室で二、三人ずつの少年少女が歌手となるための音楽教育を受けるというのが、この音楽教室のたてまえになっていた。

（数カ月の勉強でテレビタレント）

という広告を律子は頭から信用したのではない。律子は、彼女の女学校の同窓会の席上で、律子の同級生の知人の子が、この教室を出て一躍有名な歌手になったと聞いて、恵美をこの教室に入れて見たのである。このことは、父の鳥羽重造にも、兄の鳥羽省造にもかくしていた。マリアが豊島ゆきのところで、正式に音楽の勉強を始めたと聞いたとき、律子は、恵美にだってという気になったのである。

誰も知らない間に、恵美をテレビのタレントに仕上げてやろう。テレビの画面で歌っている恵美を想像すると律子の胸が鳴った。

メトロポリタン音楽教室は律子と同じような考えを持ったある種の教育ママたちの欲求を満すためにできたと言っても過言ではなかった。歌手を作ることが目的ではなく授業料を取るのが目的の営利事業であった。こういうところはたくさんあった。たまたまそういうところから、なにかのきっかけで、タレントが飛び出すと、その音楽教室はたいへんに繁昌するのである。メトロポリタン音楽教室はこういう中ではむしろ良心的な存在であった。

外は寒かったが律子はご機嫌だった。恵美がＡＫＫの新人テストに参加できるほど才能があると言われたからであった。

「恵美、お腹がすいたでしょう。なにを御馳走してあげましょうか」

律子はそういった途端にさっきの五百円のことがまた思い出された。横山敦子という女博士とお茶など飲まなかったら、あの五百円だけ余計に恵美とおいしいものが食べられるのにと思った。

「さて、どうしよう、どこで食べようかな」

と律子が立止って思案を巡らせていると、派手なチェックのオーバーを着た男が律子の方へ向ってさっさとやって来てていねいに会釈した。

「鳥羽さんの妹さんでしたね。大西です」

「ああ、大西専務さん」

律子は思わず専務さんと言った。六年前に、兄の省造がマリアをつれてイタリアから帰って来るとき、羽田で会ったのが最初だった。あさに紹介されたのである。そのとき大西の妹が、律子と同級生だったことが分って、話がはずんだ。その次に大西と会ったのは、律子の務めている会社の廊下であった。律子のところの部長を訪問して来たのである。昨年のことである。

「恵美さん大きくなりましたね」

大西光明が恵美の名を覚えていてくれたことが律子にはうれしかった。

「鳥羽さん、お食事がまだでしたら御一緒にいかがですか。一人で食べるより三人で食べた方が楽しいですから」

大西光明の眼はまだ笑っている。

「あのう……ずっと昔は鳥羽でしたが、いまは北村なんです」

律子は笑った。

「いや、これは失礼しました。ではその、お名前を間違えたお詫びのしるしに、おいしいビフテキを御馳走しましょう」

大西光明は、ね、いいでしょうと恵美の顔を覗きこんで言った。このごろ急に背丈が伸びた恵美は、律子とほとんど同じくらいの身長である。恵美はほんの少し表情を動かしただけである。

静かなレストランであった。外人客が二組に日本人客が三組ばかり、リザーブ（予約）と英語で書いた札が席の上に二つ三つ置いてあった。

「ブドウ酒はなんにしましょうか」

そんなふうに訊かれるのも、律子には珍しいことであった。律子は固くなった。大西に夕食を御馳走になる理由はなにもないが、御馳走されたからといって警戒する要は毫《ごう》もないことに気がつくと彼女は心の中で笑った。

（子供づれだし、こんなお婆さんを誰が誘惑するものか）

そんなふうに考えると淋しくもなって来る。彼女は、何年ぶりかのように、極上のビフテキを口にした。

「勉強の帰りだったんですか」

大西はナイフとフォークを上手に動かしながら恵美に訊いた。

「はあ、あの恵美に歌を――」

律子が答えた。

「歌を？」

大西が手を動かすのを止めた。

「恵美はいまメトロポリタン音楽教室で歌の勉強をしています。来年早々に行われるAKKの新人テストに出ることに決っています」

律子は、さっきから、言おう言おうと思っていたことをとうとう言ってしまった。

「ほほうそうですか、それはすばらしい。マリアさんも歌、恵美さんも歌、いいじゃあないですか」

律子は大嫌いなマリアと恵美を並べられたので面白くなかったが、それを顔には出さず、

「マリアの方はどうなんでしょうか」

いかにも心配してやっているような顔つきをしながら、内心はマリアの欠点でも探したい気持で訊ねる律子に、

「素直に伸びていっていると、豊島女史は言っています。実はこれから豊島女史のところへ行って、マリアさんの練習ぶりを見ようと思いましてね。よかったら、あなた方も御一緒にいか

がですか。帰りはマリアさんと一緒にお宅までお送りいたしますから」
大西光明は腕時計を見て、
「今日はマリアさんにとってたいへん大事な日なんです」
そして大西は、八時までにはまだ時間が充分あると、意味あり気なひとりごとを言った。

豊島ゆきの広い庭の隅に螢光灯が寒々と輝いていた。庭の木の大半は葉を落しているので、夏見たときよりもはるかに庭が広くなったように見える。

マリアは豊島ゆきの応接間に来ていた。マリアは、思いがけないところへ恵美がやって来たので、恵美ちゃんと声を上げた。恵美もマリアの顔を見ると、急に元気になって、いままで、大西光明や母の律子になにを話しかけられても、ろくな返事もしなかったのに、まるで、人間が違ったようにマリアと話し出した。

律子が恵美に、マリアに近づくなといくら言っても、恵美はマリアのところに遊びに行き、マリアもまた律子が帰宅するまで、恵美のところで話しこんでいることがあった。

マリアが豊たち兄弟の妹としての位置づけが確立すればするほど、マリアと恵美との従妹《いとこ》としての関係が深くなっていくのは当然のことであった。

豊島ゆきは恵美とマリアが仲よく話をしているのを遠くから眺めながら、
「姉妹《きょうだい》のようですね」

と言った。律子は、はあの子たちは、とにがにがしい気持を作り笑いでごまかしてから、大西の方に眼をやった。大西が時間ばかり気にしているのは、誰かもう一人ここに客が来るのだろうと思った。その想像は見事に当った。八時三分にベルが鳴って、蓮沼美華が現われた。律子は往年の大歌手蓮沼美華を知っていた。恵美も会うのは初めてだったが、テレビで見て知っていた。マリアはよくは知らなかったが、すぐ立上って、

「マリアでございます」

と挨拶した。恵美がマリアの後につづいて挨拶した。

蓮沼美華は、二人の少女に挨拶をかえして、すぐ律子の存在に気がついた。大西が律子を紹介したついでに、

「この恵美ちゃんも、歌謡曲の歌手になりたいそうですから、ついでに見て上げて下さいませんか」

ついでに見て上げて下さいといってから大西は、その言葉に説明を要すると思ったのか律子に言った。

「実は、マリアさんの基礎がための勉強がかなりのところまで来たので、あらためて歌手としての才能があるかどうかを見て貰うために蓮沼先生に来ていただいたのです。豊島先生が反対されるにもかかわらず無理にね……」

大西光明は豊島ゆきに笑いかけながら言った。

「そうですか、それはそれは。蓮沼先生に聞いていただけば、もうなにもいうことはございません。光栄ですわ。でもうちの恵美は先生の前で歌えるかしら」

「どこで勉強されていますか」

蓮沼美華は鋭い一瞥《べつ》を律子に投げた。

律子は真直ぐ向けて来る蓮沼美華の視線を受け止められずに、ちょっと恵美の方を見てから、

「メトロポリタン音楽教室に通っています」

と答えた。蓮沼美華の顔には何等の動きも現われなかった。大西光明が律子の話を補足した。

「来春早々のAKKの新人テストに推薦されているそうです」

そう、と蓮沼美華は低く一声言っただけだった。そして蓮沼美華は豊島ゆきに向って、

「それではお願いしましょうか」

というと、マリアをさし招いて奥の部屋へ入っていった。

しばらくは物音がしなかった。ピアノが鳴り出してすぐマリアの声が聞えた。発声練習である。発声練習がしばらく続いたあとで、マリアは歌い出した。律子も大西も恵美も知らない外国の歌だった。律子はその歌がさっき、大西が言った、基礎的な勉強ができたことを示すものだろうかと思った。上手だと思った。本格的な歌手のような歌い方だと思った。いくらけなそうと思っても、庭の方から廻りこんで聞えて来るマリアの声は美しかった。

またしばらくは静かになった。ピアノが鳴り出した。最近流行している〝三度目の正直〟と

いう歌の曲である。マリアはそれをどんなふうに歌うだろうか。律子は耳をこらした。マリアが歌い出したようだが、はっきりした歌にならないうちにピアノが止んで、しばらくしてまた鳴り出した。そして、はっきりとマリアの声が流れた。

「うまいものだ、津金としみよりも、はるかにうまい」

大西が言った。津金としみというのは、その歌でヒットした歌手であった。

マリアの歌はしばらく続いて終った。

「自信を持って歌っている。やはり基礎ができているからだろう」

大西光明はひとりごとのように言った。その次にマリアが歌ったのは外国の歌曲であった。奥の方がしいんとした。やがてマリアがひとりで出て来ると、恵美に言った。

「恵美ちゃん、いらっしゃい」

マリアは恵美の手を取って奥の部屋へ連れて行った。律子が一緒に行こうとするのを大西が引きとめた。

律子はピアノが鳴り出すまで身体をもじもじさせながら待った。そしてピアノが鳴り始めるとじっとしておられずに立上った。

「あの歌なら恵美の得意の歌だわ」

律子が言った。〝どっちがお好き〟という流行歌の曲が鳴り出した。恵美の歌声が聞えた。

「なかなか上手だ」

大西は言った。そう言わないと律子に悪いから言ったまでのことだった。そういいながら、大西光明は、あの歌いっぷりだったら、のど自慢の大会に出しても、鐘は一つで終るだろうと思った。恵美は、更に一曲歌った。それからしばらくは静かであった。恵美がせいせいしたような顔で蓮沼美華と豊島ゆきに伴われて応接間に戻って来た。

「どうでしょうか、うちの恵美は？」

律子はまず自分の娘のことから訊いた。

「勉強しだいですわ」

蓮沼美華は律子に言った。

「歌手になれるでしょうか」

律子は、勉強しだいですわ、と焦点を上手にぼかした蓮沼美華のことばの裏が分らなかった。ただ一途に娘に才能があると言って貰いたかったのである。

「ですから、それは勉強次第だと申し上げております。それから奥様、ひとつだけ申し上げて置きますけれど、歌う本人が歌うことが好きでないと、歌はいくら勉強してもだめなんですよ」

「恵美がなにか申し上げましたか」

「恵美さんは、あんまり歌は好きではないが、ママが……」

その後は言わなかった。律子の顔が蒼白になった。眼が異様に輝いた。なにかひとこと蓮沼美華に言いかえしてやりたいという顔つきであった。

「ぼくの自動車でお送りいたしますから、マリアさんも恵美さんもご一緒に。さあ、北村さん」

大西光明はその場を上手につくろって律子を外へ連れ出して、

「気になさることはありませんよ。あの女はいつもあんな調子なんですから」

「あの女は古いのよ、今の歌謡曲が分らないのよ。いまに、うちの恵美が歌手になったら、ちゃんと、いうだけのことは言ってやるから」

律子は吐き出すように言った。

自動車を送り出して、やれやれという顔で応接間に戻った大西光明は、

「どうもご迷惑をかけました。あんなじゃあないと思っていました。しかし蓮沼先生のいい方もかなりはっきりしていましたね」

「絶対に見込みがないから止めなさいと言ってやればよかったのですけれど、あなたの手前、ああ言って置いたのです。可哀そうなのは子供たちよ。ああいうママさんがゴマンといるのよ。ああいやだいやだ」

蓮沼美華は悪寒にでも襲われたように肩をすぼめた。

「ところで、マリアの方はどうです」

大西が改まって訊いた。

「あの子はたいしたものよ。だいいち、基礎がしっかりでき上っているでしょう。楽譜を見ただけで、正確に歌える。それにいいのどをしているわ。声帯が日本人と違って広くて、柔軟性があるのかしら。天与ののどを味噌汁できたえたような声をしているわ」

「味噌汁できたえた？」

「つまり、西洋人ののどをしていながら、日本の言葉をはっきり歌としてこなせるということなんです。成長株だわ」

蓮沼美華はマリアを絶讃した。

「私はマリアに歌謡曲を歌わせるのは反対よ。そうすることは、あの子の音楽的生命を摘み取ることになるわ。あの子の天分は、もっともっと伸ばさねばならないわ」

豊島ゆきが言った。蓮沼美華は、それに反発しようとしたが、口をつぐんだ。

大西光明は黙ったままだった。彼の頭の中では、大西商事の専務取締役として、別の考えが浮び上っていた。


鳥羽家にはもともとクリスマスイヴなどというものはなかった。鳥羽重造が軍人であり、重造に育てられた省造のことだから、たとえ外国帰りだからといって、父の意にそむくようなことは大っぴらにはできなかった。その鳥羽家にクリスマスイヴのささやかなパーティーが催されるようになったのは、マリアが来てからだった。

「ね、おじいちゃん。マリアが来たんだからクリスマスパーティーをやってもいいでしょう」

豊にそう言われると重造も強くは反対できなかった。

「パーティーというと他人も呼ぶのか」

「うちだけのパーティーさ。おじいちゃんとおばあちゃんと、叔母さんと恵美がお客様だよ」

博が言った。マリアが日本に来た翌年のことであった。

「おやりよ、おやりなさいよ。子供には子供の世界があるんだから」

はなが孫たちの味方になったから重造は承知せざるを得なかった。それから毎年、鳥羽家ではクリスマスパーティーが開かれるようになった。飾りつけは子供たちがやり、余興も恵美を含めて子供たち四人で考えた。重造とはなと律子がお客様という形で呼ばれ、催しものも、重造とはなを喜ばせるように考えられているから、このごろでは重造が、もう間もなくクリスマスだな、などと心待ちするようになった。

「今年のクリスマスパーティーは取り止めかもしれませんよ。豊と博が受験をひかえているからね」

はながいうと、

「クリスマスパーティーをやったからと言って、それが入試に影響するようなことはあるまい。入試で頭がいっぱいになっているときには、かえってばか騒ぎをしたほうが、頭の休養になる」

重造が言った。そのことがはなの口からあさの耳に伝えられた。

「でも、飾りつけは、マリアと恵美ちゃんにやって貰いましょうね。豊と博はいそがしいから」

あさは、ほんとうは、クリスマスパーティーなど止めにして貰いたかった。豊と博に一時間でも二時間でも余計に勉強の機会を与えてやりたかった。

しかし、マリアと恵美が、クリスマスパーティーの飾りつけを始めると、豊と博は、黙って見ておられなくなって、ちょっかいを出す。そのたびにあさに叱られた。

「お兄さんたちが余興をしないとしたら、誰が余興をやるの」

マリアが訊いた。

「マリアさんと恵美さんが二人でやればいいでしょう。どう、二人で歌の競演なんて面白いんじゃあない」

「でも……」

マリアは浮かない顔をした。マリアは歌うことは好きだが、恵美は、歌うことがそれほど好きではない。マリアにはそれが分っていた。

マリアと恵美がクリスマスのスケジュールを全部引き受けることになっていたが、いよいよその当日になると、豊と博が、パーティーの会場にどかどかと乗込んで来て、またたくまに、恵美とマリアの立てた計画をひっくり返した。

「今年のクリスマスパーティーは新しいスタイルでやろう。まず食べる。腹いっぱい食べてから、みんなで歌おうじゃあないか。おじいちゃんにも、おばあちゃんにも歌えるように、大きな字で書いた歌詞を作って配るのさ。はじめは、マリアが歌う。そして、四人で合唱、それから大人たちみんなを入れて歌うのだ」

豊が言った。

「おじいちゃんや、おばあちゃんの歌うところはみものだぜ。つまり、これは若返り法というものだ」

博が言った。

「おじいちゃんやおばあちゃんが歌うかしら」

マリアが言った。

「無理矢理に歌わせるのさ。はじめは、いやだっていうだろう。しかし、歌えば誰だって気持がよくなる。簡単な歌を選べばいい。なんなら、おじいちゃんが知っている古い歌でもいいんだぜ」

豊が言った。そういうことになれば、特に余興の計画も練習も要らない。準備は簡単であった。

「それから司会だが、今年はマリアがやれよ」

博が言った。豊と博はそのことについて、ちゃんと相談して来たようだった。

「なぜ、お兄さんたちがやらないで、私がやるの」

「なんでもいいからしゃべればいい。博とぼくが交替で司会をやるのはもう飽きた。来年は恵美にやらせればいい」

兄弟たちは、司会をマリアにおしつけると、じゃあたのむよと言って二階へ上っていった。

鳥羽家のクリスマスパーティーは、鳥羽省造の帰宅を待って、午後六時半に始まった。

「今年はお兄さんたちが勉強でいそがしいから、私が司会をさせていただきます」

マリアが立上って言った。

「まず、最初に、おじいちゃん、おばあちゃんの健康を祝して拍手」

マリアの声に合わせて、豊と博と恵美が拍手を始めた。省造とあさがそれにつづく。老人夫婦はおやまあという顔である。

「つづいて、お父さん、お母さん、叔母さまの健康を祝して拍手」

拍手がつづいた。珍しいことだった。こんなふうな滑り出しははじめてだった。マリアはさらにつづけた。

「来年は豊兄さんと博兄さんの大学入試です。わたしたちは、兄さんたちが全力を尽して戦うように心から期待します。兄さんたちのために拍手」

拍手が三回つづいたあとで楽しい食事が始まった。

「その挨拶は、子供たちみんなで相談してきめたのかね」

重造がマリアに訊いた。

鳥羽重造が直接マリアに向って口をきいたことなぞ、ついぞなかったことなので、鳥羽家の家族たちは、いっせいにマリアと重造の方へ眼をやった。

「いいえ、ひとりで考えたんです、いけなかったかしら?」

「いや、ちゃんとまとまっている。まとまり過ぎているくらいだ。年長者に礼を尽すところなど立派なものだ。イタリアでは、こういうふうにやるのかな」

「イタリアでなくても年長者に礼を尽すのは世界的な常識ですわ」

律子が横から口を出すと、すかさずはなが、

「その常識が、このごろ日本では、さっぱり守られていないじゃありませんか。この間、電車に乗ったときなど、私を立たせて置いて、平気な顔をしているんですから。そうそう、マリアぐらいの女の子ですよ。それにくらべると、ねえあなた」

と話を取りかえして重造に戻すと、

「マリア、たしかお前の生れたところは、イタリアのドロミテだと言ったな」

「はい、そうです」

「ドロミテと言えば、第一次世界大戦のとき、イタリアのアルピニ兵(山岳兵)とオーストリアのチロル猟兵(チロル地方山岳兵)とが死闘を繰り返したところだ。知っているかね」

「父から聞いて知っています。父も今度の戦争(第二次大戦)のときには、そのアルピニ兵だ

ったのです」

おおという感動の声が重造の唇から洩れた。

「そうか、お前のお父さんもアルピニ兵だったのか。アルピニ兵と言えば、イタリアでは花形部隊だ。イタリアの軍隊でもっとも勇敢な兵隊は山岳兵だとされている。そのアルピニ兵の帽子がまたなんとも言えないほどスマートなんだ。藍色の中折帽でな、前後の鍔《つば》が長く、左右の鍔はちょっぴり上向きにまくれ返っている。それだけではない。飾りの鳥の羽毛がついているのだ」

「おじいちゃん、その山岳兵を見たことあるの」

博が言った。

「イタリアへ行ったことはないが、イタリアの山岳兵のことはよく知っている。わしは、第一次世界大戦の際のドロミテ山岳戦の戦史を研究したことがあったのだ」

重造は話を途中で切って、食事に手をつけた。重造は彼のために特にやわらかく煮つけて、トマトケチャップで味つけした肉片を口に運んでいたが、食べることより、その山岳兵のことが、気になってならないようであった。

重造はとうとう箸を置いた。しばらくなにか考えてから、

「マリアのお父さんの名前はなんていったかね」

マリアに聞いた。

「フェデリコ・ルイジイネです」

「そのルイジイネという姓は、マリアの生れた村には多いのかね」

重造は、手を膝の上に置いた。まるで、マリアに訊問を始めたようである。

奇妙な空気がクリスマスパーティーの席上に流れはじめたことに、みんなは気がついていたが、重造が膝の上に手を置いて、マリアの方を真直ぐ見た様子が普通ではないし、そのようなときにうっかり口を出すと、こっぴどく叱られることが分っていたから、誰もがはらはらした気持で眺めていた。

「ほかの村のことは知りませんが、私の村のカンディデにはルイジイネという姓はうちと叔父さんの家の二軒だけです」

「そうか。それではマリア、お前のおじいさんの名を知っているかね」

「よく知っています。私の祖父の名は、ジュセッペ・ルイジイネです」

重造はそれを聞くと、おうっと、口の中で軽い驚きの声を上げて、しばらくマリアの顔を見ていたが、

「マリア、そのジュセッペ・ルイジイネが死んだところがどこか知ってはいないだろうね」

なにか大きな感動を期待しての声のように、一語一語をはっきりと言った。

「祖父は悪魔の山（モンテ・デアボロ）を占領しているチロル山岳兵と戦って死にました」

「すると、マリアのおじいさんは、ジュセッペ・ルイジイネ曹長だったのだな」

曹長という日本語が分らないので、マリアは省造の方に援助の眼を向けた。省造も、曹長というイタリア語を知らなかったから、上級の下士官というふうに通訳した。

「そうです。祖父は兵士を四人つれて、岩壁へ登ったままついに帰りませんでした」

それを聞くと重造は、感動に耐え切れなくなったように、なにか異様な声を発しながら立上ると、

「マリア、お前はイタリアでもっとも勇敢な軍人の孫であったのだ」

重造は彼の今の気持をどう表現していいか分らないようであった。重造は席を離れると外へ出ていった。

「どうしたんでしょうね、おじいちゃんは」

はなが心配して席を立った。

「マリアのおじいさんが、軍人だったとは知らなかったよ。でもマリアはよくその話を覚えていたものだな」

省造が言った。マリアはそのとき、ちょっと困ったような顔をして、そして、めったに見せたことのない淋しそうな顔をすると、

「父は白葡萄酒が好きでした。二、三杯飲むとすぐ顔が赤くなるのです。顔が赤くなると、お祖父さんの話をよくしてくれました。マリア、悪魔の山は此処からそう遠くないところにあるのだよ——そんなふうにいうのです」

重造が地図を持って来た。赤と緑で陣形らしいものが書きこんであった。

「誰かピンを持って来てくれ」

重造は、その地図を壁に張ろうとした。博がピンを持って来た。

「マリアの祖父、ジュセッペ・ルイジイネが如何に勇敢な男であったか、これからわしがお前たちに話してやろう。ジュセッペ・ルイジイネも軍人、おれも軍人、これもなにかの縁であろう」

重造は地図にやっていた眼をテーブルのほうにもどして、みんなの顔をひとりずつ見た。マリアの眼が開いた地図を凝視していた。

一九一五年（大正四年）オーストリア軍とイタリア軍は、両国の国境ドロミテ山岳地帯で対峙していた。ドロミテ地方は三千メートル級の山がずらりと並んでいた。三畳紀層石灰岩の嶮峻な山ばかりで、それらの山は容易に越えられる山ではなかった。大軍団が移動する道は限られていて、その道をおさえる峠を、どちらの軍が確保するかが結局は戦局を左右することになった。

イタリア軍とオーストリア軍は、人が通れそうなあらゆる峠に軍隊を送った。両軍は天嶮によって死闘を繰り返した。

峠といっても、簡単なものではなく、峠に類する鞍部《コル》が幾つかつづいていて、それらの集合したものが、峠となっていた。両軍は、石灰岩の岩壁に穴を掘って、その洞窟にこもって戦った。

此処には垂直に近い岩壁がいたるところにあった。ドロミテ山群に於ける戦いは銃と剣の戦いだけではなく、よりはやく、よりたしかに岩壁に攀《よ》じ登ることが、戦況を支配する鍵であった。

山岳兵は、短い銃と機関銃を背に負って、ザイルとハーケンによって、岩壁に攀じ登り、頂上をきわめると、そこから、ザイルをおろして、弾薬食糧を吊り上げた。一峰を占領すると、その峰を中心とする付近一帯はその山岳兵の制圧するところとなった。

悪魔の山は要路をおさえる戦略拠点であって、この山はいちはやくチロル猟兵が占拠していた。南側は四百メートルの垂直岩壁、北側はやせ尾根の岩頭がしばらくつづき、急角度にオーストリア側に落ちこんでいた。孤峰であり、オーストリア軍に取ってはまことに重要な砦であった。

悪魔の山はオーストリア軍が一箇小隊で守っていた。悪魔の山がオーストリア軍にあるかぎりはイタリア軍は動くことができなかった。攻防共に、この悪魔の山を取ることが、ドロミテ山岳地方の主導権を握ることであった。

悪魔の山の隣りに、悪魔の指揮棒と呼ばれる山があった。高さは悪魔の山と同じくらいであったが、その名のとおり棒のように突き出した山であるから、登ることは不可能と考えられた。

登ろうとすれば、悪魔の山から狙撃されることは間違いなかった。

イタリア軍は、この悪魔の指揮棒を占領して、この山頂から悪魔の山へ攻撃をかけることを決意した。五人の決死隊が選ばれた。その隊長がジュセッペ・ルイジイネ曹長であった。

ジュセッペ・ルイジイネ曹長と四人の兵士はこの悪魔の指揮棒へ、三日、三晩かけて登った。悪魔の山からは陰になって見えない、ほとんど垂直の壁を登ったのである。

一九一五年七月の半ばであった。

鳥羽重造はそこまで話をして言葉を切って、鳥羽家の人たちの顔を見た。どの顔も熱心だったが、その中でも、豊と博とマリアは特に緊張した顔で聞いていた。

重造は話をつづけた。

ジュセッペ・ルイジイネ曹長は悪魔の指揮棒の頂上に陣地を作った。固い岩を掘ることも割ることもできないから、ザイルで下から吊り上げたコンクリートと、鉄板で、弾丸除けを作ったのである。チロル猟兵が黙っている筈がなかった。ルイジイネ曹長以下四人の兵士は弾丸のなかで陣地を構築したのである。陣地ができたが、彼等が身を横たえる余地はそこにはないから、ザイルで十数メートルおりたところの岩棚で起居することになった。戦いの準備ができ上ると曹長以下四名の兵士は交替で頂上に上った。そして悪魔の山の頂にある一箇小隊のチロル猟兵の狙撃を始めたのである。

曹長以下四人の兵士は射撃の名人ばかりであった。悪魔の指揮棒の頂上で一発銃声が鳴ると、オーストリア山岳兵は必ず一名死んだ。曹長以下四名が悪魔の指揮棒に登ってから一週間のうちに、オーストリア側は五名の戦死者と二名の負傷者を出した。

オーストリア側は、悪魔の指揮棒に拠っている曹長以下四名の兵士の存在を重視した。彼等がそこにいる限り、悪魔の山の一箇小隊は釘づけされたも同然なことになり、本来の監視と攻撃の任務が果されなくなったのである。

その後、オーストリア軍は多数の山岳兵を投入して、悪魔の指揮棒の隣りの山を占領した。その頂からは、悪魔の指揮棒の頂への登攀路が見えた。

ルイジイネ曹長以下四人の行動は制約された。日中、少しでも動くと弾丸が飛んで来た。五人は岩棚の奥にひっこんで一日中じっとしていなければならなかった。

友軍との連絡も困難になった。

友軍からは脱出するように命令があったが、岩壁を伝っておりるザイルが敵の砲弾にやられて使えなくなっていた。

敵は、夜間の救出を予測して、昼の間に岩棚周辺の岩壁登攀ルートに狙いをつけて置いて、ほとんど間断なしに機関銃の弾を打ちこんで来た。

食糧と水がとぼしくなった。あとは白旗をかかげて降伏するしか手はなかった。が、ルイジイネ曹長は頑張っていた。

二、三日は岩棚は死んだように静かであった。この勇敢なるアルピニ兵たちはもしかすると、全員死にたえたかのように見えた。ルイジイネ曹長が悪魔の指揮棒の頂を占領してから二十日経っていた。

オーストリア軍は更に大部隊をこの方面に廻し、イタリア軍も大部隊を投入して、悪魔の指揮棒に拠っている五人を救おうとした。この方面が山岳戦の中心になった。イタリア軍はこの機会を狙って、敵の重要拠点、悪魔の山を孤立させようという作戦を立てた。

「一九一五年八月十六日、それはアルピニ部隊の戦史を飾るにふさわしいような晴れた日であった。突如として、アルピニ部隊は、悪魔の山の包囲攻撃を始めたのである」

鳥羽重造は地図上の悪魔の山の麓にゆびを指して言った。

充分に兵備を備えた上での攻撃であった。オーストリア軍が悪魔の指揮棒にいるルイジイネ曹長以下四人の兵士に気を取られている間に、イタリア軍のアルピニ部隊に包囲されたのである。悪魔の山の頂にいたチロル猟兵の指揮官の少尉は、退路を断たれることを心配した。彼は頂上に立って部下を指揮した。隣りの悪魔の指揮棒にいるルイジイネ曹長以下四名のアルピニ兵のことを忘れたのではなく、問題にしなかったのである。もはや死んだものと思っていたかも知れない。

ルイジイネ曹長以下四人はこの機会を逃さなかった。五人は岩棚から出て頂上を目ざして登っていた。敵の狙撃兵に五人のうち二人は撃たれたが、三人は頂上に着いた。そしてそこから悪魔の山の頂上にいる敵の指揮官の少尉を狙撃したのである。

指揮官以下二人が死んだのを見て、悪魔の山の頂にいたチロル猟兵たちは混乱した。彼等は、悪魔の山を棄てて退却した。

「戦いはイタリアアルピニ部隊の勝利に終ったが、ルイジイネ曹長以下四人の兵士はひとりも帰還しなかった。アルピニ兵がザイルを使って、悪魔の指揮棒の頂に行って見ると、ルイジイネ以下二人の兵士は敵弾に当って死んでいた。敵弾に当っても岩から落ちないように、彼等の身体は、ザイルで岩に固定されていたのである。いかにも山岳兵らしい死に方ではないか。悪魔の山がイタリア軍のものになったことは、この山岳戦において非常に重大な意味がある。オーストリア軍は一九一七年十月（大正六年）までこのドロミテ山塊を越えることはできなかったのである」

重造は長い演説を終った。

「でも、結局はオーストリア軍はイタリア軍を打ち破ってイタリア領内に入ったのでしょう」

律子が口を出した。

「そうだ。一九一七年十月の末、オーストリアの大軍団はドロミテのカポレット山の要塞を抜いてイタリアに侵入した」

重造が言った。

「すると、やはり、オーストリアの山岳兵の方がイタリアの山岳兵より強かったということでしょう」

律子はどうだと言わぬばかりに口をつき出した。

「そうとは一概には言えないな。そのようになったのは、ほかに原因がある。イタリア陸軍とオーストリア陸軍との兵力の比較になってくる」

「お父様、イタリアの兵隊は、世界中で一番弱いっていうのはほんとうなの、第一次世界大戦でも第二次世界大戦でもそう言われていたのじゃなくって。日本だってイタ公っていっていたでしょう」

律子はあきらかにマリアを意識して言った。マリアが下を向いた。

重造の顔に明らかに怒りが浮き上った。

「律子、なぜお前はそのようなひねくれたものの言い方をするのだ。おれは、いかにイタリアのアルピニ兵が勇敢であるかを史実に照らして話したところだ。お前はそれを聞いていなかったのか。聞いていたら、そんな言葉が出るはずがない。不愉快だぞ、そういういい方は。全く不愉快だ」

「不愉快ですか。それなら失礼させていただきます」

律子がさっと席を立った。あさがその後を追ったが、律子は引きかえしはしなかった。恵美がこまった顔をした。立とうかどうしようかと迷っているのを見てはなが言った。

「恵美はいいのよ。お母さんは風邪気味だからご機嫌が悪いのさ」

恵美ははなと重造の顔をちょっと見て、すぐうつむいて考えこんだ。

そのあと、しばらくは白々しい空気が流れた。重造のドロミテ山岳戦は恵美が聞いても面白かった。そのあとで母の律子がなぜあんなことを言ったのだろうかと恵美は考える。恵美は十六である。大人の気持が分らないのではない。

（母があんなことを言ったのは、今夜の主賓がマリアさんになってしまったからだ。それでもみんながよければいいのに、なぜ母は、おじいちゃんを怒らせてしまったのかしら）

恵美は顔を上げて、

「おじいちゃんごめんなさい」

そして、隣りにいるマリアには、低い低い声で、

「ごめんなさいね」

と言った。

マリアはそのとき涙ぐんでいた。別に彼女がいじめられたのでも軽蔑されたのでもないのに、彼女は悲しかった。大きな声を上げて泣きたかった。なぜそうなったのか彼女には分らなかった。マリアが父のフェデリコから聞いた話よりもずっとくわしいことを重造が話してくれたことで胸がいっぱいになったのかもしれない。

（いえいえそうではない。あのこわいおじいちゃんが、ほんとうはこわいおじいちゃんではなく、マリアのことをこの鳥羽家の人たちと同じように思っていてくれたことが分ったので、このように泣けるのかもしれない）

マリアはそこにどうしてもいたたまれなくなった。彼女はハンカチを顔に当てて立上った。聞えるか聞えないほどの声で、お先に失礼しますと言った。

マリアのあとから、豊と博がすぐ追って来た。兄弟はマリアの部屋の前でほとんど同時に言った。

「叔母さんのいうことなんか気にするなよ。泣くことなんかちっともないんだぜ」

「いいのよ、マリアは一人でいたいのよ。そういうときだってあるでしょう。ね、お兄さんたちは下へ行ってパーティーをつづけて、ね、おねがい」

しかし、豊も博も階下へは行かなかった。二人は顔を見合わせてから、肩を落して、それぞれの部屋へ入っていった。


クリスマスイヴニングの翌日は冷たい雨が降っていた。あさは、ゆうべのパーティーが、なぜあんなふうにへんにこじれたのかを考えながらあと片づけをしていた。

結局は律子が妙なことを言って、重造を怒らせてしまったからいけないのだ。律子という女はなぜ、ああなんだろう、マリアのことになると、なんであんなにむきになって抵抗しようとするのだろう。なにも、マリアを眼の仇にすることはないのに。

十時を過ぎて後片づけが終って、さて、お茶でも入れてひと休みしようと思っているとベルが鳴った。

大西光明が玄関に立っていた。

「はやばやと失礼だとは思いましたが、急な用ができましたので伺いました」

「なにか主人が？」

「そうじゃあないんです。実はマリアさんのことで――」

そうですか、とにかくどうぞと応接間に通してお茶を入れに立とうとすると、大西はそれを制して、

「急ぎますからお茶は結構です。結論から申し上げますと、マリアさんをテレビに出演させていただきたいのです」

「いきなり、どういうことなんです」

あさは大西の眼を油断なく見ながら訊いた。

「実はこのあいだの夜、蓮沼美華先生に、マリアさんの歌を聞いて貰ったんです」

「そのことはマリアから聞いて知っています」

「そのとき歌謡曲の歌手になれるかどうかを見て貰ったんです。マリアさんには天与の才能があるし、既に基礎は出来ているから売込むなら今だと蓮沼先生が言われるのです。そのときのマリアさんのテープレコードと、写真を持って、関係方面に当って見たところが、是非使って見たいというところが出て来たんです。やるとすれば新年がいいということになりました。マリアさんに振袖を着せて歌わせるんです。受けること間違いなしという見込みです」

大西はあさの顔が険悪になったのを見て、そこで言葉を切った。

「ただし、マリアの出演する番組は大西商事株式会社のコマーシャルに限る——そうでしょう」

「ご賢察のとおりです」

「おことわりいたします。マリアをテレビになぞ出したらあの子の将来は台なしになります。あの子は私の娘です。私がいいように育てますから、あの子に関するかぎり、いっさい口出しをしていただきたくございません」

あさはぴしゃりと言った。

「立派ですな……」

大西光明の顔が一瞬引き締った。マリアをイタリアから呼びよせる費用から、音楽教育の費用まで会社が出してやっているのだぞという腹の中を、一度は眼の奥に浮ばせたが、大西は、それ以上はおしつけずに、

「とにかく考えて置いていただけませんか。それからこの話とは別に私からマリアさんに正月用の振袖をプレゼントいたします。あとでデパートから届けますから受取って下さい」

大西はそれだけ言うと風のように出ていった。

# 5

鳥羽省造は前穂高岳北尾根に眼をやっていた。前穂高岳の頂上から発して、北に向って延びてゆくその尾根は八つの峰《ピーク》によって形成されている。前穂高岳頂上にもっとも近い岩峰から第一、第二と名前がつけられ、その番号の順序に、まるで、年子《としご》を整列させたように、背を低くして行って、第八峰までつづき、第八峰の次の最低鞍部《コル》をへだてて屏風《びょうぶ》岩のいただきに続くのである。この前穂高岳北尾根の優美な景観はしばしば、山岳写真家のカメラにおさめられていて、四季それぞれの風物を画面の一部に按配することによって、北アルプスの中心穂高岳をもっとも象徴的に表わすのにもってこいの山であった。

鳥羽省造はそういう写真を何枚か見た。彼自身も撮ったことがある。若かりしころは、いま彼が坐っているあたりで、その北尾根に向って呼び掛けたものである。

「ここは北尾根を眺めるために設けられた特等席だ」

鳥羽省造はひとりごとを言った。

微風が涸沢《からさわ》の圏谷《カール》から吹き上って来て、彼の声をうしろに運ぶ。うしろには誰もいない。ナナカマドの白い花が咲いているだけである。

鳥羽省造は、彼と並んで腰をおろしている豊と博とマリアに、ここで前穂高岳北尾根についての説明をはじめようと思ったがやめた。無駄なことだ。彼等はそれぞれの名称についてはガイドブックを読んで知っているから別にいまさらいうことはない。あとは黙って見詰めていて、それぞれが胸の中にこの一瞬をきざみこめばいいのである。

省造はずっと下に見える涸沢のテント場に眼をやった。赤、緑、黄、青など極彩色のテントが百か二百はあるだろう、そのテント場付近は夜はうるさいけれど、今ごろはテントキーパーを残して、ほとんどの人は、ここから見える範囲の山へ登っているであろう。

省造は涸沢のテント場から眼を上げる。白い雪渓を一列縦隊になって登っていく、幾つかのパーティーが見えた。そして省造は雪渓の上の尾根にもう一度眼をやるのである。尾根は全体としてみどり一色に見えた。その上には紺青の空、省造ははてなという顔をした。北尾根が、こんなに深い緑を感じさせることはめったにない。だいたい北アルプスの山々は、二千数百メートル以上になると、緑というよりも黒に近い感じを持って見られるのが当り前であるのに、いまは、空の色と対照的にはっきりと、緑色を浮ばせている。多分それは、朝であるというほかに特別な条件が揃ったのだろう。朝の光が、山々を覆う、ハイマツやナナカマドやその他の高山植物の葉の裏にまで緑を求めて浸透していくから、このようにすばらしいみどりの山を見せるのだろう。

省造は再び眼を下にやった。大西光明と彼のパートナーが姿を現わした。

大西光明と彼の同伴者の波津子は、ちょっとしたガラ場（岩石の累積している斜面。ガレ場ともいう）を踏み越えたところで呼吸《いき》を整えていた。

大西光明も波津子も手ぶらである。手ぶらで、省造たちと一緒に涸沢山荘を出たのだが、途中で遅れてしまったのである。もともと、彼等二人は、東稜《とうりょう》まで行こうというのではなく、北穂沢の雪渓に足を踏み入れて見たいといって、一行のあとをついて来て、とうとうそこまで来てしまったのである。これから上へは登るつもりがないことは明らかだった。

大西光明は、彼の位置より更に数メートル高いところの岩の上に、マリアを中心にして右に豊、左に博と、いつもどおりの並び方で顔を揃えて、楽しそうに話している三人へ眼を止めると、彼等からそう遠くないところで、前穂高岳北尾根へレンズを向けて、しきりにシャッターを切っている、山岳写真家の堀内に向って、

「ぼくはね、山の写真を撮るために、わざわざきみにお出でを願ったのではないんだぜ」

ちらっと、マリアの方を誘うように見て、いまそこに休んでいる三人の姿をカメラにおさめろというふうなそぶりをした。堀内は、ふんとせせら笑うような顔で、それに応えると、どう思ったのか、ガラ場を音を立て、かけ降りていって、大西光明より五、六メートルほど下ったところで、ひとかかえほどもある石に、すがりつくような恰好をしている波津子の写真をたちまち数枚撮った。最後の一枚は、波津子の突き出した偉大なヒップのあたりに焦点を合わせた

ようであった。

「ね、ね、きみ」

「わかっていますよ」

と山岳写真家は、大西光明の相手にならずに、

「まかしといて下さいよ。ここは山だ。山に入ったら、いちいち世話は焼いてもらいたくないね」

それでも写真家は、やはり、スポンサーの大西光明に悪いと思ったのか、大西光明の目ざしている対象物にレンズを向けた。

省造はふと、三年前の正月のことを思い出した。

あのときマリアは十六歳で中学二年、豊と博が高校三年で大学受験の準備中だった。大西光明から振袖が届けられ、それを着飾って、テレビのコマーシャルに出て貰いたいという話にあさが猛烈に反対すると、それでは、マリアの晴着姿でもとカメラマンをさしむけて来た。豊と博まで引き合いに出そうとした。豊と博はそれを嫌った。あれから三年経った。大学生になった豊、博の兄弟はカメラを向けられても別に嫌な顔をしない。しかし、決してそれを望んではいない顔である。

省造は、二十一歳になっても、まだまだどことなく子供っぽい顔をしている双子兄弟と十九歳になると急に娘らしくなって来たマリアとの取り合わせを、大西光明が、相変らず宣伝に使

おうという気持には、けっして同調できなかったが、大西がついて来るというのをことわることもできないし、この山で撮った写真を、ヨーロッパのミラノ支店長の北宮紫郎に送って、向うの新聞に載せるという計画を拒否することもできなかった。

「日本人は忘れっぽいが、西洋人はしつっこいほど前のことを覚えています。日本の商品の市場をヨーロッパで拡張しようというには、ヨーロッパ人のしつっこさに取り入らないといけません。マリアの写真とその記事を向うの新聞に載せるという専務の考えには大賛成です。マリアと双子の兄弟がどのように成長して行くかを新聞に載せることは、大西商事が如何に発展していくかを宣伝するのと同じ効果があるのです」

省造は、四、五年前に、日本に来たミラノ支店長の北宮紫郎が言ったことを思い出した。

だが、もう双子兄弟もマリアも年ごろである。この辺で三人が、大西光明の執拗な追跡宣伝に、反発しだしたら、省造と大西との関係がまずくなる。鳥羽省造はそれを心配していた。双子兄弟とマリアはまだはっきりとそのようなことを口にしてはいないが、あさは、三年前の振袖のときに、大西専務に、

(マリアは私の子です、マリアのことに関して、とやかくさしでがましいことをなさらないで下さい)

とはっきり言った。あさは大西光明を警戒していた。マリアが、大西商事の宣伝に使われることをおそれているのである。あさは、それまで、大西が支払っていたマリアの声楽の先生の

豊島ゆき女史のところのお礼も自分が払うと言ってきかなかった。

「えらい目にあった。とてもあなた方には追いつけませんね」

大西光明は省造のそばに来て腰をおろして、

「こんな苦労して山へ登ってなにが面白いのでしょうね。しかも、あなた方はこれから岩登りをやろうっていうのですから、いよいよもってぼくには分らない」

「登山というものは、それをやる者以外にはその良さは絶対に分らないものです」

省造はやっと追いついた波津子の方に眼をやりながら言った。

「でも登山はいいわ。わたし、なんだか登山のよさが分って来たような気がするわ」

そこで一息ついてから波津子はさらに、

「生れてはじめてでしょう、私こんなところへ来るのは……なにか、月の世界へでも来たように感動しちゃったわ」

おおげさな、と大西光明が波津子の言葉を否定したとき、鳥羽省造が腰を上げた。続いてマリア、そして博、豊が立上って、くるりと山の方へ向った。北穂高岳の頂上あたりに片積雲がひっかかっていた。

鳥羽省造は北穂高岳東稜に向って一歩を踏み出そうとしたときに、身体をやや斜めにして、ハンチングの鍔に手を掛けた恰好で、大西光明に、では……とひとこと挨拶をした。大西光明は、省造の上役であり、会社の専務であった。社長にもしものことがあれば、その後を引き継ぐべき人である。その大西に対する挨拶にしてはいささかぞんざいであったが、そのごつごつした岩ばっかりのその場所では、むしろそのなにげない挨拶が、なんとなくぴったりして、思わず大西も、

「じゃあ気をつけて……」

と声が出るし、波津子の口からも、さよならの声が出るのである。

パーティーが動き出したと見ると、カメラマンの堀内は、器械の入った重いルックザックを背負ってすぐそのあとを追った。

「なにを見ているの、あなたは」

波津子が言った。

「山さ。たくましくて、そして雄大で且つ優美である」

「陳腐な表現よ。山に対しては、私なら男性そのものって言ってやりたいわ。おそらく、あなたにとっては山は女性そのものに見える筈よ。でもあなたが見ているのは人間の女よ。マリアさんを見ているんじゃあないの、あなたの眼は」

「マリアはすばらしい」

「あなたの眼の中には危険な炎がちらちらしているわ。でも、その炎は、マリアさんの前では燃えさからないわ」

「そのときが来れば燃え上るかもしれないぞ」

「双子の兄弟がついているかぎり、不純な炎なんか寄せつけるものですか」

「波津子なら不純な炎を寄せつける。いつでも、どこでも、ここでも？」

「バカよあなたは。あの青い空を見てごらんなさい。不純な炎が燃えるわけ、ないでしょう」

「だがこっちが燃え出したら消して貰わないとこまる」

ふたりは、そこにしばらく立っていたが、省造たちの姿が岩の向うに見えなくなると、登って来た道を、またごそごそと降り始めた。

岩ごろ道から高山植物の花が咲いている道へ入ると、高山蝶が眼につく。波津子はそういうところへ来ると、いちいち、立止っては、なにかいうけれど、大西は、そういうことにはいっこうおかまいなく、波津子が浮き石に乗って、滑って、どっこいしょところんだようなときに、たいへんうれしそうに笑う。

「涸沢の山荘でもう一晩泊るの」

と、テント場がすぐそこに見えて来たときに波津子が訊くと、

「冗談いっちゃあいけない。個室があっても、その個室に五人も六人もつめこむようなところに泊れるものじゃあない。今夜は上高地か、浅間温泉だ。どっちにしても、上高地まで歩くとなると、たいへんなことだな」

大西光明はそう言いながら空を見た。ぽかりぽかりと雲は浮んでいるが天気は悪くなりそうにもない。

大西光明と波津子は、そうたいして重くもないルックザックを背負って涸沢山荘を出た。その小屋の前から登山者は、ほとんど絶え間なく続いていた。下山する者もあるし登山して来る者もある。山では、登って来る方が優先権を認められているから登山者があるたびに道をよけてやらねばならない。それも一人や二人ではなく、次から次と連続している。

「これが山かね。銀座より人通りが多い」

大西光明は、不平を波津子に向って洩らすと、時には、ルックザックを道端におろして、それに腰をおろして登山者をやり過すこともあった。

「山なんかもうごめんだね」

などと言っている大西光明も、屏風岩の北側の大曲りに来たところで、涸沢と穂高岳の方をふりかえった。そこから穂高連峰はよく見えるが、大曲りを廻りこむと眺望は効かなくなるのである。道に立っていると人の邪魔になるから、道から、五、六メートルはなれた、ダケカンバの間から、北穂高岳、奥穂高岳、前穂高岳、そして、それらの山と雪渓の下に拡がる涸沢の圏谷《カール》に眼をやった。ひととおりの景色を眺めてから、彼はルックザックの中から双眼鏡を出して、北穂高岳東稜に向けた。

薄い靄が発生して視野を混濁させているから、東稜にいる筈のマリアの一行は見えない。

「やはりマリアさんのことが気になるのね」

波津子が言った。

女というものはなぜこのように考えるのだろう。今まで、彼がつき合った女のすべてがこうである。ある女は、ウエットないとなみが終った直後に、いまのあなたは、もうほかの女のことを考えているでしょう、と言った。だいたい女というものは、実質的な交渉を持つようになると、とたんに嫉妬深くなる。なにもその女と結婚すると約束したのでなくて、金に見合った遊びをしているだけなのに、いま波津子が言ったようなことをいうのである。大西光明の心の中に寒い風が吹くのはその瞬間である。

（あ、この女も……）

そう思ったときに、彼の心は、また新しい女を探す気持に変っているのである。大西は女性を軽蔑しているのでも嫌っているのでも、生れながらの蕩児でもない。彼もまた人並の結婚をし、家庭を持ち子供を持ちたいと思っている。だが、女の、そのおそるべき嫉妬を思うと、結婚する気になれないのである。結婚したいと思うような女が現われないのである。

「ねえ、マリアさんのことを考えていたでしょう、そうでしょう。そうに違いないわ」

「ばかもの」

大西光明は波津子を怒鳴りつけた。マリアを傷つけられたような気持だった。ひどく腹が立った。そんなふうに腹を立てた自分が、不思議なくらい、そのときだけ、純粋な人間に思われた。

長い年月の間、風化にさらされた岩石は暗い灰色をしている。その岩石に覆われた山肌には、まったく潤いは感じられない。大小無数の岩石が重なり合ったこういうガラ場に来ると、省造は立止ってまわりを見廻す。人が歩いた跡がなんとなく白っぽく残っている。

ガラ場の急勾配を登りつめて東稜の稜線に出ると、ぽかっと前に空間が拡がって、びっくりするほど近くに槍ヶ岳が見えた。槍ヶ岳を頂点として右手に延々とつながる東鎌尾根がはっきり見える。

マリアと豊と博が同時に声を上げた。

懐しい山である。東鎌尾根を通って槍ヶ岳へ登ったのは六年前である。あのときの感激は、今も三人の胸の中に、そのまま残っている。

前穂高岳北尾根の方を見ると、尾根のはるかかなたの雲海上に富士山が見えていた。

「さあ、これからはいままでのようにいかないから、気をつけて歩けよ。自分のことは自分で責任を持つようにな」

省造は三人にそれだけ言っただけである。この先がどうなっているか、どういう点に注意したらいいかくどくどとは言わない。自ら経験させた方がいいからである。尾根は瘠せて来て、足場が悪くなる。ただ歩くというわけにはいかず、両手を使って岩に登ったり降りたりまたいだり、というような動作がつづく。

大きな平板な石の端に登るとその石がぐらっと傾くことがある。そんなとき、誰かが大声を

上げると、省造は、

「石を動かさないように歩かねばならない。名ガイドの上条嘉門次は、岩場を歩くときには猫のように歩けと言った。どういうふうに歩いたら猫のように歩けるかは、自分で歩いて研究するしかない。いいかね、ぼんやり歩かずに、どうしたら上手に歩けるか、それだけを考えて歩くのだな……」

岩はいまにも崩れそうに累積している。足をちょっとでもかけたら、がらがらと音を立て崩れ落ちそうに見えるけれど、歩いて見ると、岩と岩とは、案外密着していて、そう簡単には動き出しそうもない。それは、長い年月の間に、岩そのものが、重力の支配のもとに、もっとも安定した位置に落ちつこうとしているからなのだ。

岩ばっかりだと思うと、岩と岩の間にハイマツの一叢《ひとむら》があったり、日当りのいい斜面には、びっくりするほど美しい高山植物の集団があったりする。風が涼しい。

カメラマンの堀内大五郎は、四人の前を行ったり、来たりして写真を撮っていたが、稜線に出たころからぷいと姿をかくしてしまった。

「どうしたんだろう、あの人は」

省造は、少々気になったが、堀内大五郎の歩き方を見てかなりの山の経験者と見たので放って置いた。

「あらっ、あんなところに……」

マリアはなにか新発見でもしたような声を上げた。

マリアのゆびさす方向に、みんなの視線が集中した。稜線の行く先をさえぎるようにぴょこんと聳え立っている岩峰があった。ひょいと見た眼には垂直に見える。高さは二十メートルほどもあるだろうか。その岩峰の中腹に、堀内大五郎が、ぶら下るような恰好をしていた。

「なるほど……」

省造は、うなずいた。山岳写真家と言われるだけあって、やることが違うなと思った。

堀内大五郎は、省造たち親子が、その岩峰で、岩登りの練習をやるものと予測して、その準備をしているに違いない。省造はそう思った。ぶら下っているように見えるのは、堀内が、岩壁にハーケンを打ち、それにカラビナをつけ、カラビナにザイルを通して、そのザイルの端を彼の腰につけて、岩壁の中腹をあっちこっちと移動しているところであった。

「さて、一休みだ」

省造は、その尖峰の下まで来ると、その岩をちょっと見上げただけで、その場にルックザックをおろした。

「岩登りにかかる前には、その岩としばらく話し合わないといけない。いきなり登っちゃあいけない。つまり、登る前にその岩の性質をよく見て置くことだな。もろい岩か、どこにこぶがあるか、どこに手懸りがあるか、どこに岩溝があるか、……つまり観察して置くことが必要なんだ」

省造は、そんなことを言いながら、ルックザックからレモンを一つ出して、角笛の飾りのついた登山ナイフの刃をパチンと音を立てて出して、レモンを四つに切ると、手の平に載せて子供たちの前に出した。博が真先に手を出した。

最後に残った一片を取った省造は、そのレモンの、皮の両端に、おやゆびと、人さしゆびを当てて、口に持っていってレモンの汁を口の中にしぼりこんだ。そのときはもう博も豊も、レモンを口の中に頬ばっていたが、マリアは、澄んだ眼で省造のやり方を、はじめから最後まで見ていて、省造のやったとおりにした。ただ省造のように大きな口を開けないで、レモンの汁を、彼女の唇ですすりこむようにした。

「お父さん、レモンはそうやって食べるものですか」

博が訊いた。

「食べる? いや、汁だけをすするのだ。ほんとうはどうやったっていいのを、おれはマリアのお父さんのやり方を真似ているだけだよ。彼はレモンの吸い方が実に上手だった。優秀な登攀家というものは、レモン一つ吸うにも、どこか垢抜けがしている。身も心も、スマートでないと、立派なクライマーにはなれないのだ」

省造は、皮だけになったレモンを石の下にかくした。マリアがすぐそのとおりにした。

省造は、なにもかも省造のやるとおりにしているマリアの眼の中に、マリアの山への強烈な憧憬《あこがれ》を見て取った。

（マリアを山につれて来たことが、果してマリアの将来のためによかったのだろうか）

省造はそれを考えながら立上った。

「岩登りにかかる前に、ザイルの結び方からはじめよう。この岩はたいした岩ではないから、まず二人でパーティーを組んで、登り降りの練習をやり、そのつぎに三人でザイルを組む練習をやろう。お父さんとマリアが第一パーティー、豊と博が第二パーティーだ」

省造はルックザックから出したザイルを使って、ザイルの結び方の基礎をやって見せてから、子供たちにやらせた。

三人は、手ぎわよくそれをこなして見せた。

「お前たち練習したな」

省造は笑った。実は、こんどの山行を前にして、日曜日の午後、鳥羽家の庭で、省造は三人にザイルの使い方の基礎を教えて置いたのである。三人は、その後、彼等だけで何回か練習していた。

「よし、それでは、二重ブーリンをやって見ろ」

二重ブーリンという山言葉はもともとは海軍用語の二重ボーライン結びというのが、二重ブーリンとなまって使われるようになったものである。腰にザイルを巻き、更に腰から斜めに肩にかける結び方である。このザイルの取り方は登山家たちの間では男性よりも女性に多く用いられている。もし、腰結びだけだったとしたら墜落事故が起った場合、その腰のザイルが引張り上げられて、両方の乳房を損傷するおそれがあるからである。

「実際には、ザイルを腰に巻くかわりに登攀用補助バンドを結んで、それにカラビナをつけ、ザイルを通せばいいし、最近はパラシュート型補助バンドが市販されているから、こういう結び方をしないでよくなった。だが、一応、基礎だけは教えて置く」

省造は子供たちに説明しながら、マリアの身体にザイルを結びつけていった。マリアの腰にしっかりと巻きつけられたザイルは、腰の結び目を基点として斜めに肩に延びる。省造はザイルを取り終ったところでマリアの肩に手を置いて言った。

「岩にかじりついてはいけないよマリア。手と靴の先が完全に岩にかかってさえいたら、身体はなるべく岩からはなした方が安定がよくなる」

マリアは大きく頷いた。

省造は、いま彼とザイルを結んだマリアの姿を、頭からつま先までもう一度眺めた。彼女がかぶっている青色のベレー帽はあさがこしらえたものだ。その薄青いベレーの色が、上気したように輝くマリアの顔によく似合う。

マリアの鼻は高すぎる鼻ではないし、その眼も大き過ぎはしない。いくらか下ぶくれたマリアの顔には、西洋人の、あのつんけんしたけわしさがない。どことなくやさしい、なごやかな線で整えられているマリアの顔は、日本で育ったイタリア人、いや、それは明らかに、黒髪をした日本の娘の顔である。

省造はマリアの胸に眼をやる。省造はマリアの父だと思っている。その父である彼が、このごろはマリアの成長した胸を見て、はっと眼をそらすことがある。

ザイルは、マリアの、ふくよかな胸の隆起をさけて、腰から肩に走っているが、ザイルが彼女の着ている臙脂《えんじ》色のセーターを押えつけているから、ことさら彼女のそれは立派に見えるのである。

マリアは、今日の山行のために、わざわざ注文してこしらえた紺色のニッカズボンを穿き白のストッキングをつけていた。マリアの足は長いから、そういう恰好をすれば、すこぶる瀟洒《しょうしゃ》である。

(マリアはほんとうにスマートだわ。どんな女が現われたって、うちのマリアにはかなわないわ)

あさが登山姿をしたマリアが家を出るときに言ったことばが思い出された。

あさがそう言ったのは、ほんとうだった。マリアの登山姿はいたるところで人目を引いた。上高地に入っても涸沢に入っても、登山者の眼は、マリアにうるさくつきまとった。マリアの登山姿は、一言にして言えば完備されていた。

省造は一六七センチ、マリアも一六七センチ、双子の兄弟が一七五センチ、四人は、岩峰の下に並んで立った。

省造が岩登りの見本を示した。

岩のつかみ方、岩の上の移動のし方、体重の掛け方などを説明してから登り出した。省造の腰のザイルが十分に延びたところで、

「マリア登ってお出で」

とマリアに呼びかけてから、登ってお出では、よくないなと思った。

マリアは、岩に手を掛けた。省造のやったとおりに、岩の固さでもためすように岩にかけた手を前後に動かしてから登攀をはじめた。

最初、五、六メートルはもたついたが、そのころから手がよく伸びた。足もよく伸びる。生れてはじめて、岩に取りついたのに、岩を全然意識しないようであった。省造とマリアを結んだザイルはどんどん縮まっていく。

省造の胸の中になにか熱いものがこみ上げて来そうだった。イタリアのドロミテで死んだマリアの父親のフェデリコ・ルイジイネが生きていて、マリアのこの姿を見たらなんというだろうか。

マリアは一気に距離をつめて、省造と並んだ。

「マリア、その調子がいい、なにもいうことがない。いうことがあるとすれば、お前は、岩を怖がらな過ぎる」

「だってお父さん、岩なんて怖くないもの」

マリアは意外だという顔をした。

「いいんだ。怖くないほうがいいけれど、けっして岩をばかにしてはいけないよ」

「はい」

マリアはつぶらな眼を向けて省造に答えた。マリアの眼は青い眼でも茶色の眼でも緑の眼でもない。その三つの色を混ぜて薄めたような神秘的な色をしている。はいと素直に答えるマリアに、省造は父として、次になにをいうべきかを考えた。

豊と博のパーティーの登攀練習が始まると、省造は、岩根に立って激しい声で指導する。

「握り《ホールド》が甘い。岩は握るつもりで握るんじゃあなくて、押えるように握れ、そうしないと岩がぽこりとはがれることがある」

「靴の先をいっぱいに掛けろ、……だめだ、だめだ、足を曲げちゃあいけない、足を突張るんだ」

「そのままの姿勢で、岩をつき放せるだけつき放して見ろ。身体の線が、重力の方向にぴったり合ったときが、もっとも安全に岩壁に立ったことになる」

「ザイルのたぐり寄せ方に油断があるぞ。相手がいつスリップしても、とっさに引き止められるだけの心構えが必要だ」

省造は息子たちに声をからして怒鳴っていた。学生時代にかえったような気持だった。豊と博が省造のところまで登って来ると、今度は岩をおりる練習である。省造は岩にハーケンを打ちつけ、それに補助ザイルを輪にしてかけ、ザイルを通した。省造は延ばしたザイルをまたいで、そのザイルを内股に掛け更に肩に担ぐようにして、両手でザイルを繰り出すようにしながら岩壁をおりて見せた。懸垂下降《けんすい》のごく一般的な方法である。

まず最初はマリアである。マリアの次が博、そして豊と練習はつづけられて行った。カメラマンの堀内大五郎がひょいっと顔を出して、

「三人がザイルを組んで練習するのは午後ですかね」

と省造に訊いた。

「さあ、午後になるか、明日になるか、とにかく休暇は一週間ありますから、そのうちには、三人がパーティーを組むこともあるでしょう」

「そうですか、そういうことなら、ぼくは、それまで昼寝をしていますから」

堀内大五郎は、せっかく撮影の用意をしたのに、思うようなポーズが、いくら待っても得られないので、あきらめて岩壁の下へおりて行った。

「三人でパーティーを組むとなると、私は、何番目をやることになるのかしら」

一息入れたところでマリアが言った。

「きまっているじゃあないか、ぼくか兄さんが、トップとラストをやり、ミッテルはマリアだ」

博はロッククライミングの本に書いてあったとおりのことを言った。

「お前たち三人でパーティーを組むということになればそうなるな」

省造は三人に言ってから、三人がこの一週間の岩登りの初歩練習だけでは満足できなくなって、本格的な岩登りをやり始めたらどうしようかと思った。

省造自身が本格的な岩登りをやったのに、子供たちが、そうなるのを不安に思ったのはなぜだろうか。省造は四十六歳という年齢をふりかえった。

大西商事株式会社の専務取締役大西光明は高いところが好きである。

戦後になって大西商事が三度目に引越したところは十八階ビルの十三階であった。そこからは一望のもとに東京が見えた。

大西光明はオフィスを変更すると同時に、会社の陣容もかなり大幅に変えた。海外支店で支店長が変らないのはミラノ支店長北宮紫郎だけであった。

大西光明の出勤時間は正確であった。彼は九時には、専務室の椅子に坐って、硝子窓を通して、混濁した東京の朝と十分間にかぎって対面する。その間に、誰が来ても、そっちを向かないし、返事もしない。その十分間が、大西光明のもっとも内面的な横顔を見せるときであって、その時が過ぎると、次々と社員を呼びつけ、資料の説明を求め、それを批判し、指示を与え、時には大きな声を出すこともある。時間経過と共に多忙になり、専務室を出て、隣りの応接室か、もう一つ隣りの会議室にいる時間の方が多くなるのである。

大西光明の九時から九時十分までの沈黙の時間については秘書もよく知っているし、社員もよく知っているから、この時間は誰も専務室には入って来ない。

大西光明は、その煙たい朝の表情が好きであった。東京は、一年中を通じて、広義のスモッグに覆われている。いちがいにスモッグと言っても、ほんとうは幾層にもなっていて、そのスモッグの層がくっついたり離れたり、高くなったり、或いは低くなったりするのである。大風の吹いた翌朝など、こんな東京があったかと思うほど、空が澄んで彼の居室から富士山が見えることもあるかと思うと、秋の夕刻など、今にも窒息しそうなほど濃い霧に覆われることもある。

大西光明はスモッグによって代表される東京の朝の表情の中に東京という生きものの、その日の心の動きを察知することがある。それは、名将武田信玄と上杉政虎(謙信)とが、夕べに発生した羽衣状の靄を見て、翌朝川中島一帯に濃霧が発生することを察知したという故事とどこか似かよったところがあった。

大西光明は、その幾重にも積み重なったスモッグの中にうごめく大東京の朝の表情をじっと見ていると、その日、彼がなすべき仕事と関連したなにかのヒントを摑むことがあった。スモッグの中に陰影を感じたとき、ふと会社内に存在する翳《かげり》がなんであるかに思い当ったり、スモッグの下を泳ぎ廻るおびただしい自動車の群を眺めたとき、海を想像し、彼の会社で取扱っている海産物の輸出入をもう少し強化すべきであることに気がついたりするのである。しかし、この朝のたった十分間の彼のまなざしをよく見ると、それは、決して、そのような功利的なものだけではなく、時には、ひどく悲しげな眼をしたり、時には詠嘆的な眼で、スモッグの東京を眺めていることもあった。

「専務、総務部長がお待ちでございます」

秘書の声が、大西光明のずっとうしろの方で流れる。正確にいうと、その時刻は九時十一分であった。

「なんだね、朝っぱらから」

大西光明は総務部長の顔をじろりと見て言った。総務部長の米山は、大西の眼に会うと、いそいで視線を下におとす。

(気の弱い男だ。この男はたった一度も、おれの眼をまともに見たことはない。自分の身を守ることがせいいっぱいで、絶対に自分の枠を越えることはできない男なのだ)

「社員が大西専務の写真が新聞に載っていたと言って持って来ましたので」

米山は四つに折って来たスポーツ紙を、大西光明の前でひろげた。

その頁は山の写真で埋まっていた。米山のゆびが一箇所をさす。

偉大な尻をこっちに向けて岩にかじりついている女の写真がある。

その近くに這松をバックにして大西光明が立っていた。ピントは女の尻に合わせてあるから、大西光明はなんとなくぼやけている。単なる傍観者とも、その女の同伴者ともつかない、言わば責任のない眼を女に投げかけている大西光明の姿は、恰好だけは一流の登山家に見える。

「確かにこれはおれで、これは……」

と、岩にかじりついている女の名前を波津子と呼ぼうとして止めた。その上の写真が眼に止ったからである。

豊と博の双子兄弟とマリアが同じザイルにつながってロッククライミングをやっているところの写真である。

そのうちで、もっとも注意を牽く写真は、マリアが、肩がらみにザイルを担いで、岩壁を滑落していく博を、引き止めようとしている場面であった。マリアの真剣な顔、滑落していく博の周囲にはね上っている小石と砂ぼこり、マリアより一段高いところで、そのアクシデントを心配そうに見守っている豊の顔、カメラはこのすさまじい一瞬の若者たちの表情を、現実的にとらえていた。

(こんな事故が、あのあとで起ったのかな)

とふと思ったが、すぐ、それは滑落訓練中のひとこまであることに気がついた大西は、非常に不機嫌な顔で、その新聞の全般に眼をやり、撮影者の名を確かめると、

「堀内大五郎から、なんらかの挨拶があったのか」

と米山に訊いた。

「ございません」

「では、これを見て、おれに報告する前に堀内大五郎に抗議したろうな」

「……」

「どうしたというのだ。堀内大五郎は大西商事が雇って、山へ連れていったのだ。うちが金を出してやった仕事の結果が、うちになんの挨拶もなくスポーツ紙に発表されるということはどういうことなのだ」

「すみません」

「きみが謝っても、どうにもならん。いったい君は、この堀内大五郎と、どのような契約を結んだのだ。たとえ一週間の山行でも、ちゃんと契約はしたのだろう。その契約書を見せろ」

「それが……」

米山総務部長は頭を下げたままだった。

「契約書を取ってはないとしても、口約束はしてあったろう。旅費、日当いっさいをこっち持ちで、あのミラノへ送った写真は……」

「三枚で十万円です」

「一週間の旅費その他を加えると二十万円の支出だ。撮った写真の掲載については、ちゃんとした取りきめがあっていい筈だ」

「今回山で撮った写真は海外ではいっさい発表しないという約束でした」

米山総務部長はようやく顔を上げた。

「そんなことは当り前だ。そのほかにあるだろう、日本で発表する場合は、事前に了解を得るとかなんとか」

「ヨーロッパの新聞に発表することだけしか考えておりませんでしたので」

米山総務部長はいよいよ恐縮した。

「それでミラノへ送った写真の中には、この中の写真があるのか」

大西光明はやりきれないという顔で言った。

「一枚もございません。ミラノへ送った写真は双子兄弟とマリアの三人が岩の上に並んで腰かけている写真と、立っているのと、そして、ザイルで身体を結び合って岩を登っていくところです。その三枚の写真は、いずれもマリアを中心に撮《うつ》してあります。たいへんすばらしい写真でした」

なにがたいへんすばらしい写真だ。それこそ平凡きわまる写真じゃあないかと、大西光明は怒鳴ってやりたかったが、それをこらえて、

「きみが選んだのだね」

さようでございますと米山は頭を下げた。その写真を選んだことで、大西専務の機嫌がいくらか直ったとでも思っているらしかった。

「すんだことをとやかく言ってもしようがないことだ、いますぐ堀内大五郎に電話をかけてくれ、彼と直接話したい」

「専務が直接に彼と……」

米山はどうやら大西専務は、米山の落度を許しているのではなく、新たに堀内大五郎と、あの一連の写真について交渉を開始するつもりだなと思った。

米山総務部長は、しばらくお待ち下さい、堀内大五郎に連絡をつけてまいりますと言って部屋を出て行った。

「ばかな奴だ」

と大西は秘書に聞かれない程度につぶやいた。

(灯台もと暗しとはこういうことだ。この春の人事異動で、当然整理すべき米山を、そのままにして置いたのがいけなかったのだ)

大西光明は窓の外に眼をやった。秋の訪れを示すような濃いスモッグは、日が高く上っても視界からはなれようとはしない。

「だがスモッグも、あと二時間か三時間だ」

大西専務は彼の机にもどって書類に眼を通そうとした。

「堀内大五郎様からお電話でございます」

秘書が言った。

「だいぶ、おかんむりのようですね」

開口一番、堀内大五郎はそう言って笑った。大西光明はそれを嘲笑と聞いた。

「契約してないことだから、あのときの写真をきみがどう使おうがきみの勝手さ。おれは、そんなことで怒っているのではない」

　ほほう、と受話器の向うで茶化すような尻上りの声が聞えて、

「ではいったいなにを怒っているのですかね、専務」

「怒っているのではない。スポーツ紙に載ったあの滑落の場面の写真を買わなかったことを悔いているのだ」

「欲しいならお譲りしましょう。でも、少々値が張りますよ」

「一枚二枚では面倒だ、あの一週間の間に撮影したネガ全部をそっくり買おうじゃあないか」

「百万円いただきましょう」

「なんだって？」

「別に驚くことはないでしょう、山岳写真家の第一人者堀内大五郎のネガ、二十本分を百万円でさし上げようっていうんですよ」

「この話は止めよう。一万円でもことわる」

　大西光明は電話を切ろうとした。

「ちょっと待って下さい。大西専務、そう短気を起さないほうがいいですよ。あの写真をスポーツ紙で見て、二、三問合わせがありました。あの写真を広告に使いたいっていう話がね。ハンサムな双子兄弟とビーナスの取り合わせですよ」

　それには応えず大西光明は今度こそほんとうに電話を切った。

堀内大五郎が言ったビーナスという言葉だけが頭に残った。

山口広告部長がやって来た。

「専務、十時半から会議です」

「分っている」

大西光明は山口広告部長と並んで、一度廊下に出てから会議室に入った。関係者が十人ほど並んで坐っている。

大西光明の眼の前に、広告の原案が刷りこんだコピーが置いてある。

「読み上げましょうか」

と山口広告部長は眼鏡を光らせて言った。

「読まないでも、眺めればわかる」

大西光明は、ざっと見て、

「相もかわらぬ広告企画だな、世界の大西商事、世界の大西商事と、やたらに世界ばっかり出したがる。この広告文から世界を取ったらあとになにが残る。こんなのを、一日に何回もテレビで見せつけられるお客様のうんざりした気持を考えたことがあるのかね」

へんだなあという顔で、山口広告部長は大西専務の顔を見ていたが、

「世界ということばと大西商事とを、あらゆる形容語、修飾語を使って宣伝しろとおっしゃったのは専務ではなかったのですか」

「そうだ、おれだ、だがそのおれは、いまその組合わせがいやになったのだ。古くさい」

「新鮮味がないということでしょうか」

山口広告部長は、ずっと下手に出た。

「それとも違うな。まるで、大正年間の国定教科書のうたい文句のような気がしてならない、つまり、時代おくれだということだ。広告っていうと、もっとこう、ぴかっと光るもんでなきゃあならないと思うんだ」

大西光明は会議室に出席している社員の顔をぐるっと見廻した。

「具体的に言っていただかないと分りませんな」

山口広告部長は大きな体軀をしている。会議になると身体でものをいう。開き直ったような言い方をするのが彼の特徴である。

「ビーナスを出せ、ビーナスを」

「ビーナスというと美の神様?」

山口ばかりでなく、そこに居並ぶ者全部が呆然とした顔で、大西光明の顔を見詰めていた。

「今朝のスポーツ新聞と、イタリアに送った三枚の写真を持って来てくれ」

大西光明は米山総務部長に言いつけた。その命令で、広告企画会議の腰が完全に折られてしまった。そこには、ラジオ、テレビ、雑誌等、あらゆる報道機関を通じてのコマーシャルの原案が用意されていたのだが、大西専務の横槍で中止したような形になった。

「専務、急がねばならないのがあるんです、今日中に継続かどうかを決めねばならないことになっているものがあります」

広告部長代理の上島が眉間《みけん》のあたりに縦皺をよせて言った。

「ヨロメキものの継続放映だろう」

「そうです。同じヨロメキものでも、今度は前と違って、スケールが大きくて、テンポがはやいから受けること間違いないと思います。カラーでやろうと思います」

「きみたちは、あのヨロメキドラマが、うちの商品の売上げに貢献していると思っているのかね、ほんとうにそう信じているのかね」

「信じています。それは統計にちゃんと出て来ていることです。電子計算機にも結果は出ています」

「比較の問題だ。ほかがヨロメキドラマをやるから、こっちもやらないと営業成績は上らない。簡単に言えば、そういうことなんだ。君たちは、すぐ電子計算機を持ち出してあの機械が万能のようにいうが、電子計算機のことをほんとうによく知っているのかね。あれは一言にして言えば加え算と引き算の機械だ。それがはやくできるだけのことなんだ。なにも神秘的なものではない。過去のデータによって或る程度の推論はできるが、いままでの宣伝広告の常識を破って、新しいことをやろうっていうのは、電子計算機じゃあだめだ、人間の頭で考えねばならない」

今朝の専務はどうかしているなと言った顔で大西の顔を見ている上島広告部長代理の鼻先をすうっと手が伸びて、写真と新聞紙が大西専務の前に置かれた。米山総務部長は一礼しただけで、彼の席に戻って坐った。

「ここに、これだけの写真がある。この写真を見て、わが社の広告方針についてアイデアがあったら出して欲しい。十分間だけ考える時間を与えよう」

大西光明はそう言って、彼の専務室に引きかえすと、秘書に鳥羽省造を呼び出すように言った。

「お宅の息子さんたちの写真がスポーツ紙に載ったのを知っているかね」

大西光明は鳥羽省造が電話に出るといきなり訊いた。

「今朝出勤して聞きましたが、まだその新聞を見てはいません」

「その写真について、なにか君のところに電話があったかね」

「製薬会社と、電気メーカーから電話がありました。いずれも、あの写真のモデル、つまり私の息子とマリアについての確認の電話です」

「なぜ、そんなことをするのか理由は聞いたろうね」

「聞きました。コマーシャルに使いたいが、その可能性を検討中だということでしたので、その可能性はない、私は、うちの子供たちを、そういうことには、いっさい出さないとことわって置きました」

「立派だよ、鳥羽君。そして君の頭は廻転がはやい。いやどうもありがとう」

大西専務は電話を切って腕時計を見た。まだ三分ほど時間がある。彼は机上の書類の一片に眼をとおして、印鑑をおして、既決箱の方に移すと、大股で会議室へ入っていった。

会議室では既に会議がなされていた。大西専務が、なぜあのような発言をしたかということについて、米山総務部長の話を聞き、それではと、改めて、写真とスポーツ紙を中心に話し合いをやっているところであった。

「専務はさきほどビーナスと言われましたが、マリアをわが社のビーナスにしようというお考えでしょう。三年ほど前に、たしか専務は、マリアに日本の着物を着せて、テレビのコマーシャルに出そうと言われました。あれですね」

山口広告部長が言った。

「分ればいい」

「分りましたが、その方法は決して斬新なものではありません。現に外国人の女をコマーシャルに使っている会社がほかにもあります」

「調べたかね、その効果は」

「いやまだ」

「調べてから、そういうことはいうものだ。ぼくは、マリアをいわゆるコマーシャルガールに使おうというのではない。その上を行こうっていうのだ」

「というと、マリアになにかやらせるのですか」

「マリアは数年前から声楽家の豊島ゆき女史から声楽の基礎的教育を受けている。マリアの咽喉については、歌謡曲の女王と言われた蓮沼美華女史が、絶讃した。マリアをうちの専属にして歌謡曲を歌わせたら、新しいブームが起るだろう」

大西光明は、そう言いながらもテレビの画面で歌っているマリアを想像していた。あの声で思う存分歌わせたら、さぞや、世評は高まるだろう。

「専務は、大西商事専属のタレントを作ろうっていうのですね。それはすこぶるむずかしいことでしょうな」

上島広告部長代理が言った。

山口広告部長が席を立った。

上島広告部長代理は、スポンサーが専属のタレントを持つことは事実上不可能であることを実例を挙げて話してから、

「要するに、スポンサーと歌手の間には必ずプロダクションが存在していて、何等かの形で、芸能プロダクションを通さない歌手は、テレビの画面では歌えないような機構になっているのです。別なことばで言えば、スポンサーのひもつきの歌手というものはないことになります。理窟は抜きにして、そういう形式ができ上っているのだから、大西商事だけが、専属タレントを持つことはできないことになります」

「絶対に持てないのか」

大西光明はわざと声を落して言った。ちょっとしたすご味があった。飽くまで自論を押し通そうとするときには、よくやる手であった。開き直った恰好でもある。

「絶対っていうことはないでしょうね。変則的な形でやってやれないことはないでしょうが、それではさっぱり人気が出ません。だいいち、既存の芸能プロダクションにそっぽを向かれると事実上は視聴者の眼から遠ざかることになります。スポンサーが芸能人に注文をつけるのはかまいませんが、直属のタレントを持つことはまず不可能です」

「変則的な形ってなんだね」

大西光明が突込んで訊こうとしたところへ、山口広告部長が戻って来た。

「専務、いまの問題について扶桑テレビネット株式会社の芸能総局長の若松さんに電話で訊いて見ました。彼の言うには、まずコマーシャルガールとして使って見て評判がよかったら、レコード会社のオーデション（歌手俳優等の採用試験）を受けて見る。それに合格したら三、〇〇〇枚をスポンサーが引き受けるという契約でレコードに吹込んで売出す。本で言えば自費出版のようなものです。レコードを二、三度出して見て売れるようだったら、適当な芸能プロダクションに入れて使って貰う。但しコマーシャルガールとしては、他の会社には出さないという条件をつけて置く。——そのようにしたらどうかというんです」

「それが変則的な形っていうのか」

「いいえ、少しも変則的ではございません。もっとも確実な行き方です」

山口広告部長は言葉を切った。大西光明が考えこんだからである。会議室内が一瞬しんとした。

「よし、まずマリアをコマーシャルガールとして使うことから研究してみよう」

大西が結論のように言った。

「本人および家族が承知するでしょうか」

それまで黙っていた米山総務部長が言った。

「おれが承知させる。心配するな」

大西光明は断言してからまた考えこんだ。あさの顔が浮んだ。今度もまたあさの強硬な反対にあうだろう。

円卓《テーブル》は自由に廻って、どこにでも止めることができるから、食べたいものがあれば、その御馳走を盛った皿を、円卓を廻すことによって容易に取り寄せることができる。円卓の上には三十数種類の中華料理が様々な器に盛って置いてある。

廻転する円卓とは別に、固定した同心円状の台が手前にあって、そこに取り皿、取り鉢、箸等が置けるようになっていた。

円卓の回転軸となる柱に枝が出ていて、その先にきらきら光る短冊《たんざく》が下っている。俳句が書いてあるのではなく、そこには歌曲の名が書いてある。

あさはテーブルを静かに廻して、彼女のそばに鯉のから揚げの皿を持って来て止める。中華料理というと、彼女は、このようなごく一般的なものが好きである。正式の名前は知らない。骨まで食べられるように、からからに油で揚げて、それに、なんとなくすっぱいとろっとしたあんを掛けた、この鯉のから揚げを、長い竹の箸で挟んで取って、マリアの受皿に入れてやってから、こんどは自分の皿に取る。

オルゴールが鳴り出した。

「白鳥の湖」である。テーブルを或る方角に固定して一定時間置くと、その方向の頭上に吊り下っている札に書かれた曲が鳴り出すのである。そういう仕掛けになっていた。曲は八曲あった。つまり、八曲のオルゴールがこのテーブルには仕掛けてあり、その曲目を選定する場所は、主賓の位置になっていた。主賓の前に一定時間、テーブルが止ると、主賓の頭上に指示された曲が鳴り出すのである。だから、主賓以外の者が、たとえば、頭上にぴらぴらする曲目の中から、「荒城の月」を選び出したとしても、主賓の前に正しくそのテーブルを持っていかねばならないのである。

テーブルは丸かったが、主賓の位置はそのようにして決めてあった。

「ずいぶん趣向を凝らしたお店ですこと」

あさは、斜め向こうにいる、招待者の大西光明の方に眼をやってから、そっと周囲を見廻す。

豪華な中華飯店である。外人客が多いのがまず眼につく。テーブルとテーブルの間は、植木鉢や、中国風の屛風などで、ざっと区切っているから、隣席の話し声は聞えないが、耳を澄ませて聴くと、オルゴール特有の澄んだ音色が、その広いホールに充満していた。

主賓のテーブルからは、外がよく見える。大東京の夜景が眼を楽しませてくれた。

「お気に入りましたか。どうもありがとうございます。今宵はうちうちの山の会ですので、どうぞ、お気楽になさって下さい」

大西光明はそう言ってみんなに笑いかけた。大西光明の左隣りに、波津子、その隣りに、山岳写真家の堀内大五郎、豊、博、マリア、そしてあさ、鳥羽省造の八人でテーブルを囲んでいた。

「山はいいですね。登っているときはつらいけれど、帰って来たとたんにまた行きたくなりました」

大西光明は老酒《ラオチユウ》の盃を口もとにはこびながら省造に笑いかけた。

〝冬山讃歌〟が始まった。博がテーブルをぐるっと廻したのである。あさの前に酢豚をごっそりと盛りこんだ皿が来た。

「あのときの山の写真がイタリアへ送られて、向うの新聞に大きく載りました」

今日の午後、航空便で送られて来ましたと注釈をつけて、大西光明はポケットから、イタリアの新聞を出して開いて見せた。マリアを中にして、豊と博の三人が、北穂高岳をバックに立っている写真である。三人はザイルで結ばれていた。

「鳥羽さん、奥さんたちにその記事を日本語に訳して読んで上げてくださいませんか」

大西は、みんなにぐるっと廻覧された新聞を省造の前にさし出して言った。

「イタリア語ですか、弱いんだなあ」

と省造は言いながらも、立場上、読まないわけにはゆかずに、新聞を手にしたけれど、

「どうも自信がないなあ。マリア、読んで見てくれないか」

とマリアに渡した。

マリアは十歳のときに日本に来て、現在十九歳である。完全に日本の娘になり切っているマリアに、イタリア語が読めるかなと、大西は不安と期待とをこめた眼でマリアを見た。

「私だって自信がないわ、ねえ」

とあさに甘えかけるような眼を投げてからマリアは、新聞に眼をやった。

「イタリア山岳界の名ガイドのフェデリコ・ルイジイネがドライチンネの岩壁で死んだのは十年前である。彼の娘のマリア・ルイジイネは、その時のパートナー鳥羽省造に引き取られて日本で育った。今は鳥羽家の双子の兄弟と共にパーティーを組んで、日本アルプスの岩壁を登っている。写真は大西商事提供によるものである」

マリアは顔を上げた。

「マリアさん、たいしたものですね。日本に来て十年も経つのに……」

大西光明が讃めた。その記事の最後の大西商事提供によるものであるという訳が気に入った。

「お父さんが、イタリア語の本を、次々と買って来て下さったでしょう。それに定期的にイタリア語の勉強にも通っていましたから。でもあまりむずかしいことは分らないわ」

マリアは新聞の他の部分に眼をやって言った。

「マリアさんは勉強家なんだね。日本語は完全だし、その上イタリア語をそれだけやれるんだから」

大西は心から感心したように言った。

「そうよ、マリアは勉強家よ。うちの子供たちは三人とも勉強が好きですわ」

あさは、三人ともと言ったとき、マリア、博、豊と順々に視線を送った。

「勉強が好きでなによりです。私はマリアさんが、もっともっと幅広い勉強をして貰いたいと思います。マリアさんの才能を生かすように勉強をしていただきたいと思っています」

大西光明がそういい出すと、あさは持っていた箸をテーブルの上に置いた。

博がテーブルをぐるっと廻した。

「月光の曲」が始まった。オルゴールに編曲された月光の曲は、華麗に過ぎた。

「個性を生かすってことは大事ですわ。私も、しばらく新劇に関係していましたが、個性を生かすことのできる人が成功し、それができないひとは挫折する……」

それまで黙っていた波津子が言った。

「いや、ちょっと違うな、挫折するのは、はじめっから個性がないひとだ。だいたい、個性があるかないかはカメラのファインダーを覗けば、よく分る。あの小さい穴の中に、個性が束になって入って来るものだ」

堀内大五郎が言った。

「マリアさんには個性があったの」

波津子が訊くと堀内大五郎は、

「ぼくは芸術家だ。いくら金を出されても、写真にならない写真は撮らない。つまり、個性を感じないような写真は撮らない」

「マリアさんの個性は成長株？」

「いやな言葉だね、それは。芸術家はそういう表現はけっして使わない。それに近い言葉で言わせて貰うとすれば、いかなる芸術家もマリアさんに会えば、彼女の中に自分の芸術を試みようとするでしょうね。音楽家なら、歌わせて見ようとするだろうし、劇作家なら、マリアさんを俳優にして見たいと思うだろうし、商売人なら、マリアさんをコマーシャルガールにしようと思うでしょう」

「コマーシャルガールですって」

あさが口を出した。

あさの顔色が変っていた。あさは、この豪華な招待が、山の思い出の会なんかではなくて、マリアを大西商事のコマーシャルガールにしようという、大西光明のたくらみのもとに開かれたものであり、列席した堀内大五郎も、波津子という女も、それぞれ、大西光明に言い含められて来たのではないかと思った。

（ひょっとすると夫の省造までが、その大西のたくらみに同調しているのかもしれない）

「コマーシャルガールって大事な仕事です。コマーシャルガールの出し方一つによって、一日数百万円もの売上げが違うこともあります。コマーシャルガールは近代的職業です」

大西光明がいうと、あさは、その先を言わせずに、

「私は、いかなることがあっても、マリアをコマーシャルガールになんかいたしません。ね、マリア、お前はどう思うの」

剣幕というのは、この怖い顔をしたあさをいうのだろうかと大西光明は思った。

「私に個性があるとすれば、お母さんのいうことをもっとも忠実に守るってことかしら。お母さんが望まないことは、私が望まないことですわ。お兄さんたちはどう思うの――」

マリアは豊と博の意見を求めた。

豊と博は顔を見合わせた。が、なにも言わなかった。二人の大学生は、彼等の発言がこの場合、かなりデリケートな影響を与えるだろうことを考慮していた。双子の兄弟は、困惑し切った顔でいる父省造の方に同情の視線を送った。

大西光明は、いかなる場合でも、逃げ口を用意していた。形勢不利と見たら、転身の術を心

得ていた。大西は、あさの頑強な拒絶にあうと、これ以上この場でマリアに触れることが不利であることを覚って、手を上げてボーイを呼んで、フルーツを持って来るように注文すると、

「この中華飯店は、料理より見はらしが絶美だという噂です」

と、東京の夜に眼を投げて言った。

七階のその窓から下を見ると、白と赤の二条の光の帯が見えた。道路が、その窓と直角の方向に走っているから、向うへ走っていく自動車のテイルランプの赤と、こっちへ向って来る自動車のヘッドライトがすれ違いながら動く長大な光の帯に見えた。

あさは大西に言われるままに、その光の帯に眼をやった。大西の気持よりも夫の気持のことを、彼女は考えていた。マリアのことでは、大西に随分世話になっている。それに、鳥羽省造は大西商事の社員である。

この春省造が営業課長に抜擢《ばってき》されたのも、専務の大西光明のおかげである。商事会社で本社の営業課長になれたということは、うまく行けば、重役に接続できる列車に乗りこんだようなものである。夫の気持は、マリアをコマーシャルに出してもいいという気持であろう。

あさは、そのまぶしい、白と赤の光の帯のすれ違いを見ているうちに、自分と夫との心のすれ違いに気がついた。

(私はなぜ、こんなにマリアにこだわるのだろうか、自分が生んだ子でもないのに自分の生んだ子以上になぜマリアが大切なのだろうか)

あさは、彼女の心の中を見とおしているような眼で覗きこんでいるマリアに、

「いいのよ、マリア、お母さんはちょっとつかれただけよ」

小さな声で言った。

食事が済んで、外へ出ると、つめたい風が大西の頬を打った。大西はホテルのボーイのように丁重に鳥羽一家と堀内大五郎を見送った。

「さあ、これからは私たちの夜よ」

と波津子が大西の傍に来て言った。

「と、いうことだったかな」

「なにを言っているの、あの人たちを送ったら、ダンスホールで踊って、そしてホテル」

ああ、と大西の口から、その場の空気とは別のものを呼吸しているような、返事とも同感とも断絶ともつかない、溜息が洩れた。

「おれは眠い。このまま家へ帰るぞ」

自動車のクッションに深く腰かけて、大西は眼をつぶった。如何にも高校生らしい、清楚な姿のマリアが、あさをいたわるようにしながら自動車に乗りこんだ姿が大きく浮び上った。

「おかしいぞおれは」

大西は、彼の胸の中で、奇妙にうずく、いままで感じたことのないマリアに対する気持を、どう解釈していいのか困り果てていた。

その朝、鳥羽省造は、軽い眼眩《めまい》を感じた。

眼眩の経験がないから、それが眼眩というものかどうかはっきりした自信はなかった。彼は家の門を出て数歩行ったところで、頭の中をふと流れ去るむなしいものを感じたのである。その瞬間、彼はたじろいだ。はっとしたとき彼は、以前の彼に立ち直っていた。それが眼眩だとすれば、そのむなしい流れが通り過ぎている時間だけは、確かに、なにも見ず、なにも聴かず、なにも考えずに、そのむなしい流れの中に立っていたような気がした。

九月の中ごろに行われた会社の集団検診で、彼は血圧がやや高いと言われた。治療の要はないが、当分の間一ヵ月に一回、血圧の測定はした方がいいだろうと言われた。そしてそれから二ヵ月ばかり経ったその寒い朝に彼は眼眩に襲われたのである。

十一月の半ばになって突然訪れたその朝の寒さは、あわてて冬オーバーを出させるほどのものであった。庭に霜がおりた。東京ではめずらしいことであった。

省造は、その妙な体験をしたあとの数歩は慎重に歩き、それからはいつものとおりの速歩になり、駅へ出る大通りの交叉点に来たころは、そのことはもう忘れていた。

「ひどく寒いですね。なにか、こう頭が痛くなるような寒さですね」

信号のところへ来たとき、彼のうしろでそういう話し声を聞いた。頭が痛くなるような寒さというのは、たいへん誇張したいい方だ。頭が痛くなる寒さと言えば、零下十度、二十度という寒さだろう。省造は、若いころ、冬山で経験した、頭が痛くなるほどの寒さと今朝の寒さとを比較しながら、ふとさっきの、彼の頭の中に起った奇妙な現象は、頭の痛くなる現象の、軽度な現われかもしれないと思った。

(年齢のせいだな)

と彼は思った。このごろ彼は、四十六歳という彼の年齢にひどくこだわるようになっていた。なにか仕事の上でもたついたり、会議や、交渉や、バーでのつき合い中に疲労が出て来ると、彼は、それを年齢のせいにした。

年齢のせいだとすると、なにもかも、綺麗に始末がついた。彼は出勤して、彼の席に坐ったときには、もう、朝のことは完全に忘れていた。

彼は机上の書類に眼をやった。一番上に東南アジア関係のものがあった。

彼は書類を緊急のものと、そうでないものにより分け、その一つに眼をとおした。タイプのミスが、二カ所あった。彼は、欄外に鉛筆でチェックして、その書類は後廻しにした。内容よりも、文章のミスが気になることが異常であるということに、彼はまだ気がついていない。

彼は、次の書類を取った。

誰かが彼の机の前に立って光をさえぎったような気がした。見上げると、専務の大西光明が居た。

鳥羽省造は、いそいで立上ると、予備の椅子を引張って来て、窓の近くに置いて、そこに、鳥羽自身の椅子をよせた。

「こういう配置も、なんだか古くさくなったな」

大西光明が、営業課を見渡して言った。

窓を背にした課長の鳥羽省造が、背後から課員を監視しているような、その配置は、戦後流行したものであった。

「変えましょうか」

「こうして置くより能率が上ると思うような方法があればのことだ……ところで」

と大西光明は鳥羽省造に正対すると、

「マリアさんをコマーシャルガールにする話だが、奥さんのお許しはどうしても得られないかね」

ああまたこの話か、と省造は思った。大西専務は一週間に一度は、ふらっとやって来て、ひとことという。たったひとこと言って、無理にとは言わないが、と意味あり気な余韻を残して去っていくのである。省造には、それが余韻ではなく、大西専務の捨てぜりふに聞えるのだ。

「はい、なんとかしようと努力しています。時間の問題だと思います」

省造は、いつもそのように答えて、心では、時間の問題ではなく、これは家庭の問題だと言い返していた。

「時間の問題ではないよ、それは君の誠意の問題だ。それがあるかないかの問題だ」

大西専務の言い方はいつもと違っていた。大西光明は、それ以上は言わずに、さっさと立上ると大股に部屋を出ていった。

「誠意の問題か」

省造は机に戻ると、つぶやいた。その声が聞えたらしく、彼に背を向けていた第一営業係長の田代が、さっと立上って彼の前にやって来た。呼ばれたと勘違いしたようであった。

「たいしたことではないが」

省造は、なにか御用ですかと言われたので、なにか言わねば、ていさいが悪いような立場になって、横にはねてある、英文タイプの書類を取り寄せて、

「こういうミスは困るな、つまり誠意の問題だ」

「誠意の問題？」

田代がびっくりしたような顔で反問した。たかが、ミスプリントの一つや二つ、誠意の問題だとは、大げさなことを、という顔だった。

「そうだとは思わないかね。だいたい君はこれに眼をとおしたのかね。眼をとおしていたら、こういうミスは発見できる筈だ。見ていないんだよ君は、誠意の問題と言ったのはそのことだ」

声が高くなった。
二、三の机から、振り返る者があった。少くとも、課の半分は仕事を止めていた。

「課長、それではあまり……」

田代がやや色をなした。

「あまりもくそもあるものか、仕事に対して誠意がないからないと言ったのだ」

省造は、血が頭に昇っていくのがよく分った。太い血管を、真赤な血が、頭に向っておし登っていくのだ。省造は頭をかかえてしばらくじっとしていた。

(ばかなことを言ったものだ、いったいこのおれはどうしたというのだ)

「いや、田代君、ぼくの言い過ぎだ。かんべんしてくれ。こんな小さなミスは、ほんとうはどうでもいい。問題は内容だ、それはちゃんとできている。商取引としたら、完全無欠の文章だ。ぼくは、今朝は、いささかどうかしているのだ」

鳥羽省造は、立上った。こんどは今朝よりもはっきりと、ふらついた。前に出そうとした足が床に定着しないのだ。

「どうしたんです課長」

「水が飲みたい」

「持って来ます」

「いいんだ、自分でする」

鳥羽省造は、ぐっと身をそらした。姿勢が悪いのだ。正しい姿勢をしたらよろめく筈はないのだ。だが、彼は姿勢を整えようとして三度目の眼眩を感じた。

省造は床の上に膝をついた。

田代が課員を呼ぶ声がした。二、三人が黒いかたまりになって走って来るのが見える。黒いかたまりがぐるぐる廻る。省造は倒れた。

「動かすな。そのままにして医者を呼ぶのだ」

あの声は定年退職して、嘱託として勤務している別所の声だなと思った。

省造は、水をくれといった。なにも騒ぐことはない、すぐ治ると言った。それらの言葉は言葉にならなかった。なにもかも、ぐるぐる廻った。その中心に心配そうな顔をしてマリアが立っていた。

(マリア、お前が心配することはなにもない)

そう言ってやろうとするのだが、マリアには聞えないらしい。マリアの顔が廻り出し、廻るのがとまると暗くなった。

省造はむさぼるように眠った。その限りない眠りから覚めかけたとき、彼は病院の一室にいた。あさが心配そうな顔で覗きこんでいた。

薬品のにおいが省造の鼻をついた。

「どうしたのだ」

省造はあさに問いかけた。あさの眼が大きく見開かれた。喜びの眼であった。口はちょっとばかり重くなったけれど、口が利ける夫を見て、あさは失われた者が還って来たような顔をしたのである。

「あなたは会社で倒れたのよ」

それで、省造の頭はふり出しに戻った。

「でもよかったわ。私、どうなることかと思っていたわ」

あさはハンカチを顔に当てた。

省造は、あさに心配をかけてすまなかったとわびようと思って、首を動かした。おかしい。顔の半分、いや、頭部の右側半分がなくなったような気持だった。右の頬が枕にふれているのに、なんの感覚もないのだ。彼は、非常にあわてた。その部分に右手をやった。やはり感覚はない。念のために、左手を出して、左の頬にやろうとした。今度はその左手のゆび先に感覚がないのだ。左手ばかりでなく、左半身が、まるで自分のものではないようだった。

全身不随ということばが頭に浮んだ。悲しみが省造を襲った。彼の左側の眼にだけ涙が浮んでいた。

その涙の異変に、あさはまだ気づいてはいなかった。

鳥羽省造が退院したのは、十二月の中旬を過ぎてからであった。

言葉も歩行も普通だった。血色もよかった。痩せてもいなかった。ただ鳥羽省造にはどこか病める表情がただよっていた。

医師にもう大丈夫だと言われても、彼の左半身と右の顔面の感覚は依然としてもどらなかった。左手も左足も動かせた。なんでもできたが、その動作に対する応えは曖昧であった。左手で冷たいものを持っても、熱いものを持っても、つめたくも、あつくも感じなかった。右の眼に涙が出ないので、ときどき眼薬をささねばならなかった。

「しばらくは不自由だけれど、そのうち馴れるとそれほど気にならなくなります。四十五、六で、こういう状態になり、それから身体に注意して、随分長生きした人がいます」

医師は、省造をなぐさめてくれた。過労が続き、異常に血圧が上って、軽い脳出血を起したものと診断された。

省造はしばらく自宅で療養することになった。彼の居間には、煙突付きの石油ストーブが取りつけられた。部屋全体をあたたかくする必要があったからである。暖い日には庭を歩いた。

「まるで廃人だな」

省造は自分自身に向って唾《つば》を吐くようなことを言った。会社は、鳥羽省造に対して、課長待遇のままでしばらくは休養させるという方針を示した。

「そう長いことではない。会社に出勤できるようになったところで、まず嘱託だな」

彼は別所のことを思った。

或る朝突如として、深淵の底に落ちたような気持だった。

省造は、いらいらする気持をおさえようとした。いらいらすることが一番いけないのだと医師に言われたが、やはり焦った。なんともならないのに、なんとかなりたいと思った。会社からは、田代がときどき連絡に来た。

「きのうの広告企画会議でお宅のマリアさんをコマーシャルガールにしたらどうかという話が出たそうです」

と田代は言った。

「その話を持ち出したのは大西専務だろう」

「いやそうではありません。山口広告部長が広告部の統一意見として出したのですが、大西専務が反対して取り止めになったそうです」

「誰に聞いたのだ」

「広告部の山本君です。大西専務は、その話は今後いっさいするなと言われたそうです」

「大西専務さんが、そうおっしゃったのですか」

紅茶を持って来たあさが口を出した。あさは、そこに坐りこんで、なにか隠されたものを見つけ出そうとするかのような眼で田代を見つめていた。

「そのことをもっと詳しく話して貰いたいね」

省造が田代に言った。田代は口を滑らせた責任をいまさら回避するわけにもいかずに、よくは知りませんが、と前置きして話し出した。

山口広告部長は、大西専務がこの秋の初めのころ、広告企画会議に出したマリアの件について調査をはじめた。彼は、扶桑テレビ株式会社芸能総局長の若松鉄雄と大学の同級生だったから、若松に、マリアがものになるかどうかの判定を頼んだのである。若松は快く引き受けた。若松は豊島ゆき女史とも、蓮沼美華女史とも旧知の間柄だったから話は順調にすすんだ。

「いける。あの子は絶対にいけると、若松総局長は太鼓腹を叩いて言ったそうです」

田代は、彼のへこんだ腹を叩いて言った。

「オーデションを受けさせようというのかね」

「いいえ、若松総局長が、豊島ゆきさんの家でマリアさんに会って、その声を聞いて、太鼓腹を叩いたのですから、オーデションに合格した以上の権威があるものと認めていいでしょう。そこには、若松総局長のほか、芸能局員が、三名ほど同行しました。一様に感心していたそうです。吉田という人は、マリアさんのことをテレビ始まって以来の大物タレントになるだろうと言ったそうです」

田代はことばを切って、鳥羽夫婦の顔を見た。ふたりとも、すこしも嬉しそうな顔をしてはいなかった。

「会議の席上で、山口広告部長が、そのことを話したのか」

「そうなんです。すると大西専務が、その企画は止めろといったそうです。理由はと聞くと、いつになく激しい口調で、止めろと言ったら止めろと怒鳴ったそうです。大西専務が怒鳴るなんてめずらしいことです」

田代は、少ししゃべり過ぎたかなという顔で帰って行った。

田代と入れ違いに、マリアのただいまという声がした。マリアは学校から帰ると、まずお父さんどうなのとあさに訊く。そして省造の部屋に入りこんでその日学校でなにがあったかを、身ぶり手ぶりで話すのである。だが、その日はなぜか、マリアは憂鬱そうな顔をして、そこに坐ったままだった。

「なにかあったのねマリア」

あさは、マリアの顔色で、すぐそれに気づいたようだった。なにがあったか言ってごらんという顔である。

「妙な噂が流れているのよ」

妙な噂というのは、マリアがテレビタレントになるということだった。彼女の同級生の父親が扶桑テレビ株式会社の芸能局に務めていた。

「その子の苗字はなんというの」

「吉田さんっていうのよ」

省造とあさは顔を見合わせた。テレビ始まって以来のタレントだと大げさに讃めた人の娘が、マリアと同級生だったのだ。

「テレビに出るのはいやなの」

あさがマリアに言った。

「だってお母さん――」

お母さんが、あんなにいやがっているのに、なぜ、私がという顔であさを見ていた。

その夜の食堂は、いつもと違って静かだった。大学の三年にもなるのに、相変らず茶目気を出して家人を笑わせようとする博の話に応ずるのは豊だけで、省造もあさもマリアもなんとなく沈んだ顔をしていた。

双子の兄弟は、すぐに気付いていて、おそらくそれは、父の病気に原因があるのだろうと察して、早々に食堂を引き揚げようとしているところへ、北村律子が鳥羽重造とはなをつれてやって来た。恵美もついて来て、マリアの傍に坐った。

「お嫂《ねえ》さん、私あなたにちょっと話があって来たのよ」

律子の話し方は最初から険を含んでいた。

「なんでしょうか、鳥羽家全体に関することでしょうか」

あさはひややかに律子の言葉を受けた。

「いや、鳥羽家全体のことではない。これは鳥羽省造一家だけのことだ。律子が、あまりうるさくいうから、おれはオブザーバーとして出て来たまでのことだ。その問題について私は何等の発言をする権利も義務もない」

重造はそういいながら椅子に坐ると、手真似で灰皿を持って来るように豊に合図した。

「その問題ってなんでしょうか、律子さん」

あさは、なにが飛んで来ようとも、びくともしないぞという顔で律子に向い合った。

「大西商事の専務さんがマリアさんをテレビタレントにしたいという話を、お嫂さんはことわったそうですね」

「誰から、そんなことをお聞きになったの」

「マリアさんがテレビタレントになるという噂を恵美から聞いたので、早速、豊島ゆき先生に電話を掛け、更に、大西商事の広告部に電話をしましたら、その話は嫂さんが反対して駄目になったというではありませんか。親が一生懸命になって、子供をタレントにしようとしている時代に、あなたというひとは、どうしてそう古くさい考えを持っているのでしょうか」

律子はまだその先をつづけようとした。

「ほんとうにお母さんがことわったの」

博が口を出した。

「マリアを大西商事のコマーシャルガールに出したらどうかというお話が大西専務からあったのは、三年も前よ。そして、今年の九月に中華料理を御馳走になったときも非公式にそんな話があったでしょう。けれどまだ正式にその話は受けてはおりません。あくまでも、大西専務の個人的な打診だったのです。会社で、その問題が正式に取り上げられて、そして、正式に取り止めと決ったのは、きのうのことです」

「なぜ、急に取り止めになったのです」

博が口を出した。

「大西専務が、あの話は止めにしろと言い出したからです」

「分らないぞ、そこのところが、なぜ……」

重造はそう言ったが、すぐ、あ、そうかと唸るようにいうと腕を組んだ。

大西光明の態度豹変《ひょうへん》に対する解釈は、それぞれがいくらかずつ違ってはいたが、その原因が、鳥羽省造の病気にあるだろうということだけは共通していた。

(大西専務は、夫の省造が病気に倒れたいま、マリアのコマーシャルガール登場の問題を出すのは、省造の病気を悪化させることになると考えたのだろうか。次から次と新しい女を取りかえていて、けっして結婚しようとしない、あの非人道的実利主義の大西光明の心の中に、そんな気持が潜んでいたのであろうか)

あさはそう思った。大西の心の底には、あさにも窺知《きち》できない、深いたくらみがあるのではないだろうか。

「浪花節的人物だね、大西専務さんは」

と豊が言った。

「どういう意味なの、豊さん」

律子が訊いた。

「お父さんも、お母さんも、マリアがコマーシャルに出ることには反対していた。そのお父さんが病気だから、その話を持ち出してお父さんを刺戟してはいけないという、一種の同情意識だな」

「兄さん、それを浪花節的とは言わないな。浪花節で行くならば、もうひとつ返しがある。その大西専務の心情にお父さんとお母さんが感動して、それじゃあ、マリアをコマーシャルに出しましょう、ということになると、それこそ浪花節的だ。ぼくはこの際むしろ浪花節的に行くべきだと思うんだ。マリアをコマーシャルガールに出したらいいんじゃあないか。マリアをコマーシャルに出して、マリアの顔が売れて、更にマリアがタレントになるようなことになれば、マリアは、もう手の届かないマスコミの中の金魚になってしまうだろうとお母さんもお父さんも心配しているだろうが、その心配はそうなってからでいいじゃあないかな。だいいち、マリアがマスコミの金魚になれる資格があるかどうかも分らないじゃあないか」

おれは反対だなと豊が言った。

「マリアが、マスコミの金魚になるならないが問題ではないのだ。これは、マリアとお母さんとの精神的なつながり、愛情の問題なんだよ。お母さんが、マリアをマスコミの金魚にしたくないっていう考えでいて、マリアもお母さんの考えに賛成なら、それでいいんだ。なにも、無理にマリアをマスコミの金魚にすることはない」

結論的に言えば、そういうことになるが、と博は前置きして、

「結論の前提となるものは感情だけではない。あらゆる可能性を考慮して、合理的に考えねば

ならない。だからぼくは、その可能性の一つについて言おうとしているのだ。いいかね兄さん、現代に、マスコミの金魚を見ないで生きていける人が一人でもいるかね。兄さんだって、テレビを見てるじゃあないか、その金魚がいかすの、いかさないのっていっているじゃあないか」

ちょっと待って下さいよと、はなが口を出した。

はなは、ぐんと前に乗り出すようにして、

「そのマスコミの金魚ってなんだね。マリアを金魚にするって、なんのことだかわからないねえ」

もののたとえだと重造が腕組みをほどいて言った。

「マリアがマスコミの金魚になるということは、マリアがテレビに出るということだ」

「マリアがね、うちのマリアがテレビに出るのかえ。いいじゃあないかねえ。そうなれば、私のたのしみがまた一つ増えたということになるのだもの」

それごらんなさいお嫂さんと、律子ははなのあとを受けて、

「お婆さんだって、マリアさんがテレビに出ることを喜んでいるじゃあないの。マリアさんがテレビに出るようになれば、うちの恵美にだって、なにか、そういうチャンスが廻って来るような気がするわ」

あさの眼が光ったように見えたが、あさは、頑強に黙っていた。すべてはあさひとりの決断によってきまることなのだから、うかつに口を出すべきではないという顔である。

「省造はどう考えているのだね」

重造が言った。この場では、あさよりも、むしろ、省造の発言が大事だということを、あさに示そうとしているようであった。

「博がさっき言ったな、マスコミの金魚になれるかどうか、試みて見なければ分らないって――その意見が正しいような気がするな。もっとも、これはマリアの気持次第だけれど」

省造はゆっくりしゃべった。

「いいえ、それは、マリアと私の気持次第ですわ。いつか週刊誌に、女の子がタレントになるには、一カネ、二コネ、三ダッコの三つの条件のうちどれかを摑まないと駄目だと書いてあったわ。うちにはお金もないし、マスコミに取り入る手づるもないわ。そうすると、三つ目の身体を張るってことでしょう。そんな不潔な水の中にうちのマリアを放してやれるものですか――」

お母さんは古いなあと博が笑いながらいった。

「その週刊誌は、そういう一面もごくまれにはあるってことを、面白おかしく書いただけのことさ。カネ、コネ、ダッコの三条件を備えていたところで、才能がないひとはどうにもならないでしょう。現在のように競争の激しいマスコミの水の中では、誰がなんと言っても、結局は才能がある者の勝利だよ、お母さん。それ以外の条件はたいして気にすることはない」

その点については博と同感だなと豊が言った。

「自由競争の世界で起る現象はきわめて物理的だ。軽い物は軽く、重い物は重い。軽いものを重く見せかけることは困難だ」

豊は物理学を専攻しているだけあって、いうことがいささか違う。

「話がここまで来れば、結局マリアの意見を訊くよりしようがないな」

重造が言った。

マリアは重造の顔からあさの顔に視線を移して言った。

「私はテレビになんか出たくないわ」

その声は沈んで聞えた。

「マリアさんは、テレビに出るのはいやだとはっきり言ったのですね」

横山敦子は律子の眼を見詰めていったが、自分の声が高過ぎたのに気がついて、周囲を見廻した。喫茶店は、かなり混んでいたが、こっちを見ている者はいない。

「つまりマリアは嫂《あね》に遠慮してそう言ったのよ。あの年ごろの娘で、いやだなんていうとは、とても常識では考えられませんわ」

「いちがいに、そうとも言えませんわ。でもマリアさんが、ほんとうに嫌で、そう言ったか、あささんの手前そう言ったかは、すぐ分ることですわね」

横山敦子は、コーヒーを口に運んだ。

「そのとおりでしたわ。その夜は、マリアのひとことで結論がきまったのに、その翌日になって、嫂は、会社にのこのこ出掛けて行って大西専務に会って、どうぞマリアをコマーシャルガールにお使い下さいと申し出たのよ。嫂が折れたのです。兄の省造が、ああいう身体になったし、ここで意地を張るより、会社のいうなりになったほうが得だと考えたのね。あのひとは、もともと勘定高いひとだから」

律子はそこでまた、あさの悪口を言いはじめそうになったので、横山敦子は、

「結局、博君のいうところの浪花節的になったというわけね。しかし、その鳥羽家の家族会議で、博君と豊君の意見が相反したという事実は面白いですね。やはり、大学生になって、豊君が物理学、博君が経済学と行き方が違って来ると考え方も違って来たのでしょうか」

さあ、それはどうか分りませんわと律子は首を傾《かし》げて、

「このごろあの子たちは、わざと反対のことを言うことがよくあります。双子ということを意識するからでしょうね」

「双子共同体に対する反抗の現われですわ。双子共同体から脱出しなければいけないという理性が、そういう傾向となって現われたのでしょうね。たいへんすばらしいことだと思います」

「なにがすばらしいのかしら」

「双子の研究過程においてすばらしい発見だと思います。ところで、そのあとはどうなったのでしょうか」

敦子は、鉛筆を持ち直して律子を見た。ノートは開いたままである。

「嫂の気持が変ったのだから、誰も文句をいうものはありませんでしたわ。マリアも、嫂がその気になれば、その気になるし、豊も、ほんとうは反対してはいないのですから。父の重造はちょっと渋い顔をしたけれど、母のはなが、たいへん乗り気ですから、強い反対もしませんでした。ただね、この問題で分らないことが一つだけあります」

律子は敦子の方に少々身体を寄せて、いくらか声を落して、

「大西専務の態度ですわ。あの男の腹の中には、なにか、どす黒いものがあるのじゃないでしょうか」

律子の唇に薄笑いが浮んでいた。

「あなたのおっしゃることがよく分りませんけれど、大西さんがマリアさんに特殊な関心を持っているということでしょうか」

横山敦子は、まだ会ったことのない大西光明という人物を、あれこれ想像しながら言った。

「そのとおりですわ。大西専務は四十三にもなってまだひとりです。たいへんな女たらしで、ひとりの女と一年以上暮したことはないような男なんです。その男が、マリアさんに眼をつけたっていうのは、会社の宣伝に使おうという腹とは別に、なにか、あるんじゃあないでしょうか。マリアはこのごろ、めっきり美しくなったしね。この点については嫂も、私と同じように心配しているようですわ」

そういう男に、一度会って見たいものだと横山敦子は思った。会って話して見たら、その大西を通じて、マリアが観察できるし、更に双子の兄弟のこともっと深く知ることができるかもしれない。

「大西さんに対して、豊君と博君は、どう考えているでしょうか。いまあなたがおっしゃったように思っているのでしょうか」

「さあ、そこまではわかりませんが、特に悪感情を抱いてはいないようですわ。あの子たちは、もともと明るい性格ですから」

そうですか、といいながら横山敦子は、彼女の手に持ったノートには書かず、彼女の頭の中のノートを開いて、次のように書きこんだ。

(双子兄弟がマリアに対して恋愛感情を持っていたとすれば、律子の発想とは別な観点から、本能的に大西に対して警戒の眼を向けるような態度を示すにちがいない。その傾向は現在の時点ではまだ確認はできない)

「それで、マリアさんのコマーシャルガールとしてのテレビ出演は何時から始まるのでしょうか」

あらっ、まだ見てないの、と律子は声を上げた。

「どうも私はテレビにあまり興味がありませんので」

横山敦子は、肥った身体をゆすぶって笑った。

律子は、振り返って、テレビの置いてあるほうを見た。テレビは消してあった。律子はテレビのところに行くと、スイッチを入れてチャンネルを切りかえた。

「あと五分もすれば、マリアの顔が見られるわ」

律子は席にもどると腕時計を見ながら言った。その五分間は横山敦子が煙草を一服吸う時間にも当らなかった。

マリアはテレビに、振袖姿で現われた。

「大西商事の春のかおりをどうぞ、大西商事の愛のプレゼントをどうぞ」

マリアは、輸入食品の箱や罐詰を両手にいっぱいに抱きかかえて歌うように言った。いや、やはり歌っていた。びっくりするほど、よく透る、澄んだ声だった。

横山敦子は、感嘆の溜息を洩らした。マリアをマスコミの世界が見のがすはずがない。このマスコミの金魚は間もなくマスコミの金の鯉になるだろう。

# 6

三月の半ばになって大雪が降った。東京では数十年来の記録破りの大雪であった。朝起きて見ると二十センチほどの雪がつもっていたが、止みそうもなく、吹雪の様相さえ帯びていた。大雪警報が発せられた。

台湾の北東海洋上に発生した準熱帯性の低気圧が北上して来て、日本の上空を覆っているシベリア寒冷気団と衝突してできた雪であった。大雪を降らせる条件はすべて具備していた。関東地方はこの異常大雪の中に降りこめられた。

朝十時ごろになってまず、国内の航空が全部停止した。十時半になると国際線がだめになった。のろのろ運転をしていた新幹線も十二時を過ぎてストップした。私鉄、国電は午後二時になってほとんど運行不能になった。三月の雪だから水分を含んでいた。べたつく雪だから更に始末におえなかった。乗客は文句を言ってもどうにもならないこの天災に対して、自分自身に当てつけた。彼等は足ぶみをしながら電車を待った。線路伝いに歩く者もいた。

自動車はもっとみじめであった。雪の経験のない東京の自動車は、チェーンを買うことから始めねばならなかった。チェーンを買ったが、取りつけ方が分らないので、まごついている者もあった。

東京都内の交通は完全に麻痺した。

「困ったわねえこの雪だから、迎えの自動車が出せないんですって」

あさが受話器を置いてマリアに言った。その夜九時にマリアはテレビに出演することになっていた。春の歌の夕べと称して、新人歌手三人が出演することになっていた。録画ではなくぶっつけ本番であった。

「国電も私鉄もバスも自動車も動かなくなったら、どうして都心まで行けばいいのでしょうか」

あさは、置時計を見た。三時半である。

「歩いていくわ」

マリアがこともなげに言った。

「いまから歩いて行けば充分間に合うわ、私は雪なんか平気よ」

「でもひとりではね」

それまで、マリアがでかけるときは必ずあさがついて行った。夜の場合が多かったからである。

マリアがテレビに出るようになったのは、つい先月からであった。大西光明が三千枚を引き受ける約束で売り出したマリアのレコードが意外な反響を呼んだからであった。だがこの人気も爆発的なものではなく、日本育ちのイタリア人という物めずらしさの人気だろうというのが、もっぱらの評判であった。マリアは蓮沼美華の紹介で、紅雀プロダクションに所属した。現在の芸能界の機構では、しかるべきプロダクションに所属しないかぎりテレビ出演は無理であった。

「困ったわねえ」

あさは、うらめしそうに外へ眼をやった。吹雪はいよいよ激しくなったようである。

「東京ってまったく雪に弱いのね」

あさの声が怒りに変った。

「お母さん、お兄さんたちに送って行って貰っちゃあいけないかしら」

マリアが言った。

そういうことに結局はなるだろうとあさは思っていたが、そうはさせたくないから、困った困ったと言っていたのである。豊も博も、もう一カ月たてば大学四年になる。今年の夏ごろには就職するか更に大学院へ進学するか決るのである。その大事なところにいる兄弟を芸能界に近づけたくない気持があさを困らせていたのである。

あさは、夫の省造の手前もあって、大西光明と妥協してマリアをコマーシャルガールにすることを承知した。そして、結果的には大西が望んでいたようにマリアは歌手としての誕生を迎えたのである。マリアを日本娘らしい娘に育てたいというあさの希望は断たれたのであった。

「そうね、豊か博かどっちかについて行って貰おうかしら。この雪の中をとてもお母さんには歩けないからね」

あさはそう言わざるを得なかった。

「まあ嬉しい」

マリアはそういうと、階段を二つ置きに駈け上って行って、豊と博の部屋のドアーを叩いた。

豊と博は同時に廊下に顔を出して、都心のテレビスタジオまで送って行って貰いたいという話を聞くと、

「そうだな、この雪じゃあ、歩いて行くしかしようがないな。それでは、おれが送って行ってやろうか」

豊が、もっともらしい顔で言った。

「兄さんは勉強がいそがしいんじゃあないかな。理学部はしなければならないことが山ほどあるんでしょう。そこへ行くと経済学部は――」

「経済学部だって、同じだとつい二、三日前に言っていたじゃあないか」

「じゃあ二人で、マリアを送って行くことにするか。吹雪の中の散歩だと思えばいい」

博が言った。

「お兄さんたち二人と一緒なら、雪どころか槍が降ったってこわくはないわ」

マリアははしゃぎ廻った。

「ようし、そうと決ったら、用意だ。マリア、登山服に着替えろ。そして必要品は全部まとめろ。ルックザックの中に入れて持って行くのだ」

豊が言った。

「なにも、二人がかりで送って行かなくてもいいのに、ちょっと大げさだな」

省造が言った。省造は、その日会社を休んでいた。こういう日は、行動にさしつかえるから休んだのである。省造とあさは、登山服に着替えて、大きなルックザックを背負って、まるで山へでも出掛けるように、わいわい言いながら家を出て行く三人を見送った。

「九時までには間にあうかしら」

「歩くほど速いものはないということは、こういう日にこそ証明されるものさ」

雪は、省造夫妻の前で舞い狂っていた。

吹きだまりになると膝を越すような雪も、吹きとおしに出るとそれほどでもない。そのかわりに風が強い。だが三人は完全な登山服に身をかためているから、このくらいの雪はなんでもなかった。雪の中を歩くのだから、ふだんのようにはいかないが、彼等の家から都心にあるテレビスタジオまでの距離十三キロメートルを四時間と見積った豊の計算には間違いがなさそうであった。

東京は人が多い。このような大雪になって交通機関が途絶して、歩く以外に手がないとなると、結構人は歩く。だから踏み跡はある。

豊、マリア、博の三人は一列になって歩いていた。雪が降っているので、家を出たときから暗かった。三人が新宿についたときには夜になっていた。都心に入ると、市外よりは雪は少く、歩きよかった。

八時半に彼等はスタジオについた。

雪にまみれてやって来た三人を見て、杉下サブディレクターは、なんと言ったらいいのかその言葉を忘れたようであった。

「実は電話をしたんですが、あなたがたが家を出たあとでしたので」

杉下はたいへんすまなさそうに言った。異常降雪で、三人の歌手を集めることが困難になったから、急遽番組を変更して、映画にすることにしたのだ。雪で交通が麻痺した東京の事情を視聴者に説明して了解を求める予定でいたところへ、マリアが現われたのである。

「とにかく、雪を払って……」

杉下は、三人が雪を払いおとすのを待って、休憩室へつれていった。いつ来てもその部屋は出演を待つ人でいっぱいだったが、その夜はいつもの半分ほども人はいなかった。放送の大部分が録画(ビデオ)のスケジュールによったものであるから、こういう場合はその後の録画のスケジュールを圧縮すればなんとかやり繰りがつくのだが、今夜の春の歌の夕べのようにぶっつけ本番になると、謝ってしまうより手はないのだと、杉下はこぼしながら、チーフディレクターの宮野を迎えにいった。

休憩室には自動湯茶接待装置があった。茶碗を装置の蛇口の下に置いて、コックをひねると、数秒後に熱い茶が一ぱい分だけあふれ出て来る装置であった。マリアは、ここが初めてではないからその取り扱いを知っていた。マリアは豊と博に茶を汲んでやった。

「結局四時間はかかったってわけだね」

豊は茶を飲みながらひとりごとのように言った。部屋の中は暖かい。

宮野と杉下がつれ立って現われた。宮野も、マリアの登山服姿を見て、びっくりしたようだった。宮野は豊と博にちょっと挨拶してからマリアに言った。

「楽団が揃っていますからやっていただきましょうか」

その妙な言い方にマリアがどう返事していいか迷っていると、

「昼ごろに仕事が終ったが、この雪のために帰れずにいる楽団がいるのです」

宮野はスタジオの方に眼をやった。スタジオは一階である。

テレビに出演する楽団は幾つかあった。その一つが雪のために帰れなくなっていたということはマリアにとっても放送局側にとっても幸運であった。春の歌の夕べは、鹿児島と東京と北海道を電波で結んでやることになっていた。鹿児島も北海道もいい天気であった。雪が降っているのは関東地方だけであるから、東京でやる気になれば、鹿児島でも北海道でもその準備はできているのである。

「それではいそいで着替えしてお化粧をして……」

杉下サブディレクターがマリアに言った。

「いやいいんだ。その登山服のままでやって貰いましょう。その方が感じがでる」

宮野チーフリーダーは、マリアにいうと、豊と博に、

「観覧席の方へどうぞ。きっときょうはお客様はあなたたちだけですよ」

と言った。豊と博はルックザックを携《さ》げて、マリアたちの後について、一階のスタジオにおり、そこから、観覧席の方へ行った。お客様は、あなたたちだけですよと宮野が言ったけれど、三十人ほどの客が既にそこにいた。

「マリアさん一人で、三人分歌って貰うのですから、そのつもりで」

宮野は、マリアと曲目の打ち合わせをやった。

準備は終った。九時までにまだ三十五秒あった。

マリアは観覧席にいる豊と博の方に向って微笑した。アナウンスが始まった。

「鹿児島、東京、札幌を電波で結ぶ、春の歌の夕べの時間が参りましたが、東京は数十年ぶりの豪雪であらゆる交通機関はストップして、再び冬に舞戻った感じでございます。実はこの番組の放送も映画に切りかえようとしていたのですが、マリアさんが登山服姿で雪の中を四時間も歩いて、当スタジオまで来て下さいましたので、マリアさんを東京の代表として、春の歌の夕べの幕を開かせていただきます」

アナウンスが終ると音楽が始まる。

マリアに照明が集中した。マリアが歌い出した。馬子唄くずしである。豊島ゆき作詞作曲であった。マリアの西欧的な咽喉で日本の民謡調なものを歌わせたいという豊島ゆきの願いのもとに作られたものであった。これがマリアのヒット曲となったのである。一応ヒットはしたが、毀誉褒貶《きよほうへん》がおおくて、決定的人気にはなっていなかった。大衆は、突然画面に現われた、イタリア人の顔をした日本娘に、しばらくは呆然としている恰好であった。

マリアは馬子唄くずしの次に荒城の月を歌った。豊島ゆきが仕込んだとおりの、本格的な歌い方であった。マリアは大きな口を開けて、力いっぱい歌った。スタジオがびりびり響くように聞えた。その歌い方には、いささかのごまかしもなかった。そこに立って歌っているマリアは芸能界の歌い手ではなく、どこに押し出しても恥しくない声楽歌手としての素質を示していた。

スイッチは鹿児島、札幌と切りかえられ、最後に東京の夜の吹雪の景色が映し出されたあと再びマリアに照明が当てられた。マリアはそこで雪山讃歌を歌った。登山服姿をしているマリアにはその歌がもっとも似合ったようであった。

春の歌の夕べが終ったころに雪は小降りになった。

「どうなさいます」

「これから食事して、雪の道を歩いて帰りますわ」

マリアは宮野ディレクターになんのはばかることもなく言った。スタジオには雪で帰れなくなった芸能関係担当の記者が二、三人いた。彼等は、マリアが雪の中を双子の兄弟たちと共に四時間もかかって歩いて来たことにひどく動かされていた。いい種を拾ったと喜んでいた。彼等は、マリアと双子の兄弟が休憩室で食事をするところを、盛んに写真に撮った。それだけでは満足できないのか、彼等三人が、雪の中へ出て行くあとを追いかけて写真を撮った。

「マリアっていう子、なかなか根性あるじゃあないか」

宮野が杉下に言った。杉下は電話の応対にいそがしかった。ファンの反応はそのとき既に現われていた。登山服姿で雪の中を四時間歩いてやって来たというアナウンスが、視聴者に感銘を与えたのである。電話はひっきりなしに鳴った。マリアを讃める電話ばかりだった。

雪は止んだが、北西の風が強かった。積った雪が風で吹きとばされて舞った。三人は雪の中を歩き出した。

「数十年に一度という大雪の夜の東京を、心ゆくまで歩くことができたというのも、マリアのおかげかな」

豊が言った。

「お兄さんたちのおかげよ。お兄さんたちが送ってくださらなかったら、出演できなかったし、吹雪の夜の東京を歩くこともできなかったわけね」

マリアが言った。博がなにか言おうとしたが風が出たので、三人はまた一列になって歩き出した。

マリアはこんな夜は今日がはじめてではないような気がした。彼女は十歳で日本へ来た。それまでイタリアにいたころの記憶が彼女のどこかにひそんでいて、三月半ばの雪に共感を覚えるのである。

北部イタリア地方にも、春先にこのような大雪が降ることがあった。地中海から北上して来た温暖な気塊が、冷え切ったドロミテ山群に当って降らせる雪であった。マリアはその雪の中で友だちとたわむれたことを思い出していた。そのドロミテと同じような雪が、いま日本に降って、そしてその雪の中を兄たちと歩いているのである。

「ねえ、ちょっと待ってよ」

マリアは先頭の博に声をかけた。

「どうしたんだ。もう少しピッチをおとすか」

博が言った。

「いいの、なんでもないのよ」

マリアは彼女の顔を覗きこんだ双子兄弟に笑いかけた。一晩中歩いていたい気持だった。ウインドヤッケの中の彼女の長い睫《まつげ》に雪が白くついていた。

人気というものは妙なものである。なにかのきっかけで爆発的に燃え上り、なにかのきっかけで海の底に沈んで二度と浮び上ることができなくなる。マスコミが作り出す人気というものは所詮そのようなものである。

マリアの人気が爆発的に出たのは、豪雪の夜に四時間歩いてスタジオへ行ったという、誠実さと、やはり彼女が持つ実力であった。その夜彼女の歌を聞いたファンは、例外なしに、彼女の才能を讃めた。歌もよかったが、登山服姿でマイクの前に立った彼女の姿がいかすというファンも多かった。人気が出たもう一つの原因は、週刊誌がその夜の彼女のことを書き立てたからであった。

大西商事のコマーシャルガールとして出ていたマリアが、和服姿から登山服姿に変った。人気の動きに敏感な大西光明の指示であった。

「マリアの人気は凄いじゃないですか」

と会社の者に言われると大西光明は、それ見たことかという顔をした。

四月の末になって、大西商事の輸入食品の売上げ率の統計表が広告会議の席上で発表された。

「十一月まで横ばい状態をつづけていた売れ行きは、十二月に入ってから上昇曲線をたどり、四月に入って、急上昇を示すようになりました。マリアがコマーシャルガールとしてテレビに出演している影響と思われます」

山口広告部長はそう前置きして、

「問題は、この上昇曲線を横ばい状態にせずに、更に上昇させるには、どうしたらいいかということです」

山口広告部長はマリアをコマーシャルガールだけでなく、もっと積極的に使うべきだと力説した。

「その具体策は」

大西光明に言われると、上島広告部長代理がその説明を始めた。

「マリアの夕べというのを定期的にやるのです。マリアだけを出して、他の歌手は出さない。出したとしても附属的な扱いとして出すのです。マリアの日常生活から、レジャーにいたるまであらゆるものを歌の中に取り入れるのです」

上島広告部長代理はいくらか昂奮していった。

「上島君は芸能プロダクションへでも行った方がよさそうだな」

大西はあまり乗気ではなかった。

「だいいち、いま人気の絶頂に突進しようとしているマリアをうちだけで独占できると思うかね。マリアは今のところ紅雀プロダクションに所属している。自由にはならぬ。われわれはマリアのコマーシャルガールとしての独占契約だけを金科玉条として守って、もうしばらく静観すべきである。マリアの人気が上れば、コマーシャルガールとしての価値は高くなる。コマーシャルの形を次々と考えることだ。その案を研究すべきだ」

大西光明はマリアの爆発的人気に対して、いささかおそれをなしているようであった。こんなことになるとは思わなかった。大西は、マリアの人気上昇とともに、彼女が遠くなっていくような気がしてならなかった。

紅雀プロダクションは紀尾井町の高台の大きなビルの三階と四階を借りていた。次々とタレントを芸能界に送り出す一方、次々とこのビルからタレントが消えて行った。

三階の受付に女の子のように髪を長く延ばした数人の少年が、楽器をかかえて立っていた。係員が帰れと言っても、どうしてもオーデション（テスト）を受けさせてくれと言って聞かない。そのほかに、超ミニスカートの歌手志望の女が三人ほど来ていた。

「ここでは紹介状のない人はいっさい受付けないことにしています」

若い係員は毎日のことで馴れていた。そう言って、受付の小窓をぴしゃりと閉めると、そっちがそっちなら、こっちにも考えがあるわと一人の女が、突然大きな声を張り上げて歌い出した。流行歌手の口真似である。すると、長い髪の少年たちが、楽器をケースから出して、それに鳴り物入りで応援する始末になった。

怖い小父さんが登場した。

「ばか者ども帰れ」

怖い小父さんは一喝すると、愚図愚図言っている少年の胸倉をつかんでエレベーターの中へ押しこんだ。あとの者はすごすごと引揚げていく。廊下は急に静かになった。

「タレント亡者ですね」

大西光明は受付の顔見知りの男と挨拶して、マリアの練習はどこでやっているかを聞いた。

「第二スタジオでございます」

大西光明はうなずいて、四階へ上っていった。

スタジオに入ると、豊島ゆきがプロデューサーの赤池と議論をしていた。豊島ゆきの作詞作曲したものの内容について、変える変えないの押し問答のようであった。楽団員は成り行きを見つめているといった恰好であり、マリアは隅っこの椅子に腰かけている博と話しこんでいた。

マリアの人気が上ると出演回数が多くなった。練習も、録音録画もほとんど夜だから、昼寝して夜出掛けるようなことになる。付き添いのあさが、まず倒れてしまった。家政婦をたのむとしても直ぐには間に合わないから、つい姑のはなや律子に家のことを頼むことになる。それも長くはつづかなかった。

「お母さん、ぼくらがマリアの付き添いを引き受けましょう」

双子の兄弟が申し出た。

「でもあなた方は」

勉強があるのにマリアの付き添いに毎晩出るわけにはいかないでしょうというと、

「どうせしばらくのことでしょう」

そのうち、適当な家政婦が見つかれば、母はマリアのために専念できるのだ。兄弟たちは母にそのように説明した。

「ふたりで行くのかね」

「ふたりで行くほどのことはないでしょう」

あさは、兄弟の申出をやむなく許した。

大西光明と博と眼が合った。

やあという大西の言葉に博は立上って挨拶した。あさのしつけがきびしいからこういうところはきちんとしていた。

「ほとんど毎日でしょう。たいへんですね」

と大西がいうと、

「ぼくたちはなにもすることはないのだから、待合室で本を読んでいてもいいし、スタジオに入っていてもいいんです。たいして時間の無駄にはなりません」

博は時間の無駄にならないことを示すかのように、ポケットから本を出して見せた。

「マリアさんにとっては安心ですね、兄さんたちがついていれば」

大西はマリアに向って言った。ごく僅かながら皮肉が含まれていた。

「ひとりでもいいのよ、でもお母さんがたいへんなのよ、ね、博兄さん」

とマリアは博にいう。博はうなずいただけでなにも言わなかった。

あさは、マリアを歌手として送り出したものの、未だに芸能界というものを信用していなかった。芸能界というところには、必ず浮いた噂がつきまとっていて、結局は人間を堕落させてしまうものだというふうに考えこんでいた。週刊誌の芸能界のゴシップのほとんどが、くっついたとか離れたとかいうことだから、そのように気を廻すのも、無理もないことだった。

あさは、マリアへの誘惑の手があっちこっちに待っているようで不安でならなかった。マリアは二十歳、いまがいちばん美しい盛りである。男が寄って来ない筈がない。

「あささんの気持も分るな。こういう世界にはなかなかのくせものがいるからな」

そのくせものという意味がマリアにはよく分らないらしく、その説明を博に求めた。彼女はちょっと首を傾げて、眼を幾分大きく開ける。

(博兄さん、それどういうことなの)

いつもの癖であるが、大西には、そのマリアのしぐさが、いままでのどの女にもなかったような新鮮な魅力に思われた。大西は、マリアにそのような眼で見られる博に対して嫉妬のようなものを感じた。

「くせものというのは曲った者と書くんだ。悪い奴のことさ、ただの悪い奴ではなく、いろいろと手段を講じて、結局はその悪の目的を完成しようと狙う奴のことさ」

博はそういうと、ちらっと大西の方を見た。無意識だったが、その眼の動かし方は、此処にも一匹曲者がいるぞということをマリアに示そうとしているように見えた。大西光明は、博のその視線を受取って言った。

「そうです、マリアさん。曲者というのは、一般的に言って悪い奴のことです。くせものはどこにもいるのです。気づかない間に身近に近よっていることがあります。ただし、ぼくも博君もくせものでないことだけは確かです」

マリアさんと、豊島ゆきの呼ぶ声がした。どうやら悶着もかたがついたらしい。いよいよマリアが歌う番であった。

さかずきに映る影は
甘いささやき
浮き浮きと揺れて
わが身を誘う
はや酔いぬ
憶良らは、今は罷《まか》らむ　子泣くらむ
そを負う母も　吾を待つらむ

マリアが歌った。

大西光明はひどくびっくりした。

それは歌なのか、歌ではない別なものなのか。だとすればいったいなんであろうかと考えた。

はや酔いぬ、までは歌であったが、憶良らは、にかかると、それは和歌の朗詠調に変った。いや、それはなんとなく、短歌の朗詠に似ているけれど、朗詠でもなかった。マリアの美声で腹いっぱい歌う、一種の祈りにも聞えた。頭の中がしいんとしたような気がした。

さかずきに映る影は
遠い　おもかげ
そよそよと揺れて
こころをみだす
はや酔いぬ
憶良らは今は罷らむ　子泣くらむ
そを負う母も　吾を待つらむ

第二節目が歌われた。大西光明の頭の中に奈良朝時代の酒宴の席が浮ぶ。朱の背子《からぎぬ》に白い裳《も》を穿《は》き、長い領巾《ひれ》を背から腕にまつわりつくようになびかせている平安朝の美女が、酒席から立上ろうとしている歌人、山上憶良《やまのえのおくら》に、

「もうお帰りなの、まだ宵になったばかりなのに」

というのをさえぎるように、

「いや、もう充分いただきました。家には子供が待っています。その子の母も私を待っていま

すから」

そう言っている山上憶良の姿が浮び上って来るのである。

大西光明は呆然として立っていた。

「分らないなあ。さっぱり分らぬ」

大きな声で言った者がある。扶桑テレビ株式会社芸能総局長の若松鉄雄だった。

「分らないというのは、あなたの感覚がマスコミに毒されすぎたということではないでしょうか」

豊島ゆきが言った。

「おれがマスコミに毒されたか豊島ゆき女史の感覚が狂ったのかは知らないが、だいたい、このなんともおかしな曲を、大衆が受入れるかどうかが問題だな。これは歌ではない、短歌の朗詠でも、御詠歌でも、ソプラノでもない、歌のお化けだな、曰《いわ》く万葉のお化けだ」

「歌のお化けだとおっしゃいましたね。この歌がお化けならあなたは怪獣よ、お化けを喰う怪獣だわ」

ちょっと待って下さいと、紅雀プロダクションのプロデューサーの赤池が割りこんだ。

「とにかく、この歌を出すか出さないか、私に一任していただけませんか」

赤池はつるりと顔を撫でた。

「この歌を出す出さないはもう決っています。あなた方がなんと言っても、私はこの歌を引っこめませんよ。私はこの歌をマリアに歌わせます」

豊島ゆきは真赤な顔をして言った。

「立派ですよ豊島さん、あなたが、この歌に精魂を傾けたことは分ります。しかしこの歌が売り物になるかどうかはまた別な問題です」

赤池が豊島ゆきをたしなめるように言った。

「そういう考え方が歌を、歌謡曲を堕落させたのだわ。歌でなくても、歌のような恰好をしていて、それに大衆がついて来ると思えば、たとえそれが腐った歌でも、じゃんじゃん売り出す……」

ちょっと待って下さいと赤池が豊島ゆきの口を制した。

「豊島さん、腐った歌というのはひどいじゃあありませんか」

赤池はむっとしたようだが、それを外に出すまいとして押えている。

「歌の中にはいい歌もあり、いい歌手もいます。だが明らかに腐った歌があり、腐った歌手がいます。便秘性歌手、下痢性歌手って言葉をご存じですか、ご存じないでしょう。出ない声を無理に出そうとしてうんうん力む歌手が便秘性歌手です。下痢性歌手というのは、歌を歌として消化させずに、ただ排泄するだけの作用しかしない歌手のことをいうのです。そういう歌や歌手を氾濫させて、歌の世界を限りない泥沼に落しこんでいく責任の一半は、芸能プロダクションにもあるのです」

豊島ゆきは一気にしゃべりまくった。あたりがしいんとした。芸能プロダクションのプロデューサーとして第一人者の赤池に正面切って毒づいた豊島ゆきを赤池がどう処理するかを、息をひそめてじっと見詰めていた。

「それだけですか豊島さん、おっしゃりたいことは」

赤池の声は意外に静かだった。

「言いたいことを勝手にしゃべっていたら、夜が明けるでしょうよ」

「では夜明けまでどうぞ。こちらはお先に御遠慮申上げますから」

「私と断絶したということはマリアとも断絶したということですよ」

「あなたとマリアさんとがそういう契約を結んだということは聞いていません。作詞家、作曲家はゴマンといます。なにもニワトリ女史一人が作詞家、作曲家ではありません。ニワトリ女史というのはね豊島さん、近眼でトリメだってことですよ。遠くに眼を向ける度量がないってことです。大衆の眼と耳はどんどん向上して来ています。十年前の人まね歌手ではもう通りません。詩もそうです、涙だの愛だのということばをやたらに羅列した歌詞はもう飽きられて来ています。そういう傾向を見ないで、ただ現在の歌謡界を罵倒するニワトリ女史には、お引取りをお願いするよりいたし方はないですな」

赤池は腰に手を当て、ちょいっと肩を持ち上げた。豊島ゆきは憤然として退場した。

「ちょっと失礼いたします。さっきの奈良朝小唄をいただきたいのですが」

大西光明が赤池プロデューサーに向って言った。赤池は大西とは顔見知りであったから、大西が口を挟んだことには驚かなかったが、奈良朝小唄という言葉にちょっと眼を動かした。

「いま、マリアさんが歌った歌を、うちがスポンサーになるからマリアさんに歌わせて下さいませんか。私はさっきその歌を聞いているうちに、眼の前に奈良朝の風景が浮び上って来ました。マリアさんを奈良朝時代の郎女《いらつめ》に仕立て上げて歌わせるのです。長い裳の着物を着せて領巾を振りながらあの歌を歌わせるのです。きっと受けます」

大西光明は赤池を正視した。取引をやろうじゃあないかという顔であった。勝算ありという自信があった。

「風向きが変ったようだな」

扶桑テレビ株式会社芸能総局長の若松鉄雄が巨体を乗りだした。

「おれはさっき、あの歌は分らないといった。分らないから分らないと言ったのだが豊島女史に咬みつかれた。だが、大西商事株式会社の専務さんは、分るとおっしゃる。分るから買おうとおっしゃるのだから、これほどはっきりした結論はない。あとはただ契約条件ということになる。大西商事がスポンサーということになれば、扶桑テレビでお引き受けいたしましょう。どうだね赤池君」

赤池は黙っていた。

赤池は豊島女史に対して、ここでにわかに妥協したくはないようであった。彼には彼の立場があった。

「豊島女史は声楽一本で叩き上げて来たひとだ。それはいまの歌謡界を見れば腹も立つことだってあるだろうさ。なあに、明日の朝になれば豊島女史の方から、どうもきのうは暴言を吐いてすみませんでした、とちゃんと謝って来るだろう。おれだってさっき、怪獣だと言われたが、いっこう平気だな。豊島女史の欲求不満のヒステリーと思えば、なんてことないだろう」

そう言って、若松は腹をかかえて笑った。緊張した空気がようやく解けたようだった。楽団員が、楽器に手を掛けた。もう一度マリアに歌わせて見ようという雰囲気だった。

マリアは上手に歌った。歌い終ると、博と大西光明ともう一人の女が拍手した。律子がいつの間にかスタジオにもぐりこんでいた。

「マリアさんすばらしいわ。ホームランよ、日本中がマリアさんの奈良朝小唄に酔ってしまうわ」

律子はオーバーな讃め方をしてから、大西光明にていねいに挨拶をした。ちょっと近くまで来たので、寄って見ましたと律子は言いわけのようにいうと、マリアさん疲れたでしょうと、彼女の額の汗をハンカチで拭いてやったりした。

いままで見たこともないような親切を律子にされたので、マリアはなんと言っていいのか困ったような顔で立っていた。

家政婦はなかなか見付からなかった。あってもいろいろと事情があるひとで、鳥羽家に落ちついてくれそうもなかった。

お手伝いさんはあったが、例外なしに、マリアの付人としてスタジオへ行きたがった。マリアの人気になんらかの形で便乗したいような女ばかりだった。お手伝いさんの中には、芸能人の家はいやだといって、向うから敬遠する者もあった。マリアがテレビに出演するようになって、鳥羽家はそれまでのような平凡なサラリーマンの家庭ではあり得なくなったのである。

あさが心配したとおりのことが起って来たのであったが、いまさらどうにもしようがなかった。

「ねえ、マリアのマネージャーに律子を使って見たらどうかしら」

はながあさに言った。

「そういうことになれば律子は会社を辞めてもいいと言っているよ」

あさは、その話にすぐには乗れなかったが、こうなったら、誰かそういう人をマリアにつけねばならないだろうと思っていた。

マリアのスケジュールは一時間の隙間もないくらいに組まれていた。いまのところ紅雀プロダクションと契約しているから、紅雀プロのいうがままに動かねばならないけれど、そうかと言って、言いなりになっていたらマリアの身体がたまらない。マリアの代弁者は必要なのだ。

博も豊もそうそうマリアの相手ばかりしておられないし、あさはすっかり疲れこんで、ためいきばかりついていた。そのあさのためいきと逆比例してマリアの人気はすさまじい勢いで伸びていた。

「憶良らは」がヒットしたのである。奈良朝ムードを出すために、マリアが着た郎女の服装も当った。

「『憶良らは』は歌謡曲の常識を破ったものである。現代へ、古代の歌垣《かがい》をそのまま盛りこもうとしたかに思われるほど、それは懐古趣味に溢れている。聞くものをしてなんとも言えぬ幻想に落しこむ歌である」

新聞にそのような批評が出たほどであった。もはや、マリアは人気歌手中の人気歌手であった。勝れた才能と、日本語を日本人と同じように話すイタリア人であることが彼女の人気を高めた原因であるが、そのかげに、豊島ゆきの存在を無視できなかった。

豊島ゆきと赤池とは相変らず仲が悪かった。喧嘩をしながらも、マリアに歌わせるべき次の準備に余念がなかった。マリアは高校三年生になったのだが、ほとんど学校へは行けなくなっていた。あさはそのことをたいへん心配していた。

「律子さんが会社をやめるってことはたいへんなことね。一度やめたら二度と復職することはできないでしょう」

マリアの人気がそう何年もつづくものとは思われない。マリアにマネージャーが要らなくなったら律子はどうするつもりであろうか。そうなった場合、律子を鳥羽家で見てやらねばならないだろうか。あさはそこまで考えていた。

「そのことなら、律子と大西さんとで、ちゃんと話がついているそうよ」

はなは妙なことを言った。

「大西さんと?」

あさは大西の名が出ると本能的に身構えるような顔をした。マリアを芸能界に送りこんだのは、もとはと言えば大西である。結局マリアは大西光明に利用されているのではないか。

「大西さんが律子にマリアのマネージャーになるようにすすめたんですって。将来、マネージャーの必要がなくなった場合は、律子を大西商事で使ってくれると約束したそうよ」

いらざることをしてくれたものだ。大西光明という人は、なぜそれほど、マリアにつきまといたいのだろうか。あさははっとした。四十を過ぎていまだに独身をつづけている大西光明は、一年おきに女を変えているという噂がある。女の心の底まで盗み見してしまうような好色なあの眼を、もしかするとマリアに向けているのかもしれない。

「いけないわ」

とあさは言った。

「だめかねえ。でも、このまま放っても置けないだろう、年頃の娘をさ」

はなはマリアのことを言っているのである。そのとおりマリアには誰かをつけねばならない。できたら、律子に家事をまかして、あさがマリアのことをすべてしてやりたいのだが、家には、とかく会社を休み勝ちな夫の省造がいた。省造の身体はよくもならないかわりに悪くもならなかった。その省造にとって、あさは絶対に必要だった。豊、博兄弟だってほったらかしにはできなかった。

「わたし律子さんと話して見たいわ」

あさは、この場合、不本意ながら律子をたのまなければならないだろうと考えた。

その夜、あさは律子とマリアと三人で話し合った。

「わたしは律子さんにマリアのことをお願いするに当って、ぜひ守って欲しいことがあります。それはマリアの意志を尊重していただきたいということです。マリアは二十歳です。マネージャーだからと言って、あなたの意志をマリアにおしつけようとなされたら困ります」

「分りました。マリアさんが、どんなわがままをおっしゃっても、はいごもっともでございますと言えばいいのでしょう、お嫂《ねえ》さま」

律子はむっとしたような顔で言った。あさはそれを無視してその先をつづけた。

「たとえば、あなたの意志によって、特定の人をマリアに近づけようとなさっては困ります」

「特定の人とおっしゃいますと?」

「大西さんのような人です」

律子は、あきれたような顔であさを眺めていた。その眼つきが怒りから軽蔑に変った。

「お嫂さん、マリアさんがこうなったのは、誰のおかげだと思っているの」

「私はマリアがこうなることは、はじめっから望んではいませんでしたわ」

あさは律子をはねかえすような眼で見かえしていた。

あさはマリアが帰って来るまで必ず起きていてマリアを迎えた。どんなに夜遅くともマリアと向い合って、その日のことを訊いてやった。マリアは日本茶が好きだった。いくらか濃くいれた番茶が好きだった。パイが好きだったからそれを用意して置くことも忘れなかった。

「おどろいたわ、ファンのひとがいきなり舞台に飛び上って来て、私の手を握ろうとするんですもの」

そんな話がでるかと思うと、新しい歌の練習中に、豊島ゆきとプロデューサーの赤池がはげしい言い合いをしたために、終るのが予定より一時間も遅れてしまったなどという話をすることもあった。

「そうそう、お母さん、今日も、大西さんがスタジオにいらっしたわ」

マリアの出番が終ると、大西光明が近くのレストランへつれて行ってくれたことを話した。

「叔母さんはなんて言ったの」

「叔母さんはね、いつかお母さんに言われたことがあるでしょう、だから、私にたいしてはずいぶんの気の配りようだわね。マリアさんどうなさいますって訊くのよ」

そう、とあさはまぶたを考えこむように重く合わせて開けると、

「そのレストランてどこなの」

「六本木のカルタって店よ。芸能関係の人がよく集る、深夜営業の店だわ。レストランっていうより軽食を出す店って言ったほうがいいようね」

「だから遅かったのね。さあお風呂に入ってお休みなさい」

あさは湯加減を見に風呂場の方へ立って行った。そのあさのうしろから、マリアは、

「ねえ、お母さん、大西さんに誘われて悪かったかしら」

と話しかけた。

「悪いってことはないわ。あなた一人でもないしね。でも大西さんはいろいろと噂がある人よ、はっきり言って注意を要する人物だと思うわ」

「どんな噂なの」

「大会社の重役でありながら、四十歳を過ぎても未だに独身だなんて、それだけ考えて見てもおかしいでしょう」

そうねとマリアは静かに言った。

「これから気をつけます。でもねお母さん、私は大西さんは悪い人だとは思いませんわ」

マリアは大西光明とはじめて会った日のことを思い出した。カンディデの村へ鳥羽省造とふたりでやって来た大西光明は、イタリア語の単語をやたらに並べる妙なしゃべり方をした。真珠の首飾りを持って来て、あの欲張りなオデット叔母さんにやったり、酒好きなアルベルト叔父さんには、スコッチウイスキーを三本もお土産に持って来て、たちまち味方につけてしまっ

たことを思い出した。

マリアにはミラノから靴と洋服を買って来た。大西はマリアの髪に赤いリボンを結んでやりながら、下手なイタリア語で、可愛いお嬢さんと繰り返していた。そのときの大西の眼はけっして悪い人の眼ではなかった。

暑くなって来ると、マリアはいよいよ多忙になった。きめられたスケジュールを追うだけで息をつく暇もなかった。東京だけでなく地方へでかけることもあった。律子がついていてくれるから困るようなことはなにもなかったが、いささかマリアはこういう生き方に疑問を持った。

「人気ってなに? お兄さんたち、こんなこと考えたことあって……今日もまたマリアは歌うの。明日もまたマリアは歌わねばならないの……ああ山へ行きたい。お兄さんたちと山へ行きたいわ」

こんな絵葉書が北海道から鳥羽家へ届いたころ、マリアは、北海道から、東京を通りこして阪神方面で歌っていた。

「マリアがこんな手紙をよこすってことは疲れているからよ。考えてやらねばならないわ」

あさは省造に言った。省造はうなずいているだけだった。マリア号はいま帆に風をはらんで走っている。マリア号を止めるには、帆をおろすか、風を止めるしかない。風を止めることができないのだから、マリア号を止めるには帆をおろすしかない。帆をおろしたら走れなくなる。

太平洋の真中にいて、どうして帆なしに港へつくことができようか。とにかく、ひとまず船出をしたのだから、行きつく港へ行きつかないと話にはならないのだ。省造はそう思っていた。

疲れた顔をして楽屋へさがって来たマリアを大西光明が待っていた。

「あら、大西さんも神戸へ」

新幹線もあるし、飛行機便もあるいまは、時間的に言って東京と神戸は遠いという感じはない。だがやはり、神戸へ来て見ると、旅に出ているという気持が先に立つ。まわりはみんな知らない人ばかりのところへいつも見馴れている大西が現われたのだから、ついなつかしげに声をかけた。

「ちょっと商用があったのでね」

大西はそう言って笑った。

マリアは楽屋を見廻した。律子がいない。どうしたのだろうかと思っているマリアに、大西は紙片を渡した。

「ひさしぶりで以前親しかったお友達に会いました。しばらくおしゃべりしてから帰ります。マリアさんは先にホテルに帰っていて頂戴ね」

紙片から上げたマリアの眼を待っていて、大西が、私が送らせていただきますと言った。

マリアはサングラスを掛けて大西のあとに従って劇場の楽屋口を出た。高級車が待っていた。

「どこかで食事をして行きましょうね」

大西が言った。おや、どうしてこの人は、私が夕食がまだだということを知っているのかしらと考えて、すぐマリアは律子のことを思い出した。叔母さんが大西さんになんの気なしに洩らしたのだと思えば、別にどうっていうことはない。

大阪に来て、休む暇なく、放送局のスタジオを二つ廻って、そのまま自動車で神戸の劇場へ行き解放されたのが夜の九時であった。お腹がすいていた。

大西が前かがみになって運転手に行く先を言った。自動車は光の中を右折した。

その豪華なレストランは山の手にあった。窓から神戸の港の灯が見えた。外人客が多かった。このような環境で静かに話しながら食事を楽しんでいるといった光景は東京では見られなかった。マリアはこのごろ、スポンサーの招待で食事に招かれることが多かった。東京の一流のレストランがどんなところかマリアはほぼ知りかけていた。そのマリアの浅い経験で見た東京のレストランは、華美であると同時に、どこか雑然としていた。上品なものと粗野なものとが同居している感じだった。静かな音楽の流れる中で、高い声でしゃべっている客がいたり、突然、下品な笑い声が聞えて来たりした。レストランとはそういうものだと思っていた。

だが、この神戸の山の手のレストランには、東京で見たそのようなラフな感じのものは見られなかった。まるで人がいないような静かな雰囲気の中に音楽が流れていた。窓とは反対側にかなり広いフロアーがあって、そこで三組ばかり踊っていた。バンドの照明だけが明るく、楽団員の一人一人の顔が光って見えた。比較的に年輩の人達だった。

「マリアさんは神戸牛肉が日本一おいしいということを聞いたことがありますか」

大西はビフテキにナイフを入れながら言った。

「はい、聞いたことがあります。でも食べて見るのは今夜がはじめてですわ」

マリアは卒直に答えた。やわらかで、歯ごたえがあって、と彼女は肉を食べながら、神戸の肉の味をかみしめていた。

「ブドウ酒はいかがです」

大西は自ら赤いブドウ酒のコップを口に運びながら言った。

「いただけませんわ」

マリアは、ブドウ酒をついだコップにちょっと眼をそそいだ。なんときれいな色をしているのだろうかと思った。

「乾杯だけしていただけませんか」

「なんのための乾杯でしょう」

「マリアさんの美しさのための乾杯です」

「おじょうずですこと」

マリアは笑った。大西がコップを上げているから、それに合わせないと悪いような気がした。コップを上げてかちんと合わせたとき、大西の笑いが止った。大西の眼がコップの上から、マリアを見詰めていた。力をこめた視線だった。男にそんな眼で見られたことのないマリアは少々あわてた。視線をそらそうとしたが、大西の眼はマリアをとらえてはなさなかった。そのままで大西のコップは、少しずつ彼の口に近づいていく。マリアはその彼の眼に引き摺られるように、彼女自身のコップを口元に持っていった。ブドウ酒が彼女の唇に触れ、その海を越えて来た赤い液体は郷愁に似たかおりをもたらす。自然なかたちで彼女はブドウ酒を一口味わった。いけないかしら、マリアはそのときあさに見詰められたような気がした。

大西光明の話術はうまい。疲れている彼女にしゃべらせようとはしないで、彼女が知りたがっているようなことを、つぎつぎと話していく。

「ヨーロッパ風なレストランがどこにあるかと言えばそれは神戸ですね。横浜にもあるけれど横浜はむしろアメリカ的ですね。本場のヨーロッパのレストランが、どんどんアメリカナイズされていく現在では、神戸のこのようなヨーロッパスタイルを残したレストランの存在は、ある意味で貴重ですね」

そんなことをいうかと思うと、窓から見える港の景色をゆびさしながら、

「夜の港って情緒に溢れていますね。その情緒も港に立って眺めるより、ある程度はなれた、こういうところから見たほうがいい。ほらマリアさん、いま港を出て行く船があるでしょう、あれは貨物船ですよ。見送る人が誰もいない波止場を離れて、遠い国を目ざして出て行って、その遠い国の港で新しい荷物を積むと、またひっそりと夜の波止場をはなれるのです」

「ロマンチストね、大西さんは」

「いや多分に懐疑的な人間なんですよ。懐疑的でありながら感傷的な見方をしようとするのです」

「詩人かしら」

「でもないが、詩は嫌いではない。きっと人生という詩を書こうとして一生書けないでいる三文詩人ですよ、ぼくは」

大西はちょっと眼を伏せていたが、急に上げると、

「マリアさん踊りましょう」

と言った。自信に満ちた言い方だった。踊りましょうと言ったときには、もう半ば立ちかけていた。

マリアは、ダンスらしきものをやったことがあったが、それも友人の家でのパーティーのひとこまのあそびであった。本格的に習ったことはない。あさは、ダンスというと頭から悪いものと決めつけていた。

大西が席を立ってフロアーの方へ一歩踏み出したときマリアは、私は踊れませんわと言おうとしたが、その声を予期したように大西は更に前進する。マリアはことわろう、ことわろうとしながら、結局大西にひかれてフロアーに出てしまった。外人客が二組踊っていた。

マリアは大西と組んだ。ちょっと固くなったけれど、大西がきちんとした姿勢でマリアを誘導して行くので、マリアは警戒心を解いた。

「マリアさん、ダンスをどこで勉強したの、うまいものだ」

大西が感心したように言った。お世辞だと分っていながら、マリアは、不思議に自分の身体が大西の動きについて行くのを、半ばあきれ、半ば驚いていた。

「港のあかりがひとつずつ消えてゆく」

マリアが眼をあげると、大西はくるっとターンして、マリアに港の灯が見えるようにしてやるのである。マリアはそのまま港の灯に向って歩いて行くような気持だった。

音楽がワルツに変ると、マリアはちょっとまごついた。だが、大西はマリアのまごつきをまごついたようには見せず、マリアのくずれ方に上手に合わせて、すぐ調子を取りもどしてくれるのである。

大西の手に力を感じた。大西の右手がマリアを深く抱いた。そうすれば、マリアは自然に大西のペースに巻きこまれていくのである。マリアは音楽だけを聞いていればよかった。自分で踊ろうとしなくても大西のリードにまかせていればよかった。身体を軽くリズムに乗せているつもりでいれば、大西はどこへでも彼女を引張って行ってくれるのである。

マリアははじめのうちは大西の身体に接近することを警戒した。その気持が大西にも分って、大西とマリアはかなりはなれて踊っていた。だが、三回目のワルツで、ぴったり踊れたという満足感を得てからのマリアは、大西とかなり接近して踊っていても気にならなくなった。ダンスをしているのだ、悪いことをしているのではない、という言いわけが彼女のどこかにあった。

冷房が利いているけれど、二、三回つづけて踊ると汗ばんだ。マリアは、彼女の水色のワンピースに、照明が当てられると、なにか大西といけないことをしているような気になり、その照明が、すぐ隣りで踊っている外国人のカップルに移っていくと、そのカップルに、お似合いねと声を掛けてやりたくもなるのであった。

テーブルに帰ると、ボーイが冷たいものをすぐ持って来た。

「ぼくはときどき仕事なんかやめてしまって、どこか遠いところへひとりで行ってしまいたくなることがあります。ところがそう思っても、簡単に出られるものではないでしょう。そんなときにはダンスをするのです。グルグル廻ると頭の芯の中からストレスが蒸発してしまうのです」

「その大西さんのパートナーの方も、ずい分お上手でしょうね」

マリアは今年の夏、北アルプスへ行ったとき大西がつれて来た波津子を頭の中に思い浮べていた。

「上手なひとより、素直な性格のひとの方が踊りやすいですね。もともとダンスは、スポーツでも技術でもなく、ムードを楽しむおあそびなんですから。気分よく踊れたときは、なんとなく爽快ですね、ほんとうに楽しかったと思います。しかし、そのあとひとりになったとき、猛然と淋しさが襲って来ます」

踊りましょうかと、大西が誘った。

マリアは、大西が言ったことばをそのまま覚えていて、踊りながら大西に聞いた。

「おひとりになったとき淋しくなるとおっしゃいましたけれど、大西さんはなぜ結婚なさらないんです」

大西はびっくりしたような眼でマリアの顔を見ていたが、突然腕に力をこめてマリアを抱くとくるくる廻り出した。

眼が廻りそうだったから、マリアは大西に寄りかかった。大西の頬がマリアの頬に触れた。すぐはなれて、そのかわり、大西の唇がマリアの頬に当てられた。

飛行機が大阪空港を離陸してすぐ、律子がマリアに言った。

「ゆうべ遅かったの」

「十一時ちょっと過ぎたかしら」

「ずっと大西さんと御一緒だったの」

マリアは軽くうなずいて、律子の顔を見た。私はお友達と会うからマリアさんはひとりでホテルへ帰りなさいという置手紙を大西に託して置いた律子は、十一時過ぎにマリアがホテルに帰って、律子の部屋をノックしたときもいなかった。マリアは自分の部屋に入り、バスを使ってからすぐ寝たのだが、それまでに律子は帰った様子はなかった。帰れば、一応はマリアの部屋をノックする筈であった。十一時にマリアが帰ったときには既に律子は眠っていたのかもしれない。とにかく律子は、ゆうべマリアから遠ざかっていたことだけは事実である。

「叔母さんは何時にお帰りになったの」

「十二時ちょっと過ぎよ、つい話しこんでしまって……ごめんなさいね。フロントで訊いて、あなたが帰っていることが分ったから、そのまま寝たわ。眠っているあなたを起したらかえって悪いからね」

だが、ずっと大西と一緒だったことをなぜ律子は知っているのだろうか。叔母の想像だろうか。それにしては大西と一緒だった内容についてなぜ訊かないのだろうか、いつも、根掘り葉掘り聞きたがる癖に。

「ねえ、マリアさん、ゆうべのこと、嫂《あね》に話さないで頂戴ね、嫂はうるさい女だから、話したらきっと私が叱られるわ。ねマリアさん、お願い」

「なぜお母さんが叔母さんを叱るんでしょう。叔母さんだって自由はあるわ。お友達とおしゃべりして悪いことはないでしょう」

「そういうことより、あなたと大西さんと二人だけでお食事をしたってことが重大よ」

「あら叔母さん、よく御存知ね。私はそのことをまだ叔母さんに話してはいなかったわ」

「でも、そうでしょう。大西さんは、紳士よ、お腹のすいているマリアさんをひとりでホテルに帰すようなことをなさる人ではないわ。そのような大西さんを嫂は妙に敵視しているのよ。大西さんを悪い人だと決めているのよ。女たらしって決めているのよ」

「それ、いやなことば……」

マリアは言った。あさがもし、大西のことを女たらしだと言ったとすれば、それはあさの見当違いのようにマリアには思われた。大西は女たらしではなく、女の方で近づいて行く男ではなかろうか。マリアは大西の腕の中で、ワルツを踊りながら、軽い眩暈《めまい》をおぼえたゆうべのことを思い出していた。

「いいわ、お母さんにはなんにも言わないわ」

マリアはあさとの間に小さな秘密を持った。悪いことかしら、お母さんを裏切ることではないかしら。そう考えているマリアの横顔を律子は狡猾な眼ざしで見詰めていた。

博はノックもしないで入って来た母の顔をびっくりして見上げた。あまりにも顔が青いからである。博はいそいで電灯をつけた。

「ねえ博、わたしは心配なのよ。お父さんに話したけれど、お父さんは心配ないっていうし」

あさは、部屋中足の踏み場もないほど散らばっている博の山道具を見おろしながら言った。

博は兄の豊が先に行っている北アルプスの合宿に参加しようと準備中であった。

「大丈夫だよ、注意してやりさえすれば危険なことなんかないんだ。お父さんもそう言っているじゃあないか」

「山ではないわ。マリアのことなのよ。マリアのことが心配なのよ」

マリアは律子と行動を共にしているから、出るときも帰るときも一緒であった。以前の律子はマリアを玄関まで送って来て、お互いにお休みなさいを言って、離れの方へ芝生を横切って行くのだが、このごろ、律子はマリアを玄関まで送っては来ずに、手前で自動車をおりて裏木戸から自宅へ入ってしまう。だが律子とマリアが一緒かどうかは自動車の止った音で分る。それを聞いてあさはほっとするのである。

「それがね、博、このごろちょいちょい、マリアが一人で帰って来ることがあるんだよ」

「叔母さんだって用はあるさ、なんぼマネージャーだからって、マリアにつきっきりってわけにはいかないだろうさ」

「だからそういうときには、そのように律子さんからあらかじめ言って来るから、私が行ったり、お前たちがついて行くでしょう」

「お母さん、マリアはもう大人だよ。いちいち誰かがついて廻るってことが、そもそもおかしいじゃあないか」

「でもね、お母さんは心配なんです。マリアは大阪から帰って来てからへんなのよ、なにか私にかくしていることがあるような気がしてならないわ。こういう気持は母親でなければ分らないものよ。ねえ、博、お前それとなく、マリアのことを見てやってくれないかしら」

だってお母さんと博が言おうとすると、あさは博のことばをさえぎるようにして、

「今日、マリアがでかけるとき大西さんから電話があったわ。そういうときに限ってマリアは

ひとりで帰ってくる——」

それを聞くと博の顔が一瞬こわばった。

「なに大西、大西光明から……」

博は、大西光明と呼び捨てにした。いつか楽屋で会った大西光明の顔を思い出した。

「今日のマリアのスケジュールは」

博は立上っていた。

博はその足で紅雀プロダクションに向った。マリアは、そこで七時過ぎまで新曲の練習をすることになっていた。

博は怒っているような顔をしていた。自分が怒った顔をしているのがよく分った。怒りは妹を保護するための兄の怒りだと博は自分に言い聞かせていた。妹にちょっかいを出す奴は誰であろうと許すことはできないのだ。

恵美は物憂い顔をしていた。母の律子がなにかいうと、それに反応するけれど、すぐまたもとの恵美に戻る。恵美はスタジオの中で、常にヒロインであるマリアに眼を向けていた。羨望の眼でも嫉妬の眼でもない。マリアの仕事がはやく終って、恵美のそばへ来るのを待っている眼である。

マリアも恵美が自分を待っていることを知っていた。豊と博が兄であるから、恵美とは従妹の関係にある。マリアは恵美のことを、他人には従妹といい、恵美もまたマリアのことを従姉だと思っているのである。

練習に区切りがついて恵美のところにマリアが戻って来ると、恵美の顔が急に生き生きとして来る。恵美はマリアに寄り添うようにして、話し出すのである。その時恵美の顔から物憂い翳は消えて、可愛らしい娘さんになるのである。

「歌うってことはたいへんなことなのね」

恵美が言った。

「二度と歌うものかという気持になることが、このごろ、ときどきあるわ。その気持が連続するようになったら、わたしはきっと歌えなくなるわ」

マリアは恵美と指をからませながら言った。

「でもマリアさんは歌が好きでしょう。そういう気持がときにはあっても、またすぐ歌いたくなるでしょう。ところが、私はだめだわ、ほんとうはね、……」

恵美は声をひそめて、うしろで、大西となにか熱心に話している律子のほうへちらっと眼をやってから、

「ほんとうは、私は歌が嫌いなのよ。でもお母さんがマリアさんに負けないように歌えっていうのよ。今日もこれからレコード会社へ録音に行くところだわ。私の歌なんか売れるわけないのに、お母さんたら、どうしてもレコードにしたいっていうのよ」

恵美の顔にまた憂いが走る。

「それは出して見なければなんとも言えないことよ。でもよかったわね恵美ちゃん、あなたのレコードが出るなんてすばらしいことじゃあないの」

「私はそうは思わないわ。それよりも大西さんがなぜ、私のレコードを三千枚も引き受けるつもりになったのかしら。三千枚というと六、七十万円になるでしょう。あの人にとっては、たいしたお金ではないかもしれないけれど、商品価値もないものになぜ大西さんが投資しようとするのか、そのことをいま考えていたのよ」

恵美はマリアのゆびを一本一本内側に折りまげながら、

「ねえ、マリアさん、このごろのうちのお母さん少しへんだとは思わない？　マリアさんのほんとうの意味のマネージャーから少々はずれた考えを持っているのじゃあないかしら」

マリアはそれには返事をしなかった。マリアは彼女のうしろで大西と話しこんでいる律子を見た。恵美に言われることもなく、律子は変った。律子は意識的にマリアを大西光明に近づけようとしている。そのことと、恵美がレコードへ吹込むこととなにか因果関係があるのだろうか。

マリアと恵美と律子と大西が同じ自動車に乗って紅雀プロダクションを出たのは八時ちょっと過ぎである。自動車は新橋へ行って、レコード会社の前で止った。

マリアが降りようとしたが、律子はマリアの肩をおさえるようにして、

「いいの、恵美はひとりのほうがいいのよ、この子は甘ったれだから」

そう言って律子は恵美をつれて降りて行った。ひとりのほうがいいというなら、律子叔母さんだってついて行かねばいいのに、おかしな叔母さんだわとマリアが思っているうちに自動車は動き出した。レコード会社の前に立ってうつむいている恵美の姿がヘッドライトに映し出された。

「歌が嫌いな恵美ちゃんになぜ叔母さんは歌わせようとするのかしら」

マリアはつぶやくように言った。

「多くの母親と娘さんの気持とは違うんだな。娘さんが歌は好きだが、母親は嫌い。お母さんは娘を歌い手にしたいが娘は歌が嫌い。そんなふうな例がたくさんあります。母と娘と反対な気持でいても、才能があるものは結局は出るんです」

「恵美ちゃんは才能があるの」

マリアは言ってしまってはっとした。さっきの恵美の疑問を大西に投げかけたのだ。

「あるかないかは、レコードにして世に問うて見るしかないでしょうね」

大西はややそっけなく答えた。大西は話題をそらしたい様子だった。その大西の気持が分って来ると、マリアは、それ以上しつっこく恵美のことを訊くのを止めた。自動車は銀座の光の中を過ぎた。このごろの時間に、大西がよく連れて来てくれるレストランへは、今日は行かないらしい。すると、どこかのホテルのレストランかしら。マリアは時計を見た。

自動車は丸ノ内のビル街の一角に停止した。八時を過ぎると人通りはずっと少くなっている。マリアは自動車を降りたとき、そのビルの谷間の街の中に一人残されたらどうしようかとふと考える。そんな考えが出るほど、夜になるとその辺は静かである。

「さあどうぞ」

大西は、ごく自然な形でマリアの腕を取って、地下室の階段をおりていく。フロントに、黒の蝶ネクタイをした男が三人ほど顔を並べていて、いっせいに大西に挨拶した。マリアのほうをわざと見ないようにするところや、一人が先に立って案内していく様子なども慇懃《いんぎん》をきわめていた。

赤い絨毯を敷いた廊下を通りぬけると、そこにもまた、黒ずくめに白い手袋をしたボーイがいて、今度はそのボーイが先に立ってドアーを開ける。音楽が聞え、光がばらまかれたようなフロアーに幾組かが踊っている。客席は見えない。暗くしてあるからだ。

大西とマリアは、壁のそばを伝うようにして歩いていってルームの前に立った。そこが大西たちのために予約された特別室であった。

「ここ、どういうところなの」

マリアはちょっと不安になって訊いた。

「クラブですよ、純然たるクラブ組織のナイトクラブです。英国風な高級クラブと言えばいいかな。クラブの会員以外は入れないことになっているのです」

大西光明は、テーブルの上の葉巻を取って火をつけると、卓上のベルをおした。白い服を着た、こうごうしいように白髪のよく輝く老人が現われて、にこやかな態度で、大西に注文を訊いた。

大西はメニューを取り上げて、あれにしようかこれにしようかとマリアと相談する。ちょっと面倒になると、老人が料理の内容について説明する。

老人は静かに現われて静かに去っていく。そのたびに新しい料理の皿が運ばれて来た。テーブルの上に白い押しぼたんと、赤い押しぼたんがある。赤い押しぼたんをおすと、音楽が聞えて来る。ルームの天井に取りつけられたスピーカーにスイッチが入れられたのである。音楽はフロアーで演奏されているダンスミュージックであった。

「どうです、お気に召しましたか」

大西は、ひととおりの食事が終ってコーヒーが運ばれて来たとき、そのカップに手をかけて言った。

「マリアさんは今や人気の絶頂にいる歌手ですから、とかく人の眼につきやすい状態にいます。ぼくとふたりだけで夕食を食べたということだって、書きようによっては週刊誌の特種《とくだね》になるのです」

だから、こういうクラブにつれて来たのだなとマリアは思ったが、その大西の気持が、なぜかこの夜はうれしいとは思えなかった。この特別室がマリアには堅苦しかった。

「特種ってなに?」

「ぼくとマリアさんが、特別な関係にあるというふうに書けば、それが特種……」

マリアは驚いたような顔をした。

「そういうことが書かれたとしたら、マリアさんは迷惑でしょうね」

大西はカップを下に置いた。彼の眼はこの場合のマリアの答えからなにかを引き出そうとしているようであった。

「特別な関係ってなんでしょうか」

「特に親しいことです。ぼくとマリアさんが、友人以上に親しい気持で交際していくことを特別な関係というふうに解釈したらどうかしら」

大西は音楽を止めた。

「分らないわ、そんなむずかしいこと」

マリアは逃げようとした。

「マリアさんが、ぼくのことをどうお考えになっているか分らないけれど、ぼくはマリアさんに、卒直に言って、特別な気持を持っていることは事実です。ここでマリアさんに愛していいます、恋していますなんて、軽々しいことは言えませんけれど、その軽々しい言葉以上のものを持っていることだけは、はっきり申し上げておきます。この年になってはじめて心の中に燃え出した火です。消すことのできない火なんです」

マリアは大西の撫でるような言葉を、くすぐったく聞いていた。なんて答えたらいいだろうか。ふとあさの眼が浮ぶ、潤んだようなあさの眼――。マリアは下を向いた。

マリアは黙っていた。こういうときには沈黙しているに限ると思った。マリアの智恵であった。大西光明が嫌いではなかった。マリアの年齢の倍もある大西は、いわば小父様だったが、その小父様は、頼りがいがあった。なんでも知っていて、お金があって、実行力があってと、大西を打算的に見たのではなく、大西には、他の男にない不思議な魅力があった。

(私は信頼感と愛情とを混同しているのではなかろうか)

でも、大西と交際するようになってからマリアの人生は少しずつ変っていった。大西に抱かれて踊るときはうっとりするようなことがある。食事もおいしかった。

(マリアさんのおかげで大西商事の品物は非常に売れるようになりました。あなたにはいくらお礼を言っても足りないくらいです)

そんなことをいうこともある。他意はない、スポンサーがタレントを招待するのだと言ったふうな、気楽な状態にマリアをしようとする、大西の心遣いも、マリアにはよく分る。

「踊りましょうか」

大西が言った。いつもならマリアは、素直に立っていくのだが、大西の口から、はっきりと彼の気持を聞かされたいまは、マリアは、そのことにとらわれて、踊ろうという気が起らなかった。

(大西さんのあのことばは本心だろうか)

マリアの心の片隅にかすかに浮んだ疑いの霧は、はやい勢いで拡がった。霧の中で恵美が歌っている。泣きながら恵美は嫌いな歌を歌っている。

「踊りたくないの」

マリアは静かに言った。

「それではなにかつめたいものでも」

「もうなにもいただきたくはないの」

マリアは恵美の言葉を思い出していた。恵美が言ったように律子のこのごろの態度はおかしい。神戸で、大西とマリアが二人だけで食事に行ったという秘密を持って以来、律子は、なにかそうすることが当然のように、マリアと大西とを二人だけにするようにしむけるのである。芸能界のうるさい眼をのがれるために、マネージャーの律子はマリアの身辺を絶対にはなれない。そのように見せかけていて、大西と律子とマリアの三人で食事している途中に律子だけがふと席をはずしたり、大西が送って来てくれる自動車から律子だけが、なにか理由をつけて途中下車したりするのである。

「ではお送りしましょう、お宅まで」

大西は急に黙りこんだマリアを見て、困ったなという顔をした。女を扱いなれている大西には女の心理がよく分る。押して押して押しまくればいいという相手ではない。マリアは別なひとであった。大西はそれまで交際した女とは全然違った気持をマリアに持っていた。

大西はマリアと腕を組んでクラブを出た。マリアは、大西のその腕も、その夜はなんとなくこわいような気がした。夜の東京はスモッグに覆われていた。そのスモッグの中から突然一人の男が現われてマリアの方へ向って歩いて来る。

「マリア、迎えに来たよ」

博が言った。

「まあ博兄さん……」

マリアはあとの言葉が出なかった。どうして此処が分ったのかとも聞きたいし、大西と二人だけで、このクラブに来た言いわけもしなければならない。いろいろのことがマリアの心の中にいっぱいになった。博が来てくれてよかった。もし大西がいなかったら、博の胸に顔を沈めて泣いたかもしれない。マリアはそんな気持だった。

「やあ博君、いまマリアさんを送って帰ろうと思っていたところだよ、自動車があるから一緒に帰ろう」

大型の外車は既にドアーを開けて待っていた。

「いいんです。東京駅まで歩いて五分、東京駅から国電で三十五分、そこから歩いて八分です。四十八分で家へつきます。おそらく自動車で行ってもそのくらいでしょう。ぼくたちは自分の足で帰ります」

博は大西にはっきり言った。そして、大西の言葉を待たずに、マリアの手を取ると、スモッグの夜のビル街を歩き出したのである。

博もマリアも黙っていた。東京駅で切符を買うときも国電の中でも黙っていた。国電に乗っている人たちの間からマリアについての囁きが聞えて来る。国電を降りてから、博の足ははやくなった。人の眼がうるさくないところへ急いで行こうという気持はマリアにもよく分る。住宅街に入るとしいんとする。歩いている者はふたりだけだった。博は立止ってためいきをついた。人の眼ってなんてうるさいのだろうと言いたいようだった。

「マリア驚いたろう。ぼくは紅雀プロの前で、マリアが出て来るのを待っていたんだ。それからあとをつけたってわけさ。偶然のようにタクシーが前に来て止ったからそんなことができたんだ。でも、あのクラブの前で待っているのはつらかった」

博は一息に言った。

「悪かったわ博兄さん、でも、あのとき博兄さんを見たとき、とてもうれしかったわ。なにか涙が出そうだった」

「大西の奴が……」

と博が言ったときから、博の顔にはげしい感情がすじ張って動いたが、それはマリアには見えなかった。

「大西の奴がマリアを誘惑しようとしているのではないかと思った」

博は吐き出すように言った。そして博は、急にうしろをふりかえって、マリアの肩を両手でわし摑みにして言った。

「マリア、ぼくの心臓に手をやってごらん。なぜこんなに心臓が叫ぶのだ。マリアを呼ぶのだ。分るかマリア、ぼくはマリアを愛しているのだ」

博はマリアを力いっぱい抱きしめた。この住宅街にはスモッグのかわりに薄い靄がたなびいていた。マリアは生れてはじめて、唇を許した。彼女は眼をつぶったままだった。いけないわ、あなたは兄さんでしょう、マリアのどこかで言っていた。

スタジオの廊下に出ると、マリアは急に家へ帰りたくなった。もう二度と、スタジオへは入って行きたくはないと思った。こんな気持になるのは今日がはじめてではない。疲れたときや、今日のように豊島ゆき女史と、赤池プロデューサーが激しい口論をするときにはきっとこういう気持になるのだった。

豊島ゆきと赤池との口論が、音楽的解釈の相違によるものであった場合は、いくら激しく言い合っても、さほど気にはならなかったが、このごろのように、マリアという歌手の扱い方についての論争になると、マリアはやり切れない気になるのである。私は人間だわ、商品ではないわとマリアは叫びたくなる。

マリアは廊下を走った。こんなときには、エレベーターで屋上に出て、溷濁《こんだく》したむし暑い空気に身体をさらすと、逆療法のように一時的に気分が直って、また涼しいスタジオに入る気になるのだが、今日は屋上へ出る気にもなれなかった。廊下に出たらどうにもならないほど家へ帰りたくなった。あさの許に帰りたかった。受付のところには相変らず歌手志願の男女がむらがっていた。マリアはその人たちの背後をすり抜けるように通って、エレベーターに乗った。そのとき、はっきりと家へ帰る決心をしていた。私は悪くはない、悪いのはあのスタジオに居る人達だと思った。

マリアはタクシーを拾うと、そのまま暮れたばかりの東京を走った。スタジオではマリアがいないことに気づいて騒いでいるだろうと思った。だが戻る気はしなかった。

玄関を開けるとあさがそこに立っていた。まるでマリアを迎えるような恰好でいた。

「帰って来たのねマリア……」

あさはやさしい声で言った。スタジオから電話があったのだなと思った。あさの眼の中にはマリアをとがめようとするものはなかった。むしろ帰ってよかったといった顔であった。

「お母さん……」

マリアはあさに抱きついて泣き出した。なにもかも洗いざらいあさに言ってしまおうと思った。人気歌手がどんなにつらいものか、どんなに嫌なことが多いかを言ってしまいたかった。

あさはマリアをいたわりながら茶の間につれて行った。電話が来た。あさは電話に出て、マリアはまだ帰っていませんと言った。

「いいのよマリア。お母さんが責任持つから、もう嫌なところへ行かないでもいいのよ」
「わたし、ほんとうに行くのが嫌になったわ。だってね、あの人たちは、私を道具として使おうとしているのよ。道具の取りっこで喧嘩しているのよ。豊島ゆき先生だって、はじめは私の味方だったけれど、いまはあの先生も私を道具にしているのだわ。そのことがはっきり分ったのよ。マネージャーの叔母さんだってそうだわ。私のマネージをしてくれるのではなくて、自分のために私を利用しているに過ぎないわ」

あさはうなずいていた。言いなさい、なんでも言いなさい、そうすれば気がはれる。あさの眼はそう言っていた。

マリアはそれまでの不満をあさの前にぶちまけた。数え上げたらきりがなかった。高等学校へ行けなくなったのが最大の不満だった。このまま歌手をやっていれば大学進学はむずかしい。もう今の時点では来年の進学はあきらめるよりしようがない。そんなことをいっているマリアはどこかにまだ子供の面影が残っていた。あさは、マリアを手元に取り戻すのはいまをおいてはないように考えた。

「大西さんに対する義理だってもう済んだようなものよ。どうしてもというなら、大西商事のコマーシャルガールだけすればいいでしょうよ」

あさが言った。大西の名が出るとマリアはびくっとした。あさになにもかも話したけれど、大西と二人でちょいちょい会っていることは話してなかった。一昨夜、博が迎えに来てくれたときのことも、律子が恵美を連れて急にレコード会社へ行くことになったから大西と二人だけで食事をすることになったように話した。大西に愛を告白された同じ夜、博に求愛されたことは勿論言えなかった。マリアは小さな秘密がどんどん大きくなって行って、やがて身動きできなくなったときどうしたらいいだろうかと考えた。そのときでもあさはマリアを許してくれるだろうか。

「いいのよマリア。人生にはいろいろのことがあるのよ。いやなことも、いいことも。いやなことがつづくときは思い切って、そこを逃げ出したらどうかしら」

あさはマリアの話の途中で言った。スタジオから電話がかかって来た。マリアが帰ってから三度目だった。律子からの電話であったが、あさはとぼけていた。あさはマリアの靴を念のため下駄箱にしまった。

「逃げ出すってお母さん？」

「逃げ出すって逃げ出すことよ。私はね、紅雀プロとの契約書を読んだけれど、マリアが出演するときは必ず紅雀プロを通さなければならないということ以外に根本的にマリアの自由を拘束するようなことはないわ。あなたは紅雀プロに身売りしたのではないわ。厭なら出演しなければ、いいことなのよ。このごろ御近所の奥さんに、お宅のマリアさんは月百万円は稼ぐそうですねなんていわれていやになってしまったわ。マリアがあれだけ苦労したって、その五分の一にもならないでしょう。ばかばかしいったらないわ。私はいますぐにでもマリアにやめて貰いたいのよ、やめて学校へ行って貰いたいわ」

「逃げ出すって歌をやめること」

「いいえ、私が言った逃げるということは、豊や博たちのいる北アルプスへ逃げたらどうかということよ。家にいたら、いろいろの人が来てうるさいでしょう。とにかくマリアは人気歌手だものね。山へ行ってしばらくのんびりやって来たら気が晴れるでしょう。あとのことはこのお母さんが引き受けます」

あさは胸のあたりにぴったり手をやった。また、電話のベルが鳴った。

マリアは翌朝、山支度をして新宿発一番の急行列車に乗った。松本で下車してバスに乗りかえて、上高地についたのが午後四時、バスの終点で豊が待っていた。

豊と博は、彼等の大学の先輩が主宰しているエコー山岳会に所属していた。会員は社会人と学生が半々であった。涸沢《からさわ》にテントを張って、穂高岳連峰の登攀訓練をやっていた。第一期合宿が終って、第二期が始まったところである。豊が第一期合宿を終って、そろそろ帰ろうとしているところへ、あさから、電話がかかって来たのである。涸沢山荘には夏期の間は電話がある。山荘では電話が来ると用件をメモに書き取って置いて、スピーカーでテント村に何々さんと呼びかけて、それを伝えるのである。あさは二度電話をかけて来た。マリアのことが心配だったからである。マリアを迎えに行くことについては、豊と博の間で相談して、博は第二期合宿が始まったばかりだから、その日の登攀予定が終ったあとでマリアを迎えに行くことにした。

「疲れているようだったら、上高地に一晩泊って、明日の朝登ったっていいんだぜ」

豊はマリアに言ったが、マリアは歩くといった。天気はいいし、夜になっても懐中電灯は持っている。暗くなるころには博も迎えに来るだろう。マリアは一刻もはやく山の中へ入って行きたかった。

八月も終りになると、山へ来る人は一時ほどではなくなる。それでも、上高地から徳沢園、横尾小屋までの道は、登山者以外の観光客がかなり入りこんでいて、山の中を歩いていながら山の中にいるような気はしなかった。サングラスを掛け、ベレー帽をかぶっているマリアを見て、流行歌手のマリアだと気付く人は少かった。それでも、なかには立止ったり、ふりかえったりする者がいた。

ふたりは途中で一度も休まなかった。とにかく人が集るところに出ることは禁物であった。横尾の小屋の前の橋を渡ったときには、そろそろ暗くなりかけていた。

「ねえ博兄さん」

とマリアが豊に話しかけた。話しかけてすぐ、名前を間違えたことに気がついた。よくあることだった。双子兄弟があまりに似ているからだ。それもあるが、いまマリアの頭の中は博のことでいっぱいだからである。豊と博の兄弟を、マリアは兄と思っていた。そう思いこんでいたつもりだったが、博に求愛された瞬間、マリアの中にあった兄妹の垣根は崩れた。博は男性であった。博に愛していると言われたときはうれしかった。そのときマリアも同じようなことを口にしようとした。が出なかった。言おうとしたとき、もう一人の博がその傍に立っているような気がしたからであった。もう一人の博とは豊のことである。博に求愛されたことは豊からも同時に求愛されたことであり、その答えも、その二人を対象としたものでなければならないように、ふと思ったからであった。

「どうしたのだマリア、急に黙って……」

「わたし、逃げだして来たのよ」

「逃げ出して来た？」

「そう、スタジオから脱走して来たのよ。もう歌なんてまっぴらよ。それよりお兄さんたちのいる山へ来たかったのよ」

スタジオをとびだしたきっかけは、豊島ゆきと赤池の口論だったけれど、とび出したくなった奥にあるものは、やはり、双子の兄たちに惹かれていたのかも知れない。靄の中で博に抱擁されたときに、マリアの頭の中で、大きな転換があったのだ。このまま歌手をつづけていることは、双子の兄弟から遠ざかることなのだと感じたことが、スタジオをとび出した、ほんとうの気持ではなかろうか。

（双子の兄弟を同時に愛することはできない）

それは全くの悲劇でしかないということが、マリアにはこのごろ分りかけていた。だから、マリアは、双子兄弟を兄以外には考えようとはしなかったのに、博は、とうとうその悲劇の舞台に自ら踊り上って来たのである。博が上れば豊だってきっと上る。

「わたし怖いわ」

森の中に入ると真暗になった。その時分に通る人はいなかった。

「怖いことなんかあるものか、ぼくがついている」

「でもわたしは怖い、おそろしいのよ」

先を歩いていた豊がふりかえって、マリアの両肩に手を置いた。懐中電灯には紐がついているから、懐中電灯はそのままだらりと下って、足元を照らす。

「マリア、ぼくといることが、怖いのか。ほんとうは、ぼくだってマリアと二人だけでいるのが怖いのだ。マリア、ぼくの心臓は、いま破れそうに鳴っている。マリアと二人だけでいるからなんだ。マリア、ぼくは、ぼくはお前を愛している」

マリアは豊の手が彼女の背に廻ったときに、靄の中で博がしたと同じことがここで行われることを予想した。愛を告白する前に心臓という言葉を持ち出したところまで、二人の表現は同じだった。だからそのあともまた同じに違いない。マリアは眼をつぶって、豊の唇を、博のときと同じような気持で受けとめながら、やはりあのときと同じように、心のどこかでいけないわと言っていた。

ヤッホーの声が遠くで聞えた。一人ではないらしかった。間もなく、博を先頭にして、三、四人の若者たちが、二人の前に姿を現わした。博は懐中電灯をマリアに当てた。そしてその光を豊に当てた。それだけのことでマリアには、博がなにを考えながら山をおりて来たか分るような気がした。博は知ったに違いない。豊もきっと。すると、これから先、いったいどういうことになるだろうか。

（一番いけないのは私だわ）

マリアはそう思った。

「マリアさんですね、ぼく田島っていうんです」

博の友人の一人がマリアに自己紹介した。マリアは次々と挨拶して来る博の友人たちに適当に挨拶しながら、山もまた町のつづきだなと思った。

涸沢山荘では彼女のために一室を用意していた。人気歌手をまさかテントには寝かされないだろうという配慮であった。もうおそい時間なのに、彼女を見ようとして起きている者もいた。とっくに停止している筈の山荘の発電機は彼女の到着を待ちわびて、軽快な音を立てて動いていた。

翌朝はいい天気だった。

人気歌手のマリアが岩登りにやって来たというので、エコー山岳会の若い会員たちは彼女とザイルを組みたがった。リーダーの鈴木は、マリアのために双子兄弟を合宿から除外した。そうしないと、会の統制が保てないからであった。豊は帰る予定を延期して、三人でザイルを組むことにした。あさには電話で知らせた。

三人は前穂高岳北尾根の五峰と六峰間のコルを目ざして登っていた。その日に北尾根を完全縦走することは無理だから、マリアの動きを見ながら行けるところまで行って見ようということになった。

うるさい眼も北尾根まではついて来なかった。北尾根をやりに来る幾つかのパーティーがあったが、マリアの存在は無視していた。岩壁登攀は浮いた気持ではやれないのである。五峰は巨大な岩のかたまりだった。そのかたまりに日が当ると、稜線がきらきら光って見える。のこぎりのように凹凸があって、ナイフのように鋭い稜線であった。

岩に取りつくとマリアはもうなにごとも考えなかった。スタジオのこともステージのことも、律子のことも大西のことも、そして彼女の前後にいる豊と博の兄弟は、此処では兄でも恋人でもなく岩登りのパートナーでしかなかった。

マリアは岩を怖がらなかった。身体が柔軟であり足の運びが軽快であった。崩壊した岩石の累積した尾根を拾い歩きするようなところが多かった。五峰から四峰へのルートは飽き飽きするほどの岩ごろの急斜面だった。日が頭から照りつけて焼けるようにあつかった。

四峰の頂上の手前で三人はザイルを組んだ。豊、マリア、博の順であった。ザイルを組んでから豊と博は、マリアが予想以上にしっかりしているのに驚いた。マリアの経験と言えば、去年の夏、この涸沢を基地として父の省造から岩登りの手ほどきをして貰っただけだった。それ以後、兄弟は、エコー山岳会に入会して、三ツ峠、丹沢、奥多摩等の岩場で練習を続けていたが、マリアは正確に言って今度が二度目であった。

「マリアはクライマーとしての素質があるんだな」

四峰の頂上に立ったとき三人はそう話し合った。次は三峰であったが、三峰は本格的な登攀になるから、その手前でその日は引き返すことにした。

「マリア、どのくらい此処にいるつもりなんだ」

博が訊いた。

「一週間か十日はいるつもりよ」

マリアは青い空に青い眼を向けて言った。ほんとうにそうするつもりのようだった。

来たとおりの道を踏んで、はやばやと涸沢山荘へ帰ると、そこに新聞記者や雑誌記者がカメラを持って待っていて、いっせいにマリアを取りかこんだ。

「芸能界に愛想を尽かして脱走したんだそうですね」

「芸能プロの内幕に不満があって飛び出したのですか」

そんなふうな質問が多かった。しかしマリアは平然として言った。

「私は山が好きだから山へ来たのよ、お兄さんたちと岩登りがしたくて北アルプスに来たんだわ」

マリアは腰に吊したハーケンをがちゃがちゃさせながら言った。そこを写真に撮られた。山岳写真家の堀内大五郎が、やあと手を上げた。

紅雀芸能プロダクションの赤池プロデューサーはかなり昂奮していた。

「いったい、あのマリアという女の子は仕事をなんと心得ているのだろう。なにも言わずに仕事をおっぽり出したばかりではなく、山へ行ってしまうとは言語道断だ。歌手として風上に置けないばかりでなく、芸能人としての資格についても疑わしい」

社内の会議室で、いくら大きな声を出してもはばかる者がないから赤池プロデューサーは腹いっぱいの声を出した。その声で自分自身が昂奮しているようでもあった。

「たしかによくないな。そういうことをちょいちょいやられたのでは、こちらの計画が立たなくなる」

金谷契約課長がぽつりといった。

小山制作部長はその金谷の方にちらっと眼をやってなにか言いたそうな顔をしたが、結局はなにも言わずにおし黙っていた。

「だいたい近ごろの新人は生意気ですよ。ちょっと名前が出たとなると、すぐ図に乗る。名前が出たのが自分ひとりの才能だと思うんだな。そういうのに限って人気はすぐ落ちる。マリアだってそうだ。イタリア人で、日本語が話せて、少しばかり歌が上手だという以外には、たいして取柄のない小娘だ。そのマリアの人気を高めたのは、紅雀プロダクションだということを忘れているのだ」

紅雀プロダクションの赤池プロデューサーのお陰だといいたそうな口ぶりだった。

「他のタレントの手前もあるから、この際マリアに対しては断乎たる処置を取るべきである。紅雀プロダクションの威厳を見せてやるべきだな」

「具体的にはどうするのだね」

小山制作部長が言った。

「出演停止です。向う二ヵ月出演停止にしたら如何でしょうか。そのくらいのお灸をすえないと身にしみてこたえないだろう」

「それは、ひどい。いくらなんでも、それではマリアがあまりにも可哀そうですわ」

隅の方にいた律子が言った。

「出演停止なんて、そんな……もともとマリアに悪気があってしたことではないのです。あのときマリアをそそのかして山へやったのは嫂《あね》なんです。悪いのは嫂です。だから……」

律子はハンカチを眼に当てた。マリアのマネージャーとして律子がマリアをかばうのは当然なことであるけれど、ハンカチを眼に当てるような戦術はここでは通用しなかった。律子の態度は冷笑をもって見られたに過ぎなかった。

「ほんとうなんです、家へ帰って調べて見て分ったのです。嫂のあさが、マリアに歌なんか止めて山へ行けと言ったのです。責任はすべて取るから山へ行きなさいと嫂がマリアに言ったのです」

「ほう、その、あさという女《ひと》はなかなか気丈な奥さんらしいね、……それでその責任はどのようにして取ったのかな」

それまで黙っていた坂井社長が口を出した。律子は坂井の方を向くと、慇懃に頭をさげてから、嫂のあさについて語り出そうとした。

「そのあさという女《ひと》から、翌日電話がありました。マリアは疲れているようですから山へやりました。私がマリアに山へ行くように言いました。こういうんです。おどろくというよりも、あきれました」

赤池プロデューサーが横から口を出した。

「それで、どうしたのだ」

「いったい会社との契約はどうしてくれるのだと言ってやりますと、契約書には、マリアの自由を束縛するようなことはどこにも書いてありません、契約書にうたってあることは、マリアが紅雀芸能プロダクション以外とは直接に出演契約を結ばないということだけではなかったでしょうかと逆襲して来るのです。だから、言ってやりました。会社に損害をかけた以上、こっちは損害賠償を請求してやるからとね」

「ばかな……」

坂井社長は吐き出すように言った。

「損害賠償などという言葉はやたらに使うものではない。だいたい、そんなことを口にするほど大問題ではないだろう。週刊誌にでも書かれたら、うちの恥さらしになる」

「その週刊誌の記者がきのうやって来ました」

赤池プロデューサーは平然として言った。

「そのとおりには話さなかったろうな」

坂井はたたみかけるように言った。

「お言葉ですが社長、われわれ芸能プロダクションはタレントを使って生きてゆかねばならない会社です。タレントにふり廻されてはおしまいです。はっきりするところははっきりしなければなりません。会社はマリアに対して出演停止の処置を取るだろうと話して置きました」

坂井社長は赤池の顔を睨みつけていた。赤池のいうことは、紅雀芸能プロダクションの社長自らがいうべきことだった。それも問題がこじれて、どうにもやり切れなくなったときの発言である。赤池が軽々しく口に出したことは、少からず坂井のかんにさわったようであった。

「小山君、きみは、なぜマリアが黙ってスタジオからとび出したのか、その原因を調べたかね」

坂井は小山制作部長に矛先《ほこさき》を向けた。

「原因というほどのことではありませんが、豊島ゆき女史と赤池プロデューサーとの打ち合わせが少々長すぎたので……」

小山制作部長は小さい声で言った。

「なにも赤池君をかばうことはない。おれが聞いたところによると、豊島ゆき女史と赤池君とは、つかみ合いにもなりかねないような激論を二時間もしていたそうではないか。マリアは、その大人たちの醜い争いがいやになって飛び出したということだ」

「誰がそんなことを」

「さっき新聞記者が来て話して行った」

坂井はそこで話を切って、そこにいる会社の幹部たちに言った。

「ことがらは、小さいが、問題は大きくなる可能性がある。きみたちのいままでの考え方が古いということを、見せつけられることになるかもしれない」

坂井社長は憮然《ぶぜん》とした顔で言った。

「すると社長はマリアを不問に付せというのでしょうか」

赤池はいきり立ったような言い方をした。

「一応はマネージャーを通して注意を与えてあるのだから、それでいいのではないか。出演停止などという処置は今のところ適当ではないな」

「マリア個人の問題ではありません。こういうことを放っておけば、他のタレントの中にも、真似する奴が出て来ます」

「そのときはその時のことだ。余計なことを心配しないでもいい。マリアはもともと歌手になることには積極的ではなかったそうではないか。大西商事の大西専務とマリアの育ての親の鳥羽氏の関係から止むなく歌手になったのだと聞いている。その経歴から見ても、一般のタレントとは出発点が違うようだ。プロデューサーの御機嫌を取って、少しでも多く出演させて貰いたいと願う歌手より、歌は嫌だ山へ行きたいと逃げ出す歌手の方が、商売をはなれて見ればより健康的だ。これからはそういう歌手にほんとうの人気は集るのかもしれない」

「そういう言い方は、社長自らが、芸能プロダクションの存在を否定してかかるように聞えますが、それでいいのですか」

「いいか悪いか分らない。とにかく、芸能プロダクションというものが、なにかしら曲り角に来ていることは事実なのだ。マリアについてはしばらくこのままにして置け」

「そうするわけにはいきません」

「そうか、それなら、きみに紅雀プロを辞めて貰わねばならないということになるが、それでもいいかね」

「社長はなぜそれほどマリアにこだわるのです」

「マリアは単なるタレントではないからだ。いままでのタレントは、一口に言えば芸能プロが創り出したものだ。極端ないい方をすれば、たいした才能が無くても、売り出し方によっては、たいへんな才能があるように見せることができた。そうなった場合、かくれていた才能をわれわれが引き出したと思いこんでいたのだ。だが、本当の才能は芸能プロダクションの演出と大衆の人気によって決定されるものではなく、才能は、才能として別個に存在し、たまたまその才能が大衆の前に公開されたときにこそ爆発的人気が出て、しかもその人気は永続するのだ。芸能プロダクションはそういう新人を探さねばならないのだ」

「マリアが、その才能ある新人だというのですね」

「これは、おれだけの考えではない。扶桑テレビの芸能総局長の若松鉄雄氏が同じようなことを言っていた。ほんとうの大物を発見したら大事にしなければならない。いわゆるタレントとして、こき使ってはいけないのだ」

坂井社長は腰を上げるとき、会議室のテーブルの中央に活けてある黄菊の花に押えつけるような視線を投げて外へ出て行った。

週刊誌にマリアの記事が載った。〝マリアの脱走〟〝山へ逃げたマリア〟〝出演停止を食ったマリア〟等の見出しだった。

マリアが紅雀芸能プロダクションのスタジオから逃げ出して、北アルプスに走ったまでのいきさつが、ことこまかに書いてあった。歌手としてデビューはしたが、歌手としての生活に耐え切れなくなって山へ逃げたとほぼ真相を伝えていた。豊、博の双子兄弟とほんとうの兄妹以上に仲良しであることなども書き加えてあった。

マリアが出演停止になるらしいという記事を書いた週刊誌は一誌だけだったが、マリアに同情的な筆で、紅雀芸能プロダクションのやり方に対しては痛烈に批判していた。記事はそれぞれ違っていたが、どの週刊誌にも、マリアと双子の兄弟がザイルを組んで岩壁登攀をやっている写真が載っていた。山岳写真家の堀内大五郎が望遠レンズで撮って売込んだものであった。その写真をグラビアに出した週刊誌もあった。週刊誌にマリアの記事が載ってから、マリアに対する関心はさらに高まった。

テレビ会社あてにファンレターが殺到した。特に多かった手紙は、マリアを出演停止にするという紅雀芸能プロダクションに対する非難であった。もし、そういうことをするならば、今後紅雀芸能プロダクションに所属するタレントの出演するテレビは見ないなどと書いてよこす者がいた。

「人気というものは不思議なものだ」

扶桑テレビネット株式会社芸能総局長の若松鉄雄はその話を聞いて言った。

「毎日、テレビに出て、歌いまくっていても、人気の落ちる歌手は落ちて行く、そうかと思うと歌うのが嫌で山へ逃げたマリアの後を人気の方が追って行く。まったくおかしなものだ」

若松鉄雄はひとりごとを言ってから、紅雀芸能プロダクションの社長の坂井に電話を掛けた。

「頭が痛いだろう、同情するよ」

「まったく頭が痛い話ですよ、どの週刊誌にもうちが悪いように書いてある。これからマリアをどう扱うにしても、うちが悪者にされそうだな」

坂井が笑った。頭が痛そうではなかった。

「悪者にされても儲かればいいではないか。で、どうするつもりだ」

「赤池プロデューサーをマリアから離す。赤池はなかなかのやり手だが、豊島ゆき女史と仲が悪くていけない。豊島ゆき女史の方はもうしばらくマリアにつけて置いて、そのうち切るつもりだ。あの女はヒステリーが強すぎて困る」

「それだけか」

「ここしばらくは様子を見よう」

「マリアの扱い方を根本的に考え直すつもりはないのか」

「というと？」

「いいのだ、そのうちこっちがアイデアを持って行くかもしれない」

若松は電話を切って考えこんだ。


マリアはしばらくぶりで登校した。

校舎も校舎に通ずる道も、運動場も、プールも、なにひとつとして以前と変ったものはなかったが、生徒たちがマリアを見る眼は違っていた。同級生たちはマリアを喜んで迎えてくれて、すぐ彼女をいままでどおりグループの中に入れようとしたが、下級生たちはマリアに会うと立止ったり、話しかけたり、中には、サインしてくれとノートをさし出す者がいた。

マリアは他人の眼には馴れていた。いかに日本人らしくふるまっても、マリアがイタリア人である以上、ものめずらしそうな眼がずっとつきまとっていた。それがテレビに出て歌うようになると、ものめずらしい眼はうるさい眼に変った。

その眼は執拗にまつわりついて離れなかった。せめて学校だけは別でありたかった。此処は彼女の生活とはかかり合いのない勉強の場であり、友情の場でありたかったが、ひとたびテレビタレントとしてのレッテルを張られてしまった今となっては、それを言っても無駄だった。勉強の遅れも、もはやどうにもならないほどになっていた。マリアは、なにか学校という名の団体へ招かれたお客様のような顔をして、机に坐っていた。

マリアが山へ逃げたことが週刊誌で大きく扱われてからは、紅雀芸能プロダクションもマリアの取り扱いについては慎重になった。あさの要求も入れて、いままでのように息をつく暇がないほどのスケジュールは組まなくなった。

マリアは大人たちが彼女をなにかこわれ物でも扱うようにしていることを、内心嗤《わら》っていた。そして、こういう静かなときが、そう長くは続かないだろうと思っていた。

「芸能界って一度足を踏み入れたら、なかなか出られないんですってね」

マリアの友人が言った。それはいい意味にも悪い意味にも受け取れた。マリアはそれを笑顔で受け止めながら、

「でも、人気って、そう長く続くものではないでしょう。人気がなくなったらいやでも芸能界から去らねばならないでしょう」

そして、マリアは、人気っていったいなんだろうと考えるのである。人に騒がれて、サインを求められて、英雄視されて、なにがいいのだろう。

実質的に得られる報酬以外に、彼女にとってプラスになるものはないのである。その報酬を得るために学校まで犠牲にしなければならないのである。そのことが、今になって、マリアばかりでなく、あさにも、双子兄弟にも、はっきりと分るようになった。鳥羽家はマリアの報酬にたよらねばならないほど経済的に困窮してはいなかった。

「ほんとうは、テレビで歌うのは止めたいと思っているのよ。兄さんたちも、お父さんもお母さんもそれにはさんせいなのよ」

マリアはそうはいうものの、それが今となっては、きわめてむずかしいことを、よく知っていた。

マリアは学校に出ることが楽しくなった。気がねも要らないようになった。眼もうるさくなくなった。したいことをして、しゃべりたいことをしゃべっていればよかった。勉強の遅れは、双子兄弟に家庭教師になって貰って本気に勉強すれば、一カ月もあれば取りかえせそうだ。

マリアは二十歳の高校三年生である。日本語のハンディキャップのために遅れたのであるが、もう日本語については心配することはなにもなかった。

学校にようやく馴れたころマリアのところに面会人があった。律子である。律子はマリアを学校の応接室で待っていて、仕事の話をした。

「ねえ、マリアさん、なんとかならないかしら。わたし、みんなにせめられて困っているのよ」

出演のスケジュールを増やせということであった。

「お母さんに言って頂戴、私のことは叔母さんとお母さんが話し合って決めることになっているでしょう」

マリアは、学校までおしかけて来る律子の腹の中が見えすいているだけに、わざと、白々しい顔で言った。

「それがね、嫂《ねえ》さんって、まったくのわからず屋なんだから、話にならないのよ。いくら私が、マリアさんにとっていまが一番大事なときだって話しても、聞いてくれないのよ」

「だから、私の口からお母さんに言えというのでしょう、それは困るわ。だって私とお母さんとは同じ気持なんですもの」

「でもね、私はマリアさんのマネージャーよ。少しは私のいうことだって聞いて貰わないと、私の立つ瀬がなくなるわ。ね、マリアさんお願い、こんどの土曜日の夜、太平洋テレビ、ね、いいでしょう?」

律子は、その話をもう決めて来たのである。決めて来て、いまからあとに退けずに、直接マリアに頼みこもうとしているのである。

「だから、そのことなら、お母さんに聞いて下さいって……」

同じことの押し問答であった。この次には、律子は大きな声を出して叫び、そして涙を見せるのである。いつもの手であった。

律子は三十分もねばって、結局、マリアを承知させて帰って行った。

マリアは既に授業が始まっている教室へ一人で行かねばならなくなった。

律子が学校へちょいちょい来るようになると、律子と一緒に紅雀プロの人が来たり、テレビ関係の者がやって来るようになった。学校はそういう人たちの出入りを歓迎しなかった。

マリアは担任の教師に呼ばれてそれとなく注意された。止むを得ないことであった。

「やはり歌と学校と両立させることは無理なんだわ」

彼女はつぶやいた。マリアは暗い気持で、カバンを携げて、教室を出ようとすると、そこに体育の先生の谷垣とし子が立っていた。

「ちょっとマリアさん」

谷垣は笑顔でマリアを誘うと、教員室の方へさっさと歩いていった。なんの用だろうか、マリアは谷垣とし子の均整の取れたうしろ姿を眺めながらついて行った。

谷垣とし子はマリアの先に立って校長室の隣りの応接間に入っていった。校長に呼ばれたのだろうかとマリアは思った。マリアは固くなった。だが、そこには校長はいなかった。

肥った中年の女が、無理に作ったような笑顔を浮べてマリアを待っていた。

「横山先生です」

と谷垣はマリアに紹介した。私が大学時代に教えていただいた心理学の先生と言ってから、そうね、心理学より生理学の先生と言ったほうが正確かしらと言い直した。

「では、一時間ばかり、いいですわね」

と横山敦子は、谷垣に言った。一時間ばかりマリアと話したいと一方的に時間を決めたやり方が横柄に見えた。マリアは、横山に紹介されたとき、どこかで聞いたことのある名前だなと思った。

「マリアさんにとって私は初めてですけれど、私はマリアさんにはもう何度かお会いしております。あなたのことはあなたのお母さんから、もう何度も聞いているし……」

ああ、あの女《ひと》、双子の研究をやってる女医学博士の横山敦子――マリアは、あさに聞いていた話をすぐ思い出した。豊、博の双子の兄弟のことを、彼等の幼いときからずっと調べているというこの女博士に対して、あさは必ずしも好感を抱いてはいなかった。うるさくつきまとう女、学問のためだと言いながら、私的なことを根掘り葉掘り聞きたがるぶしつけな女としての横山敦子の横顔を、あさはちらっとマリアに話したことがあった。

「なにか私にご用かしら」

マリアは警戒の色を浮べて言った。

「どうしてもマリアさんにお聞きしなければならないことがあって参りました」

そして横山は、そこにまだ立っている谷垣に、もういいのよと言った。谷垣は、マリアの方にちょっと視線を投げてから部屋を出て行った。

横山敦子は机上に置いてある風呂敷包みを解いた。中にスクラップブックが入っていた。

「マリアさんに関する、あらゆる記事をスクラップしたものです」

横山はそう言って、そのスクラップブックをマリアの方に押しやるようにしながら、

「あなたのお母さんからお聞きになったと思いますが、私は一卵性双生児の研究をやっております。双生児の研究と言っても、幼年期の研究ではなく、双生児の生涯を通じての研究をやっているのです。一個の卵母細胞が分割して二個体の人格となって発達していく過程を研究しているのです」

「兄さんたちのことを研究したいというのでしょう。それなのに、なぜ私が……」

「兄さんたちにとって、あなたの存在が無視できない生活条件になって来たからです」

「生活条件ですって？」

マリアは眼を上げた。

横山の顔に浮んでいた微笑がそのとき、ふと消えた。

「精神条件って言ったほうが正しいかもしれません」

横山は自信のある言い方をした。

「どういう意味でしょうか」

「豊君、博君にとって、マリアさんの存在がきわめて重大になっているということです」

横山は、そういいながら、スクラップブックをマリアの方に向けて一頁ずつ繰って行った。

「ごらんなさい、マリアさんがいるところには、必ず双子兄弟がいます。世間的には、歌手のマリアとして、あなたの名は高いけれど、歌手のマリアさんには双子の兄がいるという印象はマリアさんの影として、ついて廻っています。これは、マスコミが創り出した偶然ではなく、それがもっとも素直な形として受取れたから、そのまま、写真になり記事になったものです。そうお考えになりませんか」

「兄妹ですから、どちらかに日が当ればどちらかが影になるでしょう。それだけのことですわ」

「それだけのことでしょうか、マリアさん。双子兄弟とあなたとの関係が、純粋な兄妹としての感情だけで繫ぎとめられていると仮定した場合とそうでない場合とによって、双子兄弟の運命は大きく違って来るのです」

「私が兄さんたちの運命を左右するのですか」

「そうです、マリアさん。もしも双子兄弟があなたに対して、兄妹愛以上のものを求めていたとすれば、双子兄弟の将来は確実に悲劇に終ります」

よくも、そんなことが言えたものだというマリアの怒りの眼が横山敦子を睨んでいた。

「その例は世界中に数え切れないほどあります。双子であるがために、その悲劇は起るのです。死によって解決した場合もあります。双子兄弟が一生独身を通した例もあります」

「あなたは、そういう恐怖を私に植えつけようとしてわざわざお出でになったのですか」

マリアの顔は蒼白になっていた。

「そうではありません、私は事実を申し上げているだけです。マリアさんと、双子兄弟との間がどうなっているか、どうなって行くか、私がとやかく言う筋合のものではありません。私は学問的に興味のあるこの問題について、もしあなたが、何等かの意見を私に求められたならば、お答えしようかと思って来たのです。それはあなたにとっても、知ることになり、私にとっても研究のたしになることなのです」

結局、横山敦子は私の心の秘密を、学問という名のもとに盗み取ろうとしているのではないか。誰がいうものか。マリアはそう思った。だが、横山が言った、双子兄弟が一人の女を愛した場合の悲劇性については、もっと聞いて見たかった。それを防ぐには、どうしたらいいのだろうか。

マリアは彼女の前に立って、じっと見詰めている、豊と博の熱っぽい四つの眼を思い出した。マリアの心の中に播《ま》かれた不安の種は、その場で芽を出し、その場で恐怖の大樹として成長していった。恐怖の木が伸びていく音がマリアの耳にはっきり聞えた。

マリアは、豊と博に愛を打ち明けられていた。その二人のプロポーズに対して、マリアはまだ答えてはいなかった。もし答えるとすれば、横山敦子がいうように、きわめて悲劇的な結果になりそうな気がした。マリアが二人に対して、兄としての感情以外のものは持ち合わせていないと答えたとしても、彼等兄弟がマリアのことをあきらめるとは考えられなかった。もっと重大なことはマリア自身の気持であった。マリアは双子兄弟に対する自分の気持がよく分らなかった。

その後、豊も博もマリアに対して慎重だった。その慎重さは外見的にはマリアをさけているふうにも見えることがあった。茶の間で顔を合わせても、以前のように軽口をたたき合うことがなかった。二人がマリアを間にして意識し合っていることがマリアにははっきり分っているが、どうしようもなかった。

「マリアさん、あなたは二人の兄の愛を同時に受け入れることはできないでしょう。そうした場合、あなたのできる唯一の道は兄弟から逃げることだけですわ」

横山が言った。

「私はまだあなたになにも話してはいません。でも仮定なら、いくらでも話せますわ。兄たちから逃げるとおっしゃいますと、どこか遠くへ行くってことでしょうか」

マリアは故郷のイタリアを頭に描いた。イタリアへ行くのはいやだ。双子兄弟からはなれるのはいやだ。私の故郷は日本なのだ。遠い記憶の底に沈んでいるイタリアは別な国なのだ。

「遠くへ行くと言っても、距離だけの問題ではありませんわ。例えば、あなたが、現在のような特異なタレントとしての座にいないで、タレントそのものになって、歌いまくり、時には踊りまくり、テレビのスイッチをひねれば、どこかにあなたがいるような売れっ子になったとすれば、当然あなたの生活は鳥羽家とは別なものになり、双子兄弟との距離ははなれることになるでしょう」

横山はマリアの顔を見詰めながら言った。こういう会話になると、もう横山のひとり舞台だった。仮定や用例や比喩を出して、結局はマリアの心の中の物を洗いざらいそこにさらけ出させようとしていた。

横山敦子は既にそのとき、双子兄弟が、マリアに兄妹以上のものを感じていて、マリアもまた自分の気持が自分で判断できないでいることを見抜いていた。

「でも、そういう逃避はなにか自然ではないでしょう。無理があるように感じますわ。だいたい私は、芸能界っていうのが好きではないの。今でも止めたいと思っているくらいですわ」

マリアは、横山敦子の催眠術にでもかかったように、自分の気持をそのまま述べた。すべてが仮定の上のことだと思いながら、そのときはもう、ほとんど横山敦子の掌上にのせられていた。

「逃げる手はもう一つあります」

横山はそういうと、ハンドバッグから新しいハンカチを出して口元をふいた。

「マリアさんと双子兄弟はたいへん山がお好きのようですね。岩壁登攀がお得意だと週刊誌にも書いてあります。血は争えぬものですわ。実はその岩壁登攀のことで、私は二、三の有名な登山家に、岩登りの心理状態について聞いて見ました。そして、いろいろの資料をもとにして出た結論は、岩壁登攀中には、いかなる愛情も感じない、ただ登るということだけに専念する。パートナーの性別さえ意識しないということを聞きました。それはほんとうでしょうか」

横山は逆にマリアに訊いた。

「生死を賭けたような岩壁の上では、おそらくそうなるでしょう。私には、よく分りませんけれど」

マリアはそう言いながら、横山敦子がなにを言おうとしているかをおおよそ察した。横山は、三人の青春を岩壁にぶっつけろと言っているのだ。

「もし、マリアさんと双子の兄さんたちがパーティーを組んで、岩壁から岩壁への挑戦を始めたら、どうなるでしょうか。岩壁登攀という事業に三人が完全に結ばれてしまったら、おそらくそこには岩壁登攀を通じての別個な愛情が出て来るのではないでしょうか」

別個な愛情ではなく、回避だわ、一時的なごまかしだわとマリアは思った。岩壁登攀中は、登ること以外は考えないけれど、それ以外の時にはやはり――。マリアは考えこんだ。

「ある登山家は、はっきり言いました。たとえ恋愛中の男女であっても、パーティーを組んで、大きな岩壁を一つ越えたら、その恋愛はおしまいになるだろうってね」

「それはどういうことでしょう」

「つまり生死を賭けた岩壁登攀においては人間そのものがあまりに正直に出てしまうってことなんです。岩壁ではごまかしがきかないということなんです。岩壁では、お世辞は通用しない、やさしい言葉ひとつ掛けてやることはできないっていうことなんです」

「では先生は……」

マリアは横山に向って、はじめて先生という言葉を使った。

「先生は、悲劇をさけるためには岩壁登攀をやりなさいとおっしゃるのですか」

すると、横山は、それまで、テーブルの上に投げ出すように置いていた手を上げて、彼女の顔のあたりで左右にはげしく振りながら言った。

「そうではありません。だいいち、マリアさんが双子の兄さんたちからプロポーズされたわけでもないでしょう。それなのに、そんな断定的なことを、あなたにおすすめできるわけがないじゃありませんか。いまの話は、飽くまで、たとえばの話よ。つまり、恋愛感情より強い心のつながりを生ずる可能性がなんであるかを申し上げたまでですわ」

横山敦子は上手に逃げながら、マリアの心の動きを窺うような眼で凝視していた。

あさは浮かない顔をしていた。なぜマリアが律子の持ちこんで来る仕事を片っぱしから引き受けるようになったのか考えこんでいた。

「どうしたのマリア。あなたはもともと、テレビに出て歌うことは好きじゃあなかった筈よ。それなのに、このごろは、ほとんど無制限にあなたからすすんで引き受ける。テレビのスイッチをひねると、どこかであなたは歌っているわ。どういうことなの。うちはねえマリア、あなたが学校をやめて歌いまくって貰わなければ暮して行けないほど行きづまってはいないのよ。お父さんだって働いているし、来年は豊や博も大学を出るでしょう。あなたが働いたお金は、みんなあなたのために貯金して置くだけのことよ」

しかし、マリアは、いいのよ心配しなくても、と笑いながら、

「私は、ただ自分の可能性をためして見たくなっただけのことよ。どれだけ歌えるものか、人気ってどんなものか、芸能界ってどういうものか、ほんとうのことを知るためにはやはり、こっちが本気にならないと駄目でしょう。ね、お母さん」

「それはそうだけれど、それでは……」

あさはあとの言葉がつづけられない。そういうことなら、なにも紅雀芸能プロダクションと喧嘩までして、マリアの出演スケジュールを少くして貰うことはなかったのだ。

(マリアの心の中になにかが起ったのだ)

あさはそう思った。そうでなければ、マリアの気持が、こんなふうに急に変ることはない。

「ねえマリア。あなたは、いままで、お母さんになんでも話してくれたわね。……あなたの変り方を見ていると、お母さんは不安なのよ。ね、なにがあったの?」

「なんにもないわお母さん。ただマリアは歌えるだけ歌って見たくなっただけのことよ」

そのマリアの顔を見ながら、あさは、マリアはなにかをかくしているのだと思った。なんだろう。いままでは、どんなことでも打ちあけてくれたのに。そう思うと、いままであさのふと

ころにいたマリアが、急に手の届かないほど遠くに行ってしまったように思われて、淋しくなるのである。

毎朝、マリアがまだ寝ている間に、打ち合わせにやって来る律子にあさは言った。

「律子さん。マリアに心境の変化を起させたのはあなたなの？」

「違うわよ。私には、マリアさんが、なるべく多くの番組に出て貰ったほうがいいけれど、このごろは出過ぎよ。あまり歌いまくるとかえって人気が落ちることもあるのよ。それを心配しているくらいだわ」

「では、なぜなんです。なぜマリアは、あんなにテレビに出たがるんでしょう」

「それが私にもよく分らないのよ。分っていることは、マリアさんが、もう子供ではないっていうこと」

「どういう意味なの、それ」

「いつまでもお嫂さんのいうことばかり聞いてはいないってことなの」

あさと律子は視線をからませ合ったまま、しばらくは動かなかった。

「マリアのことあなたはどう思うの」

あさは省造に訊いた。

省造は会社に出たり出なかったりの生活を続けていた。まだ大西商事の社員ではあったが、会社の中枢からははずれた存在になっていた。省造は、涙が出ないために、渇き勝ちの右の眼

をまぶしそうに細めながら、

「お前はマリアのことに気を使い過ぎるのだ。マリアだって、自分の思ったとおりのことがしたくなるときだってあるさ」

「でも、急に変ったのよ、マリアは」

「変るときはなんでも急に変るものだ。おれがこんな身体になったのも、去年の秋、まったく急のことだった」

省造は、自分の膝に眼をおとした。

あさは夫の省造に、マリアのことについてそれ以上のことは訊けなかった。

お茶を飲みにやって来たはなに訊くと、はなは立ちどころに答えた。

「マリアは女の子ですよ。女の子なら華やかなことが好きにきまっているじゃあないか。あなたは女の子を生んだことがないから、女の子の心がほんとうには分っていないんですよ。女の子っていうものは、人にちやほやされていればごきげんなんだよ。マリアももうしばらく経つと、それがいやになって、しばらく休ませてくれなどというようになるだろうさ」

その説明も、あさには納得できなかった。マリアは華やかな雰囲気を好む子ではない。マリアが急に変った原因はきっと別なところにある。

大西光明のことが頭に浮んだ。

あの女たらしの大西専務がと、あさは、大西のことを考えると、更に不安は大きくなる。大西と律子がぐるになって、マリアをあやつっているのではないだろうか。もしそうならば、まず律子からマネージャーの仕事を取り上げなければならない。

あさは、舅の鳥羽重造が菊の手入れをしているのを見て呼びかけた。

「マリアの変り方が、どうしても私には腑に落ちないのです」

あさは、家族の者が誰も本気になって心配してくれてないこともつけ加えた。

「豊と博の意見を訊いたかね」

「いえ、あの子たちにはまだ」

「そうか――」

重造は、手についた土を両手でもみ落すようにしながら、

「マリアはしんが強い子だ。あの子の家系を見るとそれがよく分る。自分のことは、自分で解決しようとする――そういうところがあの子にはある。おそらく、あの子の態度が急に変ったのは、あの子の心の中に、どうしてもそうしなければならないと、感じたことがあったに違いない。マリアが急に変った前後に、マリアは誰かに会ったかね。放送関係でも、マスコミ関係でもない、なにか珍しい人に会わなかったかね」

「珍しいひと……」

あさはしばらく考えこんでいたが、

「双子の研究家の横山さんが学校へ訪ねて来たとマリアが話したことがあったわ」

「それだ」

重造は大地をどんと踏んだ。

白衣を着て大きな机の前に坐っている横山敦子に負けてはならないとあさは思った。相手が博士であろうが大学の教授であろうが、鳥羽家の平和を乱すものは許せないと思った。アルコールのにおいがあさを刺激した。

「マリアに話したとおりのことを私になぜ言えないのですか」

あさは横山敦子の薄化粧した顔と白衣との対照の中に大きな矛盾でも発見したような顔でいった。

「さっきから何度も言ったでしょう。私は双子の研究をしています。豊君と博君に対して、マリアさんがどのような影響を与えているかを調べるためにマリアさんに会ったのです。双子の研究が医学的になぜ重要であるかという一般論から始まって、双子の兄弟が一人の女を愛した場合の悲劇性について話しました。そういう傾向があるように見受けられたから話したのですわ」

「いらざるお世話です。そんなことは、あなたが、医学的にどうのこうのともっともらしくおっしゃらなくても、常識問題です。子供たちにも本能的に分っていることです。そんなことを大げさにマリアに話して、マリアの気持をあなたは狂わせたのです。あなたは、なにか指嗾《しそう》するようなことをマリアに言ったに違いありません」

廊下を、乾いた、固い靴の音が続いていた。その靴の音があさの神経にさわった。

「私の言葉の中からマリアさんがなにごとかを拾い取ったとすれば、それは彼女の気持からしたことで、私の責任ではありません。繰り返して申しますが、そのことについては何等思い当ることはございません」

実は思い当ることはあった。おそらくマリアは、双子兄弟から遠ざかるためにテレビに熱中しだしたのだなと横山は思った。マリア自身が、双子兄弟との間に潜在する悲劇を未然に防ごうとする表現なのだ。横山敦子は、そのことをあさに教えてやってもいいと思ったが、なにか初めから喧嘩ごしでやって来たあさに対して、横山敦子は素直にそのことが言えなかった。

「あなたは、双子の研究という題目をかかげて、ほんとうは、鳥羽家を覗き見してはほくそえみ、虚言を吐いては、その効果を楽しんでいるのですわ」

あさはそう言い残して、立上った。

「なんと言われてもかまいません。だが私は鳥羽家の双子兄弟の研究は止めませんよ。観察は如何なる方法を用いてもできますから」

横山敦子はそう言い返してから、女と生れたことのむなしさを噛みしめた。女というものは、時と場合によっては、まるで理性を失って憎しみの感情の中に、強いて自分を孤立させようとするものだ。あさが言っているように、自分はマリアを指嗾したのかもしれない。双子兄弟の研究材料を豊富にしようとして、実験の場をマリアに与えたのかもしれない。横山敦子はうつむいた。

豊と博の山行が眼に見えて多くなった。土曜、日曜になると二人は連れ立って、東京近郊の岩場へ出かけて行った。丹沢の沢登りをやって、泥のように疲れ果てて帰って来た二人は、玄関の上り框《がまち》に並んで腰をおろしたまま、しばらくは口もきかなかった。

「なにも、そんなに疲れるほど山へ登らないでもいいではないの」

あさは二人に言った。あさは二人が出掛けていく山が丹沢山だから、そこにはたいして危険はないと思っていた。二人が疲れて帰って来るのは歩き廻り過ぎたのだと思っていた。だが、省造は、二人の兄弟が丹沢の沢登りと称してなにをやっているかを知っていた。

丹沢には沢が多い。その沢のいたるところに岩壁があった。ちょろちょろと水が流れるような厄介な岩壁がたくさんあった。その中には、北アルプスの有名な岩場の一部に匹敵するような困難なところもあった。スケールが小さいだけで、岩壁登攀技術を練磨するには恰好なところであった。

鳥羽省造は、豊と博が、本格的な岩壁登攀を始めたのだと思ったが、そのことをあさには言わなかった。あさが心配するからであった。

兄弟たちは山から帰ると風呂に入って、びっくりするほどたくさん食べた。

「マリアがこのごろ、変ったとは思わないかい」

あさはその兄弟たちに訊いた。

「マリアが変った?」

二人は同時にそう言ってあさの顔を見たが、すぐマリアが変ったという意味を察すると、

「マリアにはマリアの考えがあってのことさ」

と博が言った。豊がそれにあいづちを打った。こともなげな言い方だった。見方によっては、まるでマリアのことには無関心のような態度であった。

「お前たちはマリアのことが気にならないのかえ。私がこんなに心配しているのに」

「ほって置けばいいんだよ、お母さん。お母さんがひとりで騒いだって、どうしようもないことなんだ」

豊がそう言った。

「このまま、ほって置けば、マリアはほんとうのテレビの虫になってしまうのよ。私たちから、遠くはなれた存在になってしまうかもしれないのよ。私は自分の娘をテレビに取られたくはないわ」

そのときふたりはちょっと顔を見合わせた。なにか母に言おうとしているようだったが、結局なにも言わなかった。二人は食事がすむと、それぞれ自分たちの部屋へ去った。

「ほんとうにしようがないひとたちね。山にばかり夢中になって」

あさは二階へ上る二人を見送ってから、二人が山に熱を入れ出したのは、マリアがテレビに

異常な執着を見せはじめたのと時期的に同じだったことに思い当った。

マリアの変り方と兄弟の変り方になにか関係があるのだろうか。

あさは二階を見上げたまま、そこに立ちつくしていた。


大西光明は扶桑テレビのスタジオで、マリアの歌いっぷりを眺めていた。馴れ切った姿であった。次々と作られて来る新しい歌を、なんのこだわりもなく歌いこなしていくあたりは、もう新人ではなかった。

「どう思うかね、マリアのことを」

肩をたたかれたので、ふり向くと、扶桑テレビの芸能総局長の若松鉄雄が立っていた。

「使い過ぎですね」

「そうだ、使い過ぎだ。使い過ぎだと分っていても、使い過ぎてしまうのが、現在のマスコミの悲しさというものだ。われわれは才能の保護はできない」

「みんながその気になったら?」

「マスコミは戦国時代だ」

「戦国時代だからこそ英雄が出るでしょう」

「英雄が出たらマスコミの時代は終る。英雄が出ないから天才も出ない。天才がいたとしても、スタジオの塵《ちり》あくたとしていつかは消えてしまう」

若松鉄雄は照明の中に浮遊している塵埃を眼で追いながら言った。

「マリアの天分をもっともっと伸ばしてやりたい。マスコミの池の中で溺死させてはならない」

大西光明はそういうと、靴の底で床を蹴った。サブディレクターがふりかえって大西を睨んだ。

「山へ逃がしたらどうかね大西君。この前、マリアが山へ逃げたときはちょっとしたマリアブームが起った。今度はそういくかどうか分らぬが、しばらく彼女を山へ逃がして置くことも一つの手だな」

若松はそういうとちょっと周囲を見廻してから、大西光明の耳元で小さな声で言った。

「二、三日前、堀内大五郎という男がおれのところへやって来た。マリアを岩壁の上で歌わせたらどうかというのだ。マリアをスタジオで歌わせずに岩壁の歌姫にしたらどうかという案を持って来たのだ。適当なスポンサーがつけば、写真と山との両方をこなせる若手山岳写真家のグループを総動員して、ちゃんとやって見せるというのだ。そのスポンサーというのが大西商事を頭に置いて考えているらしい」

「その話は、ぼくのところへも持って来ました。どうやら紅雀プロとも渡りをつけているらしい。堀内大五郎という男はなかなかの商売人ですな」

「それで……」

「うちはやりませんね。うちはマリアをコマーシャルガールとして使っているだけで充分なんです。なにも岩壁で歌わせないでもいい」

大西光明は、そこで言葉を切った。マリアの練習が終って、これから本番が始まるらしいと見たのである。

律子がマリアのところへ走り寄って、マリアの顔の化粧をちょっと直してやった。

ディレクターの手が高く上った。その手がさっとおりる。音楽が始まる。照明を当てられたマリアの顔がほほえんだ。

作られた微笑だ、と大西光明は思った。以前のマリアは、あのような営業用の笑い方をしなかった。心の中をそのまま顔に出して歌っていたのだ。だが、今は違う。あれは完全な、タレントとしての顔なのだ。

大西もまた、マリアの変り方を驚きの眼を持って見ている一人であった。マリアが自ら進んでマスコミの池の中心部に向って泳いで行こうとする裏にはなにかあるのだ。

大西は律子を通じて、マリアと二人になる機会を作ろうとした。だが、このごろのマリアはなにか大西を警戒しているふうに見える。大西だけでなく彼女は誰の誘いも受けたがらないのだ。彼女は働くだけに、歌うことだけに、夢中になっているように見えるのである。

大西と並んで立っていた若松鉄雄が、律子のところに行って、なにか囁いた。

「マリアと律子女史を食事に誘った。きみもつき合わないかね」

若松は腕時計を見ながら大西に言った。

本番が終ったところで、律子がマリアに若松鉄雄の申出を告げた。マリアは大きくうなずくと若松の方へ滑るように歩み寄って来て言った。

「ありがとうございます。でも、私はいまお腹がいっぱいで食事は摂りたくございませんの。そのかわり、このビルの五階の局長さんの応接室で、お茶を御馳走になりたいと申し上げたら、わがままだと叱られるかしら」

マリアは若松鉄雄の前で意外なことを言った。若松は不意を打たれたような顔をして、マリアを見ていたが、すぐに言った。

「ぼくのところだったら、いつでもどうぞ。あまり上等ではないが、コーヒーがある。ただし、もう遅いから女の子がいない。セルフサービスということになる」

若松は三人をうながして先に立った。

局長室は芸能局の一番奥にあった。そこへ行くには芸能局の中を通らなければならない。三分の一ほどの人はまだ残って働いていた。四人の方を見向きする者はいない。誰もいそがしそうであった。

局長室と応接室とはつながっていた。応接室の隅に、冷蔵庫と茶ダンスが置いてあった。

若松がコーヒーのセットに手をかけるとマリアが傍に行って言った。

「私がいたします。そういうことは女の子がやることですわ」

若松はマリアをそこに残して、席に帰ると、

「マリアの歌い方は充分味わわせていただいたが、コーヒーの味はさてどんなものかな」

若松は肥満した身体を投げ出すようにソファーに坐ると、煙草に火をつけた。律子はマリアの方を心配そうに見ながらもじもじしていた。大西は、マリアの細い長い指が、魔術師のように、器用に動きまわるのを、珍しいものでも見るような眼で見つめていた。

マリアのコーヒーの腕前は立派なものであった。鳥羽省造がコーヒーにうるさかったから、あさもまたコーヒーについては豊富な知識を持っていた。そのあさにマリアはしこまれたのである。

「たいしたものだ」

マリアが持って来たコーヒーにひとくち口をつけて若松が言った。

若松鉄雄は、コーヒー中毒と言われるほどコーヒーを飲んでいた。その若松に讃められたのだから、マリアのコーヒーの腕前は水準を越えたものと見るべきであった。

「やはり、マリアさんはイタリア人だ」

若松はつづけて言った。コーヒーが好きなイタリア人の血を受けているマリアだからコーヒーの扱い方はうまい、と言ったのだ。マリアは、イタリア人と言われるよりも、日本人と言って貰いたかった。なにかの折にふとイタリア人を出されると、イタリア人であるということの特異性を指摘されたようでいやだった。そういうときに、マリアはいやだなという感情が顔に

出ないように極力努力する。日本人は感情をかくすのがうまいが、私にはなぜそれができないのだろうかと思うのはそういうときである。マリアは黙ってうつ向いていた。

「そうそう、北村さんと打ち合わせて置かねばならないことがあった。ちょっと大きな企画が持ちこまれてね……」

若松はコーヒーのコップを手に持ったまま立上ると、硝子越しに芸能局の方を見て、そこに企画課長がまだ残っているのをみとめると、律子をうながして応接室から出て行った。コーヒーのコップは手に持ったままだった。

「マリアさん、あなたはこのごろ変りました」

応接室の中が静かになってから大西が言った。

「みなさんがそうおっしゃいます。マリアは気が狂ったように歌いまくっているなどという人もいますわ」

「なぜ歌いまくるのです。マリアさんは歌いまくることがけっして好きではなかった。そのあなたがこのごろそうなったのは、あなたの心の中になにかが起ったからなんです」

「なにかが?」

「戦いです。マリアさん、あなたは心の中で自分と戦っているのではないのでしょうか。自分を苦しめて、自分に勝つなどということはバラモン教の修行僧《しゅぎょうそう》がやることなんです」

大西はマリアの眼をとらえてはなさなかった。

「なぜ、私が自分と戦わねばならないでしょうか」

「あなたの心の中に双子の兄弟がいるからではないのですか。マリアさん、あなたは双子の兄弟から離れようとして苦しんでいるのではないでしょうか」

マリアは、大西の追いつめて来る眼が怖いと思った。なぜ大西は、私の心の中までわかるのだろうか。

「マリアさん、私はあなたの力になりたい」

その大西の眼はそれまでになく真実に溢れていた。

## 7

マリアは苦しい夢を長いこと見続けていた。豊か博のうちどちらかが絶壁に宙吊りになって、苦しんでいる夢であった。オーバーハング気味になった岩の下に宙吊りになった男がもがくとザイルは揺れた。揺れるたびに、ザイルで胸をしめつけられるらしく男はもがいた。もがいてもどうしても男は宙吊りの状態から逃れることはできなかった。宙吊りになった男が、豊だか博だか分らなかった。そのどちらかには間違いないが、豊だとも博だとも言えなかった。そのザイルをたどっていけば、必ずそこに、豊と博がいるのだが、夢では岩壁はただ暗黒に見えるだけで、岩壁にいる筈のもう一人の男は見えなかった。宙吊りの男は、もう長いことそういう状態でいるらしくひどく苦しそうだった。落ちるとき頭を岩にぶちつけて、ヘルメットが凹んでいた。血が男の頬から首筋に流れこんでいた。真黒い血であった。

マリアは宙吊りになっている男を見きわめようと懸命になった。双子の兄弟は非常によく似ていた。同じ服装をしている二人を見分けることができるのは、博の右の眉毛の上にある小さな疵跡《きずあと》であった。マリアは、宙吊りになっている男が、豊であるか博であるかを見きわめようとして、右の眉毛の上に眼をやるのだが、そこは血でよごれてはっきり見えなかった。なんとかしてやりたかった。そのままにして置けば、死ぬに決っていた。なんとかしてやりたいが、豊とも博とも判断がつかないのがいら立たしいかぎりであった。どっちでもいいから、はっきりしたら、マリアは声をかけてやれるのだ。豊兄さんでもいい、博兄さんでもいいのだ。マリアがそう叫びかければ、宙吊りの男は意識を取り戻して、満身の力をこめて、宙吊り状態から脱してくれるような気がした。

(いいわ。どうしてもわからなければ、どちらかの名を呼べばいいのだわ。返事の仕方で、豊兄さんか博兄さんかわかる筈よ)

マリアは夢の中で理窟を考えて、宙吊りの男に呼びかけようとした。だが声がどうしても出なかった。相手がわからずには声が出せないのである。声が出ないかわりに汗が出た。

宙吊りの男は眼をつむった。もう死んだのかも知れない。風が吹くと、宙吊りの男は、ザイルごとぶらぶら揺れた。

「死んではだめよ」

マリアは叫んだ。自分の声で眼が覚めた。マリアは、枕元の電灯をつけた。時計は夜の三時を指していた。マリアはベッドの上に起き上った。なぜあんないやな夢を見たのだろう。新館は空気の流通が悪いのかしら。マリアは冷暖房装置のついた新館洋室の二階にいた。新築して引越したばかりであった。

「兄さんたちになにかが起ったのかしら」

マリアはそうつぶやいたときベッドから降りていた。

豊と博は暮のうちから北アルプスに入って不在であった。一月五日までに帰って来る予定である。その予定はとうに過ぎて、今日は一月七日である。マリアは、今年の正月は例年より雪が多いという新聞記事を思い出した。

「山でなにかが起ったのではないだろうか……」

マリアは、ネグリジェの上にガウンを引っかけて、階下へおりて行った。階下には、省造とあさが寝ていた。暖房装置がよく効く新館に移ってから省造の身体の調子はよくなったようである。マリアは夢を見たからと言ってあさをおこすつもりはなかった。咽喉がかわいてやり切れないから、下へおりて来たのである。マリアが階下の食堂の電灯をつけると、寝間着の上に羽織を引っ掛けてあさが出て来た。

「どうしたの」

「いやな夢を見て眼を覚したのよ」

「いやな夢?」

あさは探るような眼でマリアの顔を見た。

「どんな夢なの、マリア」

「いやあな夢だったけれど、起きるとすぐ忘れたわ」

マリアは豊か博のどちらかが岩壁に宙吊りになった夢を見たなどということをあさには言えなかった。

「私も、いやな夢を見て眼が覚めてそれから眠れないで困っていたところなのよ」

あさが言った。

マリアはひょっとするとあさも、双子の兄弟の夢を見ているのではないかと思った。もしそうだとすれば、これこそ、虫の知らせというものではないだろうか。そんなことを考えていると、マリアはなにか身体全体から血が引いていきそうな気がした。

「マリア、顔色が悪いわ」

「ちょっと寒気がするのよ。風邪を引いたのかしら」

ふたりは、テーブルに向い合って坐ったまま、しばらくは黙っていた。おたがいに、いやな夢というのは、双子兄弟に関することに違いないと思っていた。

「あの子たちが山へばっかり行っているから、ついこういう夢を見るのよ」

あさはひとりごとのように言った。ごく自然に夢のことを告白したかたちだった。

「私も兄さんたちの夢を見て眼を覚したのよ」

そしてマリアは突然叫ぶように言った。

「お母さん。夜が明けたら、私でかけるわ。こうしては居られないわ。兄さんたちは、兄さんたちは……」

涙が出て来そうだった。

「なにを言っているの、マリア。いったい夜が明けたらどこへ行こうっていうの、あなたは……ねマリア、私はあの子たちが山へ行っている間は、毎晩いやな夢ばっかり見ているのよ。今夜だけではないわ。元気な姿を見せるまでは夢の中で心配しているのよ」

さあ、マリアお休み、あなたは疲れすぎているのだわ、とあさはマリアをいたわってやった。

風が出たようである。玄関のドアーを叩くような音がする。いま時分、人が来ることはない。風のいたずらだとわかっていても、その音がマリアには気になった。

マリアは階下で人の声を聞いて眼を覚した。九時を過ぎていた。夢を見て起きてまた寝たのが四時であった。それから五時間も経ったのである。

階下の人声は省造が電話で話す声であった。省造は昂奮すると、大きな声を出す。特に電話の場合はその傾向がつよかった。健康が勝れなくなってからは、以前には考えられなかったような大声で怒鳴ることがあった。

マリアはカーテンを開けた。

上天気だった。

(東京でいい天気だと思うようなときには、北アルプスではふぶいているのだ)

双子の兄弟が言ったことが思い出された。東京が天気がいいということは、大陸の高気圧から吹き出して来る西風の支配下に日本全体が入ったことを示すものである。そういう場合は西風が運んで来た日本海の水蒸気が北アルプスの峰々に当って雪を降らせているのだ。

マリアは、いつぞや、兄たちが冬の気象について説明してくれたことを思い出していた。

(今日もふぶいている山に兄たちはいるのだ)

きのうだって、おとといだって天気はよかった。が、マリアはそんなことは考えなかった。それなのになぜ今朝は——夢なのだ。ゆうべの夢見が悪かったのだ。

階下の電話はまだ続いていた。なにを話しているのかはわからない。マリアは普段着に着かえた。いつもなら、時間いっぱいまで寝ていて、あさに起されると、すぐ外出着に着かえてとび出すのだが、今朝はいつもより二時間もはやく起きてしまったのだ。

ドアーを開けると、階下で話している省造の声が聞えた。

「では、たのみましたよ。状況がわかり次第、知らせて下さい」

省造はそう言って電話を切ると、電話機の前をすぐには立ち去らずに歩き廻っていた。

「ほかに問い合わせて見るところはないでしょうか」

あさの声が聞えた。

やっぱり兄さんたちが——マリアはそう思った。マリアは階段をかけおりて行って、二人に言った。

「兄さんたちになにか起ったの。兄さんたちがどうかしたの」

マリアはすがりつくような眼を省造とあさに投げた。

「山岳写真家の堀内大五郎からの電話だ。彼の知人が、北アルプスで遭難したというニュースが入ったのだ。正月以来北アルプスは大荒れで、少くとも三十パーティー以上が吹雪にとじこめられてしまったらしい。ものすごい吹雪だそうだ」

「それでお兄さんたちはどうしたの。どこの山へ行っているの、兄さんたちは」

「穂高だ。前穂高岳北尾根をやると言って出かけて行った」

「吹雪の北尾根を」

マリアは、去年の夏、兄弟たちとザイルを組んで登った、北尾根の諸峰を思い出した。青い空の下で響くハーケンの澄んだ音がきのうのことのように思い出されて来る。吹雪の北尾根と言っても、彼女の頭の中には吹雪の光景は浮び上って来ないのである。

「ねえあなた、ほって置いていいの」

あさが言った。やつれた顔をしていた。眠れない夜が幾日か続いたあとのような顔をしていた。

「とにかく状況がわからない以上、どうしようもないのだ。もっと、しっかりした状況を摑まないと、動きようがない」

省造は、彼の登山家であった経験をこの場合、もっとも有効に生かそうとしていた。どうすれば一番いいのかを考えていた。

「でも、もしもの場合ってことが、あるでしょう。あの子たちの所属する山岳会へ連絡だけでもつけて置いたらどうかしら」

「エコー山岳会へたのむのか」

省造はぽつりと言った。たいして当てになる山岳会でもないのにという顔だった。

「あの子たちの大学の山岳部へたのんだら」

「いよいよとなったら、そうしなければならない。だが、確実な状況が摑めないうちに騒ぎ出すわけにはいかない。他人に迷惑を掛けてはならない」

「状況、状況ってあなた、子供たちの生命にかかわる問題を山岳写真家だけに頼んで置いていいのですか。もっと確実な、信頼できる人にたのめないのかしら」

そのことも考えているのだと省造は、額に八の字をよせて言った。

「大西さんに頼んだらどうかしら。一昨年、大西さんたちと北アルプスへ行ったとき、松本駅まで迎えに来てくれた大西さんの友人、……」

マリアがそういうと、すぐ省造が膝を叩いて言った。

「そうだ、丸山義一郎さんがいる。丸山さんは、専務の大学時代の友人だ。松本で大きなデパートを経営している。彼にたのめば、確実な情報を摑んで教えてくれるだろう」

省造の言葉が終らないうちに、マリアは電話機を取り上げていた。マリアはダイヤルを廻した。双子兄弟の消息調査を、大西を通じて丸山義一郎に依頼するのは、省造であるべきであった。そう思いながらも、マリアはその出すぎた行動を止めようとはしなかった。省造が頼むよりも、私からたのんだほうが効果があると、マリアは思っていた。そう思うだけの裏づけがあったからである。こういう場合は、日本人的な遠慮はしてはいけないのだ。

「大西専務につないで下さい。急用です。私はマリアです」

マリアは交換手に言った。大西専務は九時には会社へ出ている。そして九時から十分間はひとりで考える時間である。その時間は電話があっても取りつがないことになっていた。だからマリアは急用ですと言ったのである。

「マリアさん、めずらしいですね。こんなにはやく」

大西の声が聞えた。その声にあびせるように、マリアは言った。

「兄さんたちが、北アルプスで遭難したかもしれないのです」

その言い方がはげしかったので、省造がマリアの肩をたたいた。

大西光明は冷静だった。マリアの言葉を聞き終ると、省造に電話をかわって貰い、更にマリアに電話をもどして言った。

「丸山君にすぐ連絡を取ります。そのほかにも心当りがありますから連絡を取って調べて貰います。おそらく一時間後にはかなりはっきりしたことが分るでしょう。ではこれで」

大西は電話を切った。義務的であると同時に事務的でもあった。マリアはもう少しなにかやさしいなぐさめのことばが欲しかった。

マリアは食事が咽喉に通らなかった。夢が現実になって現われたのだと思った。もし、兄弟たちが遭難したということが確実になったらどうしようかと思った。行かねばならない。どうしても私自身、現地へ行かねばならないのだ。

その朝、マリアはコーヒーを一杯飲んだだけだった。彼女は二階の部屋へもどると、登山用具を出して並べて見た。どれも、夏山用の物ばかりである。厳冬期の山へ入るのに、そんな装備でいいわけがない。だからといって、なにをそろえたらいいのかも彼女にはわからなかった。山のことはなにも知っていないのと同じだった。マリアは省造に訊こうかと思った。

一時間後というのがだいぶ遅れて、十一時になって、大西から連絡があった。電話には省造が出た。

「念のため、用件を箇条書きで読み上げます」

大西は省造にメモを取る準備をさせた。マリアとあさは、省造の鉛筆の先を見つめていた。

一、上高地の木村小屋に備えつけてある登山者名簿によると、この暮から正月にかけて、上高地経由で山へ入ったパーティーは三十二パーティーある。このうち二十六パーティーはまだ山をおりて来ていない。おそらく、どこかの山小屋に避難しているか、雪洞を掘って天候回復を待っているものと思われる。

一、二十六パーティーのうち九パーティーは携帯用無線電話機を持っているから、間もなく連絡がつくだろう。

一、鳥羽兄弟は前穂高岳北尾根に向ったということだけしかいまのところ分っていない。このパーティーは無線機は持っていない。

一、鳥羽兄弟は十日分の食糧を持っているが、そろそろ食糧がなくなるころである。

一、北アルプス一帯は今日も朝から猛烈な吹雪である。

大西は電文でも読み上げるようにして、省造に書き取らせてから、

「丸山君には、取敢えず現地の人を二人、上高地に送りこんで鳥羽兄弟の消息を調べて貰うようにしました。木村小屋と松本間の電話が通じているから、こちらから人を派遣さえすれば、もっとくわしいことは分るでしょう。鳥羽兄弟たちはベテランだから多分大丈夫でしょう。どこかに避難して、吹雪の止むのを待っているのではないかと思います」

大西は新しいニュースが入り次第連絡しますと言って電話を切った。マリアに電話に出ろとは言わなかった。

マリアは歌っていても、双子兄弟たちのことが頭にひっかかっていて、いつものようにスムーズにはいかなかった。録画を三度も撮り直して、ディレクターに、

「マリアさん、いったいどうしたというのです」

と言われたほどであった。

夕刊に、山の遭難のことが大きく報道されてからはマリアは完全に落ちつきを失くしていた。

夕刊は冬山遭難事故をいっせいに取り上げていた。

（北アルプスで四十八パーティーが消息を断つ）

という見出しで、立山連峰、後立山連峰、穂高連峰に入った合計四十八パーティーの名を報道した新聞があった。

（前穂高岳北尾根、鳥羽パーティー二人）

と活字になったのを見て、マリアは兄弟の遭難はもう確実になったのだと思った。

マリアは休憩時間になると、大西のところへ電話を掛けた。無線機を持っているパーティーと基地との連絡によると、吹雪に閉じこめられたパーティーは予想外に危険にさらされているようであった。

既に救援隊を編成したところもあったが、吹雪が止まないかぎり出動することはできなかった。

マリアは自宅へ電話をかけて、鳥羽兄弟の遭難を知って、エコー山岳会の鈴木から救援の申出があったことを知らされた。

「今夜の最終列車で出発するそうだ。救援隊は五名だ……」

省造は落ちつきのない言い方をした。自分が行けないので、いらいらしているのだ。

「今夜発つの。今夜の最終列車というと、何時なのお父さん」

「十一時四十五分だ。松本へ着くのは朝の五時十三分。そこで、丸山さんが準備して待っている現地の救援隊三名と合流して山へ入ることになっている」

話はもうそこまで進んでいた。

「十二時十五分前に、新宿駅を発車するのですね。お父さん」

マリアは、時刻を確かめて、電話を切った。そのときマリアの気持は決っていた。今午後八時である。今から準備すればみんなと一緒に松本まで行ける。捜索隊に加わることができなくても、せめて基地までは行ける。行かねばならないのだ。マリアはエコー山岳会の会長の鈴木のところへ電話をかけた。鈴木には去年の夏、涸沢で会った。

「私も一緒に行きたいんですけれど、準備はどうしたらいいかしら」

「マリアさんが？」

鈴木はびっくりしたようだった。しばらくは返事がなかった。

「どうしてもというなら、会員の田中さんの装具をそっくり借りるという手がある。彼女はあなたと同じぐらいの体格だし、冬山をやったことがあるから、装具は一応揃っているはずだ」

マリアはそのことばを手を合わせたいような気持で聞いていた。

マリアはその場で田中家に連絡を取ると、怖い顔をしてつきまとう律子をふり切ってスタジオを出た。スモッグの立ちこめた寒い夜だった。

松本駅はまだ明け切ってはいなかった。

出迎えてくれた人達の吐く白い息だけが妙にはっきりと見えていた。

丸山義一郎は、その後の新しい情報を持って来ていた。

「ゆうべおそくなって入った情報ですが、上高地から入りこんだ二十六パーティーのうち消息のわかったのは二十一パーティーです。あとの五パーティーの消息は全くつかめません。鳥羽兄弟の消息も依然として分りません」

丸山義一郎はマリアに言った。マリアが鳥羽家の家族としてやって来たからであった。

まだ消息がつかめないと聞いただけでマリアは涙ぐんだ。

一行は丸山義一郎が用意していた自動車に分乗した。厳重な身仕度をした、土地の人が三名待っていた。

自動車は、完成したばかりの梓川ダムを右下に見おろしながら、雪道を登っていった。

誰も黙りこんでいた。ねむいのと寒いのでみんな不機嫌な顔をしていた。

自動車が沢渡《さわんど》についたころはすっかり夜が明けていた。そこから上高地までは歩かねばならなかった。松本は曇っていたのに、沢渡では、雪が降っていた。

「スキーはいらねえら。おおぜいの人が歩いているだでな」

茶店の主人が言った。

一行は、そこで朝食を食べた。

熱い味噌汁がおいしいと言ったマリアの顔を、茶店の主人は、へんな外人だなというふうな顔で見ていた。

沢渡の橋を渡ると、膝ほどの深さの雪になったが、道ははっきりついていた。

大ぜいの人が入って雪の道はよく踏みこんであった。一行は一列になった。それぞれが重い荷物を背負っているので、歩き方は遅かった。

マリアは彼女の荷物を迎えの人たちに渡していた。渡すつもりはなかったが、奪い取られてしまったのである。彼女はから身だったから、一行と歩くのは少しもつらくはなかった。むしろ彼女にはその歩き方は歯がゆく思われた。山吹《やまぶき》トンネルのなかは、つららが下っていた。釜トンネルを通り抜けて、河原に出てから、マリアは、そのあたりが雪崩《なだれ》の名所であることを教えられた。吹雪になった。

上高地の木村小屋についたときはもう暗くなっていた。木村小屋には三人の男が、真赤に燃えるストーブをかこんでいた。彼等は一様にマリアの姿をまぶしそうな顔で見ていた。テレビでよく見かける顔を、こんな山の中で見るとは全く意外だという顔だった。マリアは、ストーブの火を見ながら、山男たちの話を聞いていた。

「消息不明の五パーティーのうち二パーティーが救助を求めて徳沢の冬期小屋までおりて来た」

とひとりが言った。二つともマリアには縁がない山岳会だった。

「五人の隊員のうち二人が凍死したそうだ」

こともなげに死を口にする山男たちの顔を、マリアはきびしい眼つきで見つめていた。

マリアは疲れていたが眠れなかった。着のみ着のままでもぐりこんだシュラーフザックの中は暖かだったが、すこぶる窮屈だった。背中のあたりがごつごつして痛かった。隣りに寝ている男どものいびきも邪魔だった。

マリアは闇の中で眼を開いて、いまごろ、兄弟たちはどこでどうしているだろうかと考えていた。兄弟たちは既に冷たくなっているかもしれない。そう思うと、ここにこうして寝ていることさえも悪いことのように思われた。

（私がテレビの方へまっしぐらに走り、兄弟が山へまっしぐらに走った。私も兄弟たちも、それ以上近づいては危険だということをおたがいに意識したからなのだ）

それはもうはっきりしたことなのだとマリアは思った。双子兄弟をマリアが愛することができないように、双子兄弟もマリアを愛することはできないのだ。

（彼等をこの冬山へ追いやったのは、私がいるからだわ）

マリアは自分が、たいへんに悪い女に思われて来る。今からでも遅くない、双子兄弟とは訣別してイタリアへ——あの飲んだくれの叔父のところへ帰ったほうがいいのではないだろうか。

それは、とてもとてもできそうにもないことだった。

隣りのシュラーフザックの中の鈴木が大きな声で寝言を言った。

マリアは、その暗いつめたい、陰湿な空気を吸いながら、明日はいったいどうなることかと考えていた。

うとうとしているうちに朝が来た。

男たちはいっせいに起き上った。誰も顔を洗わないし、歯も磨かなかった。ここは山なのだ。

マリアは一杯の湯を貰って口をすすぎ、ストーブに背を向けて顔を直しながら、外は朝から吹雪だのに、山男たちが、今日は天気がよさそうだなどと言っているのを聞いていた。

一行は徳沢園冬期小屋へ向って雪の道を歩き出した。それまでとは比較にならないほど雪が深かった。

マリアは夏来たときその道を歩いたが、夏と冬では別の国へ来たように違っていた。天気がよさそうだと山男たちが言ったのに、雪は降りつづいていた。だが風は少かった。山男たちが天気がいいと言ったのは暴風雪の日と比較していっているのだな、とそのときになって知った。

明神池の近くまで来たとき、遠くで声がした。三人の男たちが柴橇《しばぞり》を曳いておりて来た。橇にシュラーフザックに入った人間がしばりつけられていた。顔が布でかくされていた。生きた人間ではなかった。

鈴木が、橇を曳いて来た男たちとふたことみこと話した。凍死した遺体であった。

マリアは、おそろしい物を見るような眼で柴橇の上の遺体を見詰めていた。もし、兄弟たちがこのような姿になって、眼の前に現われたら、たぶん自分は気が狂ってしまうだろうと思った。

(生きていてちょうだいね。お兄さんたち)

そのときマリアは心の中で祈りつづけていた。そのマリアの傍を第二の遺体を乗せた柴橇が通り過ぎて行った。

徳沢園の冬期小屋は、文字どおり小屋であった。人間を泊めるための小屋ではなく、物置き小屋のように天井が低い小屋であった。がらんと奥行きの長い小屋の板の間の上に、荷物がいっぱい置いてあった。シュラーフザックが丸めてあったりした。少くともそこに十数人の山男がいるような気配だったが、人影は見えなかった。炉に薪が赤々と燃えていた。

「天気がよくなってよかったね」

女の声がしたので、ふりかえると、赤のキルティングコートを着て黒のズボンを穿き、大きな白い飾り玉のついた毛糸の帽子をかぶった女が、両手いっぱいに薪をかかえて立っていた。鈴木がしばらくと挨拶した。松本から来た三人の人たちも、荷物をそこにおろして薪運びを手伝ってやった。

マリアはその女性が誰だか、なぜここに女が一人でいるのかわからなかった。

「この小屋の番人の奥山とし子さんです。冬中この小屋に一人きりで頑張っている熊のように強い女《ひと》です」

と鈴木がマリアに紹介した。

「熊のように、は余計ですわ」

とし子はマリアに挨拶した。

「あなたひとりっきりでこの小屋に……こわくはないのですか」

とし子は、マリアが、日本人と全く同じようにしゃべるので、ちょっと驚いたような顔をし

たが、すぐ相好を崩して、

「ひとりだから、こわくはないんです。まわりは雪だけで、こわい人間はいませんわ」

とし子はそういうと、新しく到着した人たちのために場所を作ってくれた。

「双子の兄弟が暮れに来て此処へ泊ったはずだが……」

鈴木は、荷物のことであれこれと世話を焼いているとし子に言った。荷物の整理より、兄弟の消息をはやく知りたいという顔だった。

「鳥羽さん兄弟でしょう、そのころはたいへんでしたわ。この小屋が満員で寝るところもないくらいでした。でも三日ばかりいて、天候回復とともにみなさんいっせいに小屋を出ていきました」

とし子は宿泊名簿を持って来て鈴木の前で開いて見せた。鳥羽兄弟は暮れの二十九日に来て、三日間この小屋にいて、一月一日の朝、この小屋を発って、松高ルンゼを経て、北尾根へ向ったのだ。

「それから……」

「それだけですわ。そのときこの小屋に居て、その後帰って来た人は三分の一ぐらいかしら。あとの人たちは吹雪の中に閉じこめられたままなんです。でも、今日あたり、山は静かになったから、おりて来るのではないかしら」

とし子はそう言って山の方へ眼をやった。静かになったと言っても、外は吹雪であった。この小屋からよく見える筈の、前穂高北尾根の連峰も明神岳も吹雪の中に閉じこめられていた。

「兄さんたち、なんとか言っていなかったかしら」

マリアはとし子に聞いた。兄さんたちとマリアが言ったので、とし子は妙な顔をした。

なにしろ、おおぜいの人が一度に小屋を出て行きましたからと、とし子はさっきと同じことをつぶやいてから、

「そうそう、鳥羽さんたちは、条件がよかったら、東壁をやるっていっていました」

「なにっ、東壁だって？」

鈴木が口を出した。前穂高岳北尾根東壁と言えば、穂高連峰の岩壁の中でも、その登攀の困難さにおいて、一、二に挙げられるところだった。

「東壁のどこを……どのフェースをやると言っていましたか」

東壁には、Aフェース、Bフェース、Cフェース、Dフェースなどがあった。どの壁も、かなりの腕前の者でないと寄りつけなかった。冬期登攀はすこぶる困難な壁であった。鈴木は、鳥羽兄弟の実力では至難のことだと思った。

「それは聞きませんでしたわ。とにかく元気ででかけて行きました」

天気は二日の午後になってまた猛烈な吹雪になった。

「一日は天気がよかったから、松高ルンゼを又白池まで登って、そこにテントを張ったと考えていいだろうな。そして、二日の日はアタックだ。アタックの途中で吹雪になったとしたら

——」

鈴木はその先を言わなかった。言わなくても、マリアにはおおよそのことが想像された。吹雪になったので、あきらめて、すぐ岩壁をおりてテントに逃げこめばいいのだが、もし頑張っていたらおそろしいことになる。

「テントに逃げこんでいたとしたら、大丈夫でしょうか」

「雪崩ですか。又白池あたりにいれば、大丈夫でしょうね。だがもし……」

冬山のことだ。又白池付近の安全地帯まで行かないうちに、吹雪に閉じこめられるということもあるし、雪崩にやられるということも考えられた。

「兎に角、われわれは松高ルンゼから捜索を始めよう」

鈴木が言った。

午後四時ごろになって、幾組かのパーティーが小屋へ帰って来た。奥又白方面に入ったのは鳥羽兄弟のほかに二パーティーあった。その捜索隊も戻って来た。

「新雪なだれの危険があって、容易に近づくことはできない」

彼等は眼の前に連続的に起きた雪崩のことを、マリアたちに説明した。

「今夜雪が止む。そのあとにぴりっときつい寒さが来る。明朝はやく登れば雪崩の心配はないだろう」

鈴木が外を見ながら言った。雪は小止みになっていた。

鈴木は明るいうちに荷物を整理した。

「明朝は四時に出発だ」

隊員たちに文句があろう筈はなかった。

「私も……」

マリアはおそるおそる言った。

「あなたは、此処に残っていて下さい。マリアさんが行けるようなところではありません」

「でも、行けるところまで」

「邪魔なんです。素人がうろちょろすると」

鈴木ははげしい語調で言った。

四時に出発ということになっていた救援隊が、徳沢冬期小屋を出発したのは五時であった。その時刻までには他のパーティーも前後して、小屋を出て行った。

降り続いていた雪は止んで、きびしい寒さになった。マリアは一行の姿が見えなくなるまで、雪の中に立っていた。そのまま自分の身体が凍ってしまいそうな寒さであった。

小屋の中には連絡のために残された三人の男と小屋番の奥山とし子が炉をかこんでいた。小屋の中は気が抜けたように静かだった。

「朝はやく起されて眠いでしょう。もうしばらく寝ていたら……」

と奥山とし子に言われたが、マリアは首を横に振った。もう一度あの窮屈なシュラーフザックにもぐりこむつもりはなかった。

マリアは、奥山とし子に聞いた鳥羽兄弟の消息と、救援隊の予定を紙に書いた。小屋に残っている三人の男のうち一人が、上高地へ電話をかけに行くことになっていた。その男にたのんで、松本の丸山義一郎に連絡を取ろうと思った。

「今日のお昼ごろになると、さらに大勢の人がこの小屋へ入って来るでしょう」

と奥山とし子は言った。救援隊ばかりでなく、報道関係者や、警察の人も登って来るだろうと言った。天気がよくなったからであった。

「こんないい天気ですから、おそらく暗くなるまでには、たいていのパーティーの消息はわかるでしょうよ。自力で下山できる者は、きっと下山して来るわ」

奥山とし子は自信あり気に言った。

その暗くなるまで、いったい私はどうしたらいいのだろうかとマリアは奥山とし子に聞いて見たかった。

すっかり明るくなってからマリアは、奥山とし子にすすめられて外へ出た。きのうと打ってかわってすばらしい景色であった。とし子はマリアの先に立って、梓川の河原に出た。氷で閉された梓川の上には雪が積って広々としていた。

「今年は例年になく寒さがはやく来たのよ。例年にくらべて、なにもかも一カ月ははやいかしら」

なにもかもということのなかに、梓川を覆った氷のことや積雪のことも含まれているのだった。

マリアは、奥又白出合から前穂高岳北尾根を仰いだ。濃紺色の空の下に白銀の峰々が頭を並べていた。前穂高岳北尾根の二峰、三峰、四峰とそれぞれの峰は、夏見たときとは全然違った氷の峰に見えた。鳥羽兄弟たちが登っていったという東壁は、いまマリアが見ている群峰の、一番高いところにあった。日が当って一段と白く輝いていた。兄弟をおとしいれるようなおそろしい山には見えなかった。

奥山とし子は、山についての説明はひとことも言わなかった。そのほうがマリアにはありがたかった。マリアはその山の美しさこそ、兄たちがよく口にする、神々《こうごう》しいという形容そのものだと思った。

小屋に帰ってからマリアは奥山とし子の手伝いをした。薪運びは楽な仕事ではなかった。遭難が起きたために予想外に人が来るので、きのう本館の方から運んで来た薪は一夜の間に使い果していた。

奥山とし子は、マリアが手伝うのを拒《こと》わりもしないし、もっと手伝ってくれとも言わなかった。マリアは、ものにこだわらない奥山とし子と共に一冬この小屋で暮して見たいと、ふと考えたりした。奥山とし子の年齢もわからないし、若くて美しい女がなぜひとりでこの山小屋の番人になる気になったのか、それも訊けないことだった。

昼を待たずに予期した人たちは続々とやって来た。その中に新聞記者もいた。マリアがいることに気がつくと、さっそく、写真を撮し、メモ用紙を出して、マリアの見解を求めた。

「兄さんたちは、死んではいません。きっと生きていると思います」

マリアはそう言いつづけた。そう言っていると、ほんとうに兄弟たちは、まもなく元気な姿を見せるような気がした。

午後になると、山からも人が降りて来た。鬚《ひげ》だらけの若者たちが雪にまみれて、へとへとになってやって来ると、床の上に倒れこむように引っくりかえった。雪洞の中で吹雪をさけていたという者もいたし、テントの中で、寒さと戦っていたという者もいた。

涸沢に救援隊のベースキャンプを張ったというパーティーからの連絡員がおりて来ると、さらに奥地の状況が明らかにされた。夕方に近づくにつれて、それまで消息不明になっていたパーティーのことがつぎつぎとわかって来た。マリアは山からおりて来た人たちに鳥羽兄弟のことを聞いた。他のパーティーのことはどうでもいいのだ。兄たちのことだけ知りたかった。

だが、暗くなるまでに、鳥羽兄弟の消息はつかめなかった。

「結局、今もって消息不明のパーティーは鳥羽兄弟だけということか」

大きな声で言っている新聞記者の声を聞きながら、マリアは小屋を出た。

梓川の谷間にはもう夜が来ていたが、前穂高岳北尾根には、その日の残光が輝いていた。稜線だけがバラ色に輝いていた。それがマリアには血の色に見えた。

(鈴木パーティーは無事に又白池に到着してテントを張り終っただろうか)

マリアは夜を迎えた山へ眼をやった。もしかすると、誰か連絡に降りて来るかもしれないと思った。

新聞記者のうち半数は上高地へおりて行った。本社へ連絡の電話を掛けるためであった。炉には大きな鍋がかけてあった。各パーティーが持ち寄った、罐詰だの、野菜だのがその中に入れられた。汁とも煮つけともつかないものができ上りかけていた。

「ねえ、夜になっても歩けるでしょうか。おりて来られるでしょうか」

マリアは鍋のふたを取ってかきまわしている奥山とし子に訊いた。

「途中でビバークするより、遅くなってもこの小屋まで歩いた方がいいと思ったら、歩くでしょうよ。それに今夜はこんなに静かでしょう」

奥山とし子はそう答えてしばらく考えていたが、鳥羽兄弟たちが夜遅くなって帰って来るかもしれないというマリアの期待に対して、さらにひとことつけ加えた。

「鳥羽さんたちはラジオを持っているでしょう。ラジオで自分たちのことを聞けば、無理をしてでも、此処まで降りて来るでしょうね。わたしは、あの人たちは東壁はやらずに、北尾根を縦走している途中で吹雪になって、どこかにビバークしていたのではないかと思うの。もしそうだとすれば、今日はきっと、奥穂高岳から、涸沢へ降りて来るのではないでしょうか」

それは奥山とし子の推理であったが、マリアにとって、助けのザイルでもあった。

マリアは物音がするたびに外へ出て見た。夜の八時ごろになると、小屋の中はすっかり静かになった。一日の苦闘で、みんな疲れ切って眠ってしまったのだ。

九時になると深夜のようになった。

炉を守って、奥山とし子とマリアの二人だけが起きていた。

「マリアさん、十時になったら寝ましょうね。それ以上待っても無駄だと思うけれど」

奥山とし子は頭の中で、いろいろの場合を想像して、どんなことがあったとしても、十時過ぎに到着することはあり得ないと結論をつけたようだった。彼女はその理由をいちいち説明しなかった。

マリアは腕時計を見た。九時四十五分になっていた。もう兄弟たちは来ない。来ないということは生きている望みがなくなったことのような気さえした。生きていたら、今日一日はすばらしい天気だったから安全圏に脱出したのに違いない。涸沢まで行ったとしたら、そこにいる救援隊のキャンプに救われる筈だ。涸沢からは、誰か連絡員をよこすに違いない。

「なにか音がする」

榾《ほだ》の燃える炎を見詰めていたマリアが、外の方に眼をやった。

「風が出たのかしら」

奥山とし子が言った。

「違うわ、人の足音よ。雪を踏む足音だわ」

そう言ったときマリアは立上っていた。マリアは懐中電灯の紐を首にかけると、靴を手に持って戸口へ行った。戸を開けると寒い風が入って来て、炉の炎を煽《あお》った。

「ほんとうだ、人の足音だ」

奥山とし子ははっきり言った。

マリアは雪の中を足音の方へ走って行った。ヘッドランプをつけた二人の影が、樹木の間をよろめくように近づいて来る。

「兄さん、兄さんたちではないの」

マリアは叫んだ。二人の影が止った。マリアはその影に懐中電灯の光を投げた。博と豊であった。雪焼けして真黒な顔の中に眼だけが光っていた。

マリアは走り寄って、先頭にいる博に抱きついた。そして、すぐその背後の豊に抱きついた。

マリアはなにを叫んでいるのか自分でも分らなかった。とめどもなく涙が流れた。

マリアが山へ行ったがために、多くのテレビ会社の番組に穴があいた。鳥羽兄弟の遭難という突発的事件があったとしても、ちゃんと出演契約していて、それを無視してのわがままな行動に対して、世論は全般的に冷たかった。マリアの行動をはっきりと攻撃したテレビ会社もあった。この前マリアが脱走事件を起したときには、ほとんどマリアの味方になった芸能関係の記者たちも、今度は批判的な筆を取ったものが多かった。

人気に甘えている流行歌手とか、歌に負けて山へ逃げたマリアなどという見出しを書いた週刊誌もあった。鳥羽兄弟は遭難したのではなく、吹雪になったから、雪洞にこもって動かずにいて、天気が回復したから下山したまでのことだったが、そのなんでもなかったことが、かえってマリアの立場を悪くさせた。

「ね、マリアさん、世の中って、甘いものじゃあないことが分ったでしょう」

律子がマリアにさとすように言った。落ちた人気を挽回するのは容易ではないことをあれこれとマリアに言うのだが、マリアはなんにも言わずに笑っていた。

「人気なんて、そんなものよ。ちょっとした風の吹き回しで、上ったり下ったりするような当てにならないものだから、これを機会に、歌手なんか止めて勉強しなさい」

あさは、マリアの人気が落ちたことなどいっこう気にかけてはいなかった。だから、あさと律子は、マリアのことで、激しく言い争うことがあった。

マリアの人気が落ちたといっても、それは一時的なことなのか、いわゆる〝落目になった〟ということなのか、当事者には判断がつかなかった。鳥羽省造は、このことに関しては沈黙を守っていた。はなは、マリアの人気が落ちたことに心痛していたが、鳥羽重造は、人気の動向には関係なく、マリアが他人との約束を無視して、再度山へ行ったことは許すことのできない背信行為だと怒った。

「マリア、いかなる理由があるにしても、一度約束したことを破るのは悪いことだ。それも一度だけではない、今度で二度だ。二度あることは三度あるというが、このつぎには、お前はほんとうの嘘つきになってしまうぞ」

マリアは返すことばがなかった。首を垂れて、小さな声ですみませんと言っている彼女は、まだまだどこかに子供っぽさが残っている少女のように見えるのである。

マリアのことでもっとも心配しているのは、双子兄弟だった。彼等が山にさえ行っていなかったならば、こんなことにはならなかったと考えると、マリアの人気が落ちた責任はすべて、彼等二人にあるように思うのである。

「いいのよ、そんなこと心配しなくたって。わたしは人気なんかぜんぜん気にしてないわ。出演回数が減れば学校へ行けるでしょ、かえって喜んでいるのよ」

はたがとやかくいうだけで、マリア自身にはなんの動揺も見えていなかった。

マリアの学校の隣りは団地だった。寒い日が幾日か続いて、急に暖かい日が来ると、各部屋の窓を飾る洗濯物の白さが一段と冴える。

「山へ逃げ出したあと、思い出したように学校へ来るのね」

と谷垣とし子が言った。かなり勉強の方が遅れているから、卒業できるかどうかマリアが相談しに行ったときである。

「マリアさんは、もともと成績もいいし、単位も取っているのですから、試験さえ受けていれば卒業はできます。けれど大学進学は無理でしょうね」

「無理でしょうか?」

「どこの大学でもいいっていうのではなく、マリアさんの希望は音楽大学でしょう。それなら、そのつもりで、もう少し、基礎学科をやらないとね」

大学進学が絶望だということはマリアにとって悲しいことであった。いまここで、芸能界と縁を切ったところで、おそらく、大学進学は望めないことだろう。あさが心配していたように、歌い手の世界に一歩足を踏み入れたときから大学進学はあきらめねばならなくなっていたのだ。

マリアは、その淋しさを、双子の兄弟に洩らした。あさが座をはずしたときだった。あさには余計な心配をかけたくなかった。

「なにも大学へ行かなくてもいいじゃあないか。マリアは立派に歌えるんだから、そんなことを苦にするより、山に行けないことを苦にしたらどうかね」

博が言った。

「なぜ、山に行けないことを苦にしなければならないの」

「ぼくら兄弟は、山に行けないことが、まず苦になるからさ」

「兄さんたちがそうだから、妹の私も同じ気持になれっていうの」

「強制しているのじゃあないよ」

と豊が口を出して、その先をつづけた。

「岩登りをやる年齢には限界があるんだ。なるべく若いうちに基礎技術をおぼえこんだ方がいいんだ。ロッククライミングがいやだというなら別だけれど……」

マリアは兄弟たちの顔を見た。兄弟たちが、この機会にマリアを本格的な岩登りに引張りこもうとしているのは、マリアを妹として見て言っているのだろうか。それとも、マリアを恋人として誘っているのだろうか。とにかく兄弟が口を揃えてマリアに岩登りをすすめるのは、兄弟が、このことについて充分話し合っての末のように思われた。どういう話し合いを兄弟がやったか分らないが、兄弟がマリアとザイルを組んで、岩壁に挑もうとしている気持はマリアにはうれしかった。

「岩登りは大好きよ。その基礎技術っていうのは、北アルプスでお父さんや兄さんたちに教わったことと違うのかしら」

「あれは基礎というより初歩技術だ。ぼくらがいうのは本格的岩壁登攀における基礎技術なんだ」

豊が言った。

「本格的？」

マリアは大きな声を出した。兄弟たちは私を登攀家《クライマー》にするつもりなのだろうか。

「岩壁について兄さんたちにはなにか遠大な目的があるの」

マリアが訊いた。

「無いと言ったら嘘だろうな。ぼくら兄弟は日本の主な岩壁は、ほとんど登った。遠大な計画と言えば、今度は外国の山だ。別に未登攀の山をやりたいというのではない。兄弟というパーティーで、次々と世界の岩壁に挑戦して行きたいのだ」

博が言った。

「兄弟で……いいわ、すばらしいんじゃあない。そんな話、今まで聞いたこともないわ」

「普通の兄弟でパーティーを組んだことはちょいちょいある。だが双子の兄弟でパーティーを組んで岩壁に登ったという例は少い。その双子の兄弟にその妹が加わったという例はそれこそ前代未聞だろうな」

博は、はっきり言った。

「私がパーティーに加わることが、記録的に意味があるということかしら」

「そうではない。この記録は他人に見せる記録ではない。鳥羽家の記録なんだ。鳥羽家の記録に、兄弟とその妹が、立派な岩壁を立派に登ったという記録を残したいのだ。三人がクライマーとしても完全な兄妹であったことを証明したいのだ」

博の言い方は熱を帯びていた。

「マリア、ぼくたち兄弟は、マリアのことで、幾晩も幾晩も話し合った。結論は三人で岩を登ることによって、完全な兄妹になれるということになったのだ」

豊が言った。

「そうなの……」

マリアは胸がつまって、涙が出そうだった。双子の兄弟は、共にマリアを愛していることを自覚し、しかもその将来についての危険に対して解決策を考え出したのだ。

それまでにはどんなに苦しんだろう。だが、今、兄弟たちが示した一つの解決策は、マリア自身に取っても、救いであった。

マリアが狂ったように歌い出したのは、横山敦子に会って、双子の兄弟を愛することは悲劇を招くことだと言われてからだった。マリアは兄弟と離れるために歌い、兄弟たちも、マリアから離れるために、岩壁へ走ったのだ。そして、一月の遭難事件で、兄弟とマリアは決して離れられないことを知ったのだ。

マリアはあのとき横山敦子が双子を愛することによって起る悲劇をさけるために、岩壁へ逃げろと言ったことをふと思い出した。

(兄たちも、やはり、岩壁へ逃げるしか道がないことを本能的に感じ取ったのだわ)

だが、マリアは、その兄弟たちの考え方にも、横山敦子の考え方にも、文句なしに賛成はできなかった。やって見なければ分らないことなのだ。

「どうしたの。いやにしんみりしているじゃあないの」

あさが三人の顔を見較べながら言った。

「三人で三つ峠へ出掛けようって相談していたところです」

博が言った。

「三つ峠って富士山の近くの」

「そうです。そこに練習用の岩壁があるんです」

岩壁と聞いて、あさはびっくりしたような顔を博に向けた。

三つ峠の登り口でバスを降りた三人は霜柱の立っている雑木林の道を峠へ向って登って行った。博、マリア、豊の順序で、それぞれルックザックを背負っている。

「あまり、人が入ってはいないらしいな」

博が振り返って言った。博は、足下に崩れる霜柱の白い輝きを眺めながら言った。真冬のウイークデーのことでもあるから、よほどの物好きでないかぎり、この霜どけ道を登っては来ないのだとつけ加えたいような顔だった。この道は春から秋にかけてはよく踏み馴らされていた。ハイキングコースでもあり、三つ峠の岩場へ通う道でもあった。

「静かね。富士山が見えるところはまだ先なの」

マリアは、さっきから富士山のことばかり言っていた。三つ峠で眺めた富士山が日本一美しいのだということを、兄弟たちがマリアに吹きこんでいたからである。

「あと、十分か二十分も歩けば、峠に出る」

豊が言った。静かだとマリアが言った雑木林も、頂上に近づくに従って静かではなくなって来る。冬の季節風が頂を吹き通っていく音なのだ。道は山腹を捲くようにして、暗い沢に入ると、また尾根に出ると言ったふうな、緩慢なうねりを見せてから突然前方に明るみの見えるところへ出た。そこが三つ峠の頂上であった。

数軒の茶店が頂上に並んでいるが、多くは戸閉りしたままになっている。

豊は四季楽園と書いた看板が掲げられた茶店の前のベンチに荷物をおろした。マリアも博もそのとおりにして、そして立ったまま真正面の富士山へ眼をやった。誰も声を出さなかった。美しいとか、すばらしいとかいう言葉は、その場では嘘に聞えた。マリアは意外なほど簡単に富士山の前に立たされたので、自分の気持をなんと形容していいやら、ただ茫然とそれを見詰めているだけだった。白銀色に輝く富士山は、一、七八六メートルという、三つ峠の踏み台に立って、しかも二十キロメートルという適当な距離をへだてて眺めるのだから、仰ぎ見るということもなく、視界からはみだすこともなく、ごく自然なかたちで、眼の前いっぱいに、きわめて安定した形で坐っていた。

「きれいだわ。こんなきれいな富士山を見たのははじめてよ」

マリアは、富士山をきれいだと讃めた。それだけでは讃めたりなかった。ほんとうは、こんな美しいものを見せてくれた兄弟たちに、お礼が言いたい気持でいた。

うしろで戸の開く音がしたのでふりかえると、小屋の主人が立っていた。

「今日は静かですよ。三つ峠の岩場には誰もいません」

主人はそういうと、まあお茶でもお飲みなさいと兄弟に言った。兄弟と主人とはかねてから知り合いだった。

「それに風もない」

主人はそう言い残して小屋の中へ入って行った。風がないと、主人が言ったが、マリアには風が感じられた。少々寒かった。彼女は、ルックザックからウインドヤッケを出して着た。

「あの岩場ね」

マリアはすぐそこに見える岩場を指して言った。それはひどくつめたそうに見える岩だった。

小屋の前に立札がある。〝ゴミを拾おう〟と大書し、その下に山岳会の名が書いてあった。〝ゴミを拾おう〟の隣りにマジックインクで〝常識だわよ〟と一筆落書がつけ加えてあった。

三人は、それを読んで声を上げて笑ってから、板で土止めがしてある急斜面の道を降りて行った。降りたところに、石の地蔵尊があって、そこに小さな滝がある。道はそこから平らになり、岩壁の下を通って、向うに消えている。

三つ峠から眺めたとき、マリアはたいした岩壁だとは思わなかったが、岩の下に立って見ると、なかなか立派な岩壁である。マリアは、その岩壁の高さを三十メートルと見た。

「日曜日には、どの壁も人でいっぱいで、いい加減待たされることがある」

と豊がマリアに説明した。博は、

「有名なクライマーのほとんどはこの岩壁のお世話になったものだ。この岩壁で練習中に死んだ人も幾人かいる」

と補足した。

マリアは黙って岩を見上げていた。中央岩壁は全体的に黄色っぽい岩で、その左右は黒い岩であった。登攀ルートは、彼女の眼にもはっきり分った。取りつき点の岩が手垢で光っていた。

「中央カンテからやろうか」

博が豊と相談してルートを決めた。博が肩に掛けて来たザイルが、そこに置かれた。三人は、背負って来たサブザックからゼルプストザイルを出して、それぞれ身につけた。マリアの肩から腰に女性用の二重ブーリン結びのザイルがかかると、マリアの顔はそれまでと違ったようにきっと引きしまる。

博がまず岩に取りついた。取りつき点には適当な出っぱりがないから、ちょっと手間がかかるが、登り出すとするするとザイルが伸びる。二番のマリアが岩に取りつく。上にいる博と、下にいる豊の眼がマリアを見守っている。

三人は岩壁の上で声を掛け合いながら登って行った。

夕陽が岩壁に当っていた。岩の面に沿って吹き上げて来る風がつめたい。指先が凍るようなつめたさだった。

三人は岩壁を登りつめて、頂上に立った。頂上は赤土をむき出していた。一本の枯れ木が風に鳴っていた。

三人は富士山に正対して坐った。いつの間にか富士山の五合目以下は雲海に覆われていた。

雲海の上面を赤く染めている夕陽が、やがて沈むと、気の遠くなりそうな寒さがやって来そうな気がした。

「あの沈む太陽を止めようとした男がいた。平清盛だ。人々はそれを嗤《わら》った。だが、ぼくはいまその清盛になりたい」

博が言った。

「そうだな、このままでありたいな。だが、そうできるだろうか」

豊が言った。

兄弟がなにを言おうとしているのか、マリアにはおおよそ想像できた。今の姿が兄弟たちにとっては一番楽しいときなのだ。このままの平和な形で、いつまでもいたいというのが、兄弟たちの願いなのだ。そして、私も――マリアはそう考えたかった。

翌朝三人は富士山の頂がバラ色に輝いているころ、既に岩壁に取りついていた。

岩壁に向って、一番右側の暗い陰の方に回りこんだところに庇状岩壁《オーバーハング》があった。三人はそこを乗り越える練習をはじめたのである。アブミが幾つか使われたし、オーバーハングの下に幾本かのハーケンが打たれた。その練習は三人の練習というよりも、マリアのための訓練であった。マリアもまた、その技術的基礎知識を覚えこもうとして一生懸命だった。

マリアはそのたいへんむずかしい岩壁の技術を兄弟から教わりながら、なぜもっとはやくこれを教えて貰わなかったかを悔いていた。鳥羽省造が兄弟とマリアに、北アルプスで、初歩的な岩壁登攀を教えこんだときに、既に省造は、兄弟とマリアの将来のことを考えていたのかも知れない。三人の関係を悲劇に終らせないために、三人を一本のザイルに繋がれた兄妹にしようと思っていたのだと考えるのは思い過しであろうか。

その庇状の岩の下はまた暗かった。懐中電灯で照らさないとよく見えないような、岩の庇の下面に、トップの博は、べたべたハーケンを打ちこんだ。一本や二本では危険と見たのであろう。ハーケンが決まるとそれにカラビナが取りつけられ、それに登攀用のあぶみが下げられた。あぶみに足を掛けたマリアの身体がぐらぐら動いた。だが、マリアはそこで、悲鳴など上げなかった。豊と博の指示するとおりに、冷静に身体を移動して行った。

マリアの身体は暗い岩の庇の下から、明るいところに出ようとした。そこが一番むずかしいところであった。マリアの白い長い指が岩壁上を探るように這って行った。掌で岩の出っぱりをしっかり押えた。

「赤を引いて――」

と、マリアが叫んだ。下にいる豊が赤のザイルを引いた。マリアの身体はずるずるとオーバーハング状の岩の出っぱりをずり上っていく。そして、とうとう彼女はオーバーハングを越えた。

マリアの額に汗が光っていた。

オーバーハングの上はさほどむずかしいところではなかった。三人は、交互に、くっついたり離れたりしながら高度をかせいで行った。三人の呼吸が合うと、登攀はリズミカルになる。マリアの足はよく伸びた。手も伸びた。もともとマリアは岩をこわがらないから、行きづまるということがない。三人は頂上に立った。頂上は光に溢れていた。富士山はその朝も、白く、とても大きかった。

「ゆびが冷たかったろう」

豊がもみ手をしながらマリアに言った。

「そうね。でも冷たいのは私だけではないわ。三人でパーティーを組めば、三人は常に一緒だわ」

「そうだ。われわれは常に三人なのだ」

豊が言った。博がそれに大きく頷いていた。

「あなたたちはこのごろ暇さえあれば山ばっかり出かけて行くじゃあないの」

あさが、兄弟とマリアの三人を見較べて言った。

「行ってはいけないんですか、お母さん」

博は、あさに言われたことをたいして気にしてはいなかった。

「ものにはほどほどってことがあるでしょう。お前たちは勉強があるだろうし、マリアには仕事がある。そうそう、その仕事のことで、律子さんがまた怒って来たわ。マリアさんはやる気があるのかないのかってね。やる気がないのならマネージャーはやめるっていうのよ」

あさは困ったような顔をしていた。マリアを積極的にテレビに出そうとする律子と常日頃対立的立場にいるあさだけれど、このごろのように、マリア自身がはっきりと出演をことわるような態度を示すと、あさはまた心配になった。売りこんだ名前がおしいとも思うようになるのである。

「叔母さんがマネージャーを止めたいというなら止めて貰ったらいいじゃあないか。マリアは今、一番大事なときなんだから、叔母さんのいいなりになんかさせたくないね」

「なにが一番大事なときなのよ」

「岩壁登攀の基礎技術をマスターするのに一番大事な時なんです」

あさは、その博の発言から、三人がただ山が好きで山へ行くのではなく、岩壁登攀というはっきりした目的があって出掛けていることを知った。

「なぜ、あの子たちは、急に岩登りなんかに熱中しだしたのでしょうね」

あさは、三人の居ないところで省造に訊いた。

「それは……多分三人は、そうすることが一番よいことだと考えたからだろう。博と豊は双子だ。そしてマリアは一人だ……」

省造は、奥歯にものがはさまったような言い方をして会社へ出て行った。いくらか背を丸くして行く省造のうしろ姿を見ながらあさは、なにか自分ひとりだけが取り残されたような気がした。

博と豊が双子で、マリアは一人だと省造が言った言葉の裏には、いつか横山敦子が言った、双子兄弟と一人の娘との恋の悲劇性を土台とした考え方があるように思われる。

「あの子たちの間に、そんなことがあるものか。兄妹同様に育て上げたあの子たちに……そんな感情が起きるなんて……」

あさはその考え方を強引に否定した。しかし、あさには三人がこのごろ、夢中になって山へ出掛ける気持がどうしてもわからなかった。夫はいったいわかっているのだろうか。

電話がかかって来た。大西光明である。いつもながら、出勤時間は早いのだなとあさは、省造が開けたままにして出て行った戸口の方を見ながら耳を澄ました。

「ミラノの支店からマリアさんのことについて連絡がありました。そのことについて御相談したいのですが、鳥羽さんは？」

「いま出たところです。いつも出勤が遅くてすみません」

あさは恐縮し切った声で言った。そして、そうですか、それではという大西光明に、

「いったいマリアのことってなんでしょうか」

と言ったときには電話は切れていた。

鳥羽省造の出勤は他の社員よりも一時間ないし二時間は遅い。帰るのも一時間は早い。そうしなければならないと医師に言われていた。営業課長の座をおりて彼は総務課の片隅にいた。

席は総務課にあるけれど、総務課長の監督の下に働くのではなく、調査役という名義で外国の市場調査のようなことをしていた。海外の市場調査をする課は別にあるから、彼の調査の仕事というのは、やってもやらないでもいいような仕事であった。

省造はひっそりと出勤してひっそりと退社していた。

「鳥羽さん、専務がお呼びです」

課員にそう言われたとき、鳥羽はなぜかはっとした。辞めろと言われるのではないかと思った。たいした仕事もせずに会社にいることは心苦しいことだった。廊下で同僚に会って、身体のことを訊かれるのもつらかった。

大西光明は窓を背にして坐っていた。窓の方を見るとまぶしいので、省造はそっちをろくに見ずに黙って頭を下げた。

「まずこれを読んで見てくれ」

大西光明は外国から来た一通の手紙を省造の前に置いた。大西商事ミラノ支店長の北宮紫郎から大西光明あてに出したものであった。仕事が忙しくなったから、もう一人若手社員を派遣して貰いたいという要請文の後に、一行あけて、マリアに関することが書いてあった。

「五日ほど前に、カンディデ村のアントニオ・テルニ氏からマリアのことについて話したいことがあるから来て貰いたいという通知を受け取りました。たまたま、カンディデ村の近くの町に商用があったついでに立寄って、アントニオ・テルニ氏に会いました。用件はマリアに残された遺産の問題です。マリアの父フェデリコ・ルイジイネの持っていた牧地一帯がスキー場となり、そこにホテルができることになったので、その辺一帯を買いたいという人が現われたのです。その牧地はマリアの叔父の飲んだくれのアルベルトが管理していたのですが、売るとなるとやはりその土地の正式な所有者であるマリアのサインが必要となり、その金は当然マリアが受け取らねばなりません。金額は、日本金にして、約五百万円ほどになります。この件について、まずマリアの意志を訊いた上で、どのように処分するかを決めたいというのですが、いかがいたしましょうか。尚、アントニオ・テルニ氏の言うには、この件については、できればマリアが帰国するのが一番よいのではないかと言っております。鳥羽省造氏とも御相談の上、なにぶんの御指示をお待ちしています」

鳥羽省造は手紙を読み終ったが、しばらくはそのままの姿勢でいた。

「あれから十一年経った」

省造はつぶやいた。十一年経つと世の中は変るものだ。カンディデ村のようなところにスキー場ができてホテルができる。そして、あのとき十歳だったマリアは二十一歳になっているのだ。

「どうしたらいいと思うかね」

省造の追憶の中に大西光明が割りこんだ。

「やはりマリアに相談するしか仕方がないでしょうね。マリアが故郷に帰って見たいというなら、そうさせるし、ミラノ支店を通じて事務的に処置するというならば、それでもいいでしょう」

省造は言った。誰が考えてもこれしか考えようがないと思った。

「そうだろうね。ところで鳥羽君、その話をマリアさんに話す前に、ぼくの話を聞いてくれませんか」

大西は秘書の席の方へちらっと眼をやった。あらかじめ秘書は隣室へ行くように言って置いたのだが、念のために確かめたのである。

「ぼくとすればマリアさんがこの際イタリアへ帰ることをおすすめしたい。マリアさんが立派に成長した姿を彼女の故郷の人たちに見せてやりたいのです。と同時に、豊君と博君の二人も同行して貰いたい。ミラノ支店長の北宮君の努力で、日本へ引き取られて無事育てられたマリアさんのことは、写真入りで向うの新聞に載せてある。双子兄弟とマリアさんがイタリアへ行けば当然マスコミは取り上げる……ぼくはね、やり出したことは完結したい。大西商事のバックアップで、マリアさんが立派な歌手になり、登山家になったことをヨーロッパの人々に見せてやりたいのだ」

省造は頷きながら聞いていた。大西光明らしい考え方だが、その考え方の執拗さの中になにかがかくされているように思えてならなかった。

「うちの子供たちとマリアをイタリアのドロミテの岩壁へ登らせようっていうのですか」

「そうだ、登らせたい。ドロミテのあの白く輝くとがった峰に三人を登らせて、そしてマリアさんに、日本の歌を歌わせる。そして、それらのすべてをフィルムにおさめて持ち帰るのだ」

大西光明は、そういうと椅子から離れて、部屋の中を歩き出した。

「実は、この案は、紅雀芸能プロダクションの坂井社長にも扶桑テレビの芸能総局長の若松鉄雄氏にも相談した。マリアさんの人気は現在落ちたように見えるが、実際はそうではない。マリアさんが出たがらないから、そのように見えるだけで、彼女が、以前のようにテレビに顔を出せばたちまち人気は沸騰する。だが、坂井氏も若松氏も、マリアさんの才能を大事に使うために、その機会を待っていたのだ。マリアさんがイタリアへ行くということになれば、扶桑テレビは技術陣を同行させることを確約した」

鳥羽省造は大西光明がいつになく昂奮してしゃべる話を聞きながら、やはり、どこかになにか大きな誤りがあり、嘘があり、かくされたものがあるように思えてならなかった。それがなんだかはよくわからない。

「どうです、鳥羽君、ぼくの考えは。……豊君、博君それからマリアさんの渡航費滞在費のいっさいは大西商事が負担する。ぼくも同行するつもりだ。久しぶりで、ドロミテの乾いた空気が吸いたい」

大西光明は詠嘆に似たためいきをついた。

その夜鳥羽家では家族会議が開かれた。

誰も口をきかなかった。こういう場合、うっかりしたことは言えないのだということをみんなよく知っていた。

鳥羽省造は大西光明から言われたとおりのことを忠実にしゃべっただけで、彼の意志をさしはさむようなことはしなかった。

省造の話し方は非常に静かだった。鳥羽家の新館の応接間に集った家族たちの顔がいつになく沈んで見えるのは、省造の話の中に、マリアとの別離の匂いが感じられたからでもあった。

「五百万円の遺産というと大きなお金だ、マリアはやはり行かねばならないでしょうよ」

沈黙を破って、はながまず口を出した。

「日本のお金にすれば五百万円は大きい。だがイタリアは日本より物価が高い。向うでそれを使うとなると、見掛けほどの価値はない」

鳥羽重造がはなに説明してやったが、はなには、その貨幣価値と物価との関係がはっきりわからないようだった。

「でも日本へ持って来れば五百万円は五百万円でしょう。日本へ持って来て急に減るってことはないでしょう」

「それはそうだが、外国のお金をそう簡単に日本へ持って来ることはできないのだ。日本のお金だって簡単に持ち出せないのと同じ理由だ。それから、まだ問題がある。その土地は十一年間マリアの叔父さんのアルベルトが管理していた。当然アルベルトは借地権を主張するだろう

――向うの法律がどうなっているかわからないが、常識的にはいくらかアルベルトにやらねばならないだろう。五百万円のうち半分をアルベルトにやったとして、あとの二百五十万円のうち、マリアの渡航費の百万円を引けば、あと百五十万円……だいたいそんなところかな」

「百五十万円を貰いにイタリアまで行って、しかもそのお金が日本へ持って来られないのなら、あんまりいい話でもないわね。マリア、イタリアへ行くのはおやめよ。そのお金は向うの銀行に貯金して置いて、なにかの都合で向うへ行くときに使うようにすればいい」

はなはマリアの顔を覗きこむようにして言った。

「おばあちゃん。今問題にしているのは、マリアさんの財産の処理のことではなく、マリアさんがイタリアへ行くか行かないかということなのよ。私は行って欲しいと思うの。大西さんの話はすばらしいと思うわ。これをチャンスにマリアさんは国際的歌手になるんだもの」

律子が言った。マリアが国際的歌手になれば、律子は国際的歌手のマネージャーになれる。そんな思惑がはっきりと浮んでいた。

「でも、マリアさん。イタリアへ行けば、もう日本へ帰って来ないんじゃあないの」

恵美が口を出した。そして恵美は、いやだわ、そんなのいやだわと言って、泣き出した。

マリアは、その恵美の肩に手を置いて、

「そんなことないわ、恵美ちゃん。だって、マリアの家は此処ですもの。たとえイタリアへ行っても、――」

マリアは恵美の涙に誘われて鼻をつまらせた。

「感傷的に考えることはなにひとつないんだぜ。マリアは今、なんでも言える立場にいるんだから、言いたいことを言えばいいんだ」

博が口を出した。

「お兄さんたちはどう考えているの」

「ぼくらは、ドロミテの岩壁に三人で登りたいね。だが、テレビ会社につきまとわれて、向うのいうなりになるのはいやだ。それ以外の条件、たとえば大西商事の宣伝に使われるのだったら我慢する。渡航費、滞在費を出して貰うのだから当然だ。行くとすれば七月から八月にかけて出掛けた方がいい。大学院の方も休みになるから、それに、そのころまでには、マリアをちゃんとしたクライマーに仕上げることができる」

豊が言った。

「お母さんの気持をうかがいたいわ。お母さんが、わたしのイタリアへ行くのを反対されるなら、わたしはやめる……」

そう言うマリアの眼をあさはやさしく受け止めて言った。

「マリア、イタリアへ行っておいで。あなたはもう立派な大人なんだから、あなたの眼で、生れ故郷をしっかり見て来るんですよ。そして、もし万が一、事情が変って向うにとどまることになっても、お母さんはマリアを……」

あとが言えなかった。あさはハンカチで顔を覆った。あさは、省造がこの話を持って来たとき、マリアをイタリアへやったら、二度と日本へ帰って来ることはないような気がしてならなかった。マリアを失うことは悲しかった。そしてあさにとって、もっと大きな心配は、マリアがイタリアへ行けば、豊と博も一緒に行くだろうということだった。

（子供たちはみんな去っていく）

そう思うと、限りなく涙が湧き出て来るのである。

「お母さん、マリアの家はここよ。マリアはこの家で育ったのよ。イタリアには生れた家があっても、帰る家はないのよ」

マリアはあさをなぐさめたが、あさはなかなか顔を上げようとしなかった。

「さてマリア、いよいよ、お前自身の気持を言って貰わねばならなくなった。気兼ねすることはない。思ったとおりのことを言うがいい。この話は最終的にはマリアの意志できまることなのだから……」

省造が言った。

「わたしは、お兄さんたちとまったく同意見です。そして、私の財産の処理方法については、お祖父《じい》様の意見がたいへん参考になりました。でも、それをどうするかは、向うへ行ってみんなの話を聞いて決めたいと思います」

鳥羽家の家族会議は終った。双子兄弟とマリアは嬉しそうに顔を見合わせて笑った。だが他の家族たちは決して明るい顔をしてはいなかった。

あさは顔を覆ったままだった。気持を整理しようとしても、彼女にはそれができないのである。


羽田空港の国際線の待合室は相変らず混雑していた。ひっきりなしに放送される外国語の放送や、出たり入ったりするおびただしい内外人の足音と、その人たちの話す声が、あさの耳もとで鳴っていた。

あさは、此処にいるだけで外国にいるような気持だった。あさと省造と、重造とはなと、恵美の五人はひとかたまりになっていた。双子兄弟の周囲とマリアの周囲には別々な人垣ができた。双子兄弟の友人たちは遠慮のない声でしゃべりまくっていた。マリアの周辺には芸能関係の人が多く、その間を律子が走り回っていた。カメラのフラッシュが連続した。

アナウンスがあった。いよいよ出発なのだ。

マリアが人垣をかきわけてあさのところへ来て、

「では行ってまいります。お母さんも、お元気でね」

マリアは明るい顔で笑いながら言った。あさは黙って頭をさげた。マリアはあさから省造、省造からはな、重造、恵美と家族たちにいちいち挨拶して、最後にもう一度、

「お母さん、心配しないでね」

と言った。双子兄弟は家族たちをひとまとめにして、行ってまいりますと言っただけだった。あさは、双子兄弟とマリアに最後にひとことずつ言いたいことがあった。もう何度も口にしたことだったが、お母さんを悲しませるようなことをしないで、ということだった。あさはそれが言えなかったのが残念だった。

三人のあとに大西光明が続いて、ゲイトを通って行った。四人の姿はすぐ見えなくなった。鳥羽家の人々は、送迎用デッキへ出た。スモッグで、星は見えなかったが、海の方から涼しい風が吹いて来る。あさは、そこで長いこと待った。三、四十分が、二時間にも三時間にも思われた。いったいあの子たちは税関でなにをしているのだろうかと思った。

揃いのグレイの背広を着た双子兄弟に続いて、白いスーツを着て両手にいっぱい花束を持ったマリアが現われた。

(マリア、そんなにしっかり、花束を抱いては駄目だわ。花粉が白いものにつくと落ちないのよ)

あさは心の中でそう言ってやっていた。双子兄弟とマリアは、飛行機に乗りこむとき、あさの方に向って手を上げた。カメラのフラッシュが三人の姿をはっきり見せた。

あさの眼に三人の顔がよく見えた。希望に輝いていた。翳を探そうとしてもそんなものは見当らなかった。心配になるようなことはなにひとつなかった。三人は機内に消えた。あさはもう一度三人がデッキに立つのを待った。だが三人は二度と顔を見せなかった。

あさは、飛行機の窓から自分を見詰めているだろう、六つの眼に手を振りつづけた。涙がとめどなく出た。二度とあの子たちには会えないような気がしてならなかった。あさの眼には飛び立って行く飛行機は見えなかった。爆音だけが悲しい響きとなって、いつまでも聞えていた。

飛行機はほぼ満員だった。外国人よりも日本人乗客の方が多かった。マリアが窓側に坐り、その隣りに博が坐った。通路をへだてて豊と大西が並んで坐った。乗客の中には初めての外国旅行客が多かった。その人たちは物珍しそうにきょろきょろしたり、スチュアデスに物を尋ねたりした。だが飛行機が北海道の東方洋上を通過したころから機内は静かになった。乗客は眠る準備をはじめた。乗客たちはスチュアデスに言われたとおり時計の針を五時間進めた。マリアは短い睡眠を取った。テレビのスタジオで彼女の出番を待ちながら、ついうとうとしてしまったあとのような浅い眠りだった。外はもう明るくなっていた。だまされたように短い夜だった。時差によるものだといくら自分に言い聞かせても、やはりへんだった。

アンカレッジに飛行機が着いたのは朝の九時であった。乗客たちは、朝食を取るために空港の食堂へ案内された。

「あらッ、横山さん」

マリアは声を出した。横山敦子が隣りのテーブルに坐っていたからであった。そればかりではなく、横山敦子の隣りに、山岳写真家の堀内大五郎がいた。

豊も博もびっくりしたようだったが、大西光明は別に驚いた様子も見せずに、笑っていた。

食事が終ったあと、食堂の隣りの土産物売場を歩き廻りながら、マリアたち四人の一行と横山敦子や堀内大五郎とはなんとなく言葉を交わした。

「八月の末、スイスで国際医学会が開かれます。それまで、あちこち歩き廻ろうと思いまして……」

横山敦子は彼女の予定を言った。

「すると、ハンブルグまでは一緒というわけですね」

と博が訊くと、

「いいえ、少くともミラノまでは御一緒ですわ。私はヨーロッパ旅行は、今度で三回目ですが、ミラノはまだ行ってないのです」

横山敦子は平然とした顔で言った。

「ぼくも、ぼくの助手の小谷君もミラノへ行きます。ミラノからドロミテの山へ入ろうと思いましてね」

堀内大五郎が言った。

博と豊とマリアは顔を見合わせた。なにかこの人たちに後を跟《つ》けられているようだった。が、そうでしょうとも言えなかった。横山敦子と堀内大五郎の行動については、大西光明が予め承知していたかのように思えてならなかった。そんなふしがときどき見えた。

「いやな奴が現われたね」

飛行機に乗ってから、豊がマリアに話しかけた。アンカレッジから、博と豊は席を変えたのである。

「でも、おおぜいの方が賑やかで楽しいじゃあないの」

マリアは、横山敦子や堀内大五郎が現われたことを、それほど問題にはしていなかった。

「これからが長いのね」

マリアは、飛行機の窓から見える果てしない氷原に眼をやって言った。

ミラノ空港には北宮紫郎が待っていた。北宮はマリアの成長した姿に眼を見張った。双子の兄弟には、写真でお目にかかっていますと挨拶した。北宮紫郎はさらに堀内大五郎に向って、あなたの撮った写真はあちこちに掲載させていただきましたと言ったばかりでなく、横山敦子に向って、先生、お疲れになったでしょうと言った。北宮紫郎は横山敦子と堀内大五郎が来ることを知っていたのである。

双子兄弟とマリアは大西にほんの少々非難をこめた視線を送ったが、別にそれは怒りの眼ざしにはなっていなかった。ここまで来てしまえば、もうどうってことはないのだ。

マリアは、彼女の生れ故郷に来たという感激に浸っていた。皮膚をとおしてしみこんで来る乾いた空気は、遠く彼女の思い出の中にあるなにかを呼び起そうとしていた。

マリアは周囲を見回した。外国人ばかりで日本人はいなかった。少々物足りなく思ったのは、カメラマンが現われないことであった。マリアは人気歌手だから、日本にいるかぎり、どこへ行ってもカメラの前に立たせられた。が、ここにはそういう人は現われなかった。

「新聞記者が来ていないじゃあないか」

大西光明も、その静かすぎる出迎えにやや不満を示して、北宮紫郎に言った。

「ヨーロッパでは、日本のように、外国人が来るとなると、やたら大騒ぎをするということはないのです。とにかく人種が多いし、人の出入りが多いから、いちいち相手にしてはおられないんですね。だが、なにかをやれば新聞記者はすぐ集りますよ。もっともそのなにかが問題ですがね」

北宮紫郎は一行を自動車の方へ案内した。

「一応、ホテルの方へ、御案内します。お疲れになったでしょうから、夕刻までお休みになって、そうですね、午後六時にお迎えに上りましょう」

マリアは外の景色に眼をやっていた。日本では見られない、それらの景色は、すべて彼女の脳裏になつかしいものであった。カンディデ村からはじめてミラノという大きな町へ出て来て、きょろきょろしたときのことを思い出しながら、マリアはやはり故郷へ来てよかったと思った。

「ねえ、豊兄さん、ここがミラノよ。芸術の町ミラノよ、博兄さん」

豊と博は窓外に眼をやったままだった。眼に入るもののすべてがはじめて見るものだった。家も、街路樹も、看板も、歩いている人々も、なにひとつとして、二人の興味を惹かないものはなかった。豊と博は、はじめて見るヨーロッパを驚きの眼で眺めていた。ホテルへ行って夕方まで眠るぐらいなら、見物したほうがましだと、二人とも同じことを考えていた。豊がその気持をマリアに告げようとした。

「ホテルは、ドゥーモ寺院の直ぐ近くです」

北宮紫郎が言った。

ミラノに三日間滞在した一行は列車でドロミテ地方へ入って行った。

カンディデの村では、マリアの関係者が一行を待っていた。マリアの叔父のアルベルトは自動車から降り立ったマリアを見て一瞬ためらったようであったが、大声でマリアの名を呼ぶとマリアを抱いて、その頬にキッスをした。マリアはアルベルトの酒臭い息を我慢しながら、この地方ではごくありふれたその習慣をむしろ奇異なものに感じていた。叔母のオデットがそのつぎにマリアにキッスして、

「よく帰って来たねマリア。私たちは長いことマリアの帰るのを待っていたのだよ」

と言った。その言い方も、マリアにはなんとなく、他人ごとのように感じられた。

従兄たちもみんな大きくなっていた。結婚している者もいた。

「さあさあ、お客様たちはひとまずホテルに入っていただいて、それから、フェデリコの墓参りだ。話はそのあとで、ゆっくりやればいい」

とオーロンザ小屋の管理人のアントニオ・テルニが言った。

その村に一軒しかないホテルは十一年前と全く同じだった。窓に並んでいる赤い花まで同じだった。大西光明はその窓を見上げながら、ふと十一年間の歳月は停止していたのではないかと思った。

フェデリコ・ルイジイネの墓は綺麗に掃除がしてあった。まずマリアが墓前に花をささげ、そして鳥羽省造の名代として豊と博が並んで花束をささげ、日本から持って来た線香の束に火をつけた。

マリアの顔に斜めに日がさしかけていた。回顧にふけっているマリアの厳粛すぎるほどつめたい顔に一抹の悲しみがただよっていた。マリアの祈りはそう長くはなかった。

「ホテルへ行こうか。私のうちへ行こうか」

アントニオ・テルニが言った。

「ホテルがいい」

とアルベルトがいったが、マリアはアントニオ・テルニの家へ行くことを希望した。ホテルで酒を飲んだアルベルトが大きな声で怒鳴ったことをマリアは覚えていた。

アントニオ・テルニとマリアとアルベルトとそして大西光明と北宮紫郎の五人は、黙って坂を登って行った。道の両側の家の庭に赤い果実の房をつけた西洋スグリがあった。

マリアはその西洋スグリにも思い出があった。思い出の中から思い出がつぎつぎと生れた。アントニオ・テルニの家へついたときマリアは、この家にも見覚えがあると言った。

アントニオ・テルニはマリアの名義になっている牧場の位置を地図で示して、北宮紫郎が東京へ報告して来たとおりのことをもう一度しゃべった。

「なんと言っても、牧場はマリアが所有者だからマリアの承認なしでは売れませんので」

アントニオ・テルニが、そこまでいうと、アルベルトが機関銃のような速口で、その牧場はおれが十一年も管理していて、おれの物も同然だと言い出した。マリアが予期していたとおりだった。

「なぜその牧場を売らねばならないのかしら。売らねばならない理由があるのでしょうか」

マリアはアントニオ・テルニに訊いた。

「カンディデ村にとってはスキー場ができ、ホテルができることはありがたいことだ。なにかとお金が落ちるからね」

アントニオ・テルニはマリアがイタリア語が完全にわかるつもりで、かなりひどい地方弁を丸出しにしてしゃべった。マリアは話を途中でさえぎって、北宮紫郎に何回となく通訳を求めた。

「わたしが土地を売らないと言ったら……」

アントニオ・テルニはびっくりしたような眼で、マリアとアルベルトの顔を見較べてから、

「マリアの牧場がホテルを建てるには一番いいところだから向うは欲しがっているのだが、売らないということになれば、他のところを探すだろうね」

「ねえ、アントニオの小父様。もし父のフェデリコが生きていたら、この場合どうするでしょうかしら」

マリアはゆっくりと正確なイタリア語で言った。

「それは……フェデリコは多分、売らないというだろうね。あいつは、スキー場ができたりホテルができたりして、自然が傷つけられることを極端に嫌っていたからね」

アントニオ・テルニはハンカチを出して額の汗を拭いた。マリアは、アントニオ・テルニが、この村の人とマリアの間に立って困っている顔をそこに見た。列車の中で北宮紫郎から聞いたところによると、村では、飲んだくれのアルベルトに手を焼いていた。彼がこしらえた借金も莫大だった。それを始末するには、マリアの土地を売って、そのうち半分ぐらいは牧場の使用権者のアルベルトに回して欲しいということらしかった。

(だが、アルベルト叔父さんは、そのお金が入ったからといって飲んだくれでなくなるということはないのだわ。思いがけないお金が入れば、いよいよこの叔父さんは酒に溺れてしまうのではないだろうか)

「考えさせていただきますわ。日本へ帰るときまでには答えを出して置きます」

「マリアは立派な歌手になったそうではないか。いまさら、なんだって日本へなんか帰るのだ」

アルベルトがそういうのに対して、マリアは笑い顔でごまかしながら、アントニオ・テルニに言った。

「明日、はやく、ここを発って、オーロンザの小屋へ行きます。部屋の予約をお願いしたいのですけれど」

「これは急な話ですね、マリアさん。部屋は取って置きますけれど、まさかマリアさんは……」

アントニオ・テルニはマリアの顔を探るように見た。

「兄たちとドライチンネの中央岩峰の北壁に登りたいと思っています。その前に、近くの岩場で充分トレーニングをやるつもりですわ。ドロミテの岩ははじめてですから、いろいろと教えて下さいね」

そのときマリアの心はドロミテの岩峰に向っていた。カンディデの村からも、その光った山々はよく見えていた。山を見るとマリアはじっとしてはおられなかった。

オーロンザ小屋はドライチンネのすぐ近くにあった。小屋の下は牧地になっていて、牛の群が、丈の短い草を求めて彷徨《ほうこう》していた。

マリアと双子兄弟は小屋に着いたその日から、付近を歩き廻った。どっちを向いても岩峰や岩塔ばかりだった。風化の極に達したこのドロミテの山々は、指を並べて立てたような、または空に向ってひとりごとを言っている髑髏《どくろ》のような、或いはピラミッドのような、種々様々な奇怪な形の山が、青空の下に佇立していた。大きな岩峰もあれば小さな岩峰もあった。岩壁の石の質はすべて同じだから、岩壁登攀のトレーニングをするには好都合であった。

三人は朝はやく小屋を出て、夕刻までには小屋へ帰って来ては、オーロンザ小屋の管理人のアントニオ・テルニにその日のことを話し、翌日挑むべき岩壁とそのルートを教えて貰った。

「まるで、あの三人は岩を登るために生れて来たようなものだ。もっとも、マリアはイタリア一の名ガイド、フェデリコ・ルイジイネの一人娘だし、双子兄弟は鳥羽さんの息子だ。三人が、岩遊びに来ている連中と違うのは当り前のことだがね」

マリアたちがこの小屋へ来てから一週間目に、彼等と同行して、手ごろな岩壁をやって来たアントニオ・テルニが、北宮紫郎に話した。

「だが、あの三人はあまりにも岩をこわがらない。自信がありすぎるのだな。それはクライマーの長所でもあり、同時に欠点でもある。そのことがちょっぴり心配だ」

とつけ加えた。

「彼等だけで、ドライチンネへ登ることはできますか」

北宮が訊いた。

「彼等だったら登れる。しかも簡単にやってしまうだろう。だが、ドライチンネの三つの岩峰のうち、中央岩峰の北壁は、そう簡単にはいかないだろう。北壁では二十人近い人が死んでいる。マリアの父親のフェデリコ・ルイジイネが死んだのも、北壁だ」

「三人には無理でしょうか」

「いや、無理ではない。天候にさえ恵まれたならば、彼等のことだ、やるだろう。――しかし、それは、想像以上にたいへんなことなのだ」

北宮紫郎はそのことを大西光明に伝えて、その翌朝、山をおりて行った。ミラノの支店から呼出しがあったのである。

堀内大五郎とその助手の小谷は連日カメラを持って、双子兄弟とマリアの後を追い歩いていた。堀内たちが大西光明の依頼を受けてやって来たことはもはや確実だった。三人の登攀ぶりは記録映画として次々と残されて行った。横山敦子は肥った身体に登山服をまとって、岩壁の下までついて行って、終日、双眼鏡で三人の動きを眺めていた。ときどきノートを出して、書きこんでいることもあった。

時々雷雨があったが、ずっと天気が続いた。三人は充分なトレーニングを終ったあとで、ドライチンネの三つの岩峰のうち、一番小さいクライネチンネに取りついた。

大西光明と横山敦子は石に腰掛けて、クライネチンネの岩壁を登って行く三人の姿を眺めていた。岩壁で声を掛け合っている三人の声がよく聞えるし、赤と白のザイルの色もよく見えた。じっと見詰めていると首筋が痛くなる。下界から湧き上って来る雲が視界を閉ざすと、二人はあきらめたように眼を足元に戻した。付近は大きな岩石が累積していた。

「彼等について、なにか新しい発見がありましたか」

大西は横山敦子に声を掛けた。

「新しい発見があったと言えばあったことになり、なかったと言えばなかったことになるでしょうね」

「あったとすれば？」

「双子共同体の組織の中にもう一人が加わりつつあるということ、いまやあの三人は、まさに三つ子共同体として動いているように見えます」

「三つ子共同体？」

「そうですよ。双子ではなく三つ子共同体の意識です。あの三人は一人が欠けても存在しないのです。常に三人でいることが安定した形だと考えているようですね」

「それは岩壁の上においてのみ言えることでしょうか」

「岩壁で、彼等はそのことを発見したのでしょうね。いままで三人は二人に一人を加えたものだったが、今では三人まとまって一人と考えるようになって来た……」

「つまり双子兄弟とマリアの間に特殊な感情、例えば恋愛は生じなくなったということでしょうか」

「そうです。双子兄弟が同時に一人の女性を愛することの悲劇性を回避するために、彼等は岩壁という危険な場の上で三つ子共同体を組織しようとしているのです。しかし、それは、今や成功しつつあります。おそらく彼等がイタリア一の大岩壁ドライチンネの主峰の北壁を完登したときは、三つ子共同体の完成されたときと考えていいでしょう。つまり三人は非常に強い共同意識で結ばれた兄妹となるでしょう」

横山敦子は足元から石のかけらを一つ拾い上げて、それを手でもてあそんでいた。

「あの三人がほんとうの兄妹としての感情で結ばれたとき、第三者が……ある男性がマリアに結婚を申しこんだらどういうことになるでしょうか」

「兄弟は猛烈に反対します。しかし、マリアがその男性を好きならばその結婚に反対はしないでしょう、……でも」

と言って横山敦子は持っていた小石を霧の中に投げて立上ると、大西光明の眼の前まで来て、サングラスをはずして言った。

「いかなる人であろうと、あの三人がドライチンネの主峰の北壁を完登する以前に、そのようなことを口に出すことは許されません。彼等は生命がけで、六百メートルの大垂直岩壁に挑もうとしているのです。心を乱すようなことをしてはならないのです」

霧が晴れた。クライネチンネの岩が赤く輝いていた。三人のパーティーはずっと高いところを登りつつあった。

兄弟とマリアはいよいよドライチンネ中央岩峰の北壁に登ることになった。天気は安定していた。ドイツ人ハッセ・ブランデルほか三人が六百本のハーケンと十七日間を要して登って以来、四十三パーティーしか登っていない、ヨーロッパの岩壁のうちもっとも危険なものの一つとされている、その高い高い岩壁はまだ夜の表情をしていた。

岩壁の近くまで来ると小さな石が続いて落ちて来た。兄弟とマリアは、小落石が続くガラ場を通って北壁の取りつき点へ歩いて行った。

大西光明と横山敦子はそれ以上は進めずに岩のかげに落石をさけながらたたずんでいた。堀内大五郎と彼の助手は、いよいよ迎えた大岩壁登攀のすべてを撮ろうと張り切っていた。彼等は取りつき点付近で撮影を始め、三人が高度を増すにつれて、クライネチンネの一般ルート、更に、主峰の一般ルートに登って、望遠レンズを用いて三人の登攀ぶりを撮影する計画であった。既にその下準備はできていた。

三人は大岩壁の下で、もう一度携帯品を調べた。登り出せば三日ないし四日はかかるであろう。その間の食糧やハーケン、カラビナなどが、各自のルックザックに分けて入れられた。トップが博、中間がマリア、そしてラストが豊であった。トップとラストは途中でしばしば交替することになっていた。

三人はザイルで結ばれた。

トップの博が岩に向って歩いて行って、ぽんぽんと岩肌を叩いてから、登攀を始めた。つづいてマリアが岩に取りつき、そして三番目の豊が岩壁に取りついた。博と豊は黄色いヘルメットをかぶっていた。中間のマリアだけが赤いヘルメットをかぶっていた。ヘルメットの下に短くカットした黒髪が覗いていた。

登攀速度はおそかった。彼等がそれまでに登ったどの岩壁よりも手ごわい岩壁であることは、大西光明や横山敦子のような素人にもよくわかった。岩壁に沿って眼を上げていくと、ところどころにオーバーハングがあった。そこまで登れても、そのオーバーハングを乗り越えることは人間業では不可能のように思われた。

（もし、三人のうち誰かが足を滑らせたら）

果して、ザイルがその者を支え止めることができるであろうか。いつまでも岩壁を見ていると、身体が震え出しそうだった。

「だいたい、あのつるつるの垂直岩壁のどこでどうして眠るのだろうか」

岩にハンモックを吊って、それに入って寝るという話は聞いたが、そんなことはできそうもなかった。

日が高く上ってから、北壁は輝き出した。

いままで黒く陰鬱だった岩壁が、赤く輝き出した。そのころになって、カメラを持った報道記者が岩壁の下に現われた。その数は時間の経過と共に増えた。クライネチンネの一般ルートにもカメラマンの姿が見えた。双子兄弟とマリアのドライチンネ北壁登攀はヨーロッパ人の眼を引いたようであった。

午後遅くなって雲が出た。岩壁の三人は雲の中にかくれて見えなくなった。

三人が雷雨に襲われたのは二日目の午後遅くであった。不意に霧に取囲まれたと思ったら、間もなく電光がきらめき、雷鳴が聞えた。大粒の雨が降り出した。三人は仮泊地点《ビバーク》を選ぶ余裕はなかった。丁度そのとき三人は大きなオーバーハングの下に来ていたから、その下に、ハンモックを吊って一夜を過すことにした。

岩壁に何本かのハーケンが打ちこまれ、それにハンモックが吊り下げられた。結果的にはハンモックが吊り下げられたことになるけれど、垂直の岩壁でのその作業は言語を絶する労苦であった。豊と博はそのハンモックの中にマリアを入れた。念のためにマリアの身体は岩壁に自己確保された。いかなる事態が起ろうとも、マリアが岩壁から落ちることのないようにしたのである。

ハンモックに入ったと言っても、それは木の幹から幹に掛け渡されたハンモックに入ったような快適なものではなかった。ハンモックそのものが小型である上に、全体的に岩壁に引き寄せられているから、ネットに人間が押しこめられて、岩壁にくりつけられたと見れば、どうやらその状況を納得することができる。

ハンモックは二つ用意されていた。三つ持って登りたかったが、荷物の総重量が予定量を超過するから、二つにしたのである。あとの一つのハンモックを設定する時間はなかった。雷雨が激しくなって岩壁上での作業が困難になったからであった。岩が滑って移動することも困難であった。豊と博は、それぞれの身体をハーケンで岩に固定して、岩壁に立ったままで雷雨の止むのを待った。両方の靴の先が岩の出っぱりを踏み、両手で、岩の出っぱりを摑んだままの不安定な状態をそう長く続けることはできなかった。

マリアがハンモックの中からふたりの名を呼んだ。豊と博はその声に元気づけられながら三時間という長い時間岩壁にしがみついたままだった。雷雨が止んで、岩壁を流れ落ちて来る滝のような雨がなくなってから、二人はハンモック吊りにかかった。マリアが懐中電灯で二人の手元を照らした。豊と博が、並んでハンモックに腰をおろしたときは真暗になっていた。

「ひどい目にあったな」

豊と博は、そのときやっと人間らしい口をきいた。三人は食事をした。これから何日かかるか分らないから、水は節約しようと豊が言った。

「雷雨の翌日は天気がいいというから、明日は、かなり高度を稼げるぜ」

博が言った。

霧は夜中に消えて星が出た。そして第三日目は博が言ったとおりいい天気だった。天気はいいが北壁に日が当るのは午後である。雨の降った翌朝だから、岩壁は滑りやすいが、午後まで待ってもいられなかった。雷雨は繰り返す性質があった。午後まで待って、また雷雨になるかもしれない。

三人は夜が明けると直ぐ動き出していた。

「ゆっくり、安全第一で行こう」

三人はその言葉を口にしながら頂上を目ざして登った。

その朝大西光明は岩を登っていく三人の元気な姿を見た。既に三人は北壁の中央よりずっと上にいた。

「あの調子だと、あすの午後には頂上に着くだろうよ」

大西光明の隣りでそう言っている者がいた。そうであってくれればいいがと大西光明は思った。霧は十時を過ぎてから湧き出して、間もなく視界を閉じた。岩壁はもう見えなかったが、大西光明はそこを動かなかった。岩登りを見物に来た観光客は一人、二人とその場を去り、大西光明ひとりが残った。

三人がドライチンネの中央岩峰北壁を完登することが、大西光明にとっては、彼自身の人生における最大の難関を越えることのように思われた。彼等三人が北壁に向うまではそれほどでもなかったが、彼等が北壁に取りついてからは心配で夜もよく眠れなかった。横山女史は医学会に出席するためにこの地を去っているし、北宮紫郎はミラノに帰っていた。カメラマンの二人は今日も朝から、三人の姿を撮すために岩壁の近くに出掛けていた。大西光明の気持を伝えるべき日本人は誰もそこにはいなかった。

大西光明は辛抱強く待った。昼食時が来ると、そこで弁当を開いた。いつもの通りの簡単な弁当であった。パンに挟んであるハムが固かった。小さなリンゴが一つ付け足しのように添えてあった。

霧は時間の経過と共に濃くなり、やがて風が出て来た。じっとしていると寒かった。午後三時、大西光明はその場を去って、オーロンザ小屋に帰ってアントニオ・テルニに天気のことを訊いた。

「どうもよくないな、夜になって雨になるかもしれない」

「雨になる？」

「そうだ。雨になると、弱ったことになる。北壁じゃあ動くことができなくなるのだ」

アントニオ・テルニは困ったような顔を、小屋の背後のドライチンネの方に向けた。

豊と博は全く同じ考えを持っていた。

（どうも天気がおかしい、ひょっとすると雨になるかもしれない。もしそうだとすれば、雨になる前に、ビバークできるところまでたどりつかねばならない）

そのビバークできるところとして、二人の頭の中には、フェデリコの岩棚《テラス》があった。フェデリコ・ルイジイネが落石に当って死んだ場所のことを二人は勝手にフェデリコの岩棚《テラス》と呼んでいたのである。

二人は日本を出発する前に父の省造に北壁のことを詳しく聞いた。省造は岩壁のことになると、病身であることを忘れて話した。省造の話をもとにしてルート図に書きこんだフェデリコのテラスは、北壁を三分の二ほど登ると左手上方に見えて来た。

（いいか、フェデリコのテラスが見えたら、フェデリコのテラスに向って二十メートルほど左側にあるテラスを使うのだ。ここの方が落石が少い。そのことは、フェデリコが死んだあとで

分ったのだ）

省造は二人の息子にそう言って教えた。

豊と博はトップを交替しながら、その仮泊地へ向ってピッチを上げた。雨が降るまでにフェデリコのテラスに到着すれば、この戦いは勝利に終るだろう。もしそれができなかったら、三人は昨夜以上の困難にぶっつかるだろうと思った。

マリアも、兄たちふたりがどこを目ざしているかよく知っていた。父フェデリコ・ルイジイネが永遠に眼を閉じたテラスのすぐ傍で今宵《こよい》一夜を明かすのだと思うと、なにか身が引きしまるような気がした。

博がトップに立ってからは、死にもの狂いの岩との格闘が始まった。彼が急いでいることはよく分ったが、あまり急いでスリップでもしたらたいへんなことになる。豊とマリアはそのことが言いたいのだが言えなかった。霧が一時的に晴れて、彼等の頭上にかなり大きなオーバーハングが見えた。その下がどうやらテラスになっているらしかった。博がそっちを指して手を振った。

三人がフェデリコのテラスの左二十メートル地点についたときはもう薄暗くなっていた。省造が言ったように、そこには三人がかろうじて腰をおろせるだけのでっぱりがあった。三人がそこに着いたのと雨が降り出したのとほとんど同時であった。三人はハンモックを吊るのをやめて、マリアを中心にして三人で並んで腰かけたまま夜を明かすことにした。三人の身体はそれぞれ、岩壁にハーケンで固定された。居睡りをしても岩壁から落ちることはまずないことを確かめてから、三人はその日の仕事が終ったことをおたがいに短い言葉でたしかめ合った。

十一年前にフェデリコ・ルイジイネと鳥羽省造が登ったときと、今とでは、岩壁も、岩壁に吹きつけて来る嵐もいささかも変っていなかったが、そのフェデリコのテラスの近くにいる三人ははるかに若く元気があった。そして彼等三人が使っている登山用具は十一年前のものに比較して格段の進歩を遂げていた。十一年前にはハンモックなど使わなかった。雨具一つをとっても、十一年前のものとは比較できないほど、強くて、軽くて、雨が身体に入らないように考慮されていた。雨具の下に着こんでいる羽毛入りの着衣も、十一年前にフェデリコ・ルイジイネと鳥羽が着ていた毛糸製品に比較すると、ずっと軽くて暖かであった。食糧も十一年前はパンとチーズとサラミソーセージが主食であったが、今は、湯さえ沸かすことができたらあたたかい御飯だって食べることができた。登山用のインスタント携行食糧の研究が進歩したのである。だが、暴風雨になったら湯が簡単には沸かせないから、食物に関する限りは十一年前と全く同じ条件であった。

三人は夜の仕度が完了すると、眠りに入った。三人の頭の上にはすっぽりとツェルトザック(袋状の簡易テント)が掛けられていた。三人はほとんど口をきかなかった。そのような余裕は全くなかった。

雨は宵の口はたいしたことはなかったが、次第に風速が増し、夜半を過ぎて暴風雨になった。

雨は第四日目を迎えても止まなかった。降り方から想像すると、どうやら地雨になったらしかった。

「三日は動けないかもしれないぞ」

博が言った。

「すると、今日から食糧の節約にかからないといけないな」

豊が言った。

「今日は四日目でしょう、これから三日間動けないとすると、その三日間の食糧を考えねばならないというわけね。それなら、今朝から食事は半減だわ」

マリアは食事担当だった。携行して来た食糧、それまでに消費して来た食糧、それから今後の予定などを暗算してそう決めたのである。

「食糧の半減はいいが、この窮屈な恰好で三日間はつらい。ハンモックを吊ろうじゃあないか」

博が言った。豊がそれに賛成した。二人はその場を移動しないで、ハンモックを吊った。雨で動きがとれない彼等にとっては、ハンモックを吊る仕事は気をまぎらすには丁度よかった。ハンモックは二つ吊って、それに一人ずつ入って眠り、一人は見張りをすることにした。

五日目も一日中雨だった。この日、博は二十メートル離れたフェデリコのテラスまで行って見ようと言い出した。石灰岩質の岩壁は雨に濡れると砥石《といし》のように滑って危険であったが、距離は近いから、ハーケンをなるべく多く使い、それにカラビナをかけて、一歩一歩近づいて行けば行けないことはなかった。

「そうだな、なにかあるかもしれないな」

その冒険に豊が賛意を示した。二人は雨が小降りになるのを待ってフェデリコのテラスに向った。マリアは黙って兄たちのすることを眺めていた。

二人は錆《さ》びたハーケンを一本持って帰って来た。

「お父さんにいいお土産ができたよ」

博が言った。マリアはその錆びたハーケンを手に取って眺めた。そのハーケンを岩に打ちこんだのは、父のフェデリコか鳥羽省造のどちらかに違いない。

(あそこで父フェデリコが死んだのだ)

マリアは雨が煙っているフェデリコのテラスに眼をやり、カンディデ村の墓場の父の墓碑に、

(フェデリコなぜひとりで先に)

と刻みこまれた碑文を思い出した。そこでマリアの思考は停止した。感傷に流されるようなことはなかった。

マリアは錆びたハーケンをルックザックの中に入れてから兄たちに言った。

「あまり動かないでね、お腹がすくでしょう」

それがこの岩壁における現実であった。雨がまたはげしく降り出した。

大西光明はいらいらした気持でオーロンザ小屋の周囲を歩き廻っていた。もう五日目である。

「この雨は三日は続くよ、それほどはげしい雨ではないからさして心配はないだろう」

アントニオ・テルニが言っても、大西光明は決して明るい顔を見せなかった。わざわざミラノから取り寄せた、極上品の葡萄酒を飲みながら、アントニオ・テルニを相手に片言のイタリア語で夜を更かす大西光明も、五日目の夜になるとほとんど口をきかなかった。

六日目も終日雨が降った。

「いくらか温度が下ったようだ、そろそろ雨が上ってもいいころだが」

アントニオ・テルニは渋い顔をして空を見上げた。

七日目の新聞に、

「ドライチンネで遭難か」

という見出しで、三人のことがかなり詳しく載っていた。そのパーティーが日本人の双子兄弟とイタリア人のマリアの三人で構成されていることからして興味を惹くことなのだ。しかも、十一年前の鳥羽省造とフェデリコ・ルイジイネのことがある。新聞はこの好餌を放っては置けなかったのである。

「食糧は六日分しか持っていないというのは、ほんとうでしょうか。もしそうならば、もう食糧はなくなっている筈です。救助隊を出さねばならないでしょう」

オーロンザ小屋にそんな電話を掛けてよこす者もいた。

アントニオ・テルニがガイド頭を呼んで救助隊のことを相談したのは、八日目の午後であった。この日も雨が降っていた。

「三人は六日分の食糧を持って行った。雨にやられて動けなくなったから食糧の節約はしているだろうが、非常に苦しいところに来ていることは確実だ。晴れたとしても自力であの岩壁を脱出することは困難かもしれない。少くともわれわれは食糧の補給だけはしてやらねばならないだろう」

ガイド頭はそのことを了承した。アントニオ・テルニとガイド頭との話が終ったところへ、大西光明が北宮紫郎をつれて入って来た。大西はミラノから北宮支店長を呼び寄せたのであった。

「救助隊を組織していただきたい」

北宮紫郎が大西光明の代弁者として言った。

「この雨ではいかなる人も、ドライチンネの岩壁に近づくことはできません」

アントニオ・テルニがガイド頭にかわって言った。

「何時でも出発できるような用意をして貰いたいのです。いますぐ、その準備をして下さい。いっさいの費用は大西商事が負担いたします。救助隊本部はこのオーロンザの小屋にしていただき、アントニオ・テルニ氏は救助隊の総指揮を取って戴きたい」

北宮紫郎は事務的に言った。

アントニオ・テルニは大西光明の胸中の総てを察知したようであった。

「よろしい。早速救助隊を編成しましょう」

テルニはそういってから、

「あの三人のことだ。雲の中で見えなかったが、すでにフェデリコ・テラスに着いて、そこで天気の回復を待っているとも考えられる」

とつぶやいた。

新聞記者が数名その部屋に入って来て、アントニオ・テルニに質問を浴せかけ、カメラのシャッターを切った。

九日目の朝を迎えたが岩壁にはまだ雨が降っていた。三人はテラスにほとんど抱きあうようにしていた。

「此処は日本で言えば谷川岳のようなところだ。地中海気候とヨーロッパ北部気候との緩衝地帯に当る。ところがその変りやすい性質とはまるっきり正反対な、持続性の長い天候特性をも持っているのだ。気象学的には二重人格的なところなんだよ、ここは。記録によると、三週間雨ばっかり続いたという例もある」

豊はいった。

「三週間ですって、食糧はいくら節約してもあと三日よ、それ以上はどうにもならないわ」

マリアが言った。四日目から食糧は半減され、六日目からはさらに減らされた。今は一日二食、その一食はチョコレートひとかけらのことだってある。

水は雨をツェルトザックに受けてそれを水筒に流しこんだ。水は充分あったし、燃料もまだ残っていた。問題は食糧だけであった。

「天気がよくなって、これからというときに、食べる物がなくなったら、どうにもならないでしょう。だから我慢してね」

マリアはそのときの食糧は別に取って置いた。

三人は雨の岩壁でそれぞれ勝手なことを考えていた。雨が上ったあとのこと、頂上に立ったときのこと、それから下山のこと、東京で待っている父母たちのこと……。それ等は彼等の共通したことであった。彼等はそのテラスに既に六日もいた。夜はかなり寒かったし、日が経つにつれて飢えが彼等に迫って来た。いったい何時まで此処にこうしていたらいいのだろうか、もしかりにあと一週間このままの状態を続けろと言ってもそれはできない相談だった。彼等はそこまでは考えた。だが、その先にある死というものについては考えようとしなかった。

三人だという連帯感が彼等の気持を常に前向《む》きの姿勢にしていた。三人の気が揃っているからなにも悲しいことはないのだ。食糧欠乏という事態に立ち至っているにもかかわらず、彼等は比較的平然としていた。豊と博の二人だったら、雨の中を強行しようとしたかもしれないし、博とマリア、又は豊とマリアの二人だったら、博にしても豊にしても、マリアを守るために自ら危機を招くようなことをしたかもしれなかった。

彼等にとって、三人でいることがもっとも安定な状態であった。彼等三人は、今彼等の上にふりかかった大きな試練を越えるためには、常に三人がひとつの心でなければならないことをよく知っていた。

泣きごとをいう者はいなかった。将来に対する不安を口にする者もなかった。疲労を誘うから、無駄なおしゃべりはしなかったが、時々、マリアが低い声で歌を歌った。

「大西さんたちはどうしているかしら」

マリアが言った。

「あの人のことだ、きっと救助隊を組織しようと騒いでいるよ」

豊が言った。三人が笑った。三人はまだ救助隊が出る幕だとは思っていなかったのであった。

十日目の夜、アントニオ・テルニはミラノ気象台と連絡を取って、明日あたりから天気が回復に向うだろうという情報を得た。

救助隊はオーロンザの小屋に集合して、明日、日が出て、岩壁が乾くのを待って、一般ルートを登って、ドライチンネ中央岩壁の頂上に向い、そこから救助の手を延ばそうと考えていた。

「おそらく、三人は十一年前にフェデリコが遭難したあたりにいる筈だ」

アントニオ・テルニはそう確信していた。

「三人が、あそこで動けなくなっているとすれば、まず頂上から食糧を吊りおろしてやることだ。それからウインチを使って、一人ずつ助け上げねばならないが、三人がいるところまで、少くとも二人の人間が行かねばならない」

その人選も既になされていた。

十一日目の朝は雨が止んで霧が深かった。救助隊は、霧が晴れるのを待たずに、オーロンザ小屋の前に整列した。新聞記者たちが盛んに写真を撮った。

三人の遭難は連日新聞を賑わしていた。ヨーロッパ中の新聞がこの事件を注視した。六日分の食糧しか持っていない三人は既に十一日目を迎えようとしているのだ。岩壁は連日の暴風雨であった。そこにはなにかが起っている筈である。起らないというより起っていると考えた方が間違いなかった。新聞は勝手なことを書いていた。三人は既に死体となっているかもしれないと書いた新聞さえあった。

この事件に興味を持った者は新聞記者だけではなく、一般の人達も、三人のことを話題にした。オーロンザ小屋は満員であった。庭にテントを張って寝泊りしている報道記者もあった。

救助隊が出発すると、一般の人達や新聞記者たちは、そのあとをぞろぞろついて行って、途中から、ドライチンネの北壁がよく見える丘の上に集った。霧が晴れたら、そこから望遠レンズで写真を撮すこともできるのだ。双眼鏡で覗けば、かなりこまかい動きも分るはずであった。霧の動きは活発になり、やがて霧が千切れてふわふわと漂い歩くようになった。もはや霧が晴れるのは時間の問題だった。

九時半に霧の晴れ間から北壁が見えた。人々の間から喚声が沸き上った。

「生きている、三人はまだ生きている」

大西光明は双眼鏡を眼に当てたままで叫んだ。

岩壁にいた三人は霧の晴れ間に見たおびただしい見物人に驚いた。まさか自分たちを見に来た人たちだとは思わなかった。その人々がこっちを見て叫んだり、手を振ったりするから三人も手を振った。

長い間雨が降り続いたから、岩壁は水を吸いこんで脆弱《ぜいじゃく》だった。その岩壁に日が当らないと動けなかった。三人は午後になったら行動を開始するつもりでいた。

岩壁の下にも幾人かの人が来て、上に向って叫んでいた。

「どうやらおれたちのことが問題になっているらしい」

豊が言った。

豊は、メモに、三人とも元気である、岩壁が乾くのを待って頂上に向う予定である旨を英語で書いた。マリアはほぼ同じことをイタリア語で書き、博は大西光明あてに、明日の昼ごろには頂上につき、夕食は共にできるだろうと書いた。三人のメモはあき罐に入れて、下に落された。その通信筒が拾い上げられるのを見てから三人は登攀の準備を始めた。

午後になると雲の移動が激しくなって、岩壁の三人の姿は雲の間に時折見えるだけだった。

「さあ、お兄さんたち食べて頂戴、このときのためにいままで水ばかり飲んでいたのだから」

マリアは豊と博に取って置きのチーズとパンをやった。腹が減っていたのでは岩壁登攀のような重労働ができないことを彼女はよく知っていた。三人は食べた。そして二時間後には行動を開始していた。岩壁は、まだ完全には乾いていなかったが、登攀にはさしつかえがなかった。

その日の彼等の目標は北壁最上部の大オーバーハング直下までであった。そこでビバークして、翌朝は大オーバーハングを乗り越えて頂上に立つ予定であった。

三人が最後のビバーク点に到着して、ビバークの用意を始めると、一般ルートを通って頂上に達した救助隊から食糧の入った袋が吊りおろされて来た。

三人の食糧はないも同然だった。だが、ここで食糧の補給を受ければ、三人だけの力で登攀したことにはならなかった。三人は岩壁上で、そのことについて話し合った。

「たとえ、このバッグの中の、チョコレート一つを貰っても援助を受けたことになる。いっさいを拒《こと》わるか、それとも、そっくり貰うかどっちかだ」

豊が言った。

「好意は有難く頂戴しましょうよ。わたしたちは、記録だけが目的でこの北壁に挑戦したのではないでしょう」

マリアの一言で、三人の心は決った。

「これだけあれば、あと五日や六日雨が降っても大丈夫だぜ」

博が言った。

その夜は久しぶりで充分な食事にありつけた。明日は、もっとも困難な大オーバーハングに対しての挑戦であったが、食糧があり、天気がよければ、三人にはもう怖いものはなかった。

十二日目の朝大西光明が北壁に双眼鏡を向けたときには、三人はもう最後のオーバーハングに挑戦を開始していた。

「あの調子だと午前中には頂上に出られるぞ」

そう言っている者があった。救助隊から送られた食糧が、若い三人に活力をつけたようであった。

その日は、霧も雲もなくすばらしい天気だった。ドライチンネの三つの嶺はバラ色に輝いていた。その赤い光の頂に三人は迫って行った。三人を迎えるために既に何人かの人が頂上で待っていた。

大西光明は双眼鏡を眼に当てたままだった。トップに立っているのが博だか豊だかわからなかった。トップとラストが双子の兄弟で、ミッテルがマリアだということだけしかわからなかった。

十二時五分前に、トップが頂上に立った。続いてマリアが頂上に立ち、ラストが頂上に立った。三人が抱き合っているのがよく見えた。大西光明の眼に涙が浮んだ。おそらく、頂上に立った三人も泣いているだろうと思った。ヨーロッパの新聞はこぞって三人の苦闘をたたえるだろうと思った。新聞の見出しが見えるようだった。おそらくこの壮挙は日本の新聞にも伝えられるだろうと思った。

大西光明はゆっくり腰を上げた。頂上に達した三人が一般ルートを通っておりて来るには三時間を要するであろう。それまでに三人の歓迎の用意をしなければならない。

大西光明はそのことについて北宮紫郎と相談しようと思ったが、北宮紫郎はそこにはいなかった。大西光明はドライチンネの中央岩峰の頂にもう一度双眼鏡を向けた。三人の姿は、頂上にいる人々の中に取りかこまれてしまって見えなかった。

そのとき三人は、迎えに来てくれたアントニオ・テルニの質問に答えていた。マリアが三人を代表して言った。

「私たち三人は兄妹なんです。兄妹だからこそ、今度の成功が得られたのだと思います」

マリアはその言葉をまず日本語で言ってから、それをイタリア語に訳した。

三人はアントニオ・テルニの求めに応じてマリアを中心にして三人で肩を組んで、カメラの前に立った。

三人の頭上に青空があった。


この小説は、昭和四十一年（一九六六）の夏三カ月にわたりドロミテ、チロル地方を旅行した時、ドライチンネの山小屋で聞いた話を主題として、帰国後、新聞小説として完成したものである。

（昭和四十三年十一月十一日より「秋田魁新報」ほか六紙に二百三十回連載）

（お断り）

本書は1976年に文藝春秋より発刊された文庫を底本としております。あきらかに間違いと思われるものについては訂正いたしましたが、基本的には底本にしたがっております。また、一部の固有名詞や難読漢字には編集部で振り仮名を振っています。本文中には未開の人種、外人、イタ公などの言葉や人種・身分・職業・身体等に関する表現で、現在からみれば、不当、不適切と思われる箇所がありますが、著者に差別的意図のないこと、時代背景と作品価値とを鑑み、著者が故人でもあるため、原文のままにしております。差別や侮蔑の助長、温存を意図するものでないことをご理解ください。

新田次郎（にったじろう）
1912年（明治45年）6月6日—1980年（昭和55年）2月15日、享年67。本名：藤原寛人（ふじわらひろと）長野県出身。『強力伝』により第34回直木賞を受賞。代表作に『孤高の人』『武田信玄』など。

三つの嶺

2021年2月15日　　初版第1刷発行

著者　新田次郎
発行人　飯田昌宏
発行所　株式会社　小学館
〒101-8001
東京都千代田区一ツ橋2-3-1
電話　編集　03-3230-9355
　　　販売　03-5281-3555
印刷所　大日本印刷株式会社
製本所　大日本印刷株式会社
装丁　おおうちおさむ（ナノナノグラフィックス）


ISBN978-4-09-352410-0

P+D BOOKS